한 여자의 전쟁

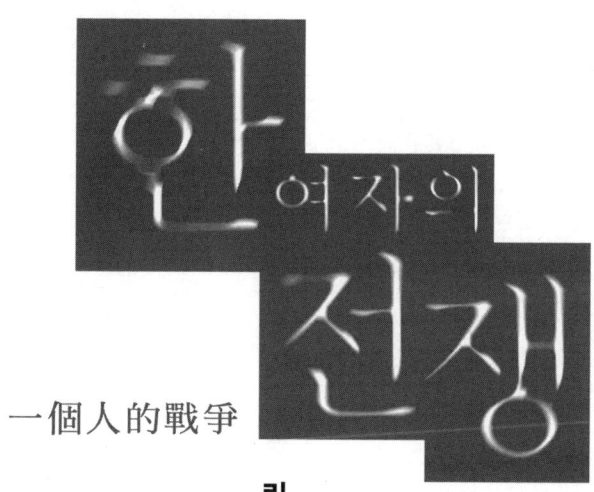

一個人的戰爭

린바이 장편소설 · **박난영** 옮김

문학동네

한 여자의 전쟁이란
한 손으로 자신의 뺨을 올려붙이고,
하나의 벽으로 스스로를 가로막는 것이며,
한 송이 꽃이 절로 피고 지는 것을 의미한다.

한 여자의 전쟁이란
한 여인이 자신을 스스로에게 시집보내는 것이다.

차
례

일러두기

· 이 책은 林白 著, 『一個人的戰爭』(台北 : 麥田出版)을 원본으로 하여 번역했다.

· 인명과 지명은 교육부의 외래어 표기법에 준하여 표기함을 원칙으로 했다. 중국의 인명은 1911년 중화민국 수립을 분기로 과거의 인물은 종전의 한자음대로 표기하고 현대의 인물은 원칙적으로 중국어 표기법에 따라 표기하되, 필요한 경우 한자를 병기하였다.

· 주인공의 이름은 교육부 표기법에 따르면 둬미가 되나 어감이 좋지 않아 예외적으로 두오미로 표기했다.

거울 속의 빛

나 자신에 대한 응시는 다른 사람들이 믿을 수 없을 만큼 일찍부터 시작되었다. 내 몸을 더듬는 동작도 유치원생이었던 대여섯 살 무렵부터 시작되었다.

그러한 동작이 다른 사람에게 보여서는 안 되는 것이며 좋지 않은 일이라는 것은 알고 있었다. 보모의 발소리가 들리면 나 자신을 억제했으며 그녀가 내 침대 발치에 이를 때쯤에는 동작을 멈추고 눈을 감고 자는 척했다.

그것은 일종의 습관적인 욕망이었다. 긴긴 여름날 한낮, 모기장도 치지 않은 침대에 누워 보모의 눈길에 모든 것이 드러날 때조차 모두가 잠들기를 기다렸다. 마지막으로 그 보모마저 잠이 들면 비로소 안심한 채 나의 동작을 시작할 수 있었다.

창가에 있는 당직 보모의 커다란 침대와 내 침대 사이에는 작은 침대가 여럿 있었다. 침대에 누운 채 나는 그 침대들 너머에 있는 보모의 좀 높고도 커다란 침대를 바라보았다. (그것은 마치 바다에서 많은 배들 너머로 부두를 바라보는 것 같았다.) 당직 보모는 평범한 긴 소매와 긴 바지 차림이었고, 때로는 연푸른 비단 치마 차림이거나 검정 치마에 가슴에 꽃무늬 수가 놓여진 하얀 반팔 블라우스 차림일 때도 있었다.

낮잠 시간의 분위기는 좀 끈적끈적했다. 매미가 울 때를 빼고는 여름엔 항상 착 가라앉은 분위기였다. 근시인 황 선생님은 안경을 끼지 않아서 사람을 쳐다볼 때마다 눈을 가늘게 뜨곤 했다. 그녀가 당직 보모일 때면 나는 안심이었다. 황 선생님은 남에게 욕을 하는 일도 없었고 사나운 꼴을 보인 적도 없었다. 착 가라앉은 분위기가 커다란 침실 전체에 가득 찼다. 모든 것이 착 가라앉아 있는 가운데, 내 몸은 물처럼 밀려오는 주위의 공기에 붕붕 떠다니는 듯했다.

한낮의 눈부신 햇빛 때문에 눈을 감았다가도 저절로 눈이 뜨였다. 햇빛은 아무런 가림도 없이 모든 것을 적나라하게 드러냈다. 옆 침대에서 몸을 뒤척이며 요란스레 이를 가는 소리가 들려오고, 발소리마저 지축을 뒤흔드는 듯 요란스러웠던 시간. 얼마나 불쾌한 대낮이었던가!

밤이 다가왔다.

저녁에는 놀이를 한 후 교실에 가서 연두색 작은 의자에 앉았다. 책상은 없었다. 선생님이 이야기를 해주거나 아니면 노래를 부르거나 수수께끼 놀이를 했다. 그후엔 간식 시간이었다. 나는 먹는 걸 즐기지 않았지만 먹을 걸 거절해본 적은 없었다. 어떤 때는 딸기 두 알, 어떤 때는 드롭스였으며 때로는 바나나보다는 크고 파초보다는 작은 '사이공파초'(열대성 과일 — 옮긴이)라는 것이었는데 그 과일이 사이공과 어떤 관계가 있는지는 모르겠다. 때로는 다래 한 알이나 구아바였다. 제일 맛있는 것은 이곳의 특산물인 여지(荔枝)였다.

거의 매일 밤, 씨는 검은 마노 같고 풍성한 주황색 살은 달콤하기 짝이 없는 파파야를 먹었다. 파파야 나무는 정말 특이하고도 아름다운 아열대 과일나무이다. 파파야 조각을 차례대로 한 쪽씩 받아먹고는 줄지어 세면대로 가서 손을 씻은 다음 오줌을 누러 가곤 했다. 모두들 두 손을 앞사람 어깨 위에 얹어 기차를 만든 채 입으로는 웅얼거리며 행진을 했다. 기차는 세면대로, 또 화장실로 갔다가 다시 침실로 향했다. 열이 나는 아이가 종종 있었기 때문에, 선생님이 침실 입구에 서서 지나가는 아이들의 이마를 차례차례 짚어보았다. 줄에 꿴 생선처럼 살그머니 소리 안 나게 신발을 벗고 침대에 누우면 보모가 일일이 모기장을 쳐주었다. 그러면 침대는 지붕과 문이 있는, 나만의 작은 방이 되었다. 등이 꺼지면 모기장 벽이 두껍게 변하여 아무것도 보이지 않았다. 그러면 안심한 내 몸은 물로 변했으며 손은 물고기가 되었다. 물고기가 헤엄쳐다니고 새가 날아다녀도 소리만 나지 않으면 발소리는 다가오지 않았다.

이런 행동은 지금까지도 이어졌다. 오랫동안 모기장은 공모자였다. 모기장이 있어야만 비로소 사람들을 철저하게 격리시키고 그래야만 안전할 수 있었다.

내가 거울을 가장 좋아한 것은 은밀한 부위를 볼 수 있어서였다. 길고 긴 아열대의 여름날, 독탕에서 샤워를 하고 온몸을 살피며 어루만지곤 했다.

여덟 살 때 나는 왼쪽 유방에 멍울이 생긴 것을 발견했다. 엄마는 베이징 의료팀을 찾아가야겠다고 하셨다. 자전거 뒤에 앉아서 B읍부터 신쉬(新墟)까지 가는 15리 길 내내 햇살이 정수리에 내리쬐었다. 의료팀은 공사* 보건소에 있었다. 그들은 모두 전문가라고 엄마가 말씀하셨다. 북경어에는 일종의 권위가 있었을 뿐만 아니라 다정하고 부드러웠다. 그 다음엔 엄마가 일하는 현(縣)** 병원의 약국에 약을 타러 갔다. 들어가니 사방이 온통 병에 둘러싸여 있었다. 온갖 색깔의 물과 알약, 상자들이 있었다. 약 냄새는 향기로우면서도 정결하여 다른 냄새와는 달랐다. 엄마의 옷과 머리에는 약 냄새가 묻어 있었다. 내 약은 시럽으로 된 것이었다. 커다란 유리병 안에 한데 섞인 물은 혼탁하고 하얗게 침전물이 가라앉아 있었다. 혀로 살짝 맛을 보니 시고 서늘했다.

"어떻게 이렇게 어린애한테 꼬마잎이 생길 수 있지?"

약국의 어른이 물었다.

"어찌 된 영문인지 모르겠어요."

엄마가 대답하셨다.

"어떻게 발견했어요?"

"그애가 가려운 곳을 긁다가 발견했어요."

"어떻게 생겼는지 좀 봅시다."

"우리 애가 싫어할 거예요."

"어린애가 뭐가 부끄럽다고 그래?"

"그래도 그앤 싫어할 텐데."

엄마가 말씀하셨다.

더 어렸을 때는 성과 관련된 놀이를 했다. 그저 일종의 놀이였을 것이다. 책에서도 사내아이와 계집아이의 성교 모방 행위는 일종의

---

* 인민공사(人民公社)의 준말. 중화인민공화국의 농촌 조직. 1958년 전국에 2만 6천여 인민공사를 설립했으며, '인민공사' '생산대대(生産大隊)' '생산대(生産隊)'로 이루어져 있다. 처음엔 정사합일(正社合一)에 의해 농업경제 운영의 주체였을 뿐만 아니라 향(鄕)·진(鎭)의 인민위원회가 관장하던 행정사무를 통합 관리했으나, 1982년 이후에는 단순한 농업경제조직으로 환원되었다. (본문 중의 *는 모두 역주임.)
** 지방 행정 구획의 단위로, 성(省) 밑에 속한다.

놀이일 뿐이니까 어른들이 놀랄 필요는 없다고 했다. 생리 구조가 성숙하지 않아 어린아이들의 성교는 불가능하기 때문이다. 동성간의 유희는 리리(莉莉)와 시작했다. 나는 여섯 살이고 리리는 일곱 살이었다. 리리는 이웃에 살았는데 어머니가 베이징 사람이었다. 그 장난을 하게 된 것은 다락방에 있던 모형과 괘도, 그리고 출산 장면 때문이었다. 어머니가 가족계획을 선전하는 일을 하셨기 때문에 살색 인체 모형이 다락방에 쌓여 있었다. 플라스틱이나 석고로 만들어진 남녀 생식기 모형이 이상하고도 신비스럽게 뒤죽박죽 널려 있었다. 무료한 오후, 몰래 다락방에 올라가면 생식기들의 단면이 해부된 채 핏빛을 드러내고 있었다. 흉측하게 생긴 것도 있었는데 대부분 살색이었다. 손으로 누르면 어떤 것은 말랑말랑하고 어떤 것은 딱딱했다. 소리가 나면 깜짝 놀라 온몸이 땀에 젖곤 했으며, 소리가 나지 않으면 대담해져서 더 열심히 살펴보았다. 어른들은 모두 시골에 가서 집에는 나 혼자였다. 그때는 리리도 아직 이사오기 전이었다. 조그만 계집아이가 어지럽게 널려 있는 생식기 모형 속에 서 있는 것은 얼마나 기괴한 풍경인가. 두오미(多米)말고 이 세상에 누가 또 그런 어린 시절을 가지고 있겠는가!

나의 어린 시절을 돌이켜보면, 어두운 다락방 바닥에 쭈그리고 앉아 살색 꽃봉오리처럼 피어 있는 생식기 모형을 눈이 휘둥그레진 채 쳐다보고 있는 아이가 떠오른다. 그것이 내가 늘상 보아온 정경이었다.

아이 낳는 것을 보는 것은 아주 자극적인 일이었다. 단층인 산부인과 건물에서 가장 큰 방은 바로 분만실이었다. 그곳은 짙은 남색 커튼이 드리워져 있었으며 창문 턱이 높아 기어올라가야만 안이 보였다. 나는 기어올라간 적이 없다. 발돋움을 해도 안 되어 좀 멀리 떨어진 곳에 서서 힘껏 위로 뛰어올랐다. 창문을 마주하고 뛰어올랐지만 그래도 보이지 않았다. 뛰어오를 때 마침 바람이 불어 커튼을 젖혀주어야만 했으나 그런 우연은 좀체 일어나지 않았다. 또하나 시도해볼 만한 창이 있는데 분만대를 마주 보고 있는 창이었다. 하지만 건물 뒤로 돌아가 가시나무로 둘러싸인 울타리를 지나 널브러져 있는 유리조각을 밟고 가야만 했다. 게다가 어른들에게 들킬 위험도 있었으며, 때마침 누군가 아기를 낳아야만 겨우 볼 수 있었다. 마침내 어느 날은 이만 오천 리의 장정* 끝에 그 창문 앞에 다다른 적이 있다. 커튼은 쳐 있지 않았으며 한 여인이 두 다리를 벌린 채 분만대에 누워 있었다. 그 여인의 몸에 다락방의 모형과 같은 음부가 아무런 가리개도 없이 적나라하게 펼쳐져 있었다. 그것은 정말 더할 나위 없는 공포였다. 마치 이미 눈에는 익지만 벽에 붙어 움직이지 않던 한 폭의 이상한 그림이 어느 날 갑자기 몸을 일으키며 액자에서 걸어내려와 사람을 혼비백산하게 만드는 것과 같았다. 나는 손발이 스르르 풀리며 그 위험한 창에서 떨어지고 말았다. 다시 기어올라갔을 때는 이미 커튼이 닫혀 아무것도 보이지 않았다. 단지 말소리나 철제 그릇이 서로 땡그랑 부딪치는 소리, 수돗물 소리만이 들렸다. 그래서 끝내 아이를 낳는 광경은 보지 못했다.

아기는 어떻게 태어날까? 그것은 은밀한 궁금증이었다. 한번은 누군가가 길에서 아이를 낳았다는 말을 들었다. 산기가 있는 부인이 비틀대며 경기장을 건널 때 아기가 나왔다고 했다. 많은 사람들이 몰려들어 한 겹 한 겹 경기장의 돌 벤치를 둘러싸는 바람에 나는 아무것도 볼 수가 없었다. 얼마 후 여인과 아기가 옮겨지자, 사람들도 뿔뿔이 흩어졌다. 돌 벤치에 가까이 가보니 검붉은 피가 한 움큼 얼

---

* 마오쩌둥이 장제스의 국민당 군대에 쫓겨 장시 성에서 산시 성까지 탈출한 거리를 말한다. 길고 험난한 여정을 뜻하는 말로 쓰인다.

룩져 있었다. 아이를 낳는다는 것은 위험천만한 일이며 피를 흘리고 때로는 죽기까지 한다는 것은 벌써부터 알고 있었다. 하지만 위험한 일은 언제나 일종의 유혹처럼 나를 끌어당겼다. 온몸이 긴장되고 홍분되다가 동시에 절망하곤 했다. 마음씨 좋은 누군가가 어떤 일은 하지 마라, 그렇지 않으면 커다란 위험이 따를 것이다, 라고 하면 나는 두려움과 홍분으로 잔뜩 긴장한 채 위험한 날이 다가오기를 하루하루 손꼽아 기다렸다. 보통 사람들은 그런 나를 이해하지 못했다.

나 역시 그런 나를 설명할 수 없다.

설마 내게 피학적 기질이 있단 말인가?

길고 긴 유년기에 나는 아이 낳는 것을 직접 보지는 못했다. 기숙사에서 그리 멀지 않은 산부인과 입구에 드문드문 서 있는 비파나무 그늘 아래, 한 명 또 한 명 아기가 태어났다. 아이들은 한 꿰미 한 꿰미 태어난다고 어머니가 말씀하셨다. 어떤 날은 전부 사내아이고, 다른 날은 전부 계집아이였다. 마치 미리 누군가에 의해 만들어져 있다가 꽃을 꽂고 나오는 것 같았다. 때로는 머리가 없거나 머리가 두 개인 기형아가 태어나기도 했다. 그들은 두껍고 누런 종이에 싸여 흰 가운을 입은 잡부들에 의해 병원 뒷산에 매장되었는데, 구덩이를 얕게 파고 묻어서 밤이면 들개가 그 구덩이를 파헤치곤 했다. 어른이 죽어도 그 산에 묻었으며 더 멀리 가는 법은 없었다. 더 먼 산은 돌산이었다. 구이린(桂林)의 산수처럼 아름답고도 특이하여 선경과도 같았다. 그러나 흙이 없어서 사람을 묻을 수는 없었다. 소라고개라고 불리는 그 돌산은 신비스러우면서도 두려운 곳이었다. 나중에 방공호를 만들 때, 병원에서 맡은 임무가 바로 그 소라고개에 방공호를 파는 것이었다. 어른들은 많은 해골을 파냈다. 그러나 세월이 한참 지나 누구의 시체인지는 알 수 없었다. 낮엔 아이들도 동원되었다. 방공호는 어른 허리 정도의 깊이였지만 어린애 키보다는 낮았다. 땅속 깊은 곳의 진흙 냄새가 으스스하게 온몸에 끼쳐왔다. 공습 경보가 B읍 상공에 우우 울리는 밤이면 어른 아이 할 것 없이 이불에서 기어나와 검은색과 같이 짙은 색 옷을 입고 손전등이나 성냥불을 켜는 것은 물론 울거나 소리지르는 것도 금지된 채 신속히 산의 방공호로 대피해야 했다. 연습이었지만 언제나 실제상황 같았다.

우리가 살던 병원 기숙사 입구엔 큰길이 나 있어서 시체를 매장할 때면 우리집 문 앞으로 지나가곤 했다. 다른 길은 없었다. B읍의 노인이 죽으면 남녀노소 예닐곱 명이 흰 천을 댄 신발을 신고 머리에 흰 두건을 두른 채 통곡하며 지나가곤 했다. 기관 요원이 죽었을 때는 까만 완장을 두른 대오가 화환을 메고 갔다. 그들은 우리집 문 앞을 지나 병원 영안실에 다다랐다. 영안실 문이 열리고 검은색이나 검붉은 색 관이 나오면 함께 산으로 올라갔다. 산에는 온통 가늘고 악취나는 잎에 미색의 작은 꽃이 피는 이름 모를 나무 천지였다. B읍의 화환은 모두 이런 나뭇가지와 이파리로 엮은 것이었다. 영안실과 병원 기숙사의 화장실은 마당 하나를 사이에 두고 이어져 있었다. 마당엔 풀만 무성하고 황량했다. 화장실에 가려고만 하면 뒤가 바로 영안실이라는 것이 떠올랐다. 흐린 날이나 밤이면 담 하나를 사이에 둔 뒤뜰에서 떠돌고 있을 귀신들은 어떤 모습일까 생각하곤 했다.

한동안은 매일 밤 죽음을 상상하곤 했다.

아빠가 돌아가시지 않았으면 나는 많은 캔디와 비스킷을 먹을 수 있었을 거라고 외할머니가 말씀하셨다. 죽음이 무어냐고 물으면 외할머니는 죽음이란 아빠처럼 다시는 볼 수 없게 되는 거라고 하셨다.

"아빠는 왜 돌아가셨는데요?"

16

"병에 걸렸단다."

외할머니가 말씀하셨다.

"병에 안 걸리면 안 죽나요?"

"사람은 누구나 죽게 마련이지."

"그럼 나는 언제 죽어요?"

"넌 아직 어리고 어른이 안 되었으니 몇십 년은 더 있어야 될걸."

"그럼 할머니는 언제 돌아가시는데요?"

"곧 죽을 거야. 할머니는 늙었으니까."

"알겠어요. 할머니가 돌아가시면 엄마가 돌아가시고, 그 다음엔 내가 죽겠지요. 그런데 할머니는 죽는 게 무서워요?"

"이제 늙어서 무섭지 않단다."

　나는 매일 밤 많은 꿈을 꾸었다. 꿈에 가족이 죽는 것을 보았다. 어떤 때는 외할머니였으나 어머니인 경우가 더 많았다. 어머니는 마치 영화 속의 혁명가 장지에(江姐)나 한잉(韓英) 같았다. 쇠고랑이 댕그랑댕그랑 울리며 어머니 주위를 맴돌고 있었다. 어머니는 난데없이 날아온 탄알에 맞아 땅바닥에 고꾸라져 있거나 붉은 피로 범벅이 되어 있었다. 꿈속에서도 어머니가 돌아가시는 날이면 난 정말로 고아가 되는구나, 이제 겨우 여덟 살인데 어떻게 혼자 살아가지? 하는 걱정이 또렷했다. 깨고 나면 언제나 온몸이 식은땀투성이였지만 그렇게 무섭던 꿈에서 마침내 도망쳐 나온 것에 안도의 한숨을 쉬었다. 어머니는 돌아가신 것이 아니라 그저 시골에 내려갔을 뿐이며, 나는 고아가 된 것이 아니라 다만 집에서 혼자 자고 있을 뿐이었다. 외할머니는 지주였다. 그래서 할머니도 시골로 내려가셨다. 그런 밤이면 비록 고아는 아니었지만 그래도 너무 무서웠다. 눈을 감는 순간 악몽속으로 떨어지지 않게 나를 막아줄 것은 이불밖에 없었다.

나중에는 꿈에 나 자신의 죽음을 보았다.

나는 언제나 사람들에게 쫓겨다니곤 했다. 아무리 달아나고 숨어도 항상 사람들에게 붙들려 결국 높다란 담 밑으로 끌려가곤 했다. 총구 앞에서, 총구가 조준되는 순간에 나는 이번엔 정말 죽는구나 하고 생각했다. 영원히 다시는 살아날 수 없을 것만 같았다. 곧이어 눈앞에 붉은빛이 번쩍이더니 가슴이 화끈거렸다. 나는 정말로 꿈속에서 죽은 것이다.

꿈에 죽음을 보는 것말고 가장 두려우면서도 가장 자주 보이는 것이 바로 결혼이었다. 어린 나이에 어떻게 결혼하는 꿈을 꿀 수 있었는지 모르겠다.

나에게는 결혼 역시 두려운 일이었다. 나는 영원히 결혼하지 않을 생각이었다. 나는 내가 다른 사람들과는 다른 종류의 사람이라고 생각했다. 그러나 꿈속에서는 종종 강한 힘에 제압당해 내 소망을 저버린 채 결혼하곤 했다. 결혼에 대한 꿈이라고 하지만 실은 늘 결혼식뿐이었다. (결혼 후의 생활이란 전혀 없었다. 어린애가 생각하는 결혼이란 고작 결혼식뿐이었다.) 여러 차례 본 어른들의 혼례처럼, 어찌된 영문인지 아무런 이유 없이 내가 탁자 앞에 서 있었다. 다른 사람들이 이것은 너의 결혼이라고 말했다. 옆에 선 신랑은 반에서 제일 못생긴 남학생 아니면 B읍에서 제일 못생긴 남자였다. 나는 놀라 온몸에 식은땀을 흘리며 곧 꿈에서 깨어나곤 했다. 절반은 깨고 절반은 잠들어 실제인지 꿈인지 구별하기 어려운 상태로 나는 이번에는 정말 끝이구나, 하고 절망했다. 아마도 내가 두려워했던 것은 단지 못생긴 남학생이나 추한 남자였을 것이다.

여러 번 꾼 꿈이 또 한 가지 있다. 여덟 살 이전에는 아파서 열이 날 때마다 어김없이 그 꿈을 꾸곤 했다. 그 꿈은 몹시 추상적이어서 어떠한 스토리랄 게 없다. 지금까지도 그 꿈의 의미를 알 수는 없지

18

만 여러 번 되풀이해서 꾸었기 때문에 내용만은 또렷하고 선명하게 기억이 난다. 스펙트럼처럼 빨강, 주황, 노랑, 초록, 파랑, 남색, 보라색이 있었고, 때로는 그중 몇 가지만 있기도 했다. 무지개 같기도 하지만 굽어 있지는 않고 좁고 긴 모습이었다. 색채는 짧지만 강했으며 수직으로 서 있었고 어디에선가 무궁무진하게 나의 꿈속으로 흘러들어와 모든 공간을 꽉 채웠다. 때로는 빠르게 때로는 느리게 들어왔는데 빠른 때는 색채가 밀집해 있고 여러 가지 색깔이 한데 꼭 붙어 있어서 답답하게 느껴졌다. 들어오는 속도가 느릴 때면 색깔과 색깔 사이가 좀더 또렷하여 길다란 빨강색, 길다란 노랑색이 여유 있게 줄지어 들어왔다. 그때는 견디기가 좀 수월했다. 하지만 때로는 그 기세가 등등하여 머리가 쪼개질 것 같았다. 그러다 갑자기 속도가 느려지면 곧 숨이 막힐 듯하다가 다시 물 속에서 떠오르는 것 같았다. 그 꿈을 꾸고 있으면 열이 나지 않아도 견디기 어려웠다. 그때 나는 몸이 몹시 약해서 항상 절반은 아픈 상태였다. 그래서 늘 그 꿈을 꾸었다.

무지개 색은 어디에서 오는 것일까?

그 오색 무지개의 꿈은 항상 혼자 있을 때 찾아왔다. 내가 병이 났을 때 어머니는 늘 곁에 없었다. 일 년에 어머니가 집에 있는 날은 많지 않았다. 병이 나면 나는 혼자 물을 마시고 잠이 들어서는 그 무지개 속으로 들어가는 꿈을 꾸곤 했다. 되도록 약을 먹지 않으려 한 것은 어려서부터 약을 먹어 버릇하면 약에 내성이 생겨 큰 병이 났을 때 어떤 약도 다 무용지물이 된다는 것을 알았기 때문이다. 그때 내겐 이웃이 없었다. 모든 이웃이 다 방역소에 갔고, 어머니는 부녀자 보건소라는 새 직장에 갔다. 보건소에는 소상까지 포함해 네 사람이 있었다. 어른들이 다 시골로 내려간 후 좁고 긴 사층 건물의 일층엔 다른 사람의 보모가 살고 있었고 나는 홀로 삼층에서 잤다. 그것은 정말 이상한 건물이었다. 층마다 단지 두 개의 길고도 좁다란 방이 있었을 뿐이다. 지금 돌이켜보니 그곳은 아마도 여인숙으로 쓰던 건물인 것 같다. 옆에는 소금창고가 있어서 담벽은 여기저기 소금투성이였다. 어찌됐든 나는 삼층의 어둠 속에 홀로 누운 채 잠을 잤다. 오색 무지개는 또다른 어둠에서 나와 끝없이 나의 꿈속으로 들어왔다.

그 꿈은 여덟 살 이후로 사라졌다. 열이 날 때도 다시는 그 꿈을 꾸지 않았다. 영원히. 이십여 년이 흘러 내가 서른이 되던 해에 남자친구가 손바닥보다 조금 작은 정사각형 모양의 까만 시계 하나를 내게 주었다. 어느 날 밤 나는 그 시계에서 무지갯빛이 나오는 것을 발견했다. 오색 광선이 반짝이는 탁자에 비쳐 은은한 오색 무지개가 되었는데, 시계 표면과 탁자 면의 무지개가 서로 비치며 몹시 괴상한 무늬를 이루었다. 그것을 보자 어렸을 때 꾸곤 하던 그 꿈이 생각났다. 지금까지도 나는 어릴 적 꿈에 나타난 오색 스펙트럼과 시계에서 비친 무지갯빛이 어떤 연관이 있는지 모르겠다. 그 사람과 헤어진 후 비로소 나는 그 까만 시계가 무서운 상징이라는 것을 발견했다. 길고도 야윈 흰색 바늘과 까만색 밑받침은 마치 흰 수염이 난 검은 고양이의 얼굴처럼, 혹은 세월처럼 그렇게 음험했다.

그 음험한 시계는 나를 따라 베이징까지 왔다. 나는 그것이 두려웠지만 그래도 버리기는 싫다. 나는 구제불능인 것 같다.

나는 꿈속에서 계속해서 죽었다가 다시 깨어나 차례차례 부활했다. 여름엔 나의 밤이 다섯시 반부터 시작되었다. 내가 식사를 했던 방역소는 네시 반부터 저녁을 주었다. 저녁식사 후엔 아무 할 일이 없었다. 공원에 홍두(열대식물─옮긴이)를 주우러 갈 때면 여덟시가 되어야 잠을 잤으나 아무 데도 가지 않을 땐 다섯시 반이면 잠자리에 들었다. 참견하는 사람도 없었고 갈 곳도 없었다. 방 안에 혼자 있는 것이 무서웠고 침대에 들어가야만 안전하게 여겨졌다. 침대에 올라가 모기장을 내리는 것은 결코 잠을 자기 위해서가 아니라 안전한 곳에 머물기 위해서였다. 만일 날이 어두워져서야 침대에 들게 되는 날이면 항상 전전긍긍하며 어쩔 줄 몰라했다. 밖에서 돌아오면 복도는 어두컴컴했다. 안마당을 세 개나 지나야 겨우 등이 있었다. 그러나 거기까지 갈 필요는 없었다. 내가 올라가야 되는 계단은 첫 번째 마당 옆에 있었다. 나는 혼자 올라갔다. 발소리가 고요한 어둠 속으로 울려퍼졌다. 그러면 나는 마치 뒤에 누가 있는 것 같아 두어 발짝 떼고는 뒤를 돌아보았다. 계단 모퉁이에 등이 하나 있긴 한데 켜지지 않은 지 오래였다. 모퉁이를 지나면 바로 하늘이 보였다. 마당 위의 하늘에는 희미한 별빛이 있었다. 발소리가 마당의 하늘로 울려퍼지다가 이내 사라지곤 했다. 나는 여전히 좀 긴장한 채 계속 위로 올라갔다. 그리고는 삼층에 다다라 문을 열고 불을 켰다. 문 뒤와 침대 밑을 한번 살펴보고 나무문 두 쪽의 문고리를 걸고 나면 온몸에 긴장이 풀렸다. 화장실은 집 안쪽 세번째 마당 끝에 있었다. 밤에 나는 절대로 물을 마시지 않았다. 그러면 화장실에 가지 않아도 되었다.

다섯시 반에 침대에 들게 되는 날은 그다지 무섭지 않았다.

침대에 들어갈 때 해가 서산으로 지고 있어 노을이 내 침대 옆 벽에까지 눈부시게 비쳤다. 나는 그 밝은 빛 속에서 모기장을 쳤다. 그러면 더할 나위 없이 안전하게 느껴졌다. 어둠은 나에 의해 일찌감치 집 바깥에 격리되었다. 어둠이 다가올 때 나는 이미 침대에 숨어 있었다. 침대에 올라가 벽에 기댄 채 꼼짝 않고 앉아 있노라면 등이 서늘해졌다. 때로는 누워 있기도 했는데 누워 있는 동안 해는 황금색에서 흰색으로, 그러다 다시 회색으로 변하곤 했다. 희뿌옇게 될 때는 몹시 고요했다. 그리고는 이내 어둠이었다. 어둠이 밀려오면 나는 한숨을 내쉬었다. 때로는 아직 훤할 때 잠이 들기도 했다. 깊은 밤, 잠에서 깨어 죽음을 생각하면 깊고 어두운 터널로 끝없이 떨어져 다시는 돌아오지 못했다.

오랫동안 나를 맴돌던 한 가지 소망이 있었다. 나는 죽은 다음에 땅에 묻히거나 화장할 필요가 없다고 생각했다. 우주선을 타고 우주 공간에 떨어지면 뭇 별들과 하늘을 날아다니며 영원히 썩지 않을 것이다. (우주에 대한 지식은 아동 과학서적에서 본 것이다. 나는 여덟 살 때부터 독서에 푹 빠져 '어린이의 집'에 있는 장서를 통독했고 의료서적을 제외하곤 집에 있던 많은 책들을 모두 읽었다.)

어둠 속에서 나는 우주에 떠다니는 상상을 했다. 그곳은 공기도 없고 가볍지도 무겁지도 않았다. 우주의 빛은 마치 오색 무지개처럼 나의 몸 속을 뚫고 들어왔다. 신비스럽고도 운명적인 어느 순간에 까만 동굴이나 항성의 강렬한 불꽃이 나를 삼켜버리면, 나는 다시 죽을 것이다.

나는 외할머니의 나이를 세며 내가 죽을 날을 꼽아보았다. 그때는 과학기술이 고도로 발달한 21세기일 것이므로 나의 소망은 틀림없이 실현될 수 있을 것이다. 여덟 살 때는 인류의 미래에 대한 믿음이 충만했었다. 자라서 성인이 된 후처럼 비관적이지 않았다. 스물한 살 때 나는 서른여덟 살의 이상한 여인에게 마흔 살까지만 살 거라고 말한 적이 있다. 그녀는 까무잡잡한 피부에 깊은 눈을 가진 아름답고도 기품 있는 여인이었다. 그녀는 노동자였으나 플레하노프*를 읽었으며 필체가 아주 멋졌다. 베이눠(北諾)라는 기이한 이름을 가진 그녀의 필체는 내가 아는 어떤 여성도 따를 수 없을 만큼 훌륭했다.

---

* 1856~1918, 러시아의 마르크스주의 이론가.

그곳 토박이가 아닌 베이붜는 표준어를 썼고 양말공장에서 임시 직원으로 일했다. 그것은 내겐 정말 믿기지 않는 일이었다. 그녀는 다른 사람에게 자신의 처지를 말한 적이 없다. 나는 다만 그녀가 집도 없고, 일정한 직업도 없다는 것밖에 몰랐으며, 아마도 아이 하나가 있으리라 어렴풋이 느꼈을 뿐이다. 아주 평범한 천으로도 아름답고 멋진 옷을 만들 줄 알았던 그녀는 N시의 먼 친척집에 몸을 의탁하고 있었다. 작은 문간방에 조그만 침대가 하나 있고 침대 머리는 창턱에 붙어 있었다. 창턱에는 그녀가 주워온 백목련이 있었는데 어떤 것은 벌써 갈색으로 말라비틀어졌다. 마른 백목련 꽃잎은 차로 끓여 마실 수 있다고 베이붜가 말했다. 마흔 살까지만 살고 싶다는 나의 말에 그녀는 그건 너무 비관적이라고 했다. 이듬해 여름방학에 N시에 다시 갔을 때, 그녀는 이미 양말공장에서 사라졌다. 그녀의 친척들도 그녀가 어디로 갔는지 알지 못했다.

베이붜는 순식간에 나의 시야에서 사라져버렸다. 그토록 매력적이던 베이붜는 어디로 갔을까? 무엇 하러 갔을까? 짐작조차 할 수 없었다.

아름다우면서도 신비한 여인들은 언제나 내 삶의 한 부분으로 예기치 않게 다가왔다가 홀연 사라져버려 삶의 진실한 모습을 알 수 없게 만들었다. 삶은 확실히 한바탕 꿈이다. 무수한 영상으로 눈앞을 스쳐 지나가버린 다음 다시는 돌아오지 않았다. 그래서 정말 그런 일을 겪었는지 확신할 수가 없었다.

나는 이따금, 쓰기만 한다면, 그런 일들을 글로 써서 흰 종이 위에 붙들어놓기만 한다면, 그것은 정말 존재했던 것이 되는 거라고 생각했다. 나는 컴퓨터조차 믿지 않았다. 프린터가 없기 때문에 컴퓨터로 글을 쓸 때면 나는 컴퓨터 디스켓 속에만 존재하다 컴퓨터가 꺼지면 모든 것이 사라져버렸다. 그래서 글을 쓰는 것이 마치 꿈을 꾸는 것 같았다. 컴퓨터를 끄면 꼭 꿈에서 깨어난 것 같았다. 나는 방금 쓴 것을 볼 수 없으니까 그것이 정말 다시 나타날지 확신이 서지 않았다. 매번 한 편의 소설을 끝낼 때마다 나는 수정할 시간이 없었다. 다급하게 프린트할 수 있는 곳을 찾아 글자가 프린트되어 나온 것을 보아야만 비로소 안심이 되었다. 그렇게 불안한 상태에서 창작을 하는 것은 몹시 불편한 일이었다. 그래서 나는 컴퓨터를 포기하고 새로운 자유를 얻었으며, 자유롭게 글을 쓸 수 있었다.

베이눠가 나의 꿈이었는지 아닌지는 확실히 모르겠다. 십 년 전의 일이었다. 원래는 내 기억력의 믿을 만한 증거인 일기를 들춰보려 했으나, 급작스레 베이징에 오다 보니 수십 권이나 되는 일기를 가지고 올 수가 없었다. 나는 자리가 잡히는 대로 다시 N시에 가서 짐을 가져오려 했다. 영화사에서 일할 때 내 숙소는 창고 옆방에 있었다. 창고 주위에는 잡초가 무성하게 자라나 있었는데 한 번도 다듬은 적이 없었다. 나는 암암리에 그것이 언젠가 재앙을 불러올 거라 생각했다. 화염이 난무하는 정경이 끊임없이 꿈속에 나타났다. 내가 떠난 지 얼마 안 되어 창고는 과연 대화재로 파손되었다. 기숙사에 있던 내 일기장도 재가 되어버렸다. 서른 살 이전의 삶을 전부 기록해둔 일기가 몽땅 재로 변해 사라져버려 찾을 길이 없었다. 아마도 그 화재가 나로 하여금 이 소설을 쓰게 만들었을 것이다. 나는 내 전반생의 기억을 길어올려 흐릿한 지난 일을 안전하게 종이 위에 옮겨두고자 했다.

그러나 그 화재는 나의 기억과 상상을 뒤섞어버렸다. 베이눠가 내 소설을 보고 그 점을 직접 증명해주기 전에는 그녀가 정말로 존재했는지도 확신할 수 없다. 베이눠를 찾는 것이 이 소설을 쓰는 목적의 하나이기도 하다.

이제 작년 여름에 발생한 일에 대해 이야기해야겠다. 6월 '9' 자가(이 숫자는 나와 모종의 신비스런 관련이 있다. 매번 '9' 자가 있는 날이면 나는 항상 몹시 불안해하며 기적의 강림을 기다리곤 했다. 이러한 묵계로 인해 어떤 불가사의한 일도 나를 놀라게 할 수 없었다) 있던 날 저녁 나는 집을 나와 아무런 목적도 없이 얼환로(二環路) 거리를 걷고 있었다. 북방의 낯설고도 단조로운 식물 사이를 걷고 있었는데 주위가 몹시 조용했다. 멀리 사람들이 지나다니는 것이 어렴풋하게 보였다. 뒤에서 발소리가 들렸다. 사뿐사뿐 들리는 소리로 보아 예사롭지 않은 젊은 아가씨임에 틀림없었다. 고개를 돌려보니 과연 네댓 걸음 뒤에 아름다운 젊은 여인이 서 있었다. 허리까지 오는 긴 머리는 멋대로 나부끼고 있었고, 셔츠 같기도 하고 스프링 코트 같기도 한 헐렁하고 긴 옷을 입고 있었다. 옷을 봐도, 그녀를 보아도 신분을 알아낼 수가 없었다. 그녀는 어렸을 때 자신이 B읍에 살았다고 했다. 그런데 내가 왜 모를까 하고 물으니 그녀는 모르는 것이 아니라 잊어버린 거라 했다. 그녀는 어렸을 때의 일을 이야기했다. 그녀는 우리집 근처에 살았으며, 프루스트가 잠자리에 든 것보다도 더 이른 다섯시 반이면 언제나 침대에 들어갔다고 했다. 어렸을 때 그녀가 했던 행동과 꾼 꿈은 나와 똑같았다.

그녀의 말에 나는 오싹 한기가 들어 웅얼거리듯 물었다.

"넌 누구지? 나의 그림자니, 아니면 가상의 나니?"

"만일 진실을 알게 되면 넌 받아들일 수 없을 거야."

여인의 목소리는 은밀했다.

"알려줘. 꼭 알려줘야 돼. 넌 누구지? 넌 나의 허상이지?"

나는 풀죽은 목소리로 조심스럽게 물었다.

"반대로 너야말로 나의 허구이지."

여인은 내 눈을 바라보며 또박또박 말했다. 나는 온몸이 나른해진 채 그녀를 바라보았다.

"아니야, 난 진짜 사람이야. 칼로 살갗을 찢어 피가 나오는 걸 보여주겠어. 그러면 내가 진짜라는 것이 증명될 테니까."

"그렇지 않아. 만일 네가 허상의 인간이라면 네 피도 허상일 테니까."

"어떻게 내가 허상이라는 것을 증명할 수 있지?"

"아무튼 증거를 얻게 될 거야."

여인이 나를 바라보며 말했다.

우리는 줄곧 북쪽으로 걸었다. 강변에 다다르니 저 멀리서 사람들이 바람을 쐬고 있었다. 그러나 그들은 모두 나무마냥 움직이지 않았다. 차가 지나가자, 빛이 그들의 몸 위로 순식간에 미끄러지더니 이내 어둠으로 돌아갔다. 마치 강 언덕에 묘비가 우뚝 서 있는 것처럼 보였다.

"우리가 왜 여기에 오려고 했는지 아니?"

여인이 물었다.

"모르겠는데."

"넌 알아차리지 못하겠지만, 어떤 신비한 것을 기다리고 있어. 네가 소설 속에서 여러 번 언급했듯이 강물은 저승의 입구이지. 하지만 어떤 시각에 저승과 통하는지 넌 알지 못해."

여인이 말을 계속했다.

"어떤 대사의 가르침을 받은 적이 있는데, 그의 정밀한 계산에 따르면 상류로부터 흘러나온 눈앞의 이 강물은 오늘밤 세시 삼분에 저승과 통하게 돼. 저승과 통하는 시간은 단지 삼십 초야. 하지만 그것으로 충분해. 만약 저승으로 보낼 것이 있다면 한 가지 의식만 치르면 돼."

나는 곧 아버지가 생각났다. 아버지는 내가 세 살 때 돌아가셨다.

그런데 아버지에게 무얼 보내드려야 하지? 장미? 치자나무 꽃? 아니면 파초 이파리를 보내드릴까? 하지만 애석하게도 북방에는 그런 것이 없었다.

"그때까지 우리 함께 기다리자. 내가 옆에 있어줄게. 일단 너의 의식이 끝나면 나는 곧 떠날 거야. 만일 내가 또 필요하다면 내년 이맘때 여기로 오렴."

한밤중이 되었다. 칠흑 같은 강물 위에 희뿌연 빛이 떠올랐다. 어슴푸레 날이 밝아오는 것 같기도 하고 허공 같기도 했다. 강 언덕에서 산뜻한 내음이 실려왔으며 희뿌연 빛이 하늘에서 죽 뻗어나와 우리 옆으로 흐르며 세계를 우리와 격리시키고 장엄하고도 영원한 무언가를 우리에게 전해주었다.

"장미를 강물에 떨어뜨리고 싶어."

내가 말했다.

"너의 생각 속에서 장미를 한 잎 한 잎 강물에 떨어뜨리렴. 생각이 아주 분명해야 돼. 한 잎 한 잎 떨어뜨리되 기울어지거나 뒤집어지거나 물 속으로 가라앉으면 안 돼. 수면에 꽃잎이 떠 있는 채 관념 속에서 장미로 온 강물을 가득히 채워 네가 꽃잎에서 나오는 향기를 맡게 될 때 비로소 이 의식은 완성되는 거야."

나는 그녀가 가르쳐준 대로 단전호흡을 하듯이 그 생각을 굳게 지켰다. 과연 나는 기이한 향기를 맡게 되었다. 내 앞에서 장미가 끝없이 떨어져내려 강물 가득 떠내려갔다.

의식이 끝나자 신비한 여인은 정말 떠나갔다. 언덕 위의 사람들은 여전히 미동도 없이 서 있었다. 그들은 흰 옷을 입고 있어서 달빛 아래 묘비가 서 있는 것 같았다. 그것은 로브그리에의 영화를 생각나게 했다.

나는 더 많은 사람들이 그 일을 알기를 바라는 마음에서 그 경험을 한 편의 소설로 발표했다. 그리고 다음해 그맘 때 후청강(護城江)에 가서 그 신비한 여인을 기다리는 것을 잊지 않으리라 생각했다.

어제가 바로 그날이었다. 오전엔 날이 흐렸다. 나는 뉴스 발표회에 참가했는데 회의가 끝나기 전에 비가 오기 시작했다. 우산도 우비도 없었다. 친절한 친구가 나를 포함한 몇 사람을 자기 집에 데리고 갔다. 그 집에는 아름다운 흰 고양이 한 마리가 있었다. 한쪽 눈은 파랗고 한쪽 눈은 노랬다. 우리는 오후 내내 고양이와 놀았으나 비는 그치지 않고 저녁이 되자 오히려 더욱 거세졌다. 세차게 휘몰아치는 비바람 때문에 밖으로 나갈 도리가 없었다. 그래서 집주인은 우리더러 응접실에서 비디오를 보든지 잠을 자라고 했다. 우리는 미스 월드 대회, 공포영화, 갱영화를 보았다. 한밤중에 우연히 손목시계를 보았더니 마침 세시 삼분을 가리키고 있었다. 그 순간 나는 오싹해졌다. 창 밖에는 번개까지 동반한 비바람이 여전히 몰아치고 있었다. 그런 밤에 그 신비한 여인이 약속대로 올지 어떨지, 그것이 나의 마음을 불안하게 했다. 나는 그 기회를 영원히 놓치고 말리라는 것을 알았다. 그 여인은 자기를 찾고 싶으면 올해 그 시각에 그곳으로 오라고 했다. 내년이나 내후년도 그럴지 어떨지는 말하지 않았다.

이제 나는 여선지자가 될 두번째 기회를 놓쳐버렸다. 신비한 사물이 왜 꼭 나를 찾아오는지 모르겠다. 나는 다른 사람들은 알아차리지 못하는 신비의 터널 입구를 스쳐 지나갔다. 한 번은 미래를 예측하는 심오한 이치였고, 한 번은 저승과 통하는 여인이었다. 그러나 나는 그 기회를 놓쳐버렸으며 결국은 그 기회를 선택하지 않았다. 그 기회들도 마찬가지로 나를 선택하지 않았다.

홀로 밤을 지내던 그 무렵, 다섯시 반에 잠자리에 들어 한밤중에 깨어나면 죽음을 상상하곤 했다. 어둠 속에서 두려움에 떨며 유령이

다가오기를 기다렸다.

B읍은 귀신과 가장 가까운 곳이다. 이 점에 대해서는 『사해(辭海)』에서도 찾을 수 있다. '귀문관(鬼門關)'*이라는 단어를 찾으면 '지금의 광시 베이류 현(北流縣) 도읍 남동쪽 팔 리에 있음'이라고 씌어 있다. B읍은 바로 이 현에 있었다. 여덟 살 때 학교 행사로 귀문관 근처에 종유동을 보러 간 적이 있다. 종유동은 귀문관보다 더 유명했다. 진(晉)나라 때 갈홍(葛洪)**은 일찍이 거기서 단(丹)을 연마한 적이 있다. 서하객(徐霞客)***도 간 적이 있었다. 종유동 안은 음기가 가득 찬 어두운 강물이었다. 그윽함과 신비함이 극치를 이룬 가운데 전등도 없이 관솔을 밝혔다. 동굴 안에 음침한 바람이 불자 관솔불이 번쩍거려 망령들이 바로 그 강으로부터 흘러나온 거라는 생각이 들었다. 그 어두운 강이 바로 귀문관 일대의 동굴에 흐르는 강이다. 강물이 지옥의 입구라는 비밀은 바로 그때 알게 된 것이다. B읍 사람들은 어두운 강물이 지나가는 세 개의 동굴을 각각 '꼬우로우(勾漏)' '타오위안(桃源)' '바이샤(白沙)'라고 불렀다. 동굴 밖은 구이린(桂林)의 산수와 같은 모양의 산이었다. 물처럼 부드러운 초록 풀은 귀신과 관련이 있는 것이 아니라 극락과 관련이 있는 것 같았다.

귀신의 문이라 불리는 관문은 바위동굴로 가는 길에 있었다. 좌우에 돌로 된 산이 길 쪽으로 경사져 있었고, 자연적으로 생긴 것 같은 커다란 아치모양 다리가 걸려 있었으며, 넓게 펼쳐진 암벽에는 '귀문관'이라는 세 글자가 움푹 패어 있었다. 붉은색의 글자가 그 글씨

---

* 지옥으로 통하는 문, 생의 갈림길.
** 진(晉)나라 사람으로, 신선술(神仙術)에 능하고 『포박자(抱朴子)』를 지었다.
*** 명대 서굉조(徐宏祖)의 다른 이름으로 『서하객유기(徐霞客游記)』 스무 권을 저술했다. 지모(地貌), 수문(水文), 지질, 식물에 관하여 상세히 기록하였다.

의 의미를 의심할 나위 없이 증명하고 있었다. 그 글자는 이미 당나라 때부터 있었다고 한다.

귀문관에서 태어난 계집아이는 날 때부터 귀신에 관한 이상한 생각들을 가지고 있다. 아무도 없는 커다란 방에 어둠이 드리워지면 눅눅한 초록색 유령들이 푸른 이끼로부터 흘러나와 마당을 차례차례 지나 초록색 긴 소매를 너울거리며 떠다녔다. 긴 소매 색깔이 푸른 이끼와 똑같아 어떤 것이 이끼이고 어떤 것이 유령의 소매인지 분간할 수가 없었다. 정신을 가다듬고 숨을 멈춘 채 눈도 깜박 않고 노려보며, 재채기도 해선 안 되었다. 혹은 눈을 감고 있다가 유령들이 무방비 상태로 있을 때 갑자기 노려보아야 했다. 여러 차례 반복하다 보면 드디어 유령들이 보였다. 그들은 마치 습기처럼 나타났다 사라지곤 했으며 깃털처럼 가벼웠다. 유령은 다락방에도 있었다. 다락방은 어두웠으며 전등을 켠 적이 없었다. 그런 곳에서는 유령들이 대담해져서 소곤소곤 속삭이곤 했는데 노을이 질 무렵 시작하여 동틀 무렵에야 비로소 끝나곤 했다. 유령과 원수진 일이 없었으므로 유령들이 별로 두렵진 않았다. 그것은 외할머니가 가르쳐주신 진리였다. 나쁜 사람은 두려워해도 유령은 두려워할 것 없다는 그 소박한 진리를 나는 마음속에 새겨두었다.

다락방에 속삭임이 가득해질 때면 나는 유령들을 보러 가고 싶었다. 계단 입구에 선 채 나는 유령들의 다른 모습을 상상하곤 했다. 마당의 유령들과 달리 다락방의 유령들은 커다란 검은 옷을 입고 있었다. 다락방의 공기처럼 검고 가볍게 그들은 다락방의 공중에서 떠돌고 있었다. 그들은 누구인가? 전에 여기 살던 사람들인가? 전에는 여인숙이었을 이런 집에는 얼마나 많은 사람들이 살았을지 모른다. 그들은 각각 남자귀신, 여자귀신, 늙은이귀신, 아이귀신으로 구별된다. 나는 그중 아름답고 선량한 여자귀신을 만나고 싶었다. 초등학

30

교 선생님이었던 샤오뤄위(邵若玉), 그리고 현 문예조의 야오충(姚瓊). 야오충은 B읍에서 가장 아름다운 여인이었다. 그들의 자살은 B읍에서 오래도록 가라앉지 않는 화젯거리였다. 그들의 젊고 아름다운 얼굴이 밝은 달처럼 B읍의 허공에 걸려 있었던 것은 60년대의 일이었다. 그때 그 B읍의 한 소녀는 다락방 계단에 서서 젊고 아리따운 두 여인이 귀신으로 변해 다락방을 떠도는 상상을 했다. 그들은 형체도 색깔도 없었지만 여전히 아름다웠다. 나는 한 걸음 한 걸음 위로 올라가다가 절반쯤 가서는 멈춰 서곤 했다. 호기심이 나는가 하면 또 두려움이 일었다. 무섭지 않았다고 하면 거짓이다. 나는 노을이 질 무렵엔 절대로 다락방에 가지 않았다. 하지만 낮에 다락방의 온갖 구석을 헤집고 다녀도 밤에 들려오던 소곤거리는 소리의 출처를 찾을 길이 없었다. 나는 늘 빈손이었다.

귀신에 관한 전설 또한 강에서 유래했다. B읍을 지나가는 그 강은 '구이(圭)'라는 이상한 이름을 가지고 있었다. 그 순간 나는 갑자기 '구이(圭)'와 '구이(鬼)'가 같은 소리라는 게 생각났다.* 표준어든 B읍의 방언이든 그 두 글자는 같은 소리가 났는데, 전에는 그것을 전혀 알아차리지 못했다. 구이허를 다른 마을에서는 구이허(圭河)라 부르지 않았다. 게다가 내내 동쪽으로 순조롭게 흐르다가 B읍에 이르면 갑자기 북쪽으로 구부려져 흐르고, B읍을 지나서는 다시 동쪽으로 흐르니 그거야말로 귀신만이 알 일이었다. 7월 14일 중원절(中元節)**만 되면 B읍의 구이허는 사람들에게 아주 심각한 계시를 보여주곤 하였다. 해마다 7월 14일이면 한 번의 예외도 없이 어린애

---

* 한국어 발음으로는 규(圭)와 귀(鬼)로 다르지만 중국어 발음은 같다.
** 음력 칠월 보름날. 백중(百中)이라고도 한다. 대중 앞에서 잘못을 말하여 참회를 구하고 절에서 재를 올린다.

한둘이 익사를 한 것이다. 학교에서 무신론 교육을 받을 때 우리들은 이러한 의문에 휩싸였다.

"만약 이 세상에 귀신이 없다면 왜 하필 7월 14일, 그날에 어린애가 물에 빠져 죽지요?"

살아남은 아이가 몹시 진지하고 심각하게 질문을 하면 선생님은 눈살을 찌푸리며 말씀하셨다.

"그건 우연이란다!"

만족스러운 대답을 듣지 못한 아이는 매일 학교가 파하면 구이허 강둑에 가서 강물을 바라보곤 했다. 수초가 맑은 강물 속에서 흔들리고 있었다. 죽은 아이는 종종 수초에 휘감겨 있곤 했다. 살아남은 아이는 틀림없이 그 수초 사이에 물귀신이 숨어 있을 거라 생각했다.

귀신에 관한 이야기는 다 했다.

밤에 어머니가 집에 안 계신 것에는 이미 익숙해졌다. 그때부터 나는 어머니와 영원히 거리를 두게 되었다. 어머니가 집에 계시기만 하면 마음이 편치 않았다. 어머니와 시내에라도 나가게 되면 무슨 수를 써서든 멀찌감치 떨어져서 갔다. 어머니와 함께 영화를 보러 가면 나는 다른 쪽 팔걸이에 삐딱하니 기대곤 했다. 어머니가 집에 있으면 무슨 핑계를 대서라도 집을 빠져나왔다. 살아 있는 아이가 기나긴 밤에 홀로 잔다는 것은 육체가 어둠 속에 매달려 있는 것과 같았다. 가족의 애무를 받지 못한 그 피부는 고독하고도 굶주린 채, 공허하게 침대에 버려져 있었다.

나는 피부의 공허감을 의식하지는 못했다. 몇 년이 흐른 후, 내가 내 아이를 안고 얼굴과 몸을 어루만질 때야 비로소 살아 있는 아이가 가족의 애무를 얼마나 필요로 하는지를 알게 되었다. 그런 애무를 받지 못하면 아이는 필연적으로 결핍을 느끼게 되는 것이다. 살아 있으나 굶주려 있는 아이는 피학적인 경향이 있지 않을까?

때문에 기나긴 어둠 속에서 고독했던 두오미는 종종 강간당하는 환상에 빠지곤 했다. 그 기괴한 성적 환상이 바로 피학광의 시초가 아닌가? 누군가에게 쫓기다가 더이상 갈 곳이 없는 절벽 앞에서 절망적으로 붙잡혀 옷을 찢긴 채 폭행을 당하고 채찍으로 얻어맞았다. 거대한 검은 그림자가 무겁게 몸을 누르면 육체의 고통과 쾌감이 동시에 느껴졌다. 고통 속에서 심연으로 떨어졌다가 비상하고 또다시 떨어지곤 했다. 그것이 두오미가 유년기에 상상했던 장면이다. 두오미가 유년기에 꾸었던 꿈이 성인이 된 후 종종 실제로 나타났던 것처럼 강간당하는 환상은 그녀의 청춘기에 희극적인 사건으로 나타났다.

상상과 진실은 마치 거울 속의 두오미와 실재하는 두오미 같았다. 그녀는 가운데 서서 두 개의 자신을 보았다.

진실한 자신,

거울 속의 자신.

양자는 서로를 비추며 만화경처럼 천태만상으로 변했다.

이제 그 일을 살펴보자. 음울했던 대학 시절에 두오미는 이층침대의 위쪽에 있던 왕(王)의 모기장에서 지난 일을 회상하거나 아니면 책을 끼고 산으로 올라가곤 했다. 그곳은 외지고 조용한 오솔길이었다. 기숙사에서 너무 멀리 떨어져 있고 또 가파른 길을 올라가야 했기 때문에 찾는 사람이 아주 드물었다. 사람들 무리를 피했다는 사실에 두오미는 안전함과 만족감을 느꼈다. 처음엔 사람이 없다는 데 모종의 경계심을 가졌으나 눈을 부릅뜨고 보니 작은 산의 나무 한 그루, 돌멩이 하나까지 빠짐없이 한눈에 다 들어왔다. 그런데 무슨 위험이 숨어 있겠는가! 두오미는 이내 마음이 놓였다. 대학 사학년 때 두오미는 수업이 없는 오후에는 언제나 거기에 가곤 했다. 그곳은 모기장 안보다 더 편안했다. 모기장이 작은 정원이라면 산은 커다란 정원이었다. 정원을 가진 사람은 얼마나 행복하고 자유로웠던가. 정원의 풀 한 포기 나무 한 그루가 얼마나 친근했던가. 그런데 짙은 안개가 낀 어느 날, 두오미가 산 정상에서 시를 쓰고 있는데 안개 속으로 뿌연 그림자가 그녀 앞에 다가왔다. 그가 묻는 소리가 들렸다.

"W대의 직원 숙소가 어디예요?"

아주 앳된 목소리였다. 두오미는 고개를 돌려 건너편 건물 일대를 가리켰다. 천천히 물어볼 때와는 달리 안개 때문에 얼굴이 희미해 보이는 젊은이가 잽싸게 두오미를 덮쳐 땅바닥에 눌렀다. 두오미는 눈을 부릅뜬 채 하늘이 삽시간에 어두워지는 것을 보았다. 숨쉬기조차 곤란하고 눈앞이 캄캄해지더니 이내 심연으로 떨어져내리는 것 같았다. 두오미는 이제 끝이구나 하는 생각이 들었으나, 이것은 단지 꿈일 뿐이라고 바꿔 생각했다. 하지만 그것은 분명 꿈이 아니었다. 이번엔 정말 끝장이었다. 곧 숨이 끊어질 것 같을 때, 그의 손이 느슨하게 풀렸다. 공기가 확 들어가며 가슴이 시원해졌다. 가만히 눈을 뜨자 하늘이 이내 밝아지며 하얀 안개가 뿌옇게 머리 위를 떠다녔다. 등은 돌멩이가 배겨 아팠고, 머리엔 틀림없이 진흙이 묻어 있을 거였다. 그 남자가 숨가쁘게 식식대며 말하는 소리가 들렸다.

"당신과 관계를 맺고 싶어."

두오미를 끌어당기며 그는 간신히 몇 발짝 떼었다.

"됐어요. 나 혼자 걸을게요. 그렇게 잡아당기니까 내 신발이 망가졌잖아요."

"조용히 해. 안 그러면 코를 물어뜯어버릴 테니까."

그가 허세를 부리며 말했다.

코를 물어뜯은 이야기는 그해 널리 퍼졌던, 실연당한 데 대한 보복 이야기였다. 최근에 판핑(潘平)이 황산으로 얼굴을 뜯어고치려다 상처를 낸 사건을 연애를 하는 사람이든 안 하는 사람이든 다 아는 것처럼 한 청년이 실연당한 후 화가 나서 여자친구의 코를 물어뜯은 것도 누구나 아는 유명한 얘기였다. 그 일이 알려진 후 많은 모방자가 있었다. 순식간에 물어뜯긴 코가 전국 각지에서 나타나 코가 아직 붙어 있는 여자에게 어두운 그림자를 던져주었다.

'저 사람은 말한 대로 행동할 거야.' 두오미는 생각했다.

"방공호로 가자."

그 사람은 한 손으로 두오미의 손목을 꽉 움켜쥔 채 말했다. 두오미는 순순히 걸었다. 머릿속이 맑고 분명해진 그녀는 자신이 이렇게 의식이 또렷한 채 순종하는 게 이상하게 여겨졌다.

'고함질러봤자 소용없을 거야. 아무도 없으니까.'

그녀는 맑은 정신으로 생각했다. 이 순간을 한바탕 꿈이라 생각하고 견디기로 했다. 아무도 아는 사람이 없는 이상 그것은 없던 일이나 마찬가지다. 그야말로 한바탕 꿈일 뿐인 것이다. 만일 불행히도 나쁜 결과가 생긴다면 홀로 그것을 처리해버릴 작정이었다.

방공호의 희미한 빛이 눈에 익자 놀랍게도 그 폭행자는 잘생긴 사내아이였다. 새하얀 피부에는 발그레하게 홍조가 돌았으며 특히 소녀처럼 붉은 입술은 눈부시게 아름다웠다. 두오미 반에 그런 입술을 가진 남학생은 없었다. 그의 입가에는 부드러운 노란 솜털이 송송 나 있었다. 그는 전혀 경험이 없는 듯 두오미의 몸을 더듬더니 실망이라는 듯 말했다.

"정말 말라깽이군."

그는 자신의 바지를 내리다 두오미가 바라보고 있는 것을 보고는 호주머니에서 손수건을 꺼내 두오미의 눈을 가리며 말했다.

"보지 마."

그러고도 안심이 안 되는지 손수건 가장자리를 자신의 몸으로 눌렀다. 얼마간 시간이 흐른 후 그는 몸을 뒤척이며 풀이 죽은 목소리로 말했다.

"됐어. 오늘은 내가 너무 피곤한가봐."

그는 두오미의 얼굴에서 손수건을 거두었다. 그리고 둘은 한동안 서로를 바라보았다.

"너무 마른 걸 보니 영양 상태가 안 좋은 것 같은데. 이제 됐으니 가봐."

사내아이가 말했다.

"내 시 노트가 아직 산에 있으니 찾는 걸 좀 도와줘."

두오미가 말했다.

"W대의 학생이니?"

사내아이가 물었다.

"응."

"난 대학생을 좋아하는데 우리 친구하자."

그들은 산꼭대기로 올라갔다. 두오미의 시 노트는 아까 그 자리에 비뚜름히 놓여 있었다. 표지는 바람에 날려 한 조각 찢겨나갔고 흙도 좀 묻어 있었다. 두오미는 보물이라도 찾은 듯이 노트를 주우며 말했다.

"아직 있을 줄은 정말 몰랐는데."

그녀는 돌 하나를 골라 앉았다. 사내아이가 그녀 곁에 다가가 말했다.

"난 정말 대학생을 좋아해."

"몇 살이니?"

두오미가 물었다.

"스물한 살."

"나보다 세 살이나 어리네!"

"남자친구 있니?"

"없어."

"앞으로 자주 찾아올게."

"방금 넌 날 목 졸라 죽일 뻔했어."

"그땐 몹시 두려웠어. 다시 한번 해보려고 했는데 네 얼굴이 자줏빛으로 변한 걸 보고 손을 놓은 거야."

"이런 짓 처음이니?"

"응."

"이름이 뭐니?"

"네 이름은 뭔데?"

그들은 서로 이름을 말해주었다. 이미 여러 해가 지나 그 사내아이의 이름은 기억나지 않는다. 단지 성이 왕(王)씨인 것만 생각나는데, 이름은 칭궈(慶國)나 젠궈(建國)였던 것 같다. 그는 자신이 일하는 공장이 어디에 있는지 자세히 가르쳐주면서 내가 자기를 찾아오길 바란다고 했다. 그의 외할아버지는 일찍이 일본에서 유학을 했으며 어머니는 그가 대학에 다니기를 바랐으나 삼 년이나 내리 시험에 떨어졌다고 했다.

두오미와 사내아이는 산꼭대기 바위에 앉아 있었다. 사내아이가 하는 이야기를 들으며 두오미는 생각했다. 단조롭게 공부만 하며 사 년간의 대학 시절이 아무런 광채도 자극도 없이 그냥 그렇게 지나가는가 했는데, 이런 괴이한 만남을 갖다니, 얼마나 귀중하고 아름다운가! 마치 하늘의 오색 무지개 같군!

"나중에 난 이 일을 소설로 쓸 거야."

두오미가 불쑥 말했다.

"어떻게 이런 일을 쓸 생각을 다 하니?"

사내아이가 이해할 수 없다는 듯 물었다. 그는 몹시 책임을 느끼는 듯 두오미에게 그런 생각은 단념하라고 했다.

"만약 그런 일을 쓴다면 앞으로 네 남편 될 사람이 너한테 잘해주지 않을 거야."

그가 재차 말했다.

산을 내려올 때 그들은 매점 앞을 지나게 되었다. 사내아이는 뛰어들어가더니 빵과 사이다를 샀다. 벌써 낮 한시였다. 헤어질 때 사내아이가 또 물었다.

"내가 네 남자친구가 되길 바라니?"

그런 속삭임 같은 말은 두오미에게 너무 뜻밖이었다. 폭행자의 입에서 그런 말이 나오다니 정말 너무 신선했다.

까만 눈동자에 붉은 입술을 가진 준수한 사내아이가 여러 해 전에 대학 기숙사 뒤의 오솔길을 걷고 있었다. 그는 짙은 안개에 둘러싸여 있었는데 그의 얼굴은 마치 안개 속의 꽃송이처럼 아름다웠다. 그는 W대학의 암담했던 나날 중에 떠 있는 얻기 힘든 기적이었다.

아무도 그 기적을 알지 못했다. 왕도 몰랐다. 그녀는 점심때 왜 식사하러 오지 않았는지 물었다. 나는 사실대로 빵을 먹었다고 말했다. 그러나 빵 뒤에 숨은 색다른 이야기와 이야기 속 붉은 입술의 사내아이에 대해서는 입을 다물었다. 다른 학우들은 나의 마음속 시야에 들어오지 못했다. 그녀들은 나의 눈앞에서 영원히 그저 배경으로 존재할 뿐이었다. 우리는 서로 간섭하지 않았다. 나는 동창들의 모습에서 그 안개 속 산의 비밀을 몰래 냄새 맡았다. 그 비밀은 은은한 안개 기운을 흩뿌리고 있었다.

한 주일이 지났다. 맑은 날에 기숙사에서 마음 내키는 대로 책을 뒤적이고 있는데 밖에서 들어온 친구가 말했다.

"어떤 사내아이가 널 찾아왔어."

그때는 겨울이었다. 우리 학년은 봄에 입학하여 겨울에 졸업했으므로 곧 졸업을 앞두고 있었다. 시험도 이미 치르고 배치를 기다리고 있는 중이었다. 이제 평생 동안 시험을 볼 필요가 없었다. 우리는 더할 나위 없이 행복하고 홀가분했다. 은밀한 연애들이 단번에 모두 공개되었다. 타지에 있던 약혼자들 역시 하나하나 학교로 찾아왔다. 그들은 각각 여학생 기숙사와 남학생 기숙사에 배치되어 따뜻한 대접을 받았다. 기숙사는 전에 없이 명절처럼 북적댔다. 낮에는 모두들 뿔뿔이 시내에 나가 가보지 않았던 곳에 놀러 갔다. 텅 빈 집에서 같은 방 친구의 목소리가 들렸다.

"두오미, 어떤 사내아이가 아래층에서 널 기다리고 있어."

아래층에 내려가보니 그 붉은 입술의 사내아이가 커다란 과일 바구니를 든 채 초조하게 계단을 바라보고 서 있는 것이 한눈에 들어왔다. 나를 보더니 그는 좀 쭈뼛거렸다. 대학 교정에서 공장에 다니는 사내아이는 당황한 채 어찌할 바를 몰랐다. 고개를 푹 숙이고 있는 그에게 폭행자의 용맹 따위는 전혀 없었다. 결국 그는 내가 W시에 남을 수 있는지를 물었다. 내가 배치될 곳은 W시에서 아주 먼 곳이라 그러지 못할 거라 말했다. 그는 한숨을 내쉬더니 고개를 숙인 채 아무 말도 하지 않았다. 일단 배치 결과가 나오면 편지하겠다고 그에게 약속했다.

그리고는 곧 헤어졌다. 며칠이 지나 배치 결과가 나왔다. 나는 N시로 돌아가게 되었다. 동창들은 계속 책 꾸러미를 싸고 짐을 탁송하며, 연달아 학교를 떠나갔다. 기숙사는 텅 비었다. 그걸로 W시와의 인연은 모두 끝났다. 왕젠궈인지 왕칭궈인지 하는 그 사내아이는 지금 어디에 있을까?

"혼자 살면 무섭지 않아요?"

어른이 된 후 누군가 내게 묻곤 했다. 출장 갔을 때나 같은 방을 쓰는 친구가 어디 갔을 때, 혹은 독방에 배정되었을 때, 그런 기회는 성인이 된 후 아주 많았다. 생산대* 시절 나는 일 년 반 동안 그곳 학교에서 교사 노릇을 했다. 학교 마당 한쪽 구석에 있는 아주 작은 숙소가 내가 처음 얻은 혼자 쓰는 숙소였다. 나는 방이 작으면 작을수록 무섭지 않았다. 공간은 두려움을 느끼게 하는 법이다. 그러나 벽으로 공간이 분리된 작은 방은 더이상 나에게 두려움을 불러일으키지 못했다. 문제는 전등도, 이웃도 없다는 것이었다. 교실 세 개를 건너 다른 쪽 모퉁이에도 한 선생님이 묵고 있었는데 휴일만 되면 B읍의 집으로 돌아갔다.

토요일의 학교는 평일보다 두 배는 더 어둡고 조용했다. 번개라도 치는 날이면 으스스한 번개 불빛 아래 사람 하나 없이 텅 빈 교실의 낡은 책상과 의자 사이에서 흰 종이가 너울거려 돌연히 공포 분위기를 자아냈다.

게다가 대학에서 나는 매년 설마다 집에 돌아가지 않는 유일한 사람이었다. 나는 일찌감치 고향이란 존재를 포기해버렸다. 고향의 따스함도 벌써 잊어버렸고, 동향 모임에도 전혀 참가하지 않았으며 동향 사람들과 사투리로 말하지도 않았다. 나는 외로운 영혼처럼 겨울 방학을 대학 교정에서 떠돌아다녔다. 고향을 버린 사람은 동시에 설날도 버리는 법이다. 설날이란 집안 식구들이 고향에 모이는 날이다. 나는 그런 명절을 경멸했다. 그래서 어둡고 축축한 긴 복도에는 오로지 나의 발소리만이 울리곤 했다.

---

* 인민공사의 3급 소유제 중에서 농촌인민공사와 생산대대(生産大隊)의 아래에 있는 말단의 소유 단위로 25~30호(戶)로 조직되어 있다.

40

"무섭지 않니?"

사람들이 내게 물었다. 도서관에서 일할 때는 으슥한 공원 안쪽 들풀들이 자라 있고 창이 나 있는 나지막한 집에서 묵었다. 칠흑같이 어둡고 조용한 밤이면 아래층에서 창유리를 두드려대는 사내들의 외설적인 말에 놀라곤 했다. 창 밖엔 훔쳐보는 눈길이 매달려 있기도 했다. 그런 밤이 왜 무섭지 않겠는가? 두오미에게 남성적인 기질이 있다고 사람들이 느끼는 것은 그녀가 전혀 애교를 부리지 않고 (애교는 계집아이들이 천성적으로 타고나는 것인데 두오미는 나면서부터 그 기회를 잃어버려 영원히 배우지 못했을 따름이다. 그럴듯하게도 자연스럽게도 배우지 못하여 애교를 부릴 줄 모르는 여자아이를 어떻게 완전한 여자아이라 할 수 있겠는가?), 호들갑스레 두려워하지 않기 때문일 것이다. 두려움 역시 여자아이들에게서 빼놓을 수 없는 기질이다. 놀라움을 민감하게 받아들이고 과장되게 표현해야 남자들에게 기회를 주는 법이다. 그러나 두오미는 머나먼 유년 시절부터 두려움의 터널을 뚫고 지나왔다. 다섯시 반이면 이미 침대에 들어가 어둡고 긴 밤을 악몽과 싸우며 두려움에 대한 온갖 시련을 겪었다. 그녀의 몸은 상흔으로 얼룩진 철옹성이어서 두려움은 더이상 그녀의 마음속으로 들어가지 못했고, 그녀를 아프게 하거나 파괴하지 못했다. 그녀는 정말로 많은 시련으로 단련되었으며 무디어지고 굳세어졌다.

심지어 여덟 살 되던 해는 같은 나이의 사내아이에게 용기를 북돋워주는 역할을 해냈다. 두오미와 같은 반 학우였던 그 소심한 사내아이는 어머니의 동료의 외동아들로 손바닥 안의 진주였다. (이는 원래 계집아이를 표현하는 말이지만 이 사내아이에게 꼭 맞는 말이었다.) 어느날 갑자기 어머니의 동료가 자기는 시골에 내려가야 하는데 그날 밤 돌아올 수 없다는 것이었다. 그런데 자기 뚱보 아들이 무척 겁이 많아 혼자서는 잠을 잘 수 없다면서 다짜고짜 솜이불 두 채를 내 침대로 안고 와야겠다고 했다. 우리집에는 어쨌든 어른이 없는데다 어린아이와는 상의할 필요도 없다고 여겼는지 마치 자기 집이라도 되는 양 뚱보에게 이불을 깔아주었다. 그녀는 이불을 편안하고도 두껍게 원통으로 깔더니 뚱보가 이불 속으로 들어가게 한 다음 이불을 여며주었다. 뚱보는 내 방을 삼분의 이나 차지했다. 어머니의 동료는 순식간에 우리집에서 나를 갈 데 없이 남에게 얹혀사는 아이로 만들어버렸다. 그녀는 남은 삼분의 일을 가리키며 내게 말했다.

"두오미, 빨리 자거라."

내가 싫다고 하자 그녀는 말했다.

"두오미, 빨리 누워. 내가 불을 꺼줄게."

"전 남자아이와 한 침대에서 잘 수 없어요. 친구 집에 가서 자겠어요."

이 말을 들은 어머니의 동료는 몹시 애가 타서 말했다.

"네가 가버리면 우리 뚱보는 어떡하니? 뚱보가 무서워할 거야."

"뚱보가 무서워하는 게 나와 무슨 상관이에요? 쟤는 어린애가 아닌걸요. 벌써 학교에 다니는데. 뚱보도 단련을 해야 된다구요."

단련이라는 말에 어머니의 동료는 나에 대한 전술을 바꾸었다.

"두오미, 아줌마도 네가 용감한 아이라는 것을 안단다. 이 다음에 너는 틀림없이 출세할 거야. 뚱보는 어려서부터 단련이 안 됐으니 그애와 하룻밤만 같이 자거라!"

출세라는 말에 나는 금방 진정이 되고 고무되었다. 어려서부터 나는 큰 뜻을 세워 출세하는 사람이 되겠다고 다짐했다. 출세라는 단어가 내겐 가장 매력적인 단어였다. 그 아주머니는 무의식중에 나를 매수한 것이다. 나는 순순히 침대에 들어가, 고개를 웅크린 채 남아 있는 삼분의 일에 누웠다. 나는 자랑스럽게 생각했다.

'뚱보는 비록 전혀 도리에 맞지 않게 내 침대를 차지했지만 장차 별볼일 없는 사람이 될 것이다.'

나는 어둠 속에서 나의 큰 포부를 키웠으며 동시에 남학생을 하찮게 여기는 마음도 자라났다.

초등학교에는 반마다 두세 명의 엘리트가 있었다. 그들은 같은 또래보다 일찍 『임해설원(林海雪原)』*과 『청춘의 노래(青春之歌)』** 같은 장편소설(그들은 이런 책을 만화책과 구별하여 큰 책 또는 글자가 작은 책이라 불렀다)을 읽었다. 당시 그런 책들은 이미 지하로 들어가 독초나 에로소설 취급을 당했다. 어린 소년소녀들은 그런 책들을 통해 사랑이라는 것을 알게 되었다. 그들은 두근거리는 가슴으로 남녀가 서로 끔찍이 사랑하는 장면 몇 쪽을 읽었다. 그 몇 쪽은 다른 곳에 비해 더 새까맣고 주름져 있어서 단번에 찾을 수 있었다. 그런 소설에 물든 소녀는 마음속에 사랑의 환상을 품은 채 반에서 가장 뛰어난 아이를 남몰래 환상의 대상으로 삼아 한동안 감미로운 심정에 빠져들었다. 그녀는 그의 일거일동을 열렬히 사랑했다. '아, 저앤 내 거야.' 소녀는 생각했다. 그 소녀는 내가 아니라 우리 반의 '대

---

* 1957년 출판된 취보(曲波:1923~)의 장편소설. 중국 국민당과 공산당의 내전 시기를 배경으로 총체적인 진실을 지향하면서 역사를 반영한다는 전제하에 씌어진 새로운 형식의 전기(傳奇)체 소설. 1946년 동북지구에 파견된 연대 참모장 사오지엔보(少劍波)가 36명의 전투원과 함께 심산밀림을 선회하고 망망한 설원을 질주하면서 온갖 애로를 이겨내고 토비를 섬멸하는 과정을 그린 작품. 구성, 언어, 이야기의 조직이나 인물의 표현방법, 정경(情景)의 결합 등 모든 방면에서 중국의 민족적인 풍격을 드러내주는 작품으로 손꼽힌다.

** 1958년 출판된 양모(楊沫:1914~)의 장편소설. 1931년 만주사변부터 1935년 12·9 학생운동까지를 배경으로 한다. 주인공 린다오징의 성장 과정을 통하여 개인주의를 극복하고 청춘을 민족해방이라는 대업에 바치는 것이 인생의 가장 의의있는 여정이라는 주제를 반영하고 있는 작품. 대지주의 가정에서 태어났으나 어머니

왕'이었다. 반마다 대왕이 있어 모든 것을 지휘했으며 약자를 괴롭혔다. 지휘에 따르지 않는 아이는 누구든 따돌림을 당했다. 따돌림은 대왕의 가장 유력한 정치 수단이었다. 그녀의 말을 듣지 않는 아이가 있으면 하교길에 떼거리로 그애의 별명을 부르고, 정면으로 마주치면 노려보곤 했다. 두오미는 대왕형의 소녀는 아니었다. 지배욕이 없고 무리를 좋아하지 않았으며 다른 사람을 보아도 못 본 척 언제나 제 생각에 빠져 있었다. 게다가 다른 사람들이 따돌릴 방도가 없을 정도로 독립적이고 굳세었다. 다른 사람에게 의뢰하는 인간이야말로 따돌림을 당하기 안성맞춤인 것이다. 대왕은 본능적으로 그 점을 알아차렸다. 그녀는 특별한 여자애를 좋아했다. 그래서 두오미를 좋은 친구로 여겨 두오미에게 그녀가 고른 남자애를 이야기하곤 했다.

두오미는 달랐다. 그녀의 환상 속의 사랑이란 언제나 몹시 기괴한 것이어서 구체적인 남자애와는 아무런 관계가 없었다. 초등학교, 중학교, 고등학교, 대학교 내내 같은 반 남학생을 좋아해본 적이 없었다. 그건 도대체 무엇을 말하는 걸까? 나는 도대체 어떻게 돼먹은 사람일까? 나는 태어나면서부터 보통 사람과는 다르게 태어났을까? 이런 질문들을 되풀이해보았으나 언제나 분명한 해답을 찾지

가 소작농이었던 린다오징은 고등학교 졸업 후 중매결혼에 반항하여 집을 뛰쳐나온다. 베이다이허(北戴海)에서 교사생활을 하는 그녀를 교장이 당시 현지사에게 '선물'로 바치려 하자, 바다에 뛰어든다. 그후 그를 구해준 위잉저(余永澤)와 사랑에 빠져 동거를 하지만 혁명활동에 참가하고자 하는 린다오징을 위잉저가 자기의 부속물로 간주하여 제지하자 결국 그를 떠나게 된다. 그녀는 장화(江華)의 지도 아래 농촌에 들어가 정열적으로 항일구국운동에 참가하다 투옥된다. 일 년 남짓한 투옥생활 동안 린훙(林紅)의 지도로 개인영웅주의를 극복하고 침착하고 강인한 혁명전사로 성장한 그녀는 출옥 후 공산당에 입당하여 12·9 베이징 학생운동의 선봉에 서게 된다.

못했다.

때로는 내가 환상에 탐닉하고, 백일몽을 꾸는 것을 좋아하기 때문이라고 결론짓기도 했다. 환상에 빠진 사람은 영원히 눈앞의 사물을 보지 못하는 법이다. 네댓 살 무렵에 나는 일찍이 이 다음에 크면 낙하산을 타고 하늘에서 내려오는 해방군에게 시집가야겠다는 환상을 가지고 있었다. 그 환상 속에서 해방군은 희미하고 애매모호한, 있어도 되고 없어도 되는 대상이었다. 중요한 것은 낙하산을 타고 하늘에서 내려온다는 점이다. 환상을 품은 아이는 별이 가득한 신비하고도 심오한 밤하늘에 얼마나 매료되었던가. 나는 하늘을 바라보기 좋아하는 아이였다. 상상 속에서 은백색 매미날개처럼 얇고 반투명하고 부드러운 비단장막이 끝을 알 수 없이 깊고 그윽한 하늘 저편에서 꽃처럼 활짝 펼쳐졌다. 은은하고 아름다운 음악 소리와 함께 흘러온 하얗고 부드러운 꽃들이 별들 사이를 지나며 점점 더 커지더니 마침내 바람에 부풀어 네 장의 활짝 핀 꽃잎처럼 천천히 떨어져 내렸다. 그 꽃 한가운데 한 사람이 숨어 있었는데 그의 얼굴과 자태를 묘사할 수는 없다. 단지 그가 내 상상 속의 낙하산을 타고 하늘에서 내려온 사람이면 그것으로 족했으며, 동이 틀 무렵엔 환상 속의 연인으로 변했다.

이상하게도 나는 서른이 될 때까지 남자를 좋아해본 적이 없다. 심지어 우리 영화나 외국 영화 속의 남자도 좋아해본 일이 없었다. 서른 살이 되던 해의 바보 같은 사랑은 한참 뒤의 일이었다.

내가 진정으로 흥미를 느꼈던 것은 아무래도 여자인 것 같다. 본성이 좀 괴팍한 나의 병적인 열정은 병적 문학 속에 다 사라져버렸다. 나는 남자를 사랑하지 않음과 동시에 여자도 사랑하지 않았다. 문학이라는 것에 헌신한다는 것은 슬픈 일이다. 우리의 피와 살과 사랑을 마르게 하며, 주객을 전도시키는 일이다. 우리는 그 속에 깊이 빠져 있지만 고개를 돌려보면 그런 예가 너무 많아 일일이 다 들수 없을 정도다.

여자를 사랑하지는 않았지만 여성의 아름다움과 향기에 대해서는 극단적인 호감과 마음으로부터의 숭배를 지니고 있었다. 그레타 가르보, 비비안 리, 잉그리드 버그만, 마릴린 먼로로부터 장만위(張曼玉), 중추훙(鍾楚紅), 양리쿤(楊麗坤), 그들은 내가 재삼 정선해낸 이름이다. 여인의 아름다움은 하늘의 공기 흐름처럼 높게 흩날린다. 또한 눈 덮인 들에 고적하게 피어난 장미처럼 순결하고도 고결하여, 돌이킬 수 없는 것이다. 이에 반해 남성의 아름다움이란 어떠한가? 나는 여태껏 그것을 발견하지 못했다. 내가 보기에 남자들은 위에서부터 아래까지 온몸에 아름다운 구석이라곤 어느 한 군데도 찾을 수 없는 존재다. 나는 지금까지 발달한 근육에 대한 심미안을 갖추지 못했다. 근육이 발달한 남성을 그레타 가르보에 견줄 수 있겠는가? 근육은 단지 근육일 뿐이다. 연극이나 영화를 볼 때 나의 눈은 언제나 여인에게 고정되어 있다. 여인이 없는 연극이나 영화는 얼마나 황량하겠는가. 아마도 사막과 같을 것이다. 일단 여인이 나타나기만 하면 갑자기 광채가 나고 향기가 흘러넘침을 느낀다. 여름에는 상쾌하고 겨울에는 따뜻하다. 인체를 촬영한 그림책에서도 나는 언제나 부드럽고 아름다운 여성의 몸을 좋아한다. 그녀들의 몸은 마치 흰 백합처럼 그림을 꽉 채운다. 나는 편집자가 왜 남성의 몸을 거기에 끼워넣는지 모르겠다. 그것은 투박하고 둔중하여 하나도 취할 것이 없다. 그런 그림을 좋아하는 사람이 있다는 사실이 내겐 믿기지 않는다.

이제와 생각해보니 내가 동성애적 성향의 사람이 아닌지 좀 의심스럽다. 그런 사람들이 어떤 국가에서는 시위를 하며 자신의 권리를 쟁취하고 있다. 그 운동은 굉장한 기세로 구름처럼 몰려와 우리 시대의 특별한 경관을 이룬다. 그것은 혁명과도 같이 혁명적 인자가 잠재해 있는 사람들을 일깨우고, 일깨워진 사람들은 안달을 하며 교란을 책동하고 있다.

진정한 여성의 몸과 마주쳤을 때의 내 느낌을 회상해보자. 오랜 기간 동안 내게는 그런 기회가 없었다. 아열대인 B읍에서는 목욕하는 것을 멱감는다고 했다. 4월부터 11월까지는 매일 30도가 넘었다. 후텁지근한 날씨에 땀방울이 숨구멍을 막아 온몸이 끈적거렸다. 목욕은 중요한 하루 일과였다. 집집마다 샤워장이 있었으며 각 기관마다 한두 줄, 혹은 서너 줄의 샤워장이 있었다. 그곳이 우리가 발가벗는 곳이었다. 우리는 전에 본 적이 없기 때문에 공중 목욕탕을 상상조차 하지 못했다. 북방에 간 사람들에게서 집단 목욕에 대해 들었을 때 도대체가 천하에 희귀한 것이라 새삼 느꼈다. 북방 사람들이 왜 샤워장을 짓지 않는지 아무래도 이해할 수 없었다. 왜 그렇게 많은 사람들이 함께 멱을 감는지, 그들은 그래 수치심도 없단 말인가? 우리는 그런 집단 목욕이 지극히 야만적인 것이라고 굳게 믿었다. 북방에 가게 되면 우리를 가장 두렵게 하는 것이 바로 목욕이었다. 그곳에서의 목욕은 무서운 일이었다. B읍에서의 기나긴 세월 동안 나는 옷 속에 숨겨진 아름다운 여인의 모습을 볼 수 있기를 얼마나 바랐던가. 그 시기에 나는 종종 현 문예대의 리허설을 보러 갔다. 그들은 오페라 〈백발 선녀(白毛女)〉* 리허설중이었다. 나는 백발 선녀

---

* 1945년 루쉰(魯迅) 예술학원 교사와 학생들이 집단창작한 신가극. 악덕지주 황스렌(黃世仁)은 소작인 양바이라오(楊白勞)의 딸 시얼(喜兒)을 탐내나 뜻대로 되지 않자, 소작료를 독촉하며 기일 내에 갚지 못하면 딸을 내놓는다는 문서에 강제로 도장을 찍게 한다. 양바이라오는 이 일로 고민하다 자살하고 만다. 시얼은 황스렌에게 끌려가 그의 노리개가 되며, 얼마 후 새 여자를 맞이한 황스렌이 그녀를 팔려 하자 산으로 도망친다. 3년간 산 속에 숨어 지낸 시얼은 머리가 백발로 변하고 만

역을 맡았던 야오충을 열렬히 연모하고 있었다. 당시 마침 학교수업이 없던 터라 나는 날마다 야오충의 리허설을 보러 갔다. 서둘러 저녁을 먹고 재빨리 종종걸음으로 대성전(大成殿)으로 간 나는 닫혀 있는 문을 살짝 밀고 마당으로 들어서곤 했다. 그럴 때면 마치 신비한 세계로 들어가는 것 같았다. 양옆의 기둥과 대들보에 장식된 채화는 칠이 벗겨져 떨어졌으며 빈터에는 잡초가 무성했다. 주위에는 아무도 없었다. 본당 안쪽에서 노래부르는 소리가 들려와 나도 모르게 그곳으로 끌려 들어갔다. 날씬한 몸매에 까맣고 부드러운 긴 머리를 가진 야오충은 허리가 특히 가늘었으며 가슴도 참 아름다웠다. 한번은 리허설중에 그녀가 다리를 뒷난간에 기대고 대사를 외운 적이 있었는데 나보다 더 어린 사내아이가 그녀의 다리 아래 쪼그리고 앉아 치마 속을 들여다보고 있었다. 그것은 좀 우스운 장면이었다. 하지만 여러 해가 지나도 그 기억이 새롭다. 어떤 나쁜 말로 형용하기에는 그 사내아이는 너무 어렸다. 이윽고 쪼그리고 앉아 있는 사내아이를 발견한 야오충이 그앨 쫓아보냈다.

그 일은 그렇게 끝이 났다.

야오충에 대한 나의 미련 역시 그녀의 옷 속을 들여다보고 싶은 것이었다. 그러나 나는 그 사내아이처럼 그렇게 할 수는 없었다. 나는 다른 기회를 기다렸다.

기다림 속에서 나는 야오충의 리허설을 지도하는 그 마른 남자를 질투했다. 크고 나서야 그가 연출가라는 것을 알았다. 연출가는 키

다. 그 무렵 팔로군이 악덕지주를 체포하고 마을을 해방시킨다. 동굴 속에서 시얼을 발견한 팔로군이 그녀를 마을로 데려오자 마을 사람들은 비로소 시얼이 백발 선녀였음을 알게 되고, 시얼은 자유의 몸으로 다시 인간세상에 나오게 된다. 이 작품은 마오쩌둥으로부터 가장 우수한 작품이라는 칭찬을 받아 이후 이런 유형의 가극이 매우 성행했다.

도 크지 않았고 잘생겼다기보다 오히려 못생긴 축에 들었지만 누구
보다도 춤을 잘 추었다. 남자 주인공의 춤을 출 때는 강하고 힘이 있
었으며 여자 주인공의 춤을 출 때는 더할 나위 없이 부드러웠다. 그
는 정말 신기한 남자였다. 모든 사람들이 다 그에게 빠져 있었다. 야
오충은 온종일 눈을 반짝이며 그를 주시하고 있었다. 그는 야오충의
동작을 하나하나 고쳐주고, 시범을 보여주었다. 야오충의 옷이 마치
일종의 비밀스런 언어처럼 간간이 연출가의 몸을 스쳤다. B읍에는
연출가와 야오충이 연애를 한다는 소문이 돌았다. 엉큼하고 할 일
없는 어른들이 그 둘에 대한 저속한 노래를 지어 아이들에게 가르쳐
주었다. 나는 야오충과 연출가가 친밀한 관계라는 어떤 유력한 증거
도 찾지 못했다. 나이가 어려서 사리에 어두워 그런 흔적을 발견하
지 못했는지도 모른다. 결국 그들 사이엔 아무 일도 일어나지 않았
다. 연출가는 얼마 지나지 않아 암에 걸려 광저우(廣州)로 돌아가 치
료를 받았으나 얼마 후 죽었다.

오페라 〈백발 선녀〉는 그래도 공연되었다. B읍의 강당에서 길고
흰 머리를 드리운 야오충은 소매와 바짓가랑이가 시든 꽃잎처럼 찢
긴 모습이었다. 어두워진 조명 아래 무대 뒤에서 야오충이 하얀 유
령처럼 나는 듯이 달려나왔다. 눈부신 번개가 으스름하게 온 장내를
비추었다. 쏜살같이 쏟아져내리던 폭포가 갑자기 멈추어 얼음 기둥
이 된 것처럼 야오충은 갑자기 스포트라이트를 받으며 무대에 멈추
어 섰다. 노한 천둥소리가 그치자 야오충은 분노에 차 노래했다.

"나는 산 위의 한 그루 나무……."

그녀의 까만 눈동자에서는 불빛이 뿜어져나와 불꽃이 사방으로
튀는 것 같았다. 마술처럼 장내의 사람들은 모두 한동안 숨을 죽이
고 있었다.

"나는 산 위의 한 그루 나무……."

야오충의 날카로운 노랫소리가 예리한 칼날처럼 차갑게 극장 천장으로 날아갔다. 그 반짝이던 차가운 빛은 몇 년이 흐른 뒤에도 여전히 나의 고막에 남아 있다. 그것은 나의 작품 『일출(日出)』에 묘사되어 있다. 야오충은 투명할 정도로 새하얬다. 빠르게 바뀌는 조명 아래서 그녀는 날아갈 듯 가볍게 춤을 추었다.

나는 종종 막 뒤에서 야오충을 바라보곤 했다. 그것은 나의 특권이었다. 한번은 야오충의 연극을 보고 싶다고 했더니 어머니가 눈썹을 찌푸리며 말씀하셨다.

"야오충은 수요일이면 나한테 또 진찰받으러 올 거야. 냉이 너무 많거든."

"냉이 많다는 게 뭐예요?"

내가 물었다.

"그건 여성들의 병이야. 애들은 알 것 없어."

그 사실을 안 나는 무슨 보물이라도 얻은 것 같았다. 여러 차례 조른 끝에 마침내 어머니가 나를 야오충이 사는 곳에 데리고 갔다. 눈이 휘둥그레진 나는 야오충이 묵는 커다랗고 어두운 방을 둘러보았다. 안에는 침대 두 개가 있었고 모기장이 쳐져 있었다.

"우리 딸아이가 당신 팬인데 꼭 보러 오겠다고 해서요."

어머니가 말했다.

"내가 뭐 대단한 게 있다고. 나이가 들면 직업을 바꾸려고 해요. 변변치 않은 일을 하게 되면 평생 아무 재미도 없을 거예요."

야오충이 말했다. 그리고는 어머니에게 공장이 좋을지 아니면 합작사*가 좋을지에 대해 상의했다. 그 두 곳 다 나이든 대원이 가게

---

* 중국의 공급판매 합작회사. 생산도구와 소모품을 공급하고 제품을 판매하는 중국의 구판 농업협동조합.

50

되는 곳이었다. 마지막으로 야오충은 한숨을 내쉬며 말했다.

"그래도 공장에 가는 게 낫겠지요. 시멘트 공장이나 도자기 공장이나 다 괜찮대요."

그 말에 나는 너무 실망했다. 야오충이 어떻게 공장에 갈 생각을 한단 말인가. 설사 60년대라 해도 나는 공장 생각만 하면 머리가 아팠다. 나는 허약하고 민감하여 기계나 전기만 생각하면 머리가 어지러웠다. 공장문 앞에만 가도 솟구치는 비린내와 소음에 식은땀이 흐르곤 했다. 성인이 된 뒤에도 공장을 참관할 때면 반드시 생리적으로 불편했다. 나는 운명이 나를 공장으로 보내지 않은 것을 남몰래 다행으로 여기고 있었다. 야오충의 그러한 미래에 나는 몹시 마음이 아팠다. 그러나 그녀가 공장으로 가지 않으면 합작사로 가게 된다는 사실이 나를 더욱 가슴 아프게 했다. 내 마음속에 합작사는 절인 생선과 소금을 파는 곳이었다. 늘씬한 몸매와 빛나는 미모를 지닌 야오충이 비린내 나는 절인 생선 더미 가운데 서 있는 것을 나는 상상조차 할 수 없었다. 조명 속에서 순결하고 투명하게 반짝이며 뭇 사람들의 머리 위에 높게 떠 있던 그녀가 일단 합작사에 가게 되는 날이면 누구나 돈을 주고 그녀의 손에서 절인 생선을 건네받을 것이다. 어찌된 영문인지 당시엔 아직 발생하지도 않은 그런 정경이 내 눈에 분명히 떠올랐다. 강한 예감에 사로잡힌 나는 무언가에 짓눌리듯 마음이 아파 그녀의 아름다운 얼굴을 쳐다볼 수가 없었다.

여러 해가 지난 후 대학에 들어간 나는 여름방학 때 B읍에 돌아왔다. 그들은 야오충이 정말로 합작사에 배치되어 생선을 판다고 알려주었다. 그녀를 보고 싶으면 지금 곧 합작사로 가면 틀림없이 거기 있을 거라고 했다. 게다가 야오충은 다춘(大春)에게 시집갔다고 했다. 사람들의 부러움을 샀던 이 한 쌍의 잘생긴 부부가 아주 못생긴 딸을 낳았다. 게다가 야오충은 이미 늙고 추해진데다 상스런 말을 지껄여댔으며 다춘과는 걸핏하면 싸우기 일쑤였다. 생선장수란 야오충에게는 너무도 어울리지 않으며 야오충의 존엄을 손상하는 일이라고 나는 생각했다. 그녀는 권세도 장기도 없는 다춘에게 시집갔기 때문에 생선을 파는 수밖에 없었다. 나는 그녀가 공산당 현위원회의 간부 자제에게 시집가기를 바랐다. 그들 중에는 괜찮은 사람도 더러 있었다. 내가 만약 야오충의 어머니였다면 그녀가 반드시 나의 의견에 순종하도록 윽박질렀을 것이다. 가난을 싫어하고 부귀를 탐내는 봉건적인 가장처럼 그녀에게서 평생 증오를 받는 위험을 무릅쓰고라도 그녀를 비린 생선 더미에서 구해내 안락하고 폼나게 살며 조금은 감상적으로 다춘을 그리워하게 하는 편이 훨씬 나을 것 같았다. 만일 내가 그녀의 어머니였다면 초라한 삶은 모든 감정을 다 부식시켜버린다는 것을 그녀에게 분명히 가르쳐주었을 것이다. 그러나 상황은 이미 돌이킬 수 없는 지경에 이르렀다. 나는 그녀의 어머니가 아니라 한낱 숭배자였을 뿐이다. 비린 생선이 삼켜버린 아름다운 야오충 때문에 나는 너무도 가슴이 아팠다. 나는 그녀가 차라리 죽어버리는 것이 낫겠다 싶어 나의 소설 『정오(日午)』에서 정말로 그녀를 죽게 만들었다. 이상 때문에 나는 그녀를 죽음에 이르게 했으며, 그 이상을 위해서 또다른 결말을 구상했다. 그러나 지금 생각해보니 생선을 파는 것이야말로 야오충 삶의 진실이었다. 그때 어머니를 따라가 야오충을 본 후 나의 백일몽에는 구멍이 뚫렸다. 그 구멍을 통해 나는 삶에 숨겨진 잿빛 기류를 엿보게 되었다. 야오충은 그 불운에 의해 산산조각이 나버렸으며 빛이 바래버렸다. 몹시 실망한 내가 집에 돌아가는 동안 내내 말 한마디 없자 어머니는 무슨 일인지 의아해하셨다. 그럼에도 불구하고 나는 어쩔 수 없이 매일 야오충의 리허설을 보러 가곤 했다. 대성전에 들어서기만 하면 저 멀리 깊은 곳에서 노랫소리가 들렸다. 그러면 회색 공기는 소리없이 사라지고 투명한 빛이 날개처럼 하늘하늘 야오충의 온몸을 수놓았다. 그녀는 다시 찬란하게 빛나는 내 꿈속의 미인으로 돌아왔다.

그때부터 나는 일종의 특권을 가지게 되었다. 야오충 곁을 바싹 좇아다닐 수 있게 된 것이다. 〈백발 선녀〉가 현 강당에서 한 달 동안 상연되었을 때 나는 진짜 대원이라도 된 양 매일 밤 일찌감치 저녁을 먹고 문예대의 집합지에 시간을 맞추어 갔다. 야오충은 내게 가볍지만 아주 중요한 도구인 나무 등대를 주었다. 그것은 제1장에서 시얼이 〈북풍이 분다(北風吹)〉를 부를 때 받쳐드는 것이었다. 그 등대를 받쳐들면 무대에 들어갈 이유가 생기고 그러면 사람들의 부러워하는 시선을 받으며 고개를 쳐든 채 노동자 규찰대의 방어선과 새까만 관중을 통과하여 곧장 무대 옆 계단을 올라가 신비하기 그지없는 무대 뒤 분장실로 갈 수 있었다.

그 얼마나 숭고한 영예였던가!

나는 맨 앞줄에 앉을 때도 있고 무대 옆에 앉을 때도 있었다. 무대 옆에 앉는 이유는 야오충의 옷을 가지고 앉아 있기 위해서였다. 그녀의 옷엔 화장품 냄새와 체취가 스며 있어 기묘한 흡인력을 가지고 있었다. 그 향기를 맡으며 무대의 조명 밑에서 순결하게 반짝이는 야오충을 보노라면 그녀가 생선을 팔러 가야 한다는 사실을 잊어버리곤 했다. 내 마음은 온통 그녀의 아름다운 형체에 푹 빠져 있었다. 전반부에는 야오충의 연극이 없어서 나는 그녀를 따라 아무도 없는 분장실에 있었다. 그녀는 거기서 옷을 갈아입었다. 옷을 갈아입는 것은 여성이 가장 좋아하는 일이다. 내 앞에서 윗도리를 벗어 브래지어 차림이 된 야오충을 나는 살짝 훔쳐보았다. 그녀의 젖가슴은 예쁘게 볼록 솟아 있었다. 나의 마음은 두 가지 갈망으로 가득 찼다. 하나는 꽃과도 같고 별과도 같이 그지없이 아름다운 그녀의 몸을 어루만져보고 싶은 것이었고, 또하나는 나도 저렇게 아름답게 자랐으면 하는 것이었다. 그런 어지러운 생각 때문에 브래지어 차림인 그녀의 몸을 차마 직시하지 못했다. 야오충 앞에서 나는 철든 아이인 척해야 했다. 만일 어떤 과장된 행동이라도 했다가는 야오충을 놀라게 하여 다시는 그녀를 보지 못하게 될 것이었다. 내 생각은 서로 충돌했다. 그러나 나는 내가 진실로 원하는 것이 무엇인지를 알았고, 그 욕망을 실현하기 위해서는 커다란 용기와 모든 것을 버려도 아깝지 않다는 결심이 따라야 한다는 것을 알고 있었다. 나에겐 그런 힘이 부족했다. 여러 해가 지난 후 나는 한 젊은 여인을 알게 되었다. 우리는 서로 사모했지만 마지막 순간에 나는 역시 도망치고 말았다. 그녀는 내가 자신의 내심을 감히 직시할 용기가 없다고 비난했다. 그것은 바로 나의 천성적인 약점이었다. 나는 그녀에게 면목이 없었다.

마음속에 용기가 없는 여자아이가 야오충의 적나라한 몸 앞에 서 있었다. 여자아이의 눈은 유혹을 피하고 있었다. 그녀는 항상 그렇게 도피했다. 유혹이 다가왔을 땐 언제나 도피해버리곤 했다. 어느 날 밤 나는 야오충의 리허설을 보러 갔다. 끝나고 나니 열시였다. 나로서는 매우 늦은 시각이었다. 야오충이 내게 그녀와 함께 자고 내일 날이 밝으면 다시 오자고 했다. 은은한 그녀의 체취를 맡으며 나의 마음에는 한량없는 기쁨과 두려움이 가득 찼다. 나는 잔뜩 긴장해서 대답하고는 그녀를 따라 어둠 속을 더듬으며 화장실에 갔다. 그녀가 나의 손을 잡자 곧 부드럽고 매끄러운 감촉이 온몸의 신경에 쫙 퍼졌다. 내 손바닥에서는 이내 축축하게 땀이 솟았다. 너무나 견딜 수 없어 나는 손을 힘껏 뿌리쳤다. 그러나 지나치게 힘을 주어 넘어지려는 바람에 야오충이 얼른 나를 안았다. 내 얼굴이 그녀의 젖가슴에 부딪쳤다. 부드럽고 탄력 있는 육체가 나의 한쪽 얼굴을 스치고 지나갔다. 너무 갑작스러워서 나는 어쩔 줄 모른 채 전기에 감전된 것처럼 놀라 비명을 지르고는 쏜살같이 도망쳐버렸다. 그 한 번뿐인 밤을 나는 그렇게 도피해버렸다.

『정오』에는 낡은 신문을 바른 창문 앞에서 담배꽁초로 지진 구멍을 통해 놀라운 장면을 훔쳐보는 것이 묘사되어 있다. 야오충이 적나라한 몸매로 방 한가운데 서서 춤을 추는 동작이었다. 그녀는 한 발로 꼿꼿이 선 채 다른 발은 뒤로 해서 허리까지 비스듬히 올렸다. 그것은 백발 선녀가 햇빛을 다시 보게 된 후 다춘을 따라 혁명운동을 하고자 결심하는 장면이었다. 나중에 구석에 한 남자가 앉아 있었던 것이 생각난다. 그 남자가 기괴하게도 야오충이 옷을 벗고 춤추는 모습을 보고 싶어했기 때문에 그런 적나라한 장면이 벌어졌으리라고 나는 추측한다. 야오충은 방 가운데 서 있었다. 천장에 뚫린 창을 통해 정오의 햇살이 야오충의 머리로 강렬하게 쏟아져내려 온 몸을 반투명하게 비춰주었다. 그녀의 몸에 난 솜털이 햇빛에 비쳐 황금색 활 모양으로 빛났다. 그렇게 가까이서 한 여인의 나체를 본 것은 처음이었다. 그 뛰어나게 아름다운 몸매는 정오의 햇살 아래 아름다움의 극치를 이루었다. 나는 숨이 막혀 질식할 지경이었다.

이제 『정오』를 썼던 때로부터 또 몇 해가 흘렀다. 나는 야오충의 나체를 본 적이 없으며 그 장면은 단지 나의 환상 속에서만 존재하는 것이 아닌가 하는 의심이 든다. 어찌됐든 여성과의 관계에서 나의 모든 감각은 오로지 그들의 아름다움을 감상하는 것에 쏠려 있다. 육체적 욕망은 거의 제로였다. 아마도 있긴 한데 수치심에 가려 보지 못했는지도 모른다. 나는 이렇게 결론 내리고자 한다. 동성연애자와 여성숭배자 중 나는 후자이지 전자는 아니라고.

여성의 몸과 접촉한 데서 오는 느낌을 묘사하자니 나의 눈앞에는 이내 대학 기숙사의 산을 따라 쌓인 계단이 떠오른다. W시의 추운 겨울, 목욕을 멱감기라고 했던 그녀는 산기슭의 온수실에서 뜨거운 물 한 통을 추운 세숫간으로 길어왔다. 그리고는 벽을 막아 여름에 멱을 감도록 만든 곳에서 움추린 채 목욕을 했다. 고집이 센 그녀는 자신의 잘못을 깨닫지 못하고 죽어도 고치려 하지 않았다. 그녀는 목욕탕에 가서 목욕을 하면 얼마나 따뜻한지 알지 못했다. 기숙사에서 목욕을 하면 춥고 깨끗하게 씻지도 못하며 게다가 물을 길어와야만 했다. 북방의 친구들은 그것을 퍽 의아하게 생각했다. 하지만 두오미는 예전과 다름없이 두 해 겨울을 그렇게 났다. 생활습관을 바꾸어 그녀를 공중 목욕탕에 억지로 밀어넣을 수 있는 것은 아무것도 없었다. 어려서부터 그녀에게 공중 목욕탕은 무서운 곳이었다. 한겨울 오후에 빼빼 마른 두오미가 뜨거운 물을 한 통 든 채 비틀비틀 계단을 오를 때면 하얀 김이 어지러이 솟아올라 그녀의 얼굴을 가로막았다. 누가 그애를 이상한 여자아이로 여기겠는가?

어느 해 3월인지 레이펑(雷鋒)*을 배우는 날이 왔다. 모든 학생이 트럭을 타고 연못 바닥의 흙을 고르러 갔다. 나는 지금도 그 흙이 어디에 쓰이는지 모른다. 어쨌든 우리는 온통 땀투성이가 되어 목욕을

---

* 레이펑(雷鋒, 1940~1962)은 중국 후난 성에서 태어나 기구한 어린 시절을 보냈다. 아버지는 중일전쟁 때 일본군에게 희생되었으며, 어머니마저 일곱 살 때 세상을 떴다. 천덕꾸러기 고아였던 그는 1949년 신중국정부가 들어선 다음 토지를 분배받고 학교에 들어가 새로운 세계에 눈뜨게 된다. 1957년 공산주의 청년단에 가입해서는 '선진생산일꾼'으로 뽑혔으며 1960년 어릴 적부터의 꿈이었던 해방군에 입대했다. 그는 '혁명의 나사못'이 되리라 다짐하면서 '추호도 이기적이지 않고 오로지 남을 위하는' 것을 최대의 행복과 기쁨으로 여겼다. 그는 다른 사람들을 더 행복하게 해주기 위해 가는 곳마다 열정적이며 헌신적으로 삶을 불태워 멸사봉공의 이타행을 수행했다. 그러나 1962년 공무 집행중 불의의 사고를 당해 스물두 살의 나이에 요절했다. 그의 사후, '레이펑을 따라 배우자'는 운동이 각지에서 전개되어 그는 사회주의 중국이 배태해낸 중국 인민의 교과서가 되었으며, '레이펑 학습'이 국민정신운동으로 전개되었다.

하지 않을 수 없었다. 그날은 수요일이어서 목욕탕이 문을 열지 않았다. 학교 당국은 전례 없이 의무노동을 한 학생들에게 무료로 목욕을 시켜주었다. 나는 끝까지 망설이다가 같은 기숙사의 방 친구에게 끌려 들어갔다. 잔뜩 긴장한 나는 문을 열고 들어서자마자 땀을 흘리기 시작했다. 나는 다른 사람들이 재빨리 옷을 벗고 맨몸으로 태연자약하게 벽 저쪽으로 사라지는 모습을 보았다. 나는 아무렇게나 겉옷을 벗고 속옷만 입은 채 뿌연 김 속으로 걸어 들어갔다. 안은 온통 회뿌연 김으로 가득했으며 검은 머리카락과 하얀 몸뚱이가 짙은 수증기 사이에서 떠돌고 있었다. 팔과 허벅지가 온갖 자세로 드러나 있었으며 젖가슴과 엉덩이, 그리고 두 다리 사이의 은밀한 부위를 콸콸 쏟아져나오는 수도꼭지 쪽으로 향한 채 일련의 흥분된 비명을 지르고 있었다. 눈앞이 아찔해진 나는 두려워 벌벌 떨며 브래지어와 팬티를 벗었다. 바로 그때 갑자기 누군가 내 이름을 부르는 소리가 들렸다. 나는 깜짝 놀랐다. 순간 모든 눈길이 사람들 앞에서 처음으로 옷을 벗은 나의 몸에 총알처럼 박혔다. 온몸의 털구멍이 민감하지만 강인하게 그 미세한 떨림을 참아내고 있었다. 귀에 울리던 소리가 불현듯 사라지고 머릿속이 텅 비어버렸다.

몸에 오싹 한기가 돌았다. 다시 나를 부르는 소리가 들렸다.

"샤오린(小林), 샤오린(77학번의 칭호는 어딘지 직장 냄새가 났다. 그들은 열몇 살이나 나이 차가 나서* 이런 호칭이 격식에 맞춘 호칭보다 한결 따스하게 들렸다), 이리 와, 여기 자리 있어."

그것은 왕(王)의 목소리였다. 그녀는 나보다 열 살 위였으며 아이를 낳고는 곧 대학에 들어왔다. 나는 양 어깨를 꼭 감싼 채 소리나는

---

* 1976년 문화대혁명이 종료된 후 문혁 십여 년간 대학에 가지 못했던 사람들이 1977년 일시에 대학에 진학했기 때문에 동급생간에 나이 차가 많이 난다.

쪽을 바라보았다. 한눈에 그녀의 아래로 늘어진 배와 커다란 젖가슴이 보였다. 그녀는 마침 젖가슴을 문지르고 있는 중이었다. 부끄러워 쥐구멍이라도 찾을 지경이었던 나는 그녀를 차마 쳐다보지도 못했으니 그녀에게 갈 도리가 없었다. 목욕탕 한가운데 선 채 나는 너무도 고독했다. 희뿌연 수증기가 그에 익숙한 사람들을 감싸고 있었다. 그 속에서 그들은 마치 인어가 물을 만나고 선녀가 구름을 탄 것 같았다. 나도 지척에 있었지만 나와는 전혀 무관하게 느껴졌다.

절망하여 나는 울음을 터뜨렸다. 그러자 왕이 사람들 틈에서 걸어나와 나를 수도꼭지 밑에까지 데리고 갔다.

"샤오린, 겁낼 것 없어."

그녀가 말했다. 따뜻한 물줄기가 정수리에서부터 죽 흘러내렸다.

"샤오린, 걱정 말래두."

물줄기 속으로 다시 따뜻한 목소리가 들렸다. 그 목소리가 내 마음 깊이 파고들어 나는 끝내 울음을 터뜨리고 말았다. 눈물은 하염없이 흘러내렸다. (위의 장면은 『회랑의 의자』에서 발췌한 것이다.)

내 나이 스물일곱 살 때 한 여자아이를 알게 되었다. 당시 스물한 살이었던 그녀는 N시 대학의 학생으로 난단(南丹)이라 불렸다. 난단은 내가 있던 성의 어느 현의 이름이었다. 내 기억에 난단은 아주 깊은 산 속에 있었고 게다가 요족* 현이었다. 그 여자아이는 상하이 사람이었다. 그런 이름을 붙여준 걸로 보아 그녀의 부모는 틀림없이 그 현을 몰랐을 것이다. 그래서 난단이란 이름은 N시에서 특히 기억하기 쉬웠으며 색다른 느낌이 들었다. 그 이름을 들으면 우선은 놀라고 그리곤 기억하게 되었다.

---

* 요족(傜族) : 주로 광시성 동부 산악지대, 광둥성 북부, 후난 성 일대의 산지에 살고 있다.

난단은 내 삶에서 처음으로 나를 따라다닌 여자아이였다. 그것은 아주 이상한 일이었다. 나보다 몇 살 어린 바로 그 여자아이로 인해 나는 비로소 내가 여성이라는 느낌을 갖게 되었다. 그런 느낌을 나는 유년 시절에 이미 상실했었다. 나는 도무지 애교 부릴 줄을 몰랐으며, 부끄럼을 타거나 남녀간에 나누는 감정을 이해하지 못했다. 나는 마치 중성인간처럼 살아왔다. 나는 모든 남자에게 감정이 없었으며, 마찬가지로 그들도 나에게 아무런 감정이 없었다. (난단이 나의 삶으로 들어오기 전에는.) 게다가 나는 사랑 따위의 감정은 조금도 필요치 않았다.

그래서 나는 옷도 아무렇게나 입었고 전혀 꾸미지도 않았다. 좀체 화장할 생각도 하지 않았다. 내가 바른 첫번째 루주는 바로 난단이 선물한 것이었다. 그리고 그녀 자신이 바로 그 루주와 마찬가지로 내 삶의 새로운 시대를 열어주었다.

그녀가 어떻게 갑자기 내 삶으로 들어왔는지는 기억나지 않는다. 그녀는 다른 곳에서 나를 본 적이 있는지 모르지만 나는 그녀에 대해 들은 적이 없었다. 처음 만났을 때 그녀는 이미 나의 시를 유창하게 외우고 있었다. 나보다 더 나의 시를 잘 아는 것 같았다. 그녀는 나의 시를 추어올리는 동시에 N시 시단의 내 적들을 여지없이 논박하여 나의 허영심을 한껏 만족시켜주었다. 당시에 나는 그녀를 지기라 여겼으며 나의 유일한 친구로 여겼다. 돌이켜보니 그것은 의심할 나위 없이 그녀의 수단에 말려든 것이었다. 이는 결코 내 시가 그녀가 말한 만큼 좋지 않다는 것이 아니라 난단이 지극히 방자하고 오만하며 눈에 뵈는 것이 없는 여자아이라는 것이다. 그녀는 그해 잘나가던 여성 작가들을 뛰어난 점이라고는 하나도 없다고 놀아가며 비판했다. 게다가 자신이 만일 문학을 한다면 반드시 노벨 문학상을 타고 말겠다고 뻔뻔스럽게 흰소리를 쳤다. 그녀는 거창한 계획을 많이 갖고 있었다. 자신이 우수한 영화감독이 되거나 우수한 TV 프로그램 제작자 혹은 우수한 극작가 등이 될 수 있을 거라 믿었다. 그녀의 오만함이 어쩌면 영 터무니없는 것은 아니었다. 그녀는 확실히 N시 대학에서 가장 뛰어난 여학생이었다. 온통 구릿빛 납작코 투성이인 아열대 교정에서 호리호리하고 새하얀 상하이 여자아이는 얼마나 독보적인 존재였던가. 게다가 난단은 각과 성적이 최소한 전교 3등 이내였다. 한번은 전교 영어경시대회에서 2등을 차지한 적도 있다. 난단의 말을 빌리면 천하에 적수가 없었다.

게다가 그녀는 자신이 아주 예쁘다고 착각하고 있었다. 사실 그녀는 피부가 좀 하얗다는 것을 빼면 이목구비 중 그리 예쁜 데라고는 없었다. 얼굴 선이 너무 뚜렷해 한눈에도 지나치게 의지가 강해 보였고 여자아이다운 부드러움은 눈을 씻고 찾아봐도 없었다. 그것이 그녀를 실제보다 훨씬 나이 들어 보이게 하여 심지어는 나보다도 위로 보였다. 그녀는 종종 사람들에게 자기 나이를 알아맞히게 했는데 모두들 스물다섯에서 서른 사이로 보았다. 오직 그것만이 난단을 좌절케 하는 유일한 일이었다.

바로 그 여자아이가 나를 보자마자 내게 아주 흥미를 느꼈다는 것이 내게는 오랫동안 불가사의로 여겨졌다. 나중에 나의 삶에 비슷한 일이 다시 발생했다. 그래서 나는 그런 부류의 여자아이들을 쏠리게 하는 무언가가 내게 있을 거라고 생각했다. 나중의 여자아이에 대해서는 여기서 언급하지 않겠다. 그녀는 조심스런 보호를 요하는 하나의 비밀이다. 이 장편에서 나의 모든 비밀을 다 털어놓을 수는 없는 일이다.

난단 이야기만 해보자.

당시에 나는 N시의 도서관에서 도서분류 일을 하고 있어서 매일 여덟시에 출근했다. 그 일은 공장에서와 같은 일관 작업 방식이었다. 번호를 매기고, 중복된 것을 검사하고, 분류를 하고, 목록을 편성하고, 목록 연판을 새기고, 인쇄하고, 카드를 꽂는 각 작업마다 한두 사람이 배치됐다. 그중 한 사람이라도 꾀를 부리면 그 결과가 곧장 드러나게 마련이었다. 그 다음 사람이 일을 기다려야 했던 것이다. 그런 일관 작업 방식에 갇히는 것은 무서운 일이었다. 당시 나의 최대의 숙원이자, 가장 사치스런 환상이 바로 위생국에 가서 청소부가 되는 것이었다. 정확히 말하자면 물 뿌리는 차의 기사가 되는 것이었다. 그보다 더 이상적인 일은 없을 것 같았다. 낮에는 일할 필요가 없고 밤 열한시에 거리에 물을 뿌리러 나가 동쪽에서 서쪽까지, 북쪽에서 남쪽까지 시원한 물줄기를 사람 하나 없이 조용한 길에 뿌리는 것, 그 장면은 나로 하여금 절로 미소가 떠오르게 하였다. 그것은 정말로 나의 천성에 너무나 꼭 맞는 일이었다. 내가 제일 두려워하는 것은 첫째가 사람, 둘째가 빛, 셋째가 다른 사람보다 배는 많은 수면 시간이었다.

바로 그렇게 물 뿌리는 차를 모는 환상에 젖어 있을 무렵 난단이 나타났다.

5·4운동절*인지 10·1건국기념일**인지 기억은 안 나지만 도서관에서 갖가지 경축행사가 열렸다. 그중 하나가 시 낭송회였는데 난단은 내가 틀림없이 올 거라 믿고 멀리 시자오(西郊)에서부터 왔다고 했다. 그러나 사실은 사람이 많은 곳일수록 더 피하려 하는 것이 내 습성의 하나였다. 유치원 때부터 줄곧 그래왔다. 사람이 많기만 하면 설사 놀이라해도 피하고 보았다. 놀이의 즐거움마저도 타인을

---

* 1919년 5월 4일 중국 베이징의 학생들을 중심으로 일어난 반제국·반봉건주의 혁명운동의 기념일.
** 1949년 10월 1일 중화인민공화국의 건국기념일.

꺼리는 나의 습성을 물리칠 수 없었다.

　나는 방 안에 숨어 있었다. 언제나 드리워진 커튼이 실내를 어둡게 하여 편안한 느낌을 주었다. 기숙사에서 도서관까지는 이삼백 미터 거리여서 모든 사람이 다 앞 공원에 놀러 갔다. 기숙사 안은 너무도 조용했다. 나는 겉옷을 벗은 채 반 나체로 방에서 어슬렁거렸다. (여기까지 쓰고도 오월인지 시월인지 단정할 수가 없다. N시에서는 사월에서 시월까지 실내에서는 반나체로 지낼 수 있다.) 이는 집필 상태로 들어갈 때의 습관이었다. 내 몸은 너무도 민감하여 아주 얇은 옷도 무겁게 느껴져 장애가 되었다. 내 몸은 반드시 공기에 노출되어야 했다. 모든 숨구멍이 다 눈이 되고 귀가 되어 공기에 드러난 채 기억의 깊은 곳, 깊은 꿈속에서 겹겹의 세월에 매장되고 가려진 가느다란 소리를 귀기울여 듣고자 했다. 노출은 되되 바람이 없어야 나는 최적의 상태에 진입할 수 있었다.

　나신 운동은 종종 밤이나 일요일 혹은 명절에 진행되었다. 그런 시간에는 출근할 필요가 없고 간섭하는 사람도 없었다. N시에는 친척이 없었으며, 게다가 나는 친구도 사귀지 않았다. 친구가 되어보려고 내게 다가왔던 사람들은 나의 침묵으로 인해 모두들 허둥지둥 달아나버렸다. 나는 홀로 있기를 좋아했다. 어떤 친구도 내게는 부담이 되었다. 나신 운동과 홀로 있기를 좋아하는 취미에는 틀림없이 모종의 관련이 있을 거라는 생각이 든다. 5·4절인지 10·1절인지 하는 그날, 도서관은 휴무가 아니었다. 그러나 내게는 휴가인 셈이었다. 사람들을 떠나기만 하면, 타인을 떠나기만 하면 나는 휴가인 것 같은 느낌이 들었으며, 안정되고 홀가분했다.

　몇 번 왔다갔다한 다음 나는 앉아서 시를 쓰기 시작했다. 그때 아주 단호한 발소리가 들렸다. 그 소리는 나의 문 밖에서 멈추더니 이윽고 마치 파초잎에 빗방울 떨어지는 것과 같은 문 두드리는 소리가 들렸다. 나는 막 반나체 상태로 집필에 들어가려던 참이어서 그 문 두드리는 소리는 마치 누군가에게 강간을 당하는 느낌이었다. 시를 쓸 때 나는 언제나 그렇게 남몰래 쓰곤 했다. 출근해서는 누구에게 도 말하지 않았다. 같은 직장동료가 내가 발표한 작품을 보는 것이 나는 가장 두려웠다. 나는 암암리에 내가 아는 모든 사람은 나의 시 를 보지 않고 내가 모르는 사람들은 모두 나의 시를 읽어주기를 바 랐다. 육체적으로 노출하고자 하는 욕망이 있는 것과 달리 심리적으 로 나는 강렬한 자폐의식이 있었다.

문 두드리는 소리를 들으면 나의 첫번째 반응은 꼼짝도 않는 것이 다. 기침도 안 하고 물도 안 마시고 숨소리조차 죽이고 눈도 깜박이 지 않았다. 누가 됐든 절대로 문을 열어주지 않았다.

파초에 빗방울이 떨어지는 소리는 끊임없이 계속되었다. 내가 전 에 들어본 적이 없는 그 소리는 아주 인내심 있게 줄기차게 계속되 고 있었다. 갑자기 그 소리는 낯선 여자아이의 목소리로 변했다. 그 녀는 아주 친숙하게 내 이름을 불렀다.

"두오미, 문 좀 열어주세요."

그 여자아이가 바로 난단이었다.

철저히 닫힌 세계에 있고자 하는 나의 시야로 난단은 아무것도 모 른 채 불쑥 쳐들어왔다. 그녀는 방금 시 낭송회에서 내 시를 읽었다 고 했다. 내가 겸연쩍어하자 그녀는 득의양양하게 나를 추어올리기 시작했다. 그녀는 아주 직설적으로 나를 칭찬했는데 진실된 태도에 언변이 좋아 청산유수였다. 말하는 품이 자기가 마치 N시 시단의 권 위 있는 비평가라도 된 듯했다.

나지막한 그녀의 목소리에는 비범한 호소력이 있어서 사실이 아 닌 어떤 허구라도 그녀의 입을 통해 나오는 즉시 틀림없는 사실로 변하곤 했다.

바로 그렇게 나는 그녀의 목소리에 의해 어떤 암시를 받은 듯 최면에 걸리고 미혹되고 이끌렸다.

난단, 이 무당아, 넌 얼마나 운이 좋은가. 나같이 의지가 박약하고 사람들 무리를 피해 칩거하며 지독히 동화되기 쉬운 여자를 찾아냈으니. 너의 모든 주문은 나의 몸에 하나하나 영험을 나타내고, 너의 말은 마치 형체 없는 마귀처럼 나를 이끌고, 독이 묻은 말만 마치 매의 가시처럼 윙윙 내게로 날아와 청각만 남겨놓은 채 나의 온몸을 마비시켜버렸다.

"당신은 천재예요."

난단이 말했다.

그녀의 말은 어두운 내 방에 즉시 기이한 통로를 내었다. 나는 자신도 모르게 그 길을 따라 걸었다. 세월의 흐름을 거슬러 나는 소녀 시절에 다다랐다. 거기서 소녀 시절의 내 모습을 보았다. 그때 나는 배우지 않아도 스스로 터득하고 한번 보면 곧 외웠으며, 수학은 전현에서 수석을 차지하고, 화학은 학년 수석을 차지했다. 그 휘황한 세월이 마치 꽃잎처럼 머나먼 B읍에서 반짝였다. 그 꽃잎들은 열아홉 살 때의 일격으로 매장되어버렸으나 이제 난단의 말에 의해 마치 신기한 바람이 분 듯 너울너울 춤을 추었다. 재능이 물처럼 다시 나의 마음에 부어졌다. 난단은 최면술을 거는 사람처럼 반수면 상태에서 지령을 내려 나의 잠재의식으로 들어왔다. 깨어나니 전혀 새로운 느낌이 들었다.

"두오미, 알고 있나요? 당신은 아주 아름다워요."

그녀의 입에서 이런 말이 나오다니, 도대체 이럴 수가 있나, 이런 말은 응당 내 남자친구(애석하게도 있어본 적이 없지만)가 해야 하는 말이다. 나보다 예닐곱 살이나 어린 여자아이 입에서 그런 말이 나오다니 정말 부끄러운 줄도 모르는군? 하고 나는 생각했다. 그녀가 처음 그 말을 했을 때 나는 거칠게 반박했다.

"난 예쁘지 않아."

그녀는 전혀 화를 내지 않고 구체적이고도 세세하게 말했다.

"두오미, 당신의 눈은 너무 아름다워요. 쌍꺼풀이 진데다 촉촉하고 맑아요. 게다가 당신의 입술은 아주 섹시해요. 쑥스러워할 것 없어요. 이건 정말이에요. 나는 남성의 시각에서 여성을 볼 줄 알거든요. 당신의 피부를 봐요. 갈색에 매끄럽게 윤기가 흘러 너무 아름다워요. 중국인은 당신의 아름다움을 잘 느끼지 못하지만 외국에 나가기만 하면 당신은 틀림없이 인기만점일 거예요."

난단은 여러 곳에서 갖은 방식으로 나의 아름다움을 칭찬했다. 그녀는 마치 넋이 나간 듯한 눈길로 미인을 감상하듯 나를 응시했다. 아마도 그녀의 응시와 암시하는 듯한 말이 커다란 작용을 일으켜 잠재의식 속에 머물던 나의 미의식을 불러일으켰는지도 모른다. 아름다움이란 사실 일종의 빛이라고 나는 생각했다. 그것은 자신의 아름다움을 믿는 사람에게만 나타난다. 난단이 말한 것처럼 내 눈과 입술은 괜찮게 생기긴 했지만, 오랫동안 사람들에게서 떨어져 칩거해 오면서 형성된 용모에 대한 불감증에 매몰되어 있었다. 다른 사람들과 사귀기를 원치 않고 또 그럴 필요도 느끼지 않는 사람이 자신의 용모에 주의를 기울일 필요가 어디 있겠는가? 용모란 다른 사람에게 보이기 위해 있는 것이다. 자신이 진실로 의지할 수 있는 것은 오로지 마음뿐이다. 그런데 지금 이상한 여자아이가 와서 첫눈에 나의 숨은 매력을 알아차렸다. 그녀는 그것을 혼돈 속의 암흑 가운데서 하나하나 찾아냈다. 난단의 정이 넘치는 응시 속에 나는 점점 부드러우면서도 빛을 발하는 모습으로 변화되었다.

외국에서도 그런 심리 실험을 한 적이 있다고 한다. 연구자가 어느 대학의 한 과에서 제일 못생긴 여자아이를 골라 그 과의 모든 남학생들이 그녀에게 더할 나위 없는 미모를 지녔다고 칭찬하게 했을 뿐 아니라 가장 준수한 남학생에게 그녀를 따라다니게 하여 여학생들의 질투를 유발시켰다. 일 년 후 다시 그 대학에 온 연구자는 그 과에서 제일 못생겼던 여학생을 알아볼 수 없었다. 그녀는 기적처럼 아름다워진 것이다. 그것이 바로 심리적인 암시의 거대한 위력이다.

때문에 나는 난단이 여성으로서의 나 자신을 찾게 해주었다는 것이 전혀 지나친 말이 아니라고 생각한다. 그녀로 인해 나는 화장을 하게 되었다. 이목구비가 이렇게 잘생겼으니 옅은 화장을 하여 조금만 악센트를 주면 틀림없이 아주 효과가 있을 거라고 난단은 말했다. 그때부터 나는 외출할 때면 화장을 하는 습관이 생겼다. 난단은 나를 알게 된 지 얼마 되지 않아서부터 내 사진을 달라고 졸라댔다. 같은 도시에 살면서 사진이 무슨 필요가 있냐고 하자 그녀는 매일 봐야 되니 꼭 있어야 한다고 했다. 그녀는 세 장을 달라고 했다. 한 장은 침대머리에 두고, 한 장은 교실에 두고, 나머지 한 장은 가지고 다닌다고 했다. 당시 나는 그것을 별로 이상하게 생각지 않았다. 그렇게 나를 좋아하는 것은 극히 드문 일이라 생각되어 한 장은 줄 수 있다고 하자 그녀는 제일 큰 흑백사진을 가져갔다. 그후 나는 N대학 사람에게 난단이 린두오미의 사진을 자기 침대머리에 붙여놓았다는 말을 들었다.

그때부터 그녀는 종종 나를 찾아오기 시작했다. 아니 그녀는 늘상 왔다.

파초에 빗방울 떨어지는 것과 같은 낯익은 문 두드리는 소리 뒤에는 몽롱한 눈길의 난단이 있었다. 그녀는 이틀이 멀다 하고 오곤 했다. 헤어질 때면 언제나 한 달 뒤에 다시 오겠다고 해놓고 사흘째 되는 밤이면 또 달려왔다. 문에 들어서자마자 그녀는 자신을 억제할 수 없었다고 말했다. 그렇게 오랫동안 나를 볼 수 없다는 생각만 하면 더이상 참을 수가 없어져 자신의 약속을 즉시 깨뜨려버리는 편이 나았다는 것이다. 그녀는 종종 저녁도 먹지 않고 달려와서는 내 석유난로에 면을 삶아 먹곤 했다.

그런 밤이면 그녀는 항상 신선한 물건을 가져왔다. 예를 들면 그녀가 좋아하는 책인 마르그리트 뒤라스의 『연인』이 그때 막 『외국문예』에 발표되자 바로 나에게 가져와 보여주었다. 그녀는 또 영어 노래와 등리쥔(鄧麗君) 등의 음악 테이프를 가져오길 좋아했다. 조용한 밤에 우리는 그 곡들을 듣고 또 들었다. 그녀는 성가시지도 않은 듯 영어 노래의 가사를 종이에 적어주며 나한테 불러보라고 몇 번이고 시켰다. 마지못해 노래를 부르자 내 목소리와 음감에 깜짝 놀란 그녀가 말했다.

"당신은 정말 내가 생각지도 못한 걸 갖고 있군요. 내가 상상했던 것보다도 훨씬 멋있어요!"

성인이 된 후 나는 다른 사람들 앞에서 노래를 불러본 적이 없다. 그래서 내가 도대체 노래를 잘 부르는지 어떤지 나도 알지 못했다. 단체로 가라오케에 갈 때마다 나는 늘 노래를 부르지 못했다. 극도로 긴장해서는 입을 벌리자마자 음정도 틀리고 박자도 틀리는 나 자신을 상상하곤 했다. 매번 나는 내가 노래를 못 부른다는 암시를 했다. 그러자 정말 아무 노래도 부르지 못하게 되었다. 사실 어렸을 때 나는 소년합창단의 일원이었다. 중학교 때는 내내 교내 문예선전대 대원이어서 어떤 학기에는 월, 수, 금은 노래 연습을 하고 화, 목, 토는 무용 기본동작을 연습했다. 그것은 매일 아침체조와 아침자습 시간의 고정적인 내용이었다. 무용의 기본동작 연습을 좋아했던 나는 동작마다 조금도 소홀함이 없었다. 게다가 어려움이나 피곤함도 누려워 않은 채 굳센 의지와 정신력으로 모든 고난도의 동작을 다른 사람보다 더 오래 버텨내곤 했다. 근육의 통증은 내게 은밀한 만족감을 가져다주었다. 그때 내 최대의 희망은 바로 어느 전문 문예단체의 일원으로 선발되는 것이었는데 이는 어린 시절 영화배우가 되고자 했던 희망과 궤를 같이하는 것이다. 지금까지도 나는 그렇게 사람을 두려워하도록 타고난 내가 어떻게 줄곧 배우가 되기를 바랐는지 알 수가 없다. 그때는 N시에서 한두 해 건너 학생을 모집하러 오곤 했다. 그들이 수업중인 교실에 들어오면 담임선생님은 말하곤 했다.

"모두 일어섯."

그들의 눈길이 각 학생의 얼굴에 몇 초간 머물렀다. 말 한마디 없이 그들은 그저 미소를 지을 뿐이었다. 마지막에 그들이 담임선생님에게 고개를 끄덕이면 선생님은 우리들에게 말씀하셨다.

"모두 앉아."

그들은 곧 문간에서 사라졌다. 방과 후 한두 명의 학생이 교무실에 불려갔다. 통지를 받은 아이는 무슨 일인지 전전긍긍했다. 교무실에 들어서면 미소짓고 있는 N시 사람이 보였다. 담임선생님이 가무단의 단원을 선발하러 오신 분이라고 소개했다. 그들은 아이들에게 노래도 시켜보고 어떤 동작들도 시켜보았으며, 자로 아이들의 팔과 다리를 재보고, 몸무게와 키도 재보았다. 그러나 결국엔 만족스럽지 않은 듯 언제나 빈손으로 돌아가곤 했다.

나는 얼마나 그들에게 뽑히기를 바랐던가. 그들이 문에 나타나기만 하면 나는 그들의 눈을 뚫어져라 쳐다보았다. 그들이 틀림없이 나를 볼 거라고 생각했다. 틀림없이. 반짝반짝 빛나는 내 눈을 그들이 우선 봐야 한다고 나는 생각했다. 그중 한 사람이 내게 미소짓는 것을 보고 내 가슴은 곧 쿵쿵 뛰기 시작했다. 그때 나는 아무것도 듣지 못했다. 여러 차례 소리쳐 불렀던 운명이 내게 도래하기를 기다리며 진지하게 환상 속에 빠져 있었다. 과연 나는 교무실에 불려갔다. 그러나 내 키가 N시 사람과 내 머리에 찬물을 끼얹어버렸다.

그것이 내가 겪은 최초의 좌절이었다. 키로 인한 나의 좌절은 그때부터 시작되었다. 그 시절 나는 줄곧 주연이 되기를 바랐다. 매 학기 새로 프로그램을 편성하고 극본이 배부되었다. 나는 춤에서 주연 무용수를 찾았고 단막극에서 수석 연기자를 찾았고 모범극에서 찬란하게 빛나는 이름을 찾았다. 그들의 이름은 전 국민의 입에 광범히 오르내리는 지명도가 있는 것이었다. 분별 없이 자신에 찬 시기였다. 나는 늘 주연을 맡은 나 자신을 상상했다. 배역을 정하는 결정적인 회의에서 온몸이 굳어버린 나는 귀를 쫑긋 세운 채 선생님이 주연의 이름을 부를 때마다 다음 프로그램의 주연은 나일 거라고 생각했다. 하나의 희망이 부서지면 다음이 기다리고 있었다. 모든 희망이 다 부서진 후에야 나는 비로소 실망으로 긴장이 풀렸다. 대부분의 무대에서 나는 항상 군무나 단역을 맡았다. 다만 초등학교 5학년 때 B역을 맡아 가극 〈백발 선녀〉의 1장과 3장을 연기한 적이 있는데 다른 사람의 발레 슈즈를 신고 발꿈치를 세우지 못해 내내 뒤뚱거렸을 뿐이었다. 그리고는 이내 졸업이었다. 고등학교 2학년 때 모범극이 보급되었을 때 나는 비로소 우리 클래스가 상연한 모범극인 채조극(彩調極)* 〈붉은 여군〉에서 우칭화(吳淸華)를 연기했다. 그러나 발레극 중에서 내가 가장 맡고 싶었던 붉은 비단옷을 입고 어두운 야자나무 숲에서 힘껏 뛰어오르는 우칭화의 모습은 영원히 이루지 못할 몽상일 뿐이었다.

난단과 만난 그해, 나에게서 무대 생활의 흔적은 이미 다 사라져버리고 나는 나만의 세계에 침잠해 있었다. 이따금 눈썰미 있는 한

---

* 광시 장족(壯族) 자치구에서 공연되는 일종의 연극으로 광시 남부지방에서 유행하고 있다.

두 사람이 내게 무대에 서본 경험이 있는 것 같다고 물어오면 나는 잘못 본 거라고 곧 부정하곤 했다.

어쨌든 난단은 나에게 본래의 모습을 찾도록 해주었다. 그것이 바로 그녀의 의미다. 그녀는 과거로 돌아가는 길을 열어주어 내가 거기로 돌아가 다시 목욕할 수 있게 해주었다. 그런 밤이면 그녀는 때로는 나를 데리고 바에 가서 커피를 마시며 담배 피는 법을 가르쳐주었다. 담배를 폐에까지 들이마시지 않고 단지 폼만 잡고 있으면 된다고 그녀는 말했다. 나보다 예닐곱이나 어린 여자아이가 어떻게 그렇게 세련되고 우아한 자세를 취할 수 있는지 알 수 없었다. 바로 그런 자세가 아름다워 나는 담배를 배웠다. 그녀는 또 나와 함께 춤을 추러 무도회장에 가자고 했다. 그녀는 여자와 춤추는 것을 좋아한다고 했다. 남자의 몸은 너무 딱딱할뿐더러 남자의 지휘를 받아야 하니 몹시 불편하다고 했다. 여자의 몸은 부드럽고 탄력이 있어서 슬쩍 닿기만 해도 느낌이 온다는 것이었다. 그래서 그녀는 항상 여자와 춤을 춘다고 했다. 얼마 전 그녀는 N시 대학의 교내 퀸하고 춤을 춘 적이 있는데 너무도 아둔한 그녀는 손톱만치도 감각이 없어 너무 실망했다고 했다.

"두오미, 난 정말 당신과 춤을 추고 싶어요. 당신의 몸은 아주 민첩해요. 게다가 부드럽고 나긋나긋해서 틀림없이 춤을 아주 잘 출 거예요."

난단이 고개를 숙이고 나지막이 말했다.

"난 춤추고 싶지 않아, 춤을 출 줄도 모르고."

"내가 가르쳐줄게요."

"배우기 싫은데."

"딱 한 번만 춰봐요."

"싫어. 너희 학교 퀸보다 더 뻣뻣하여 실망할 거야."

그렇게 두세 차례 실랑이하고 난 후 난단은 더이상 고집을 부리지 않았다.

"당신이 싫다면 나도 억지로 권하지는 않겠어요. 난 언제나 당신 뜻에 따르겠어요. 무슨 일이든 난 항상 당신에게 양보할 거예요."

한동안 생각에 잠겨 있던 그녀가 말했다.

"만일 우리 사이에 경쟁이 생긴다면 그건 아주 좋은 기회일 거예요. 하지만 기껏해야 한 번 있을 거예요. 만일 그런 상황이 정말로 생긴다면 어떻게 할지 모르겠네요. 역시 난 당신에게 양보할 거예요."

난단은 언제나 자연스럽게 우리 사이의 관계를 이끌어갔다. 그녀는 언제나 내게 양보했으며, 담배 피는 법을 가르쳐주었고, 춤추는 데 데리고 갔다. 내가 그녀보다 예닐곱 살 많은 게 아니라 거꾸로 그녀가 나보다 예닐곱 살 더 먹은 것 같았다. 그녀는 마치 내 남자친구나 보호자 같았다. 끊임없이 그와 같은 암시를 받다 보니 때로는 얼떨결에 그녀가 정말 나의 보호자나 남자친구라도 된 듯한 느낌이었다.

게다가 그녀는 내 옷을 입어보고자 했다. 그녀가 내 옷에 대해 강한 애착을 드러내며 뭐든 갖고 싶어해서 결국 이미 구식이 되어 더이상 입고 싶지 않은 외투 한 벌을 그녀에게 주었다. 이제 와 생각하면 그 옷은 참으로 보기 흉한 것이었다. 색깔만 해도 그때 내가 무슨 생각이 들어서 그런 대추색을 골랐는지 모르겠다. 색깔이 짙은 건 그렇다 치더라도 하필이면 대추같이 붉은색이라니, 색깔이 촌스러운 것은 말할 것도 없고, 당시 유행했던 펜싱복처럼 비스듬한 주머니, 비스듬한 칼라에는 각각 미색 테두리가 둘려 있었다. 그 옷을 사온 후 나는 용기를 내 두세 번 입은 뒤에 더이상 입지 않았다. 나는 짓궂은 장난을 치듯 그 옷을 난단에게 주었는데 그녀는 마치 보물이라도 얻은 표정이었다. 색맹에다 옷에 대해 아무런 감각도 없는 여자아이처럼 그렇게 보기 흉한 옷을 입고 거리에 나갔다. 그러나 난단은 진짜 상하이 여자로 할아버지가 당시 상하이에서 패션 부티크를 경영하고 있었다. 게다가 상하이라는 도시는 우리 눈에는 유행 바로 그 자체였다.

불가사의하게도 난단이라는 이 상하이 여자아이는 보기에도 끔찍한 그 옷을 입고 만족스러운 듯 N시를 활보하고 다녔다.

그때 난단은 나한테 애정교육을 시작하고 있었다. 그녀는 N시의 한쪽 끝에서 내게 긴 편지를 보내왔다. 편지에다 동성 사이에도 우정을 넘어서는 것이 있으며 그것은 바로 사랑이라고 했다. 게다가 사랑과 우정은 다른 것이어서 민감한 사람은 곧 알아차린다는 것이었다. 그녀는 또 플라톤, 차이코프스키가 다 동성연애자였으며 루즈벨트 부인은 백악관에 여자친구를 숨겨두었다고 했다. 그리고 동성 간의 사랑은 신성한 것이라며, 나를 사랑한다고 했다.

편지가 내 손에 도착하기도 전에 그녀가 달려왔다. 숨을 헐떡이며 들어온 그녀는 화장을 하여 평소보다 아름다워 보였다. 그녀는 여전히 내가 준 그 보기 흉한 옷을 입고 있었다. 힘들게 문에 들어선 그녀는 지금이 마침 기말고사 기간이라 정말 오지 말았어야 했다며, 다음날 아침에 시험 볼 과목이 있는데도 정말 자신을 억제할 수 없었다고 했다. 그 며칠 동안 그녀는 복습 같은 것은 전혀 못 했으며 언제나 내 생각뿐이어서 그날 밤 오지 않았다면 견딜 수 없었을 거라 했다.

당시 나는 아주 냉정한 상태여서 그녀의 열정에 대해 전혀 반응이 없었다. 그때 내 머릿속은 온통 유명해지고 싶은 생각뿐이었다. '유명'이라는 단어가 나의 뇌리에서 '일'과 같은 당당한 단어로 바뀌어 있었다. 나는 이제까지 일이 제일이고 사랑은 그 다음이라 생각해왔다. 당시 나는 일의 저조기에 처해 있었다. 나는 내 작품이 N시 문학계의 인정을 받지 못하여 고민하고 있었다. 난단은 그것을 잘 알고 있었다. 난단은 N시가 대수냐며 자기가 나를 틀림없이 전국적으로 유명하게 만들어주겠다고 했다. 자기는 그럴 능력이 있다고 했다. 우선 자신은 젊고 아름다우며 지적인 여자니까 나를 위해 가장 유명하고 권위 있는 문학평론가들과 잠자리를 같이한 뒤 그들에게 내 작품의 평론을 쓰게 한다는 것이었다. 진짜 남자라면 아름다운 여자를 좋아하지 않을 수 없다는 것이었다. 남자들은 천성적으로 여자에게 힘이 되어주고 싶어한다는 것이었다. 그것이 첫째였다. 둘째, 그녀는 맹세하길, 졸업만 하면(그녀는 곧 졸업할 예정이었다) 중국사회과학원 문학연구소의 당대문학(當代文學)* 연구생 시험을 보려 하는데 합격이 틀림없다는 것이었다. 지금까지 자신이 하지 못한 일은 없었다며, 자신은 반드시 누구누구같이 유명한 평론가가 되겠다고 했다. 몇 달 후 난단은 정말 사회과학원 연구소에 시험 보러 갔다. 그때 우리의 관계는 나 때문에 이미 소원해지기 시작해서 그녀는 틀림없이 상실감에 빠져 있었을 거라 추측된다. 그러나 그녀는 약속을 지키기 위해 지도교수를 만나러 일부러 베이징에 갔다. 돌아와서는 자신의 점수면 합격에 문제없을 거라고 지도교수가 말했다고 했다. 그것이 그녀의 마지막 프로포즈였다. 도피적인 내 태도 때문에 그녀는 마음이 몹시 상했다. 결국 그녀가 연구소에 진학하지 않은 것은 아마도 나의 도피와 큰 관련이 있을 듯하다.

"내일이 시험인데 복습을 하지 않으면 어떻게 하니?"

내가 냉정하게 말했다.

"복습을 안 해도 시험을 잘 볼 수 있으니 아무 상관 없어요. 내 편지는 받았어요?"

---

* 중국에서는 1949년 사회주의중국 수립 이후의 문학을 당대문학이라 부른다.

"받지 못했는데."

"아주 중요한 편지예요. 내 생에 그렇게 긴 편지를 쓴 건 처음이에요."

그녀는 편지가 도착하지 않은 걸 몹시 의아하게 여겼다.

"도대체 뭐라고 썼는데?"

무디긴 했지만 나도 호기심이 일었다.

"편지를 보면 알게 될 거예요. 지금 뭘 하고 있었어요?"

그녀가 물었다.

"글을 쓰는 중이었는데 옆에 사람이 있으면 못 써."

"그럼 밖에 나가 두어 시간 있다가 돌아올게요."

그녀는 꽤 늦게야 돌아왔다. 그러더니 버스를 놓쳐서 하는 수 없이 내 방에서 자야겠다고 했다.

그전에도 난단은 여러 차례 내 기숙사에서 밤을 새고 싶다고 했으나 매번 생각할 겨를도 없이 나는 어려서부터 다른 사람과 한 침대에서 자지 못한다며 곧바로 거절했다. 어렸을 때 집에 손님이 와서 엄마와 같이 자는 날이면 나는 밤새 한잠도 자지 못했고 자란 후에는 잘 때 누가 옆에 있는 것을 더욱 견디지 못한다고 했다.

그날 밤 난단은 자신은 바닥에서 자고 나는 침대에서 자면 된다고 했다. 그렇게까지 말하자 나는 하는 수 없이 그러라고 할 수밖에 없었다.

나는 몇 해 동안 버리지 않고 놔둔 낡은 자리를 꺼내고 잡지 뭉치를 옮겨 그녀에게 베개로 삼으라고 했다. (나는 그때까지 여벌의 베개를 준비해두지 않았다.) 그리고 시트를 꺼내 이불 삼아 덮으라고 했다. 내가 막 불을 끄고 자려고 할 때였다.

"두오미, 우리 침대에 잠깐만 함께 누워 있으면 안 될까요?"

갑자기 난단이 말했다.

74

"아주 잠깐만요."

내가 머뭇거리자 그녀가 다시 말했다.

그녀가 침대로 올라왔다. 나는 침대 안쪽에 눕고 그녀는 침대 바깥쪽 모서리에 꼭 붙어 있었는데 몸 일부는 침대 밖까지 삐져나와 있었다. 나를 조금이라도 넓게 자게 하려고 애쓰는 것 같았다. 게다가 안쪽 팔을 자신의 머리 뒤로 돌려 베어 나는 거의 평소와 다름없이 잘 수 있었다. 내가 그녀에게 닿을 염려는 없었다. (나는 잘 때 다른 사람의 몸에 닿는 것을 제일 싫어한다.) 그녀와 나 사이에는 믿기 어려울 만큼의 거리가 생겼다. 이는 다른 사람들은 할 수 없는 것으로 난단이 심혈을 기울여 만들어낸 것이다. 여성만이 가질 수 있는 그런 세심한 배려를 지금까지도 나는 잊을 수 없다.

그래서 나는 편안하고 안전하다고 느꼈다. 난단이 괜찮은지 어떤지 물었다. 나는 마음이 풀어져 밀려오는 졸음에 곧 잠이 들었다.

나는 조금도 불편을 느끼지 못하고 평소와 마찬가지로 잠을 잤다. 이미 옆에 다른 사람이 있다는 것조차 잊어버렸다. 날이 밝을 무렵 잠에서 깨 눈을 떠보니 난단이 모로 누워 나를 바라보고 있었다.

"깼어요? 아주 잘 자더군요. 나는 줄곧 당신이 자는 것을 지켜봤어요. 자고 있는 모습이 정말 아름다웠어요."

"잘 잤니?"

"잠깐 눈을 붙였어요."

그것은 중요한 사건이었다. 그녀는 성장한 후 엄마말고 처음으로 나와 한 침대를 쓴 사람이다.

"다른 사람과는 같이 잠을 못 자는데 어떻게 너와는 함께 잤지? 정말 이상한 일이네."

"앞으로 우리는 아주 잘 지낼 수 있을 거예요."

난단은 아주 기뻐했다. 그녀는 서둘러 시험 보러 학교로 돌아갔다. 오후에는 내일 볼 시험 준비를 하고 저녁에 다시 오겠다고 했다.

뜻밖에도 난단은 점심때 또 왔다. 그녀는 학교에 있으니 마음이 불안해서 아예 짐을 싸가지고 왔다고 했다. 오후에 우리는 편안하게 잘 지냈다. 나는 도서관에서 정치학습을 하고 빠져나와 원고를 베끼고 그녀는 내 침대에 앉아서 공부를 했다.

잘 때는 어젯밤의 경험이 있었기 때문에 느긋하게 헌옷을 베개 하라고 주고는 여전히 그녀를 바깥쪽에서 자게 했다. 그녀는 어제처럼 안쪽 팔을 자기 머리 뒤로 베어 내게 더욱 넓은 자리를 남겨주었다. 눈이 반짝반짝 빛나는 걸로 보아 그녀는 어제보다 흥분된 것 같았다. 내일 시험이 있으니 일찍 자라고 하자 그녀는 아무 말이 없었다. 그녀는 꼼짝도 않은 채 조용히 잠을 잤다. 나는 이미 그녀에게 완전히 적응이 되었다.

잠이 들자마자 나는 꿈을 꾸기 시작했다. 꿈에 난단과 나 사이를 추한 여자애 하나가 가로막고 있었다. 얼굴은 어른 같았으나 아주 희미했다. 얼굴을 똑똑히 보려 애썼지만 아무리 해도 잘 보이지 않았다. 그녀는 키가 아주 작아 내 반밖에 되지 않았다. 그 추한 여자아이는 내 얼굴 가까이 다가와서 먼저 이곳저곳 냄새를 맡더니 내 눈과 입술에 입을 맞추기 시작했다. 꿈인데도 그녀의 입술이 뜨겁다는 것이 느껴졌다. 그녀의 동작은 아주 날렵해서 나는 그녀가 곧 떠나가리라 생각했다. 그런데 뜻밖에도 그 추한 여자는 손을 내 옷 속에 집어넣었다. 그녀의 손이 내 젖가슴에 닿는 순간 나는 놀라 소리를 질렀다. 그리고는 비명 소리에 꿈이 깨버렸다.

얼마가 지났는지 그 꿈이 다시 찾아왔다. 나는 너무 지겨워져서 더이상 참지 못하고 그 아이의 뺨을 갈겨버렸다. 그러기를 날이 샐 때까지 반복하다가 눈을 떠보니 난단이 어제 새벽처럼 모로 누워 나를 쳐다보고 있었다. 나는 그녀를 잠시 쳐다보았다. 그녀는 자연스런 모습으로 어떤 이상한 흔적도 없었다.

"어젯밤 잘 잤니?

내가 물었다.

"잘 자긴 했는데 좀 일찍 깼어요. 당신이 깨어나면 곧 일어나서 학교에 시험 보러 가려고 했어요."

나는 그녀에게 어제 그 꿈을 자세히 이야기하며 잘 자지 못했다고 했다. 그러자 난단은 심각하게 말했다.

"두오미, 당신은 너무 긴장했군요. 나를 너무 믿지 않는군요. 날 믿어요. 난 이성적인 사람이에요. 당신이 원하지 않는 일은 절대로 하지 않아요. 안심하세요."

그녀는 내 꿈을 분석하기를, 그 꿈속의 추한 여자애는 실은 나의 잠재의식이라 했다. 사실은 내가 두려워하는 것은 바로 나 자신이라는 것이다.

그 말이 나를 번개처럼 강타해 가슴이 쿵쿵 뛰었다. 저 깊은 곳에서 흘러나온 오싹한 냉기가 정수리를 파고들더니 이내 온몸으로 퍼졌다. 너무 놀라 머리카락과 손톱까지도 덜덜 떨리는 것 같았다.

난단은 학교로 시험을 보러 갔다. 무의식중에 문의 빗장을 잠근 나는 힘없이 침대에 쓰러졌다.

난단의 말은 오래 전에 잊어버렸던 옛일을 생각나게 했다. 긴긴 세월이 지나 나는 그 일을 아무런 흔적 없이 철저하게 묻어버렸다. 그러나 난단이 다가옴으로 인해 무언지 희미한 불안이 느껴졌다. 처음부터 그녀는 내게 특별한 의미를 지닌 사람이었다. 그녀의 행동 하나하나 말 한마디 한마디마다 깊은 의미가 담겨 있어 마치 예리한 칼로 나의 지나온 세월에 겹겹이 쌓인 어둠을 찢어버리는 깃 같았다. 그것은 가장 깊은 곳에 숨겨진 그것까지도 파헤칠 수 있을까?

더욱 가까이 다가온 그녀는 나의 잠재의식을 돌파하고 꿈속으로 들어왔으며, 난단의 말은 번개처럼 순식간에 그 모든 것을 환하게 비쳐주었다.

그 일은 이십여 년 전 대여섯 살 무렵 일어났다. 밤에 자위를 하다가 나는 문득 이웃집 여자아이에게 한 가지 일을 시키고 싶어졌다. 어떻게 그런 생각이 들었는지 모르겠다. 아마 다락방에 가득 쌓여 있는 남녀 생식기 모형의 거듭 되풀이되는 암시에다가 어른들마저 없었기 때문이었을 것이다. 그녀는 평소 항상 앞에 고무를 댄 남자 샌들을 신고 있었다. 그애 어머니는 틀림없이 여자아이 샌들을 사지 못해 골머리를 썩였을 것이다. 리리는 나보다 한 살 위였는데 오히려 내가 나쁜 일을 하도록 그녀를 꼬여냈다. 당시 보건소에는 집을 짓고 있어서 그녀의 집은 잠시 여성 센터로 이주하였다. 기나긴 한낮 나는 리리에게 어른들이 아이 낳는 것을 본 적이 있는지 물었다. 그녀는 본 적 없다고 했다. 어른들이 아이들에게는 보지 못하게 한다는 것이다. 나는 어른들은 내버려두고 우리가 아이를 낳아보자고 했다. 리리는 호기심에 가득 차 우리집에 따라왔다. 나는 리리에게 신발을 벗고 침대에 올라가게 했다. 그리고 서랍에서 소독솜과 면봉을 꺼내고 모기장을 쳤다. 그녀가 아이를 낳도록 내가 먼저 도와줄 테니 다음엔 내가 아이 낳는 것을 도와달라 했다.

나는 리리에게 바지를 벗고 두 다리를 벌리라고 한 다음 그 부위를 쳐다보며 뭐 좀 아는 듯이 베개를 그녀의 허리 아래 두둑이 괴어주며 말했다.

"됐어, 이제 눈감아봐."

나는 소독솜으로 그애의 분홍빛 보드라운 곳을 가만가만 눌렀다. 내가 알고 있고 할 수 있는 온갖 방법을 다 동원하여 나는 그 과정을 복잡하게 만들었다. 마침내 내가 말했다.

"됐어, 이제 네가 나한테 해줄 차례야."

나는 그녀가 방금 누웠던 자리에 유쾌하게 누워 눈을 감았다. 리리는 한참 동안이나 아무 기척이 없었다. 나는 어찌 해야 좋을지 몰라 다급하게 그애를 재촉했다.

"방금 내가 너한테 한 그대로만 나한테 해주면 돼."

그녀는 소독솜을 들더니 나의 그 부위를 거칠게 몇 번 문지르고는 그만이었다. 나는 만족스럽지 않아 다시 하게 했다. 그러나 다시 해도 역시 그대로였다. 그후에도 우리는 두세 번 더 했다. 우리는 그 일에 '평화를 지키자'라는 별명을 붙였다. 지금 생각해보면 그 별명은 얼토당토않은 이상야릇한 것이었다. 리리와 내가 다른 것은 그녀는 그 일의 신비성에 흥미를 느꼈을 뿐이나 나는 그 일의 과정과 그 과정에서 일어나는 쾌감에 흥미를 느꼈다는 점이다. 그러나 나는 늘 실망하였다. 리리는 아무것도 모르는 것 같았다. 그녀는 어디가 가장 민감한 부위인지 전혀 모르는 것 같았다. 그래서 그 일은 오래 갈 수가 없었다. 과연 두세 번 후 그녀는 싫증을 냈다. 머지않아 보건소의 집이 다 지어져 리리는 다시 돌아갔다. 한두 해가 지나 좀더 자랐을 때 나는 그것이 다른 사람에게 알려지면 안 되는 일이라는 것을 알게 되었다. 나는 그 일을 잊어버리려 노력했다. 그러자 정말 그 일은 저절로 잊혀졌다.

그 일을 생각하면 나는 몹시 겁이 난다. 내가 타고난 동성연애자일까봐 나는 정말 두렵다. 그것은 나의 심리적인 고질병이었다. 그것은 마치 짙은 장막처럼 나와 정상적인 사람들을 영원히 분리시켰다. 나는 그 생각을 철저히 떨쳐내려 했다. 곰곰이 생각한 끝에 어른이 남녀 아동간의 성적 유희를 어떻게 이해해야 하는지를 제시한 권위 있는 책 구절이 떠올랐다. 그 책에서는 남자아이와 여자아이의 생식기가 서로 접촉했다 할지라도 아이들의 신체가 미숙하여 성교가 실현되지 않으니 어른들은 그저 웃어넘겨도 된다고 했다. 일종의 놀이에 불과한 걸 가지고 놀랄 필요가 없다는 것이다. 그에 비추어 보건대 리리와 내가 한 짓도 한낱 놀이에 지나지 않으니 그런 심각한 단어로 자신의 머리를 짓누를 필요가 없는 셈이다.

나는 비로소 안심이 되었다.

내 마음이 진정되었을 때 난단이 시험을 치르고 달려왔다. 그녀는 내일 마지막 한 과목이 남아 있는데 '현장조사' 과목이어서 합격인지 불합격인지 여부만 가리므로 공부할 필요가 없다고 했다. 그녀는 함께 시내에 나가자고 나를 졸라댔다. 우리는 화장을 하고 예쁜 옷으로 갈아입고 서로 품평을 해준 다음 시내에 나갔다. 가는 길에 그녀는 또 나를 추어올렸다.

"두오미, 화장을 하니 너무 예뻐요. 정말 동남아 미인 같아요."

뚫어지게 쳐다보는 그녀의 시선 때문에 나는 좀 당황스러웠다. 옷 가게를 구경한 우리는 괜찮은 음식점에 가서 식사를 하고 바에 들러 술을 마시고 담배를 피운 다음 열한시가 되어서야 돌아왔다.

나는 몹시 피곤하여 대충 씻고 침대에 올라가 잠이 들었다. 그리곤 곤히 잤다. 그러나 한밤중이 되었을 때, 나를 괴롭히던 그 꿈이 다시 나타났다. 역시 못생긴 여자아이가 나와 난단 사이에 누워 있었다. 그녀는 고개를 들어 나를 바라보더니 내 머리칼을 어루만지기 시작했다. 그리고는 나의 얼굴을 만지더니 손을 내 옷 속으로 집어넣었다. 그때 갑자기 그 추한 여자아이의 얼굴이 난단의 얼굴로 바뀌었다. 나는 놀라 비명을 질렀다.

몸부림치다 잠에서 깨어났을 때, 옆에 누운 난단은 조용히 숨을 쉬고 있었다. 편안하게 잠든 모습이었다. 나는 이것은 단지 꿈일 뿐이라고, 사실이 아니라고 생각했다.

날이 밝을 때까지 나는 밤새 뒤척이며 잠을 이루지 못했다. 경계심을 가지고 긴장한 채 난단의 일거일동을 주시했다. 그녀는 아무것도 모르는 듯 태연자약했다. 그녀는 학교에 돌아가 마지막 남은 시험을 치르고 다시 오겠다고 했다. 그리고 좋은 새 테이프가 두 개 있으니 꼭 가져오겠다고 했다.

그녀가 간 후 나는 출근했다. 아홉시 반에 우편물이 왔는데 난단의 편지 한 통이 있었다. 며칠 전에 부친 것이었는데 왜 이제야 도착했는지 알 수 없었다. 편지를 뜯어보니 온통 동성애에 대한 열렬한 찬미였다. 그녀의 편지는 이상한 불씨처럼, 이상한 도안처럼 내 앞에서 춤을 추었다. 마치 숨겨진 두 눈이 나의 마음속까지 다다라 예리한 빛을 발하고 있는 것 같았다. 나는 나를 동성애의 대상으로 간주하려는 난단의 음험한 심보가 느껴져 그 편지를 더이상 읽지 않고 호주머니에 넣어두었다. 쉬는 시간에 나는 몰래 빠져나와 기숙사로 갔다. 내게는 그 편지를 찢어버려야겠다는 한 가지 생각밖에 없었다. 그 말들은 마치 내력이 의심스런 악마처럼 내 마음속의 천적과 대응하였다. 나의 유일한 생각은 그것들을 다 없애버리는 것뿐이었다.

나와 난단의 관계는 바로 그 순간에 끝장이 났다. 이 구절을 쓰는 지금 이 순간 회색 잿더미가 나비처럼 내 앞에서 춤추는 것이 보인다. 그것은 편지의 잔해였다. (거기엔 그 젊은 여자애의 생명의 액과 깊은 사랑이 담겨 있었다.) 부서지기 쉬운 회색의 얼굴들이 나에게 닿자 그 미세한 가루 같은 질감이 느껴졌다. 동시에 나는 과거의 문 틈새로 들려오는 심장이 터질 것 같은 목소리를 오랫동안 정신을 집중하여 듣고 있었다……

후에 난단은 이상하게 사라져버렸다. 떨어졌는지 아니면 합격을 하고도 가지 않았는지 알 수 없지만 그녀는 대학 졸업 후 대학원에 가지 않았다. 그리고 N시의 괜찮은 직장에 배정되었지만 고작 며칠 출근하고는 그만두었다. 반드시 출국하고 말겠다던 그녀의 말이 생각난다. 그녀는 해외에 나가야만 비로소 자신이 원하는 삶을 살 수 있다며, 출국 후 제일 걱정되는 것이 바로 나라고 했다.

"내가 출국한 후 절대로 뚱뚱해져서는 안 돼요. 자리가 잡히면 꼭 당신을 데리러 올 거예요. 뚱뚱해져 있으면 실망할 거라구요."

나는 난단이 틀림없이 미국에 갔을 거라 생각한다.

비상과 추락

두오미란 여자아이는 마치 단단하고도 떫은 구아바같이 B읍 세월의 가지에 매달려 나의 기억을 뚫고 반짝반짝 빛나고 있었다. 모기장의 조그만 그물눈 새로 달빛처럼 은은하고 흐르는 물처럼 부드러운 그녀의 가무잡잡한 피부가 보였다.

열아홉 살 반의 날들이 마치 흐르는 강물을 따라 나부끼는 고운 꽃잎처럼 청춘의 빗방울의 울부짖음을 받아들이며 지나가고 있었다. 번개처럼 밝지만 짧아 찾을 길 없이 영원히 사라져버린 열아홉 살 반은 우르릉대는 천둥소리처럼 요원하면서도 은밀하게 매일 밤 나의 모기장에서 펼쳐졌다. 나의 모기장은 바로 수면(水面)이었다. 열아홉 살 반의 지난날이 마치 새로 산 크레이프(crape. 오글쪼글한 종이 — 옮긴이) 종이꽃처럼 차례차례 소리없는 손에 의해 투명한 물 속에 던져졌다. 그것은 수분을 흡수하여 한 층 또 한 층 꽃의 가장 중심에 이르기까지 느릿느릿 퍼졌다. 그 색깔과 근육들, 열아홉 살 반의 마디마디가 하나하나 모습을 드러내며 한 곳에 모였다. 나의 손에 들려 있던 하드커버 책은 이따금 가을바람처럼 쏴쏴 소리를 내며 넘어갔다. 왕(王)이 침대에서 내려오며 말했다.

"샤오린(小林), 화장실에 안 가니? 이제 불을 꺼야겠다."

왕의 목소리를 들으면 그다지 부드럽지 않은 비단이 떠오른다. 그 비단은 섬세하고 치밀하며 윤기가 흐르고 아름다웠지만 그리 부드럽지는 않았다. 정말 그런 비단이 있는지 어떤지 잘 모르겠다. 어쩌면 왕의 목소리를 형용하기 위해 내가 만들어낸 것인지도 모른다.

왕은 벌써 서른 살이었으나 여전히 아름답고 매력이 있었다. 그녀는 항저우(杭州) 태생이었고 부모가 모두 고급간부였다. 그녀는 스무 살 때 베이다황(北大荒)에 갔으며, 마흔이 되어 미국에 갔다. 나는 그녀가 미국의 덴톤Denton에서 부쳐온 사진을 가지고 있다. 사진 속의 그녀는 검은 스웨터를 입고 목에는 장밋빛 긴 스카프를 두르고 있었다. 긴 머리를 단발로 잘랐으나 스프링코트를 팔에 걸친 모습은 여전히 매력적이었으며 더욱 젊어 보였다. 국내에 있는 그녀의 여동생이 그 사진을 전해주며 짤막하게 편지를 적어 보냈는데 거기에 왕의 미국 주소가 적혀 있었다. 왕이 내가 먼저 편지를 쓰길 바란다고 해서 즉시 주소대로 편지 한 통을 보냈으나 두 해가 지나도록 왕에게서는 아무런 소식이 없었다.

그때 나는 그녀를 몹시 그리워하고 있었다. 대학 시절 나의 중요한 추억은 바로 왕에 대한 것이었다. 꼬박 사 년 동안 왕의 침대 상단에서 나는 매일매일 주위 일은 아랑곳없이 두오미의 이야기에 푹 빠져 있었다. 이제 십 년이 흘러갔다. 고개를 돌려 바라보니 대학 시절은 어둡고 모호했다. 마치 큰비가 오기 전의 하늘처럼 푸른 하늘과 태양은 보이지 않았다. 짙게 드리워진 시커먼 구름 사이로 이따금 햇빛이 금빛 찬란하게 가장자리에 비쳤는데 그것이 바로 왕이었다.

왕의 얼굴은 대학 여자친구들 앞에 우뚝 솟아 있었다. 남학생의 얼굴은 더욱 희미하고 어두웠다. 그들은 중거리에 조금 더 떨어진 곳에 있었다. 그들 뒤에는 밝은 벚꽃 길, 프랑스 오동나무로 하늘이 가려진 언덕빼기, 녹색과 자주색 기와가 반짝이는 지붕, 땅까지 내려온 좁고 긴 창문이 있는 서양식 건축물과 아름다운 자연이 있었다.

나는 줄곧 왕의 침대 위칸에서 잤다. 일학년 때는 열두 사람이 한 방을 썼다. 각 건물 위층과 산마루 높은 곳에는 원형 창문을 통해 밤낮으로 바깥 공기가 불어왔으며 홍기(紅旗)로 대신한 커튼이 펄럭펄럭 소리를 내며 방 안에 불안한 분위기를 조성했다. 내 침대는 바로 그 원형 창문 가까이에 있어서 손을 뻗으면 곧 닿을 정도였다. 해질녘이면 석양이 그 창문으로 그림자를 길게 드리워 내 침대에까지 들어왔다. 내 침대는 마치 무대의 세트처럼 석양에 의해 하나도 남김없이 비추어졌다. 그 방 안의 어떤 위치에서도 아래로 드리워진 모기장 안에 걸린 것, 이불, 베개의 모습과 색깔, 그리고 창에 아무렇게나 기대어놓은 책들을 분명하게 볼 수 있었다. 미세한 먼지가 그 커다란 원형 동선 속에서 천천히 맴돌고 있었다.

저녁식사 시간에 나는 보통 모기장 안에 있지 않았다.

나는 식사용 법랑 공기를 받쳐들고 저녁을 먹으며 식당에서 기숙사로 통하는 긴 길을 걸었다. 그리고는 밥그릇을 기숙사에 갖다두고 영어 단어를 외운다는 구실로 테라스나 풀밭, 아니면 가로수 길을 산책했다. 혹은 산책하는 김에 영어 단어를 외우곤 했다.

어떤 밤에는 달이 마치 태양처럼 그 둥그런 창문을 통해 내 침대로 들어왔다. 차갑고도 을씨년스런 달빛은 내 침대에만 머물렀다. 어두운 실내에서 내 침대만이 밝게 빛났다. 그런 밤이면 나는 누려워졌다.

어린 시절 내가 무서움을 탔던 곳도 그렇게 둥그런 창문이 있는 곳이었다. 그곳은 농업국의 어느 방이었는데 먼 도시에서 하방(下放)*온 부녀가 살고 있었다. 부친은 그후 1967년에 목을 매 죽었다. 그 여자애는 어디로 갔는지 모른다. 우리들이 놀 때면 그녀의 외지 말씨가 종종 튀어나오곤 했다.

웬일인지 나는 늘상 그 심상치 않은 창문, 둥그런 창문 옆에 있게 되곤 했는데 그것은 확실히 정상적인 일은 아니었다.

이학년은 네 사람이 한 방을 썼다. 나는 왕의 친절한 손에 이끌려 왕의 침대 위칸을 쓰게 되었다. 그녀는 마치 내 어머니나 큰언니 같았다. 우리 반에서 왕은 단연 뛰어났다. 아름답고 열정적이며 지혜로웠다. 그러나 그녀는 L에는 비할 바가 못 됐다. L은 왕보다도 두 살 위로 서른둘에야 대학에 들어왔다. L은 아주 특출하여 체육 시간에 백 미터 달리기, 수영, 포환던지기까지도 항상 일등이었다.

왕은 L뿐만 아니라 나보다도 달리기를 못했다. 그녀는 아이를 낳은 지 겨우 한 달 만에 학교에 다니기 시작했다. 자기처럼 서른이 넘은 L이 제비처럼 한 바퀴 또 한 바퀴 달리는 걸 보며 그녀는 우울해했다.

L은 선생님들과도 왕보다 잘 사귀어서 쉬는 시간마다 선생님들과 이야기를 하곤 했다. 매번 질문을 할 때마다 항상 제일 먼저 손을 들었으며 조 토론을 할 때면 늘 제일 마지막으로 발언을 했다. (막힘 없이 기세당당하게 발언하기 위하여.) 그녀는 모든 시험에서 왕보다 높은 점수를 받았고 입당도 왕보다 일찍 했다. 학점제가 실시되자 왕보다 일찍 졸업했으며 졸업을 하고는 왕보다 먼저 미국에 갔다. 학우들 사이에서는 왕과 L중 도대체 누가 더 완벽한가를 놓고

---

* 문화대혁명 기간에 간부나 지식인들이 사상 단련을 위해 공장·농촌·광산 등지로 노동하러 간 것을 이른다.

줄곧 의견이 엇갈렸다.

　마지막 두 해 동안 나는 또 한번 방을 옮겼는데 이번엔 여덟 사람이 한 방을 쓰게 되었다. 나는 여전히 왕의 침대 위칸에서 잤다. 나는 더이상 점심때와 밤에 도서관이나 교실로 공부하러 가지 않았다. 갈수록 더 모기장 안에 숨어 모기장의 그물을 통해 그 방을 바라보는 때가 많아졌다. 근심과 시름이 왕의 침대에 쌓여갔다. 그녀는 때때로 침대에서 책을 보거나 친구에게 편지를 쓰거나 아들 생각에 잠기곤 했다. 나는 줄곧 그녀 옆에 가까이 가지 않고 내 일에만 빠져 있었다. 나는 무심하게 그녀들이 내 모기장 밖에서 왔다갔다하는 것을 바라보고 있었다.

　정말 가슴 아픈 시절이었다.

　왕은 대학 졸업 후 내가 편지를 보낸 유일한 사람이었다. 그녀는 편지에 '사랑하는 린에게'라고 썼다. 그녀의 목소리는 마치 비단처럼 객지에서의 어두운 나의 삶을 스치며 소중한 옛정을 담은 채 나의 창가에 다가왔다.

　어느 해인지 왕은 일부러 내가 있는 N시에서 개최한 회의에 참가하는 기회를 얻어냈다. 당시 그녀는 상하이의 어느 고등학교에서 교편을 잡고 있었고 나는 N시의 도서관에서 분류를 맡고 있었다. 그녀는 사전에 그 소식을 내게 편지로 알려주었다. 그것은 정말 얻기 어려운 기회였다. 상하이는 얼마나 휘황찬란하고 N시는 또 얼마나 편벽진 곳이었던가. 너무도 빈궁하여 고등학교에서 출장 한 번 가기는 얼마나 어려웠던가.

　그러나 결국 나는 고향인 B읍으로 돌아갔다. N시에서 나를 보지 못하고 돌아간 왕은 내게 실망으로 가득 찬 편지를 보내왔다. 그녀를 피한 이유를 나는 말할 수가 없었다. 아마도 그 이유말고는 없었을 것이다.

그것은 은밀한 사건이었다. 오랫동안 나는 그것을 마음 깊이 숨겨두었다. 당시 임신한 것을 안 나는 놀라 허둥대며 어찌할 바를 몰랐다. 신경이 곤두선 나는 밤낮 그 생각밖에 없었다. 결국 아이를 떼기로 결정했다.

나는 다급하게 휴가를 내서 B읍으로 돌아갔다. N시를 떠나는 기차에서 그 순간에 다른 기차에 타고 있을 왕을 생각했다. 내가 가보지 못한 대도시에서 N시를 향해 달려오고 있을 그녀의 아름답고 친절한 얼굴이 칙칙폭폭 하는 기차 소리를 따라 내 앞에서 아른거렸다. 다른 사람에게 알릴 수 없는 나의 이기심, 폐쇄성 등이 나 자신에게 명확히 느껴졌다. 그로 인해 나는 가슴이 찢기는 듯 아팠다.

기차는 그렇게 N시로부터 점점 멀어져갔다.

왕은 나를 아직 다 자라지 않은 어린애로 보았다. 그녀는 자신도 아직 다 자라지 않았다고 했다. 서른 살인데 아직도 다 자라지 않았다는 말을 나는 줄곧 이상하게 여겨왔다. 내가 어리다는 이유로 그녀는 나의 모든 결점을 다 받아들였다. 외국에 나가기 전에 그녀는 내게 긴 편지를 보내왔다. 한동안 그녀는 다른 사람에게서 내 심정이 편치 못하다는 말을 들었다고 했다. (이상하게도 나는 그녀에게는 절대로 하소연하지 않았다.) 상하이로 그녀를 찾아오면 나와 함께 놀아주겠으며, 항저우에 가서 마음이라도 좀 식히자고 했다. 그녀는 마침 항저우로 돌아가 어머니에게 작별 인사를 하고 곧 미국에 갈 예정이었다.

나는 가지 않았다.

그렇게 해서 그녀와 나는 이미 십 년간 만나지 못했다.

이제 나는 과거를 대면할 수 있게 되었다. 십 년의 세월은 내게 점점 용기를 갖게 해주었다. 나는 나 자신의 모든 것을 하나하나 정리해야 한다. 그것은 아주 재미있는 일이었다. 나는 과거를 회상하는

데 영원히 싫증내지 않을 것이다. 나는 왕이 언젠가는 미국에서 돌아오리라고 생각한다. 그녀는 돌아오겠다고 말했다. 우리가 옛일을 다시 이야기할 때가 언제 있을 것이다.

세월이 흘러 나도 성장했다. 그러면서 나는 아주 중요한 무엇이 있다는 것을 알게 되었는데 그것은 인연이란 것이다. 전에는 그 세속적인 냄새가 나는 단어는 단지 시골 여자들이나 흥미를 갖고 이야기하는 줄 알았다. 어느 해 설날인가 잘 알지 못하는 친구로부터 연하장을 받았는데 거기에는 '알게 된 것도 인연'이라고 간결하게 씌어 있었다. 그 낯선 글자가 끊임없이 공상을 불러일으켰다. 문득 세상은 이렇게 큰데 나는 왜 이 사람은 알고 저 사람은 알지 못할까. 나는 왜 이 사람하고 결혼하고 저 사람과는 결혼하지 않을까 하는 생각이 떠올랐다. 거기에는 틀림없이 어떤 심오한 이치가 있을 것이다. 그것이 무엇인지 우리는 알지 못하지만 그러나 천천히 불어온 그 기운은 정면에서 우리를 덮어씌웠다.

점을 볼 줄 아는 여자 동료가 내게 말하길, 나는 전생에 다람쥐였다고 했다. 나는 반신반의했다. 그러나 만일 내가 정말 그 다람쥐가 다시 태어난 것이라면 이 생에 나의 모든 사랑과 원한, 적과 친구, 좋은 일과 나쁜 일도 다 전생의 그 다람쥐와 관련이 있을 것이다.

아마 틀림없이 그럴 것이다.

만일 1976년, 누군가 내게 일 년 후의 모월 모일, 내가 어떤 낯선 도시에 가서 알지 못하는 쉰다섯 명의 사람과 한 방에서 사 년이라는 긴 세월을 함께 보내게 될 거라고 말했다면 나는 당치도 않은 일이라고 여겼을 것이다.

설사 1977년 4월이 되었다 해도, 외딴 B읍에서 그 낯선 사람들과 만나게 될 거라고는 생각지 못했을 것이다.

사실 그 쉰여섯 명의 사람은 어느 날 서로 상관없는 먼 곳에서 그

도시로 모여들었다. 우루무치(烏魯木齊)와 인촨(銀川)에서, 윈난(雲南)의 거주(個舊)와 광시의 베이류에서. 이 이름들을 상상해보면 확실히 기적이라고 할 수밖에 없다. 그 사람들은 태어나기 전에 큰바람에 실려왔으며, 이제 또 그 신비한 바람을 타고 함께 지내게 된 것이다. 그들 중 가장 연장자는 아이 셋 딸린 서른다섯 살의 아줌마였으며, 막내는 이제 막 고등학교를 졸업한 열일곱 살 소녀였다.

그 반에 함께 모인 첫날, 그들은 벽에 둥그런 창이 있는 가장 큰 방에 모여 자신이 왜 도서관학과에 지망했는지를 서로 소개했다. 인연이라는 단어가 다시 우리 사이에 강하게 떠돌았다. 고고학을 전공하려다가 나중에 도서관학으로 바꾼 사람, 외국어학과를 지망하려다가 나이가 너무 많아 눈 딱 감고 도서관학과로 쓴 사람, 더욱이 문학을 열애하여 속으로 국문과를 가려다 어쩐 영문인지 도서관학을 지망하게 된 사람 등 그 이유가 참으로 다양했다. 또 원래는 베이징대에 응시하려 했으나 나중에 생각을 바꿔 W대에 응시한 사람도 있었다.

그래서 1978년 봄 모월 모일, 그들은 그 둥근 창이 있는 방에 모여 이야기를 나누게 되었다.

자신이 왜 그 학교, 그 학과를 지망했는지 이야기할 수 없는 소녀가 하나 있었다. 그녀의 이유는 다른 사람보다 훨씬 복잡했다. 그 원인은 깜짝 놀랄 만한 비밀이었다. 그 비밀을 짊어지고 그녀는 처음부터 사람들 무리를 멀리 떠나 있었다. 본래부터 몹시 괴팍한 그 여자아이는 전혀 새로운 환경, 신선한 얼굴들, 새로운 목소리들의 힘이 그녀를 사람들 무리에 밀어넣어 정상적인 아이로 돌아가는 것이 필요했다.

그러나 그 기회는 헛되이 사라졌다.

B읍으로부터 도망친 여자아이는 놀란 마음을 진정하지 못하고 어

린 나이에 커다란 비밀을 안은 채 낯선 사람들 틈에서 새로이 자신의 길을 가야 했다. 그녀는 그 비밀을 영원히 떨쳐버릴 수 없다는 것을 알지 못했다. 그것이 그녀의 일생을 결정지으려 했다.

(그 여자아이가 바로 두오미이다.)

어린 나이라는 말이 영화 〈꽃 파는 처녀〉를 생각나게 한다. 처량하고 느린 선율이 이십 년의 세월을 넘어 멍석처럼 다가왔다. 달빛이 새하얗고 푸르스름하게 몽롱한 빛을 흩뿌렸다.

어린 소녀가
새벽에 일어나
꽃바구니를 들고 시장에 간다

바로 이런 가사였다. 그때 조그만 손이 풀로 엮은 꽃바구니에서 나와 온갖 가슴 아픈 손짓으로 춤추고 있는 것 같았다. 나의 회상 속에서 그것은 때로는 명확하게 한 자 한 자 매끄러운 진주가 구르듯 했으며 때로는 가사 없이 흥얼거리기만 할 때도 있었다. 이태리 영화 〈미국에서의 지난 일〉과 〈서부의 지난 일〉의 주제곡처럼 아름다운 여성의 목소리가 현악 속에서 미끄러지듯 흘러나왔다. 때로는 흘러나왔다 때로는 잠겨들었으며 멀리 사라졌다 다시 돌아오곤 했다. 가사는 없었지만 사람의 마음을 갈기갈기 찢는 것 같았다.

나는 그 노래를 몹시 사랑했다. 모든 영화와 이미 사라져버린 테마곡들을 나는 사랑했다.

나는 〈시하누크 친왕이 선양(瀋陽)을 방문하다〉 〈시하누크 친왕이 꾸이린(桂林)을 방문하다〉 〈아름다운 풍경〉 〈과학적인 물고기 기르기〉 〈죽어도 굴복하지 않다〉 〈삼림의 불〉 〈여덟번째 동상〉 〈고향으로 돌아가는 길〉 〈불타는 시대〉 〈두번째 봄〉 〈화창한 날〉 〈창업〉 〈빛

나는 붉은 별〉〈도강 정찰기〉 그리고 갖가지 모범극*을 좋아한다.
(이에 대해서는 나중에 다시 말하겠다.)

B읍의 무료한 세월에서 유일한 천연색 필름은 바로 명절날이었
다. 중학생 시절 두오미가 가장 흥분했던 날은 바로 영화 보러 가는
날이었다. B읍을 돌아볼 때 두오미의 눈에 스쳐가는 첫번째 광선은
바로 아름다운 모니카 공주였다.

시하누크 왕은 선양을 방문한 다음 또 구이린을 방문했다. 아름다
운 모니카 공주가 멋진 옷을 걸친 채 꽃과 노래가 흩날리는 곳을 유
유자적하게 거닐고 있었다. 조국을 잃은 공주가 엷은 미소를 짓고
있었다. 그녀의 미소는 닿을 수 없이 먼 하늘에서 겹겹의 공기를 뚫
고 꽃송이와 노랫소리를 지나 한 줄 한 줄 파문을 일으키며 두오미
에게까지 다다랐다. 두오미는 어둠 속에서 온몸이 붉은 광채와 몽상
에 쌓인 채 손바닥에 땀을 흘리며 아무런 소리도 내지 않았다.

여러 해가 지난 후에도 나는 여전히 어둠 속에서 영화 시작을 알
리는 벨소리를 기다리고 있었다. 우리는 숨을 죽인 채 그 신비스런
벨소리를 기다렸다. 시공의 마술사처럼 길고 가느다란 벨소리가 머
리 위에서 울리면 어둠 속에서 신비스런 대문이 열렸다. 종소리가
그치고 주위가 더욱 어두워지면 우리는 몸이 어디에 있는지도 모른
채 어둠의 인도를 받아 허리를 곧추세우고는 숨구멍까지 움츠릴 정
도로 긴장하여 사물의 강림을 기다리고 있었다.

그때 우리 머리 뒤쪽에서 희뿌연 빛이 비쳤다. 그것은 전혀 망설
임 없이 우리 눈앞으로 다가왔다. 우리 눈앞에는 순간 정방형의 새
하얀 공간이 나타났다. 우리는 그 공간을 뚫어져라 응시했다. 그것

---

* 문화대혁명 시기 사인방이 사회주의 선전을 위해 제작하도록 장려한 연극. 1966
년부터 1970년대 초까지 성행하였다.

은 우리의 신세계, 유일한 환상, 유일한 천당 혹은 꿈의 세계였다. 우리는 무한한 신뢰를 품고 그곳을 바라보았다. 그때 갑자기 음악이 울리며 꿈의 세계로 이어지는 대문이 활짝 열렸다. 우리의 영혼에는 구멍이 났다. 우리의 몸은 어둠의 땅에 남아 있으나 우리의 영혼은 그 새하얀 빛을 따라갔다. 그 꿈의 세계로 가는 유일한 통로인 그 배는 또다른 세계로 우리를 실어날랐다.

    얼른 산에 올라가자 용사들이여
    우리는 봄에 유격대에 가입하니
    적의 종말이 멀지 않으리

그 노랫소리는 나의 소녀 시절을 영원히 맴돌고 있었다.

이제 두오미 이야기를 해보자. 두오미는 열여덟 살에 B읍에서 이십여 리 떨어진 곳의 인민공사에 들어갔다. 어느 날 저녁 일을 마칠 무렵 두오미는 공사에서 돌아온 사람에게서 저녁때 공사 운동장에서 〈창업〉*을 상영한다는 말을 들었다. 두오미는 혼자서 가보기로 했다.

두오미는 즐거움을 다른 사람들과 함께 누리지 못하는 아이였다. 그녀는 잘 아는 사람들과 함께 영화 보는 것을 참을 수 없었다. 친하면 친할수록 참을 수 없었다. 가장 두려운 것은 어머니와 함께 영화를 보는 것이었다. 어머니나 친구들은 그녀가 환상 속으로 들어가는 것을 방해했다. 그들은 현실의 일상적인 삶의 증거였다. 두오미가

---

* 1975년 봄에 상영된 중국 석유노동자들의 혁명활동을 그린 작품. 대중의 환영을 받았으나 류샤오치(劉少奇)를 미화했다 하여 사인방에 의해 상영 금지를 당했지만 마오쩌둥이 오류가 없다며 상영을 허가했다.

영화를 보는 것은 바로 그런 일상으로부터 벗어나기 위한 것이었다. 그녀는 다른 세계로 비상하고 싶었지만 그들은 마치 돌처럼 그녀의 옷을 억누르고 있었다. 그녀를 뚫어지게 쳐다보는 그들의 눈 때문에 그녀는 좌불안석이었다.

나중에 두오미는 대학에서 주말마다 혼자 작은 의자를 들고 노천 극장에 가서 영화를 보았다. 비바람에도 아랑곳하지 않았다. 비가 올 때는 우산을 받쳐들고, 눈이 올 때면 발을 구르고 손을 비비며 영화를 보았다. 그녀 곁에는 낯선 다른 과 학생들뿐이었다.

두오미는 왕과 함께 외국영화 〈빙해에 침몰한 배〉를 본 적이 있다. 두오미는 포효하는 바다 속으로 가라앉는 배 속, 이미 기울어진 갑판에서 수척한 남자가 마지막으로 바이올린을 연주하는 것을 보았다. 빙해의 물이 자신의 가슴까지 차오르는 것 같았다. 그녀는 눈물 어린 눈으로 그 바이올리니스트를 바라보며 마지막 연주를 들었다. 자신이 곧 바다 밑으로 가라앉아 이 세계와 영원히 이별할 것만 같았다. 한없이 비통해져서 두오미는 절망적으로 훌쩍이다가 끝내 울음을 터뜨리고 말았다. 그녀는 어두운 바닷물이 자신의 머리로 덮쳐오기를 감동적으로 기다리고 있었다. 그때 왕이 다정하게 그녀의 어깨를 어루만지며 말했다.

"두오미, 괜찮아?"

이제 두오미는 혼자서 공사에 가고 있다. 손전등을 든 채 어두운 시골길을 걸으니 두렵기도 하고 흥분되기도 했다. 갖가지 무서운 사람의 전설과 귀신의 전설이 생각났다. 그 전설들은 어둠 속에 몸을 숨긴 채 그녀를 따라오고 있었다. 심지어 희미하게 그들의 발소리가 들리는 것 같았다. 어둠이 온갖 형상으로 변하여 두오미 앞에서 춤을 추었다. 두오미는 손이 땀에 젖고 다리가 후들거렸다. 마치 꿈속을 거닐고 있는 것 같았으며, 곧 죽을 것만 같았다. 그녀는 절대로

94

죽음을 두려워하지 않겠다고 생각했다. 영화를 보러 가는 것이 아니라 자신의 의지를 단련하는 것이라고 생각했다. 그녀는 아무것도 상관하지 않은 채 시골길을 걸었다. 멀리서 개 짖는 소리가 들렸다. 들판의 벼이삭에선 담담한 향기가 풍겼다. 멀지 않은 마을의 어두운 그림자 속에 드문드문 희미한 등불이 보였다. 마치 등불이 손을 저어 어둠을 쫓아버리는 것 같았다. 두오미는 마음을 가라앉힌 채 길을 걸었다. 그녀는 B읍에 살던 어린 시절 혼자 '어린이의 집'에서 돌아오던 밤에 휘파람을 불어 용기를 북돋우곤 하던 일이 생각났다.

두오미의 휘파람 소리는 작고 바람이 새서 전혀 폼이 나지 않았다. 남자아이처럼 가장하려 했던 그녀의 의도와는 정반대로 겁 많은 여자아이가 담을 키우려고 내는 소리임을 금세 알 수 있었다. 두오미는 휘파람 소리가 오히려 자신을 드러내고 있다는 것을 전혀 알지 못했다. 그녀의 조그맣고 갈라진 휘파람 소리는 희미한 손전등 빛과 함께 두 마리 작은 벌레처럼 앞서거니 뒤서거니 하며 그녀를 따라왔다. 그녀는 확실히 긴장이 좀 풀어지는 걸 느꼈다. 자신의 휘파람 소리를 들으며 희생을 두려워하지 않고 모든 어려움을 이겨내 승리를 쟁취하고자 결심했다.

대학 기숙사 상단의 모기장에서 들려오는 두오미의 휘파람 소리에서 B읍의 경기장이 보였다. 우리나라의 광활한 토지에서는 대도시이건 W시 대학이건 아니면 외딴 B읍이건 혹은 도시와 시골의 차이가 있는 두오미의 공사이건 어느 곳에서나 노천 극장에서 영화가 상영되곤 했다.

그래서 나는 두오미를 회상할 때 종종 그것을 섞어서 이야기하게 된다.

내 눈앞에는 한없이 광활한 땅이 펼쳐졌다. 사방이 흰색 천으로 된 막이 공터 가운데 돛처럼 혹은 깃발처럼 높이 솟아 있었다. 터 주변에는 사방에 키 큰 유칼립투스 나무가 주위를 빽빽이 둘러싸고 있었으며 바람이 나무 줄기 사이를 거침없이 파고들었다. 마치 형태 없는 파도가 공터 중앙의 장막으로 불어닥치는 듯했다. 사방에서 다가오는 사람을 부르듯이 펄럭이는 장막은 주위의 바람을 곱절로 불러들였다. 공터 아래의 비탈을 올라 평지에 다다르면 한눈에 높이 물결치는 은빛 장막이 보였다. 사람들은 눈을 빛내며 그곳으로 걸음을 재촉했다. 마치 먼길을 떠나는 큰 배에 올라 닻이 오르기를 기다리듯이 그들은 은막을 에워쌌다.

아마도 모든 것은 그날 밤부터 시작되었을 것이다.

두오미가 공사에 막 도착할 무렵 멀리서 우르릉 쾅쾅 천둥소리가 울리며 곧 비가 쏟아지려 했다. 두오미는 공터에 모인 사람들 틈에서 〈창업〉을 보았다. 왕티에렌(王鐵人)이 말했다.

"갱은 압력이 없으면 석유가 안 나오고, 사람은 압력이 없으면 진중하지 않은 법이지."

황야의 횃불 속에서 한 여성의 노랫소리가 들렸다.

"청천 하늘에는 별들이 반짝이고 거친 들판에는 횃불이 붉네."

천둥소리가 하늘 저쪽에서 머리 위까지 다가왔다. 사람들 무리 속에서 두오미는 흥분하기도 하고 불안하기도 했다. 눈앞에 펼쳐진 무대의 머나먼 거친 들판과 머리 위에서 울리는 천둥소리가 서로 다른 두 방향에서 그녀를 범상한 일상생활로부터 벗어나게 해주었다. 두오미는 까닭없이 분투해야 할 시간이 다가온 것처럼 느껴졌다. 그녀는 반드시 시작해야 했다. 분투라는 단어는 그녀가 유년 시절부터 가슴속에 품어왔던 것인데 이제 그 영화에 의해 환기되어 황량하게 튀쳐나왔다.

그녀는 무엇에 대해 분투해야 할지도 몰랐다. 생산대에서 그녀는 다른 사람들과 아무런 연계가 없었다. 아무도 그녀가 대학에 가도록 추천해주지 않았다. 그녀는 몸이 약하여 고생을 이겨내지도 노동을 감내하지도 못했다. 그녀는 하등 뛰어나 보일 것이 없었다. 그렇다고 든든한 백이 있는 것도 아니었다. 생산대의 지부 서기 부인이 어머니에게 진찰받은 적은 있지만 어머니가 뒷줄을 대줄 수 있다고는 꿈에도 생각지 않았다.

그러나 두오미는 이 생에서 농민이 될 수는 없었다. 그것은 하나의 의지였다. 생산대에서 일 년을 일한 두오미는 쇠를 단련시켜 철을 만들듯 그 의지를 더욱 굳건하게 단련시켰다. 그녀가 가진 탈출구를 반드시 찾아야만 했다. 생산대로 돌아오는 컴컴한 길에는 천둥이 치고 번개가 번쩍였다. 극도로 흥분한 두오미는 전에 없이 대담하게 행운을 설계했다. 그녀는 앞으로 반드시 영화를 쓰겠다고 결심했다. 까닭 모를 울분이 치솟아 저주하듯 맹세했다. 영화를 쓰고 말겠다! 설사 쓸 수 없을지라도 쓰고 말겠다! 영화라는 두 글자가 마치 찬란하게 빛나는 크리스탈처럼 잡을 수 없을 만큼 아득히 높은 하늘에서 반짝이며 번개를 따라 두오미의 마음에 와 닿았다.

그것은 얼마나 놀랍고 기발하며 대담한 생각이었던가. 두오미는 자신의 생각에 깊이 뒤흔들리고 있었다. 그곳은 변경인 C성에서도 가장 변경인 B읍 농촌이었다. 한 여자아이가 영화를 쓸 생각을 한다는 것 자체가 얼마나 대단한 것이었던가. 갑자기 신비한 종소리가 울리더니 막이 열렸다. 두오미의 이후 경력은 바로 그때부터 시작된다. 반 년 후 기적과도 같이 두오미는 영화사에서 시나리오 작가로 일하게 된다. 그것은 바로 그날 밤에서 비롯된 것이라고 볼 수 있다.

그것은 하나의 인간신화였다. 그 신화는 신이 두오미를 주시하고 있다가 그녀를 선택한 것이라고 나는 믿는다.

신화가 아직 시작되지 않았을 때 비가 내리기 시작했다.

빗방울이 세차게 두오미의 몸을 때렸다. 그녀의 얼굴과 손등에도 금세 빗방울이 떨어졌다. 빗방울의 감각이 즉시 손가락 끝에서 마음 속으로 전해졌다. 차갑고 축축한 기운 때문에 영화를 하겠다는 생각은 천둥소리처럼 멀리 사라져버렸다. 그러나 굳세고 힘있는 글귀가 힘찬 발걸음을 내디뎠다. 천둥소리를 넘어서 빗방울처럼 하늘에서 내려온 그 글귀가 두오미에게 다다른 순간 지지직 소리를 내며 이글이글 타는 불꽃으로 변하여 순식간에 두오미의 온몸을 데워주었다.

그 글귀들을 배열하자 바로 하나의 시가 되었다.

여러 해 동안 그 최초의 시는 나의 마음 깊이 담겨 있었다. 그러나 다른 사람에게 알릴 수 없는 그 사건으로 인해 나는 언제나 초기의 글을 쓰기 시작했던 시절을 회피하곤 했다. 그 시와 그 사건은 내 안에 함께 매장되어 있었다. 나는 한편으로는 치욕을 씻고 싶고 한편으로는 그 사건을 묻어버리고 싶었다.

나는 다른 사람들이 나의 처녀작을 언급하는 것을 꺼린다. 그 그림자가 그렇게도 무거운 것은 아마도 그것 때문만이 아니라 또다른 이유가 있을 것이다.

아마도 나는 바로 그것을 떨쳐버리기 위해 이 장편을 선택했는지도 모른다.

연초의 어느 날, 나는 소설집을 정리했다. 그리고는 서문을 쓰기 시작했다. 한 여인이 자신의 고향을 멀리 떠나 낯설고 건조한 북방의 도시에서 막연하게 살아가는 내용을 쓰고자 했다. 그녀의 영혼은 나날이 시들어갔다. 밤이면 그녀는 자신이 나고 자란 그 아열대의 작은 마을이 이미 져버린 꽃잎처럼 어둠 속에서 줄지어 다가와 자신을 맴돌고 있는 것이 느껴졌다. 내가 쓰고자 했던 것이 바로 그런 것이었다. 집필하기 전 아름다운 단어들이 어둠 속 여기저기서 반짝이면 나는 그것들을 한데 연결하기를 좋아했다. 그것은 내가 습관적으로 사용하는 수법이었다.

그러나 나는 오히려 내 기억 속에 빠져버렸다.

내가 써낸 것은 전혀 다른 서문이었다. 그 서문에서 나는 첫 구절부터 옛일로 빠져들어갔다. 나는 나도 모르게 처녀작을 쓰게 된 상황과 그 뒷이야기를 써내려갔다. 지난 일이 파도처럼 밀려왔다. 나는 그것을 종이 위에 하나하나 써내려갔다. 이미 십오 년이 흘러 낯설고 진실되지 못한 것으로 변했기 때문에 그것들이 예전의 모습을 되찾도록 필사적으로 노력했다.

예전에 나는 얼마나 젊고 자랑스러웠던가.

열아홉 살.

어느 날 나는 대대(大隊)학교에서 생산대로 돌아오는 중이었다. 막 큰길을 나왔을 때 누군가 뒤에서 부르는 소리가 들렸다. 같은 대대의 회계가 신이 나 자전거에서 뛰어내리며 말했다.

"두오미, 상부에서 N시로 가라는 지시가 있었어!"

"뭐라고?"

"상부에서 너더러 N시로 가서 『N시 문예』 원고 교정하는 일을 하래."

그의 형은 성 일간지의 통신원인데 N시에서 원고 교정을 본 적이 있어 그는 늘 그 일을 입에 달고 다녔다.

"누가 말한 건데? 정말이야?"

쿵쿵 뛰는 가슴을 안고 내가 물었다.

"정말이야. N시에서 장거리전화가 왔어. 현에 걸려온 걸 현에서 다시 공사에 연결해주어서 공사에서 대대에 통지를 해온 거야. 너한테 얼른 알려주라고 했어. 지식청년의 일은 다 중요하니까. 그래서 자전거를 타고 널 부르러 온 거야."

그때 한 인솔간부가 다가오더니 말했다.

"두오미, N시로 가라는 통지가 왔다. 여비는 우선 네가 내렴, 거기가면 정산해줄 테니."

"『N시 문예』의 원고 교정을 보라고 했다던데 두오미, 무슨 글을 썼니?"

회계가 문득 생각난 듯 말했다. 그는 흥분을 억누르지 못하고 토론을 한판 벌이고 싶은 눈치였다.

그의 형이 원고 교정을 보는 일 년 동안 세 편의 뉴스를 발송했다는 말을 건성으로 들으며 내 마음은 온통 빛으로 가득 찼다.

온 대대의 지식청년이 다 모였을 때 인솔간부가 회의에서 나를 가리켜 말했다.

"단지 통신보도 나부랭이 좀 쓰고, 문예활동 좀 한다고 자신을 대단하게 여기며 큰 성과라도 낸 듯 자만에 빠져 있는 사람이 있다. 우쭐한 나머지 눈에 뵈는 게 없어 노동자의 자제를 얕보고 있다. 그런 자들한테 일러둘 게 있는데 글을 쓸 줄 아는 것은 배웠기 때문이다. 노동자의 자제는 글은 못 쓰지만 사상적 수준은 더 높다."

모두들 나를 가리켜 한 말인 줄 알았다. 나는 한편으론 두렵고 다른 한편으론 왜 나를 그렇게 비판하는지 알 수 없었다. 농촌에 하방된 뒤 곧 공사의 선전간사(사람들은 그를 천陳 기자라 불렀다)에게 불려가 회의를 거친 후 공사의 통신원이 되었다. 현의 방송센터, 성 신문, 성 방송국과 인민일보, 중앙인민방송국 등에 그 지역의 농업학 다자이,* 식량생산을 위한 다양한 경영, 수리사업, 토지개간, 봄갈이, 계급투쟁이라는 활시위를 굳건하게 붙잡기, 자본주의의 꼬리 자르기, 가족계획, 용맹한 군 입대 등등의 뉴스를 보내는 것이 나의

---

* 중국 산시성 다자이(大寨) 인민공사의 생산대대가 자력갱생의 정신으로 자연환경의 악조건을 극복하고 생산을 올리자 1965년 가을부터 다자이를 배우자는 운동이 전 중국에 보급되었다.

임무였다.

천 기자는 자신의 일에 맡은 바 책임을 다하는 사람이어서 이번 인원을 확충하는 회의에서 허심탄회하게 우리에게 말했다.

"나는 여러분을 이해합니다. 여러분은 모두 학교에서 훌륭한 글재주를 가졌던 사람입니다. 여러분 모두 자신의 앞날에 지대한 관심을 가지고 있을 것이라 믿습니다. 르포를 쓰십시오. 잘 써서 성과를 보도하면 상부에서 좋아할 것입니다. 그러면 여러분을 중시하고 기억하게 될 것입니다."

"여러분은 대학에 가고 싶습니까?"

"예."

모두들 진심으로 힘있게 말했다.

"대학 가고 싶으면 노력하십시오. 여러분을 버려두지 않을 것입니다."

천 기자가 말했다.

천 기자가 마치 정말 학생 모집 담당자라도 되는 양 그의 말은 우리에게 강렬한 인상을 주었다. 우리는 모두 그의 말이 사실이라 여기며 마음속으로 천 기자 같은 사람을 만나게 돼 다행이라며 기뻐했다. 그는 안절부절못하며 혼돈에 싸인 우리들의 마음에 창을 하나 내주었다. 성과를 내는 것은 어려울 게 없으며, 자신에게 원래 익숙한 것, 자유자재로 할 자신이 있는 일을 하면 되니 너무 잘된 일이라는 걸 깨닫게 해주었다.

우리는 단번에 마음이 너무 가벼워졌다.

우리 눈앞에는 친절한 펜, 사랑스런 종이, 그리고 안전한 탁자가 어른거렸으며 우리가 거두었던 우수한 작문 성적, 벽에 붙었던 아름다운 문장과 대회에서의 뛰어난 발언 등이 생각났다. 마치 우리를 총애하던 선생님, 우리가 가장 좋아하는 친구가 뒤에 서 있는 듯했다. 그들이 병풍처럼 우리를 에워싸고 자신감과 발랄한 재기를 불어넣는 듯했다.

그 얼마나 황홀한 일인가.

나는 어려서부터 체질이 허약하여 육체노동을 제일 싫어했다. 햇볕이 쨍쨍하기만 하면 머리가 어지러웠으며 힘을 써야 할 일만 생기면 너무 두려웠다. 농촌에 내려오기 전에 학교에서 전교생의 체중을 잰 적이 있는데 나는 겨우 일흔두 근*이었다. 듣자 하니 농촌에서는 일흔 근 정도 드는 것은 아주 수치스러운 일이라 했다. 힘을 쓰지 못한다는 증거이기 때문이다. 백 근 정도는 들어야 된다는 것이다.

이로 인해 나는 몹시 풀이 죽었다.

떠나기 전 국어 선생님인 량전중(梁振中)이 작별인사를 할 때 나한테 능력에 따라서 행동하라고, 반드시 능력에 따라 행동해야 한다고 거듭 당부했다. 사람은 자기 체중에 상당하는 만큼밖에는 들지 못하는 법이라는 것이다.

나는 시름에 겹겹이 싸인 채 대답했다.

그때부터 가는 길 내내 걱정이 태산같았다.

칠월의 B읍 농촌, 공사의 작은 회의실은 열기가 끓어올랐다. 시원스런 전망이 천 기자의 몸에서 풍겨나와 우리에게까지 확산되었다.

처음에 우리들은 현 방송센터에 보내는 원고를 주로 썼다. 한 번에 두 부를 써서 다른 한 부는 성 신문에 보냈다. 성 신문이 각지의 투고 숫자 통계를 내야 했기 때문이다. 한동안 유선채널에 우리의 신선한 이름이 오르내렸다.

우리의 신선한 이름은 막 강에서 잡아올린 활어처럼 유선채널에서 필사적으로 뛰어올랐다. 활어들은 점점 더 높고 멋지게 뛰어올라

---

* 1근(斤)은 약 600그램.

작은 공간에서(이 공간이란 바로 작은 B읍을 가리킨다) 눈부시게 아름다운 새하얀 배를 반짝였다.

그것은 정말 물고기가 뛰노는 한 폭의 아름다운 그림이었다. B읍은 유선방송 사업이 꽤 발달했다. 현 정부 소재지에는 월병갑 같은 크고 작은 방송 스피커가 각 기관과 가정마다 설치되어 있었으며, 농촌에는 생산대마다 여러 개씩 있었다. 우리집 문간 베란다의 통로에도 한 대가 걸려 있어 매일 아침 여섯시 현 방송센터에서 〈동방홍(東方紅)〉이 울리면 등교하는 아이들은 모두 일어나야 될 시간이라는 것을 알았다.

유선채널은 사람들의 마음속에 깊이 파고들어 삶의 유기적인 구성 부분이 되었으며, 신문, TV, 라디오, 연극무대와 영화관이 되었다. 열일곱 살의 아이들이 농촌에 하방되어 밤이면 석유등을 밝히고 한 편 한 편 통신문을 썼다. 그중 어떤 것은 친절하고 낮익은 지역 방송국의 방언을 구사하는 여성 아나운서의 목소리로 읽혔다. 따라서 우리들의 이름도 읽혔다. 우리는 긴장한 채 방송에서 자신의 이름이 나오기를 기다렸으며, 흥분으로 밤새 잠을 이루지 못했다. 그러면 곧 가족이나 친구, 낮익은 사람들이 일일이 우리들에게 알려주었다. 우리들은 무표정한 척 그들의 찬탄을 듣고 있었지만 얼마나 듣고 싶던 칭찬이었던가. 우리는 마음속으로 서로 다른 목소리로 이루어진 칭찬을 되씹고 있었다.

모든 사람이 다 현 방송센터의 '우수 통신원' 칭호와 비닐 공책과 커다란 도장을 상품으로 받았다.

1976년 B읍의 현 방송센터에 재직하며 우리에게 상을 받는 기쁨을 알게 한 사람이 과연 누구일까? 그것이 몹시 알고 싶었다. 그 사람은 누구일까? 나는 때로는 그 사람이 둥근 얼굴, 큰 눈에 보조개가 팬 젊은 남자일 거라 생각하곤 했다. 그러한 인상은 어디에서 나온 것일까?

한번은 심혈을 기울여서 『농업학 다자이』의 사론을 쓴 적이 있다. 나는 학교에서 비판하는 작문을 쓰던 방식에 따라 인민일보의 관련 어구를 따서 흥미진진하게 사론을 써 내려갔으며, 스스로도 아주 잘 쓴 글이라 여겼다. 학교였다면 량전중 선생님은 틀림없이 '수'를 주셨을 것이다. 그것은 의심의 여지가 없는 사실이었다.

나는 신이 나서 밤을 틈타 B읍으로 돌아가 현 방송센터에 원고를 보냈다. 이십대나 삼십대쯤 되어 보이는 남자가 나를 맞이했다. 그는 한바탕 애를 쓴 끝에야 비로소 나에게 사론을 써서는 안 된다는 것을 이해시킬 수 있었다. 왜 사론을 쓰면 안 되는지 나는 되풀이하여 물었다. (나는 얼마 전에 있었던 집회를 떠올렸다. 아주 예쁘게 생긴 여자아이가 나를 끌어당기며 힘주어 물었다. 왜 왕쑤어(王朔)*가 안 오느냐고. 나는 왜 그가 와야 되는지 되물었다. 그녀는 아주 애매하게 왜 그가 안 오는지만 물었다. 왜? 왜? 나는 그런 문제에는 대답할 수가 없었다.)

나는 망신만 당한 채 현 방송센터에서 나왔다. 머릿속엔 이상하게도 그 남자의 얼굴이 떠올랐다. 그의 눈은 크고 까맸으며, 쌍꺼풀이 졌고, 얼굴에 둥글게 팬 보조개가 아주 매력적이었다.

고등학교 일학년 때 매력 있다란 이 단어를 이학년 여학생들이 말하는 걸 들은 적이 있다. 그것은 본래 입 밖에 내기 쉽지 않은 단어이다. 나는 사람들이 그 단어를 말하는 것을 들어본 적도 없고 내가

---

* 베이징 시민의 삶을 그린 중국의 대표적 작가. 1958년 베이징에서 태어나 1976년 고등학교를 졸업한 후 해군에 복무했으며, 후에 의약공사에서 일하다 1984년 사직했다. 1979년부터 창작을 시작했다. 주요 작품으로 중편 「스튜어디스」「고무인간」, 장편 『나를 절대로 사람이라 여기지 마』『내가 너의 아빠야』, TV 드라마 〈갈망〉〈절반은 불꽃, 절반은 바닷물〉 등이 있다.

써본 적도 없었다. 언젠가 전교 표준어 낭송대회가 열렸을 때 나는 반에서 마오 주석의 사(辭) 〈칠언율시, 역신(疫神)을 보내며〉를 낭송하여 일등을 한 적이 있다. 그래서 전교대회에 나가게 되었는데 맨 마지막에 배정되었다. 순서를 듣자마자 일등은 틀림없이 내 것이라 생각했다. 일등은 떼놓은 당상이었다.

그러나 낭송은 실패했다. 대회가 끝난 후 잘 아는 이학년 언니들이 말했다.

"두오미, 시작할 때의 네 목소리를 우린 모두 알아들을 수 없었어. 정말 매력적이었어!"

그러자 다른 여학생들이 이어 키득키득 비웃기 시작했다. 그 속에는 어떤 비밀스런 사정이 있는 것 같았다. 하지만 나는 웃어야 할지 말아야 할지 몰랐다. 그때부터 나는 매력적이라는 단어를 사용하는 데 용기를 낼 필요가 없게 되었다.

어떤 단어들은 고등학생이 입에 담기엔 어려운 법이다. 예를 들면 사랑, 연애, 심지어 결혼이라는 단어도 감히 입에 올리지 못했다. 다행히 어떤 사람이 개인문제라는 단어를 발명하여 어떤 학우가 결석계를 낼 때 이렇게 썼다.

'오빠가 내일 개인문제를 해결해야 하기 때문에 하루 휴가를 신청하니 허락해주시기 바랍니다.'

담임선생님이 그 결석계를 읽자 모두들 회심의 미소를 지었다.

중학생의 마음에는 많은 비밀스런 단어, 비밀스런 환상들이 숨겨져 있게 마련이다. 그런 단어가 너무 많이 쌓여 있어서 그중 어떤 단어는 빠져나오길 기다리고 있었다. 예를 들면 매력적이라는 단어는 어느 날 오후 키득키득 웃어대는 여학생들이 환한 대낮에 대회당 입구에서 사용함으로써 그 눈부신 색깔에 매력을 더해 그때부터 한동안 나의 상용단어가 되었다.

방송센터의 그 사람은 광고 때문이었다고 기억된다. 저녁 일곱시 반에서 아홉시까지 TV에는 까만 양복을 입은 준수하게 생긴 남자가 나오곤 했다. 커다란 눈에 검은 눈썹, 얼굴엔 보조개가 있었다.

"당신의 아내를 사소한 일로 고민하게 하지 마세요."

그가 걸으면서 말했다. 그러면 그의 아내는 거울 앞에서 아름답게 고개를 틀고 책을 보고 있다가 그 다음에는 하늘색 제복을 입고 미소를 지었다 등등. 그것은 세탁기 광고였다.

나는 그 광고를 혐오했다. 그 얼마나 가부장적인 광고인가. 왜 세탁기가 없다고 해서 아내만 고민해야 되는가? 설마 아내가 인간 세탁기란 말인가? 도대체 어떻게 이럴 수가 있단 말인가!

그 광고에서 내가 끌리는 유일한 것은 바로 그 남자의 보조개였다. 그것은 옛일을 생각나게 했다.

지난 일은 얼마나 가볍게 흘러가버리는지, 연기처럼 만질 수도 잡을 수도 없으며, 세월에 층층이 뒤덮여 찾을 수가 없다. 우리는 그것을 다 잊어버렸다. 그러나 어느 날, 우리는 우연히 그것이 TV 속 그 남자의 보조개에 걸려 있음을 발견하게 되었다.

그 보조개에는 나의 상장이 있었다. 1976년 현 방송센터의 우수 통신원 상장이.

그 영광된 칭호가 나의 통신원 생애의 종말이자(십오 년 후 기적 같이 수도에서 소생하긴 했지만. 운명은 언제나 시기를 놓치지 않고 기적들을 만든다. 단지 그것이 화인지 복인지 모를 뿐이다) 문학 생애의 시작이었다.

나는 보도 좀 썼다고 교만하게 우쭐댄다며 지식청년회의중에 인솔간부의 비판을 받았다. 그리고 곧바로 일 년에 한 번 있는 우수 지식청년 선발이 있었다. 뛰어난 성과가 있었기 때문에 나는 생산대에 서뿐만 아니라 공사에서도 마땅히 선출되어야 한다고 생각했다.

그러나 선발되지 않았다.

그것은 커다란 타격이었다. 1976년, 어떤 지식청년이 출세하려면 인솔간부가 관건이었다. 그의 인상이 좋지 않아 아무런 방법이 없었다. 나는 이제 끝장이라 생각했다. 아무리 노력을 해도 어쩔 수가 없었다.

한동안 매우 낙담했었다. 우리 대대 지식청년 인솔간부인 리(李)씨를 지식청년이나 농민들은 모두 리 동지라 불렀다. 원래 시멘트 공장의 일반간부였는데 어찌된 영문인지 인솔간부로 파견되었다. 1975년부터 리칭린(李慶霖)이라는 사람이 마오 주석에게 편지를 보내 지식청년의 상황은 좀 나아졌다. 농촌에 내려갈 때 국가에서는 이불과 모기장을 배급해주었다. 그리고 소재 생산대에 정착비와 농기구비를 주었다. 첫 해에는 각자에게 매달 십원씩 주었고 식량과 석유는 국가가 공급해주었다.

모두들 리칭린에게 감사했다. 그러나 그후 우리는 인솔간부라는 멍에를 쓰게 되었다.

리 동지는 흰머리가 희끗희끗한 상고머리에 언제나 빨아서 하얗게 바랜 작업복 차림이었다. 자전거를 밀며 큰길로 통하는 샛길을 가는 그를 우리는 종종 보았다. 농민들이 큰 소리로 물었다.

"리 동지, 집에 돌아가시나요?"

"예, 그렇소."

그의 집은 부근의 공사에 있었지만 아내와 아이는 농촌에 있었다. 우리는 그가 집에 자주 돌아가기 위해서 인솔간부를 하는 것이 아닌가 의심했다.

그 다음에는 대나무통 물담배였다. 리 동지는 매 시각 대나무 담뱃대를 빨고 있었다. 그가 있는 곳에 갈 때마다 그는 항상 그 모습이었다. 회의 때 그가 아무런 말도 못 했으므로 공장에서 다년간 시집

살이를 하다 시어머니가 된 그런 사람일 거라는 생각이 들었다. 이는 오로지 내 개인적인 생각일 뿐으로 그를 존경하지 않는 데서 나온 것은 결코 아니다.

나는 천성적으로 사람의 비위를 잘 맞추지 못한다. 리 동지가 나의 생산대에 몇 번 온 적이 있는데 나는 한 번도 그와 이야기를 해본적이 없다. (입당하려면 사상에 대한 보고를 해야 하는데, 여러 해가 지난 다음에야 나는 비로소 지도자와 좋은 관계를 맺어야만 그 관문을 지날 수 있다는 것을 알았다.) 그는 처음에는 태도가 그래도 괜찮았으나 두번, 세번째는 훨씬 냉담해졌다. 나중에는 우리 생산대에 전혀 오지도 않았다.

내가 가장 놀란 것은 N시에서 원고 교정을 보고 돌아와보니 리 동지가 지식청년과 농민들에게 내가 누군가에게 유괴되어 팔려갔다고 했다는 것이다. 나중에 그는 영화사 인사과 간부가 나를 부르자 나한테 그것은 절대 불가능한 일이라고 말하는 한편 공사로 서기를 찾아가 그 공문에 도장을 찍어주지 못하게 했다.

그것이 내게는 천추에 길이 남을 한이었다.

한 사람의 손에 수십 명 젊은이의 운명이 달려 있어 마치 수십 송이 해바라기가 태양을 향해 빙빙 돌고 있는 것 같았다. 마치 "장강은 동쪽으로 도도히 흐르고 해바라기는 송이송이 태양을 바라보네"라는 노래 가사 같았다.

그러나 나는 사리를 분간하지 못하고 어물쩍 기회를 놓치고 말았다. 그것이 나를 비관에 빠뜨리고 절망하게 만들었다. 다른 가망이 없는 사람에게 문학보다 더 적합한 것이 무엇이 있겠는가? 종이와 펜만 있으면 약한 자도 손오공으로 변하여 부처님 손바닥을 뒤집을 수 있었다. 당시에는 단지 이런 한 가지 사실만으로도 문학은 영원히 내 마음속에서 가장 웅장한 사업이 되었다.

여러 해가 지나 성 정부 소재지에서 B읍으로 돌아와 기차역에서 리 동지를 만났다. 그는 여전히 그 당시와 같은 빛 바랜 작업복을 입고 있었으나 머리는 완전히 하얗게 세었다. 구부정한 허리로 그가 기차에서 내려왔다. 사람들로 무척 붐볐지만 그래도 나는 한눈에 그를 알아보았다.

사람들 틈에 서 있노라니 B읍의 세월이 곁으로 스쳐 지나갔다. 멀지 않은 들녘이 햇빛을 받아 눈부시게 반짝였다. 철길은 마치 예리한 칼처럼 들녘을 두 쪽으로 나누었다. 그 금속 빛을 제외하면 정오의 들판은 B읍 농촌의 들판과 매우 흡사했다. 그때의 광경이 새삼 물밀듯이 밀려와 논에서 일하던 당시로 돌아간 느낌이었다. 철로의 금속 광선이 다시 눈에 들어오자 나는 기차역으로 되돌아갔다.

인사를 해야 할지 말아야 할지 정말 난처한 순간이어서 리 동지가 나를 보기를 바랐다. 하지만 그는 결국 나를 보지 못했다. 아마 보고도 못 본 체했는지 모른다. 어쨌든 그는 순식간에 나의 시야에서 벗어났다.

B읍의 세월은 움직이는 기차와 함께 소리없이 사라졌다.

N시의 아름다운 풍경이 열아홉 살 반의 나의 하늘에 영원히 나부끼고 있다. 종려나무가 양쪽에 늘어선 큰길에 아열대의 햇빛이 직선으로 내리꽂혔다. 부챗살 같은 파초잎과 종려나무가 우거진 길만 봐도 N시가 얼마나 아름다운지 상상할 수 있다.

어떤 도시에 그렇게 아름다운 길이 있겠는가?

광저우일까, 아니면 하이커우(海口)일까? 야자나무 가득한 하이커우는 나의 N시에는 결코 비할 바가 못 된다.

누가 자유롭고 행복한 사람인가?

1977년의 B읍에서 가장 자유롭고 행복한 사람이 누구인가?

바로 두오미였다.

1977년의 대학입시에서 합격해도 다니지 않겠다고 누가 감히 사람들 앞에서 선포할 수 있겠는가? 젊거나 나이 들었거나 배움을 구하는 사람들(아마 생존을 구하는 사람이라 하는 게 옳겠다. 그것은 십 년 동안 묵혀 있던 사람들이 가질 수 있는 유일한 기회였다. 많은 사람들에게 그것은 유일한 기회로 여겨졌다. 조금이라도 희망이 있는 사람들은 다 미친 듯이 학과를 복습했다. 그들은 어렵게 얻어낸 좋은 인상도 단숨에 깨뜨려버린 채 너도나도 병가를 내고 고향으로 돌아갔다)은 머리를 싸매고 공부했다. 오로지 한 사람, 그 사람만이 날마다 영화를 보고 때로는 현 극단에서 상연하는 월극(越劇)*을 보았다.

자유롭고 행복한 그 사람은 누구인가?

자유롭고 행복한 그 사람은 바로 두오미였다. 두오미는 오랫동안 B읍에 살았다. 열아홉 살이 되었는데도 다른 도시에는 가본 일이 없었다. 두오미는 방학이라는 그 길고 긴 시간 동안 B읍의 크고 작은 과수원들을 다 돌아다녔다. 현 위원회 뒤뜰에 있는 태양을 가리는 딸기밭이 두오미의 마음을 사로잡았다. 굵은 나무줄기와 무성하고 부드럽게 구부러진 가지, 빨갛게 변해가는 딸기가 나뭇잎 사이에서 반짝이고 있었다. 두오미는 B읍의 온갖 종류의 과일을 다 먹어보았다. 비파, 다래, 구아바, 자두, 황피, 여지, 인면과, 병원에 있는 망과, 경찰서에 있는 포도 등. 우리는 B읍의 강에서 새우를 잡았고, 모래사장은 우리의 놀이터가 되었다. 틈만 나면 우리는 B읍의 거리를 쏘다녔다. 퇴비를 만들 때, 농번기 휴가 때, 야영훈련을 받을 때, B

* 광둥 성 지방극의 하나.

110

읍 주위의 들과 산에 우리는 다 가보았다. 때로는 다리를 건너 맞은
편 강가를 따라 줄곧 걷기도 했다. 우리는 끝없이 펼쳐진 무밭을 보
았다. 무즙은 땅속에 줄줄 흘러내렸으며, 강 언덕은 높아졌다 낮아
졌다 했다. 한참을 걸었으나 우리는 여전히 B읍에 있었다.

　B읍의 아이들은 어려서부터 먼 곳에 나가고 싶어했다. 가장 멀리
나가는 사람이 가장 성공한 사람이었다. 누구의 오빠나 언니가 N시
에서 일한다면(N시는 우리 성에서 제일 번화한 곳이었다), 그애는
담임선생님까지 포함하여 온 반 아이들의 부러움을 샀다.

　　제일 멀리 나가는 사람은
　　제일 성공한 사람,
　　성공하려는 사람은
　　먼 곳에 나가야 한다.

　그것은 우리에게는 깨뜨릴 수 없는 견고한 믿음이었다. 먼 곳이란
어디인가? 티벳도 아니고, 신장도 아니며, 미국도 아니었다. (그곳
은 너무 멀어서 아예 존재하지도 않는 곳이었다.) 그것은 바로,
　N시.
　그리고 최종 목적지는 바로,
　베이징이었다.
　대학에 들어간 후에야 나는 비로소 알게 되었다. 도시에서 지식청
년들이 산간벽지로 하방되는 것은 몹시 비장한 장면이라는 것을. 언
니를 전송할 때 기차가 움직이자 플랫폼은 온통 울음바다가 되고 말
았다고 왕(汪)이 말했다. 그 말에 과상된 부분이 있는지 어떤지는 알
수 없으나 왕의 말에 유명한 노래 한 구절이 떠올랐다.
　'전투의 나팔 소리를 들어라…… 모두들 일심으로 국토를 보위하

자. 안녕히 계세요, 사랑하는 어머니, 아들에게 작별의 키스를 하세요. 안녕히 계세요, 어머니, 걱정 마세요, 슬퍼 마세요. 우리의 평안을 기도해주세요.'

그들은 대학 시절 가슴 벅차게 그 노래를 불렀다. 그러나 나는 그 노래를 알지 못했다. B읍에서는 그 노래를 들어본 적이 없고 기차가 출발할 때 생이별을 하는 비장한 장면을 본 적도 없다.

B읍에는 기차가 없다. 지금도 여전히 없다. 그래서 나는 정말 우물 안의 개구리다. 나의 우수한 점은 바로 그 우물을 뛰쳐나와 멀리 가고 싶어했다는 점이다.

내가 이끼 가득한 마당에서 도약하는 과정에서 레이훙(雷紅)이 어떠한 역할을 했는지 정확하게 말할 수는 없다. 그녀가 N시에서 가지고 온 노래, 이야기, 노트와 옷은 내 눈앞에 생동하는 목표를 보여주었다. 그래서 언젠가는 나도 그곳에 가리라고 굳게 마음먹었다.

중학생 시절 내 이웃에 살았던 레이훙은 신선이 네 알의 콩을 골고루 뿌려놓은 것처럼 외삼촌, 이모, 고모, 숙부가 N시를 비롯해 그 성의 네 도시에 고루 살고 있어 사람들의 부러움을 샀다.

레이훙의 부친은 교육자였다. 일찍이 교육청에서 일한 적도 있고 신문에 교육에 관한 글을 발표한 적도 있으나, 나중에는 구판 협동조합에서 구매책임자로 일했다. 항상 단정한 옷차림이었던 그는 레이훙의 학업도 보살펴주었으며 출장에서 돌아올 땐 꽃무늬 옷감을 사다가 딸들에게 새 옷을 지어주기도 했다.

그러한 아버지가 있다는 것은 얼마나 큰 행복인가. 그러한 아버지가 있어서 레이훙 자매는 항상 즐겁게 자기들끼리 놀곤 했다. 그들에겐 다른 사람이 필요없었다. 그들은 같은 옷을 입고 문 앞 공터에서 뛰어놀았다. 그들이 새끼줄을 돌리며 내는 휙휙 소리가 정말 부러웠다.

그래서 레이홍은 언제나 가정에 대한 책임감이 있었다. 지금까지도 그녀는 편지에서 자신은 부모에게 효도를 다해야 한다고 말하곤 한다.

가정주부인 레이홍은 여태까지 한 가지 일도 이룬 것이 없다. 그녀는 이따금 마흔 살이 되면 반드시 자신의 일생을 그대로 책으로 써내야겠다고 말하곤 했다.

나는 그 책을 볼 수 있기를 희망한다.

지금 막 나의 뇌리에 '행복은 바로 족쇄다'라는 구절이 떠올랐다. 레이홍은 행복한 여자아이였다. 성공하지 못했다고 해서 그녀를 탓할 수는 없다. 하지만 무엇이 성공한 것일까? 책 한 권을 쓴다고 해서 성공했다고 할 수 있을까? 성공한 삶이 좋은가 아니면 행복한 삶이 좋은가? 행복이 전부가 아닐까? 성공하면 행복한 것 아닌가? 등등. 나는 잘 모르겠다.

나는 역시 아버지를 원한다.

누군들 아버지를 원치 않겠는가?

중학교 때 내 일기장은 손바닥만한 아니 손바닥보다 더 작은, 겉장이 비닐로 된 노트였다. 나는 그것에 번호를 매겨두었다. 지금까지 수십 권에 이르는 그 노트는 갈수록 두꺼워졌다. 지나온 시간이 많으면 많을수록 적어놓은 구절은 짧아졌으며, 어렸을 때의 일기장은 한 권도 없었다. 그것은 원래 B읍에 있었다. 여러 차례 이야기했지만 역시 B읍으로 돌아가자.

B읍은 베이징에서 아주 멀다. 나는 어렴풋이밖에는 B읍이 떠오르지 않는다.

그중 한 권은 검은색 표지에 보기 흉한 붉은 장미가 그려져 있었다. 그것은 레이홍이 N시에서 보내온 것이었다.

중학 시절 한때 나는 검은색을 몹시 숭상했었다. 만일 튀고 싶다면 검은색 옷이나, 하얀 바탕에 검은 꽃무늬가 있는 옷을 입는 것이 좋을 거다. 그보다 더 아름다운 것은 없을 거라고 학우들에게 말하곤 했다. 지금 생각해보면 여남은 살 먹은 꼬마애가 내가 상상했던 흑백의 옷을 입었다면 얼마나 이상하고 애처로워 보였을까 하는 생각이 든다.

정작 나 자신은 지금까지 하얀 바탕에 검은 꽃무늬가 있다든지 검은 바탕에 하얀 꽃무늬가 있는 옷감 따위는 본 적도 없다. 옆 반의 어떤 여학생이 누군가에게 부탁해 타지에서 그런 옷감을 사왔는데 짙은 검정색에 창백하게 큰 흰 꽃이 붙어 있었다. 그것은 일종의 길고 가느다란 모습으로 변형된 꽃잎이었다. 해파리 같기도 하고 거미 같기도 한 것이 흉악하게 그 여학생의 몸을 휘감고 있었다. 그녀를 보며 나는 아름다운 색깔에 대한 내 안목이 이미 얼마나 비정상적으로 변해버렸는지 깨달았다.

그 검은색 일기장은 레이훙이 나에게 선물한 것이었다. 그것은 N 시의 하나의 상징이자 암시였으며 나와 N시의 약속이었다.

그 검정색 일기장은 레이훙에게서 들은 지두(基度) 산의 이야기에서부터 시작된다. 그 이야기는 그저 시작만 있을 뿐이다. 그것은 내부 서적이라 선생님급 이상의 간부들만 읽을 수 있는데, 레이훙의 사촌오빠가 친구한테서 빌려온 걸 몰래 읽은 것이라서 레이훙도 시작밖에는 못 봤다고 한다.

레이훙은 N시에 있는 친척들을 그다지 대단하게 여기지 않았다. 그녀의 사촌언니는 『홍루몽』조차 읽지 않았다고 했다.

고등학교 시절 나는 『홍루몽』에 심취해 있었다. 레이훙이나 나와 같은 B읍의 정예들이 그런 책들을 한꺼번에 읽은 것은 동풍이 서풍을 압도하지 않으면 서풍이 동풍을 압도한다*는 유명한 논란을 알고 있었기 때문이다. 그래서 『홍루몽』에 나온 시와 사를 다 암송하고 관련된 해석까지 읽어 나는 어린 나이에 『홍루몽』 광이 되었다.

나는 N시에 가본 적이 없는 게 별 대수냐고 생각했다. 나는 『홍루몽』을 통독했고 고등수학을 독학으로 익혔으며 『우주의 비밀』이라는 두꺼운 책도 샀을 뿐 아니라 매달 『과학실험』이라는 월간잡지도 빌려 읽었다. 나는 모든 과목의 성적이 특출하여 학교에서도 유명했다.

빛이 소멸한 후 어디로 가는지 아는가?

그것이 바로 당시 나의 의문이었다.

여러 해가 지나 그 시절을 생각해보니 선생님이 지도해준 적도 없고 부모님이 인도해준 적도 없이 모든 것을 나 혼자 해결해나갔다. 나는 북방의 도시에서 B읍을 멀리 바라보는 소녀였다. 자신의 담력과 의지를 결연히 시험해보려고 그녀는 파란 바지를 입은 채 B읍의 짙푸른 하늘 아래서 홀쩍 솟구쳐 뛰어올랐다. 얼마나 기이한 소녀였던가. 그녀의 부드러운 몸과 파란 활처럼 굽은 선이 B읍의 하늘에 진귀하게 반짝였다.

내가 종종 사람들에게 이야기하곤 했던 그 자세는 나의 소녀 시절에 영원히 머물러 있었다.

동풍이 불자
북이 울린다.
지금 이 세계에서
대체 누가 누구를 두려워할까.

---

* 1957년 11월 18일에 모스크바에서 열린 64개국 공산당과 노동자 당대표회의에서, 마오쩌둥이 연설중에 『홍루몽』의 주인공 임대옥의 대사를 빌려 국제정세를 비유한 말이다.

N시에 가보지 않았다는 것은 정말 아무것도 아니었다. 언제든 가게 될 것이었다. 그것은 벌써 예정된 목적지였다. 우리는 장차 날개가 돋을 것이며 비바람을 무릅쓰고 앞으로 나아갈 것이다. 파란 바람이 우리 귓가로 윙윙 소리를 내며 지나갔다. 우리는 바로 갈매기였으며, 배였고, 번개였다.

바람을 타고 멀리 간 소녀가 바로 두오미였다.

오만에 가득 찬 날아갈 듯한 시대였다. 하늘의 흰 구름처럼 가뿐하고도 부드러우며 결백했다.

그때 내가 주시한 곳이 바로 N시였다.

N시는 밝고 눈부신 녹색으로 내 몸 속에 들어와 나의 심장 속에서 짹짹 지저귀고 있었다.

나는 B읍 농촌의 들판 가운데 서 있었다. 태양이 쏟아져내리고 있었다. 어떤 목소리가 태양을 넘어와 내게 말했다.

N시에 가야지.

N시, N시, 장기간 내 꿈속에 갇혀 있었던 수정 같은 N시가 지금 우르릉 쾅쾅 울리기 시작했다. 그 소리는 오랫동안 나의 마음속에 묻혀 있었고, 그 선율은 바로 레이훙이 그해에 N시에서 돌아와 불러준 그 노래였다. 마치 북한 영화 〈사과를 딸 때〉에 나오는 삽입곡 같았다. 나는 그 노래를 따라 불렀으나 음정이 틀렸다. N시에 대한 나의 인상은 바로 음정이 맞지 않는 노래였다.

그 노래는 녹색이 쏟아지는 오후에 하늘에서 쏟아져내려왔다. N시의 건물과 종려나무가 실에 꿴 듯 내 눈앞에 다가왔다.

나는 누군가에게 휴가를 신청할 겨를이 없었다. 그날 밤 우리 생산대의 문예선전대는 이웃 마을에 공연을 하러 가기로 되어 있었다. 연출이자 주연을 맡은 나는 산을 개간하여 밭을 만드는 여장부의 춤을 추게 되어 있었다. 나의 결석이 어떤 결과를 가져올지 그때 나는 알지 못했다.

나는 총총히 생산대로 돌아왔다. 그리고는 서둘러 인민을 위해 봉사하는 황녹색 범포 가방에 수건과 칫솔, 그리고 파란색 표지의 『현대시운(現代詩韻)』을 넣었다. 처음 남몰래 시 습작을 하던 때, 그 책과 『신화자전(新華字典)』을 나는 책장이 닳도록 뒤적였다.

자전거를 끌고 문 앞 좁고 비탈진 언덕빼기를 쏜살같이 달려갔다. 자전거 체인이 길의 진창구덩이에 펑펑 부딪쳤다.

나는 산길을 휙휙 달렸다. 언덕을 내려올 때는 용기를 내 브레이크를 놓아 자전거가 나는 듯이 곤두박질쳤는데 아슬아슬하면서도 짜릿한 쾌감이 느껴졌다.

나는 제비처럼, 번개처럼 몸이 날렵했다.

아, N시, 넌 이토록 날 사랑하는구나!

아스팔트 길 양옆에는 장미가 만발해 있었다. 만발이라는 단어를 대체 누가 만들어냈을까! 격정과 활력이 넘치며 공기처럼 자유롭고 불꽃처럼 열렬하게 다투듯 피어 있었다. 나는 그처럼 실하고 무성하며 층층이 다투듯 피어 있는 장미꽃을 본 적이 없다. B읍 어디에 그렇게 구름처럼 쌓인 꽃송이가 있겠는가? 분홍색과 연분홍색도 신선할 수 있다는 사실을 그때 처음으로 발견했다. 흰색 속에 붉은색이 비치고 붉은색 속에 흰색이 비쳐 마치 하늘의 꽃송이를 보는 것 같았다.

해가 산 너머로 지고 있었다. 짙은 황금빛 햇살이 가냘픈 꽃잎 위에 너울너울 춤추고 있었다. 꿈결같은 오월의 바람이 큰길 끝에서 불어왔다.

그 장미는 얼마나 꿈속의 꽃 같았던가! 나의 열아홉 살 시절은 온통 그 향기로 가득했다. 나는 그전에도 후에도 그토록 찬란한 꽃밭을 본 적이 없다.

집에 돌아오니 어머니와 새아버지뿐만 아니라 어머니 친구들까지도 내가 결석한 걸 알고 있었다. 다음날 새벽 날이 밝자마자 길을 떠나기로 했다. 어머니가 버스를 타고 나를 그 지역에 데려다주면 거기서 선생님을 하고 있는 형부가 기차역까지 바래다주기로 즉각 결정이 내려졌다.

그것은 내 첫번째 장거리 여행이어서 귀에 못이 박히도록 온갖 당부를 들어야 했다. 역에 들어가려 줄을 서서 기다릴 때, 기차에 자리가 있으면 앉고 없으면 서 있어야 한다고 형부가 신중하게 나한테 일러주었다. 또한 자리가 있기만 하면 앉아 있는 사람이 남자든 여자든, 향기가 나든 악취가 나든 얼른 가서 앉아야지 그렇지 않으면 자리를 차지할 수 없다고도 했다.

어둠 속에서 N시는 점점 가까워졌다. 거대한 그림자가 눈앞에서 온갖 색채와 빛으로 변하며 덜거덕덜거덕 내게 다가왔다. 나는 극도로 흥분했다. 형태가 없는 빛과 색채가 소리없는 아우성처럼 나의 신변에서 출렁이고 있었다. 아, N시, 꿈을 꾸는 사람은 얻을 수 있다는 사실을 넌 믿게 해주었단다!

기차가 막 도착했을 때 나는 등불의 바다를 본 것 같았다. 정말 휘황찬란함의 극치였다. 나는 눈이 휘둥그레진 채 고층건물과 전등을 우러러보았다. 그럴 때마다 '내가 정말 대도시에 왔구나, 이곳은 성 정부 소재지이지'라는 생각이 들었다. 그후 나는 N시에서 팔 년을 살았으며 N시 기차역을 무수히 오갔다. 기차역에서 N시의 거리를 바라보면 객관적으로는 그 거리들이 몹시 평범하게 느껴졌다. 단지 N시라는 중간 정도 도시의 그만그만한 거리 풍경일 따름이었다.

그러나 아직 모든 놀라움이 퇴색하기 전인 열아홉 시절, 그 시절은 꽃봉오리처럼 꼭꼭 싸여진 채 활짝 터질 날만 기다리고 있었다.

118

그 시절은 참으로 짧았으며, 그 짧은 시간은 한 번 간 후 다시는 돌아오지 않았다.

나는 역을 나오는 난간 옆에서 오빠를 보았다. 하나밖에 없는 이 오빠와 나는 어떤 혈연관계도 없었다. 그는 우리 새아버지가 데려온 사람이었으나 천성이 선량하여 나한테 아주 잘 해주었다. 그래서 우리는 별로 거리가 없었다. 당시 오빠는 중등 전문학교 화학공업 과정을 이수하도록 선발되어 파견되었다. 집에서 전보를 치자 그가 나를 마중 나왔다.

내 머리가 다른 사람들 틈에서 눈에 띄도록, 많은 성질 급한 사람들처럼 나는 난간의 가로받침대에 올라타고 있었다.

나는 한눈에 그를 알아보았다. 내가 먼저 그를 보았다. 그는 사람들 속에서 급히 나를 찾고 있었다.

그것은 낯익은 가족의 얼굴이었으며 그에게선 안전한 공기가 뿜어나오고 있었다. 여러 해가 지난 후에도 처음 N시에 도착하여 오빠를 만나던 모습이 떠오를 때면 나는 언제나 감동에 젖곤 했다.

한 번도 집을 떠나본 적이 없는 열아홉 먹은 여자아이가 밤에 낯선 대도시에 도착하여 휘황한 등불과 떼를 지어 움직이는 사람들 틈에서 마중 나온 사람을 찾지 못한다면 어쩔 것인가?

N시의 온갖 휘황찬란함도 오빠를 만난 후에야 비로소 발견했을 거라고 나는 생각한다. 그의 뒤를 따라가며 맞은편 거리의 칠팔층 건물들을 바라보니 몹시 높아 보였다.

오빠의 여자 동급생의 기숙사에서 하룻밤을 지낸 후 그는 나를 문련* 건물에 데리고 갔다. 우리는 거리를 하나하나 지나갔다. 무수한 거리가 나의 눈을 어지럽혔다. 여러 사람에게 물어보았지만 문련 거

---

* 중화전국문학예술계연합회(中華全國文學藝術界聯合會)의 약칭.

리는 찾지 못했다. 그래서 우리는 홍웨이루(紅衛路)에서 뻗어나온 가로수가 무성한 한적한 오솔길을 따라 안으로 계속 걸어들어갔다.

오솔길 양쪽에는 담장이 둘러져 있었다. 담장은 매우 길어 가도 가도 문이 보이지 않았다. 게다가 이상하리만치 조용하여 앞뒤에 사람 하나 보이지 않았다. 걸으면 걸을수록 더욱 멀어졌으며, 여전히 그렇게 조용하고 사람이 없었다. 좀 두려워진 나는 걸음을 멈추었다.

몸을 돌리자 어떤 사람이 뒤에서 우리에게 다가오고 있었다. 나는 깜짝 놀랐다. 방금 전까지 사람이 하나도 없었는데 어떻게 된 일이지? 그녀는 나무 밑에서 솟아나오기라도 한 것 같았다.

얼굴에 까만 주름이 가득한 노파가 어찌된 영문인지 황록색 군복 상의를 입고 있어 마치 군복을 입은 무당 같았다.

"문련 건물이 어디지요?"

오빠가 그 노파에게 물었다. 그녀는 나를 쳐다보더니 거드름을 피우듯 말했다.

"문련 건물을 어떻게 여기 와서 찾지? 담장에 온통 철조망이 둘러져 있는 것 안 보여? 이곳은 죄수를 가두는 곳이야."

"그럼 홍웨이루는 어디지요?"

오빠가 또 물었다.

"방금 너희들이 걸어온 길이지."

그녀가 손으로 가리키며 말했다.

그 흥분과 혼란으로 뒤섞인 초여름에 유일하게 생각나는 것이 이 이상한 장면이다. 사람들에게 알릴 수 없는 그 일이 폭로된 후 나는 N시에서 만난 그 무당 같은 노파를 떠올렸다. 그것은 틀림없이 불길한 징조, 운명적인 징조였다.

내가 머뭇거리며 말하지 못하는 그 일이란 무엇인가?

그건 바로 표절이었다. 창작에 종사하는 모든 사람들에게 가장 천

대받고 용인될 수 없는 표절.

여러 해 동안 다른 사람들이 똑같은 잘못을 저지르는 것을 보면서 나는 언제나 가슴 가득 분노가 치밀었으며 노골적으로 경멸을 표현하곤 했다. 나는 표절을 당한 여자친구에게 말하곤 했다.

"고발해, 소송을 걸어."

나는 마음속으로 하느님이 그녀를 보호해주시리라 생각했다.

다행히 그 치욕적인 시대는 이미 지나갔고 나는 이미 나 자신을 증명했다. 그때 베낀 시보다 훨씬 좋은 시를 써냈으며, 시보다 더 풍격이 독특한 소설을 써냈고, 과거에 높이 우러러보던 모든 간행물에 이미 작품을 발표했다. 나의 한 시우가 『N시 문예』에서 시 파트를 담당했는데 당시 나의 표절 사건에 대한 자료를 그가 친히 불태워서 이미 재가 되었다고 했다.

선생님도 내게 말씀하시길, 그해 W대학 학생 모집 담당자가 『N시 문예』에 가서 나에 대해 물었더니 '우리가 시험해보았는데 이 아이는 시를 쓸 줄 아는 아이다. 단지 한때 어리석었을 뿐이다'라고 했다 한다.

모든 것은 이미 다 지나갔다. 나는 넓디넓은 평원에 당도했다. 모든 새로운 얼굴이 보는 나는 나의 새로운 형상일 뿐이다.

나조차 그 일을 거의 잊어버렸다. 만일 내가 직접 서문을 써서 과거를 돌아보지 않았다면 이런 장편을 쓸 생각도 하지 않았을 것이다.

카프카는 무어라 말했던가? 가장 아름답고 철저한 매장지는 자신의 장편소설일 뿐이라고 하지 않았던가. 정확하게 기억은 나지 않지만 아마 그런 내용이었던 것 같다. 내 기억력은 날로 나빠져 의사가 나에게 건망증을 치료하는 약을 처방해줄 정도이다.

이 소설을 쓰기 시작하면서 나는 앞당겨 노년기에 진입한 것 같았다. 노년기에 들어간 표지의 하나가 바로 이미 지나가버린 옛일을 하나하나 똑똑하게 기억하는 것이라 한다. 그때 먹은 설날 떡맛이 어떠했으며, 그때 본 사람의 미소와 찡그린 표정이며, 당시 겪었던 일의 세세한 사항들이 다 눈앞에 있는 것 같고, 마치 어제 일어난 일 같다는 것이다. 그러나 방금 일어난 일에 대해서는 바로 어제 일어난 일조차 까마득하게 잊어버리고 말 뿐 아니라 친한 사람을 만나고도 아무리 애써도 이름이 생각나지 않는 것이다.

나는 나 자신이 바로 그렇다는 것을 발견했다.

말하자면 내게는 노년이 앞당겨 온 셈이다. 또한 내 청춘의 세월은 모조리 열아홉 살이라는 그 작은 시간 속에 응고되어 있었다. 그 후의 날들은 단지 그 작은 컵에서 새는 물방울에 불과하여 삽시간에 증발해버렸다. 나이 서른이 되자 모든 것이 다 사라져버리고 나의 얼굴에서 청춘의 그림자와 빛은 찾아볼 수 없었다. 나는 나이도 없고 집도 없었다. 사람들은 내 나이가 얼마인지 알아채지 못했다.

미래의 나이에 미리 가 있다는 것은 얼마나 좋은 일인가!

그것보다 더 평화롭고 조용하며 즐거운 일이 있겠는가? 어쨌든 그것은 만족스러웠고 나를 황혼기에 들여놓아 그 속에 침잠하게 하였다.

만일 내가 노인이라고 가정하면, 나는 완전히 자신을 용서할 수 있을 것이다. 그렇다. 나는 부드러운 햇살을 받으며 넓은 등의자에 앉아(그것은 얼마나 사치스런 일인가. 적막한 곳이든, 풀밭이든 다 사람들로 가득 차 있을 것이며 햇빛 속에는 미세한 가루먼지가 떠돌고 있을 것이다. 그러니 역시 노년을 앞당기는 것이 좋겠지) 과거의 바람에 소리없이 실려온 그 열아홉 살 여자아이의 얼굴과 몸을 홀린 듯 바라보았다. 나는 그녀가 사오 년에 달하는 기간을 침묵한 채, 자신감을 잃고 보기 흉하게 변하여 평범하고 우울하게 보낼 필요는 없었다고 생각한다.

그 여자아이는 여덟 살에 이미 『붉은 바위(紅岩)』*를 읽었고 중학교 수학 일제고사에서 현 수석을 차지했으며 각과 성적이 일 년 내내 항상 선두를 달리고 있었다. 그러니 무엇이 그녀의 자만심에 장애가 될 것인가? 무엇이 그녀의 아름답고 낭랑한 목소리를 막을 수 있겠는가?

사실 그 일은 그렇게 대단한 것은 아니었는지도 모른다. 그러나 세상풍파를 겪어보지 않은 열아홉 살의 여자아이에게는 하늘이 무너지는 것과 같았다. 그때부터 그녀는 자신의 몸무게로 이루어진 어두운 그림자를 지고 비틀거리며 걸었다.

그 어두운 그림자란 무엇인가? 처음부터 말해보자.

내가 시를 쓰는 것이 내면의 충동에서 비롯된 것인지, 혹은 공리적인 목적을 위해서인지 잘 모르겠다. 어떤 시기에는 양자가 동등하게 강렬했을 것이고 또다른 시기에는 마음속의 충동을 쏟아내기 위해서, 혹은 공리적 열정으로 출로를 찾기 위해 창작을 했다. 물론 여러 해가 지난 후에는 창작이 삶의 중요한 방식으로 변했다. 그것은 또다른 경지였다.

당시 나는 창작에서 출로를 찾는 것이 가장 적합한 일이라고 생각했다. 나는 즉시 끓는 피를 안고 B읍으로 돌아갔다. 현의 신화서점에서 당시 나온 몇 권 안 되는 시집을 사가지고 돌아왔다. 리요우룽(李幼容)의 『천산의 노래(天山放歌)』, 가오훙스(高紅十)의 『청춘송가』, 장더이(章德益) 혹은 룽피더(龍彼得)의 지식청년 시집, 또 당시

---

* 1961년 루어광빈(羅廣斌)과 양이옌(楊益言)에 의해 공동창작된 작품. 그들은 쓰촨 사람으로 신중국 수립 전 국민당 수용소인 충칭 중미합작소에서 탈옥하여 살아남은 행운아였다. 자신의 생활을 기초로, 1948년부터 1949년까지 충칭 중미합작소에서의 옥중투쟁을 중심으로 충칭 성내의 학생운동과 노동운동, 지하공작과 농촌 근거지의 활동 등을 폭넓은 역사적 화폭에 담은 작품이다.

의 『시간(詩刊)』 한두 권이 있었던 걸로 기억된다.

나는 우선 가오훙스를 모방하여 「원양항해(遠航)」라는 시를 쓴 다음 통신원을 하며 쌓은 투고 경험을 살려 이 장시를 두 부 베껴 N시와 그 지역의 문예잡지사에 부쳤다. 그 밖에 또 산만한 시를 써서 신문사에 보냈다.

그 일은 물론 실패했다. 그러나 그 시기는 아주 짧아서 내게 거의 충격을 주지 않았다. 나는 소녀 시절부터 장거리 달리기나 끓는 물에 손을 넣는 방법으로 의지를 단련해왔다. 이제 그런 자아 단련이 열매를 맺기 시작했다. 당시 나는 십 년 정도의 실패는 이겨낼 수 있으리라 여겼다. 어떤 좌절을 겪어도 미치지도 포기하지도 않으며 결국에는 반드시 성공할 거라고 생각했다. 나는 자신이 얼마나 젊고 굳센지를 생각했다. 젊음과 굳셈이라는 두 진귀한 보석이 내 마음 깊이 묻혀 있어 어두운 세월을 비추어주는 무지갯빛을 발산했다.

나는 편집자의 주의를 끌 방법을 밤낮으로 생각했다. 비를 맞으며 오던 밤길에 「폭풍우」라는 시를 쓴 후 나는 열몇 수의 시를 쓸 수 있을 거라 생각했다. 열 수, 열다섯 수. 그렇게 쓰다 보면 편집자의 주의를 끌게 될 것이다.

나는 보름 동안에 한 무더기의 시를 썼다. 「가방」이니 「멜대」니 하는 시까지 써서 더이상 어떤 새 제목도 생각나지 않았다. 세어보니 도합 아홉 수였다. 최고 목표인 열다섯 수에는 여섯 수나 부족했고 최저 목표인 열 수에도 한 수가 부족했다. 나는 적어도 열 수는 채워야겠다고 생각했다. 이미 아홉 수는 썼으니 열번째 시를 쓰는 것이 무어 그리 어려울 것인가? 이것저것 쓸 만한 것들을 다 생각해보았으나 이미 다 써서 더이상 쓸 거리가 없었다.

당시 나는 생산대의 학교에서 민간 교사를 하고 있어서 조그만 방을 배정받았다. 나는 벽돌과 문짝으로 탁자를 만들어 거기서 시를 썼다. 내가 그 마지막 시 때문에 심사숙고하던 때는 바야흐로 봄이었다. 따뜻하고 훈훈한 바람이 창문에서 불어오고 벌레 우는 소리가 리드미컬하고도 또렷하게 들렸으며 풀 내음이 문 밖 담에 가득했다. 나는 빌려온 『당시 삼백 수』의 오언고시를 모방하여 「봄날 밤의 느낌」이라는 시를 썼다. 다 쓴 후에는 한동안 도취해 있었으나 곧 밤이 깊었음을 알고 초조해지기 시작했다. 오언고시를 모방한 것은 일종의 오락이었다는 것을 나는 알고 있었다. 투고하여 발표할 수 있는 시를 써야만 비로소 일이라고 할 수 있으며 오로지 일을 해야만 나의 마음은 편안해지는 것이다. 바야흐로 그 밤이 그냥 지나가려 하고 있었다. 나는 아직 아무 일도 끝내지 않은 상태였다. 책도 안 보았고 작품도 쓰지 못했다. 밤새 헛되이 앉아서 어지러운 생각만 했을 뿐이다. 그 엉망진창인 현상이 나의 자아를 비난하여 더욱 엉망이 되어버렸다.

나는 몹시 조바심이 나서 아무렇게나 급히 시집을 펼쳐 그중에서 영감을 일으켜보려 했다. 시집을 뒤적이며 나는 생각했다. 반드시 열 수를 채워야 해, 성공하려면 모든 계획을 하나하나 다 완성해야지, 조금이라도 소홀히 하면 안 돼. 나는 격정이 넘치는 시인이 아니라 오늘 밤 실험을 한 번 더 해야 한다고 생각하는 근면한 과학자처럼 반드시 시 한 수를 더 써야만 한다고 생각했다.

나는 계속하여 자신을 격려했다. 문득 내가 뒤적이던 시집 속에서 발자국이라는 글자가 영감처럼 내 눈앞에 다가왔다.

그 세 글자는 마치 신비한 기체처럼 단숨에 내 마음을 잔잔한 물과 같이 평화롭게 만들었다. 봄밤의 경박함과 소동은 살그머니 물러가고 나는 감동에 겨워 그 세 글자를 바라보았다. 나는 오래 잃어버렸던 아이처럼 그것을 껴안았다. 모든 것이 다 끝났다고 생각했는데 이제 오히려 그 미묘한 형상을 보았다. 아, 발자국, 한 줄 한 줄, 한 발 한 발, 깊이 깊이, 얕게 얕게, 그 시는 이미 오랫동안 막혀 있던 나의 사고에 마음에 드는 넓은 길을 열어주었다. 나는 자신도 모르게 그 길을 따라 종이 위에 한 줄 한 줄 베꼈다. 좋지 않다고 생각되는 곳은 돌려쓰거나 다른 대체할 단어를 생각해냈다.

나는 기쁘게 베꼈다. 갑자기 혈액순환이 잘 되고 전신이 가뿐한 것이 마치 자신이 시를 쓰고, 시를 창작하는 느낌이었다. 자신에게 미혹되어 있었던 나는 잘못된 길을 바른 길로 여기며 자신에 가득차 신나게 베꼈다.

날아갈 듯이 베끼는 일을 완성한 나는 펜을 놓고 시 한 수를 완성했을 때처럼 흥분되고 좀 피곤했으며 게다가 일을 훌륭하게 해냈다는 부질없는 생각까지 들었다. 나는 마침내 최후의 난관을 넘어섰으며 예정된 날에 기한을 맞추어 지신의 첫걸음을 완성했다고 생각했다. 그것은 행운이 설계한 나의 제일보였다. 첫걸음이 완성되었으니 앞으로는 걸음마다 잘 진행될 것이라 여겼다. 보라! 나는 역량이 있는 사람이다. 속으로 나는 그렇게 생각했다.

나는 금세 잠이 들었다.

이튿날은 일요일이었다. 나는 모든 시를 다시 옮겨쓴 다음 공사의 우체국에 부치러 가려 했다. 작품을 옮겨쓰는 것은 가장 유쾌한 시간이었다. 바로 북한 영화 〈사과를 딸 때〉와 같은 느낌이었다. B읍에는 사과가 나지 않았다. 그래서 사과는 우리 아열대의 많은 희귀한 과일 중 신선의 과일과도 같이 반짝였다. 그것은 가장 큰 희열과 연결되어 있었다. 그러나 「발자국」을 옮겨쓸 때는 문득 사과가 사라져버린 듯 일종의 불안감이 느껴졌다. 원작을 뒤적여 대조를 해봤더니 몇몇 단어 외에는 너무 똑같았다.

나는 초조하게 하나의 이유를 찾아냈다. (나중에 내가 그 시에 대해 설명을 해야 될 경우가 생기면 어쨌든 그 이유를 댈 셈이었다.)

나는 스스로에게 말했다. 다른 사람의 시 한 수를 내 시 아홉 수 속에 섞어 대체 나의 수준이 어떠한가 실험해보자. 편집자는 아마 내 시를 선택할 것이다.

그런 황당한 이유를 핑계 삼아 나는 가벼운 마음으로 잽싸게 공사 우체국으로 달려갔다. 가는 길 내내 나는 조금도 주저하지 않았으며 조금도 어두운 그림자는 없었다. 몇 달 후 사건이 터질 때까지 나는 더이상 그 일을 생각하지 않았다.

사람이 어쩌면 그리 우둔할까?

두꺼운 편지봉투가 우체통에 떨어지며 둔탁한 소리를 냈다. 화살은 이미 날아갔다. 바꿀 수 없는 사실과 되돌릴 수 없는 시간 속으로 날아가 그 목적지인 나의 심장을 겨누었다. 어느 날 그것은 더할 나위 없이 거대한 기세로 나를 맞추어 쿵 하고 땅에 쓰러뜨린 다음 다시는 재기하지 못하게 할 것이다.

모든 사과가 쇠처럼 무겁게 모조리 내 머리 위로 떨어져내렸다.

N시의 세월도 이미 순식간에 지나갔다. 그러나 그 최초의 빛은 언제나 제때에 내 마음에 떠올라 중요한 버팀목이 되곤 한다. 오빠와 나는 마침내 문련 건물을 찾았다. 이미 두 번이나 그 대문을 지나쳤는데 문련과 『N시 문예』의 푯말은 거리 쪽이 아니라 마당 안의 건물에 달려 있어서 찾지 못했다. 그것은 산뜻하고도 깨끗한 오층 건물이었다. 위풍당당이라는 단어가 내 마음에 또 떠올랐다. 그때 N시에 갔을 때는 모든 건물이 다 (높고 낮음을 떠나) 위풍당당하고 모든 등불이 다 (크고 작음을 막론하고) 휘황하게 보였다.

나는 흥분되고 긴장된 마음으로 그 위풍당당한 오층 건물로 들어갔다. 황금빛 벌떼가 하늘을 윙윙 날고 있었다. 황금빛이 하얀 담과 시멘트 계단에서 반짝였다. 내 기억 속의 문련 건물은 바로 궁전이었다. 새까맣고 비쩍 마른 B읍 여자애가 계단에서 목을 쭉 빼고 한 발 한 발 안을 살피고 있었다. 곧 그녀 앞에 친절하게 미소 띤 얼굴이 나타났다. 시 편집실로 들어서는 그녀에게 복도에서 하는 말이 들렸다.

"시를 쓴 아가씨가 왔어요."

그러자 시 편집실에 있던 사람이 고개를 들고 살펴보았다. 한 중년 편집자가 그녀에게 차를 따라주며 물었다.

"처음으로 먼 길을 나선 거지? 마중 나가려 했었는데 아가씨가 언제 올지 몰라서. 어머니는 안심하시겠지? 걱정하실까? 내가 장거리 전화를 걸어줄 테니 어머니께 잘 말씀드려!"

그는 즉시 복도에 가서 전화를 걸었다. 그가 복도에서 우리 어머니의 이름을 큰 소리로 말하는 게 들렸다.

"원장(文章)의 장(章), 전주(珍珠)의 전(珍)이오."

조금 있다 그가 들어오며 말했다.

"어머니가 안 계신대. 현의 교환대에 아가씨 어머니에게 잘 도착했으니 염려 마시라고 전해달라고 부탁해놨으니 걱정할 것 없어."

곧 키가 크고 가무잡잡한 사람이 들어서자마자 말했다.

"왔어요? 작가가 왔어요?"

"이 아가씨가 바로 연시의 작가 두오미에요."

편집자가 얼른 말했다. 그는 또 내게 말했다.

"이분은 편집장이신 류샤오헝(劉昭衡)씨예요."

"앉지, 앉아. 아주 젊은데! 몇 살이지?"

류 편집장이 말했다.

"열아홉 살이에요."

내가 대답했다.

"그런데 왜 그렇게 까맣지? 일을 해서 탔나?"

"날 때부터 그래요."

모두들 웃음을 터뜨렸다. 편집장이 계속해서 물었다.

"부모님은 뭐 하시지? 두오미가 본명이니? 어디에서 공부했지? 무슨 책을 읽었고?"

"세 살 때 아버지가 돌아가셨고, 어머니는 병원에서 일하세요. 두오미는 본명이에요. B읍에서 계속 공부했고, 지금까지 다른 곳에는 한 번도 가본 적이 없어요. 『당시 삼백 수』(나는 제일 유명한 이 책을 골라 말했다)를 읽었어요."

나도 하나하나 분명하게 대답했다.

"그날 일이 없어서 내가 이곳에 왔었지. 뤄(羅)씨에게 요즘 좋은 원고 없냐고 물었더니 뤄씨가 새로 온 것은 다 여기 쌓여 있는데 아직 다 보지 못했다고 하더군. 그래서 내가 뒤적여보다가 자네의 연시를 보게 됐지. 보는 순간 대단한 시라는 생각이 들더군. 보통 일이 아니야. 이렇게 젊은 아가씨가 그런 시를 써내다니. 좀 생각해본 다음 곧 뤄씨에게 전화해서 자넬 찾아오게 했지."

류 편집장이 흥미진진하게 말했다.

"맞습니다. 맞아요. 작가에게 원고를 수정하게 하는 일은 전에는 한 번도 없었지요. 이번이 처음이지요."

뤄씨가 손을 비비며 말했다.

나는 감격하여 한동안 말이 안 나왔다. 심장에서 휙휙 바람을 타고 날아가는 소리가 들렸다. 나의 몸 속에서 감격의 물결이 솟구쳐 올라 조각처럼 잘생긴 그의 까만 얼굴을 해바라기처럼 맴돌고 있었다. 나는 마음속으로 생각했다. '류 편집장이 바로 내 은인이시군. 앞으로 영원히 그를 기억해야지.' 내 마음속의 류 편집장은 마치 신선처럼 손을 내밀어 나를 멀고도 외진 B읍의 진흙구덩이에서 끌어올려준 분이었다. 나는 나의 시구를 판단할 수가 없었다. 그 신기한 류 편집장이 혹 불자 내 시는 순식간에 반짝반짝 빛을 내며 N시의 하늘로 날아올라갔다.

　류 편집장은 혼쾌히 나를 삼층에서 사층으로 또 오층으로 데리고 다녔다. 그는 문련의 지도자들에게 인사시켜주겠다면서 나를 데리고 이 방 저 방 들어갔다. 나는 낯선 직함들(당서기, 비서장, 문련 주석 등과 같은)과 이상한 이름(대개 필명이었다)을 들었다. 노인들은 나이는 들었어도 대부분 이제 막 일터로 복귀하여 원기가 왕성하고 굳세었다. 그들은 부드럽고도 친절하게 말했다.

　"아니, 이렇게 젊을 수가."

　그들은 내게 같은 질문들을 했다. 부모님은 무얼 하시는지? 부모님도 시를 쓰시는지? 어디서 공부했는지? 무슨 책을 읽었는지? 그런 문제들이 마치 오색 기구처럼 내 머리 위를 떠돌았다. 내가 방으로 들어갈 때마다 그것들도 따라 들어왔다. 하나하나 내 코 앞에 떨어진 기구들을 나는 마치 숙련된 선수처럼 다시 공중으로 돌려보냈다. 주위의 사람들이 말했다.

　"좋아, 대단해."

　아아, 그 기구들이 공중에서 그리던 활 모양의 선은 얼마나 아름답고 찬란했던가. 비단처럼 고운 기구들이 나에게 튕겨와 내던 '퐁퐁' 소리는 얼마나 듣기 좋았던가. 내 손가락이 탄력 있는 기체에 닿았을 때 떨리던 그 감각은 나의 온몸에 두루 퍼졌다.

　"올 때 가져온 차표를 가져가서 정산해. 좀 있다 뤄씨가 데리고 갈 거야. 그리고 문련 초대소에 머물도록 해. 바로 이 마당 안에 있어. 숙식은 뤄씨가 챙겨줄 거야."

　류 편집장이 말했다. 그는 복도의 창가로 가더니 창 밑 기숙사 한 동을 가리키며 말했다.

　"우리집은 바로 아래 있어. 일동이니 시간 있으면 놀러 오지."

류가 나를 오층에서 사층으로 또 삼층으로 데리고 오며 말했다.

"두오미, N시에 처음 왔으니 우선 이틀은 놀도록 해. 여기에 방금 푸단(復旦) 대학 졸업생이 배치되어 왔거든. 고향이 같은 B읍이니 오후에 그더러 두오미를 데리고 영화나 보러 가게 하지."

나는 갑자기 중요한 문제가 생각났다.

"원고를 좀 수정해야겠는데요. 수정한 다음 놀러 갈게요."

"교정볼 필요 없어. 벌써 인쇄가 나왔는걸. 우선 내 사무실에 가서 보지."

그것은 하나의 기쁨 뒤에 잔잔히 찾아든 또다른 커다란 기쁨이었다. 마치 푸른 하늘에 먼저 다다른 불꽃이 채 사그러들기도 전에 크고 풍만한 불꽃이 새로 나타나 공중에서 터지며 송이송이 내 머리 위로 떨어져 내 마음을 가득 채워주는 것 같았다. 나는 류의 사무실에 따라갔다. 그의 테이블에는 새하얀 백지가 잔뜩 놓여 있었다. 잡지만한 크기도 아니었고 책 같지도 않았다. 류는 그중 하나를 꺼내 내게 보라고 가리켰다.

"활자가 된 시 좀 봐. 기쁘지? 네 수가 선택되었지."

나는 그 길다란 백지에 활자화된 나의 이름을 보았다. 투고할 때는 필명을 썼는데 본명이 씌어 있었다.

"내가 자네 대신 이름을 고쳤어. 괜찮지? 이름이 멋지거든!"

나는 평소 무수히 자주 손으로 썼던 이름이 활자라는 옷을 입고 단정하게 류의 테이블에 놓인 것을 보자 한동안 마음속에 주체할 길 없는 감동이 일었다. 지금 당장 죽는다 해도 두려울 것이 없었다. 이미 잡지에 인쇄되어 검은 정령으로 변하여 여러 곳에 뿌려진 내 이름은 나보다 더 오래 존재할 것이다. 내 일생이 그래도 헛된 것은 아니구나, 내 웅대한 포부가 벌써 이루어졌구나 하는 생각이 들었다.

나의 시를 보았다. 첫번째 시가 바로 「폭풍우」였고, 마지막 시가

「발자국」이었다. 그걸 보고 나는 안도의 한숨을 내쉬었다. 그 차례를 보자 내 시가 다른 사람의 시보다 낫다는 생각이 들었다. 나는 한 행 한 행 읽어내려갔다. 첫번째 시행의 글자는 마치 요술방망이와도 같았다. 그것을 보는 순간 그 시행에 의해 다른 공간으로 빨려들어가는 것처럼 내 주위도 내 마음도 순간 조용해졌다. 그 시구들은 낯익은 것 같기도 하고 낯설기도 했다. 그 시를 정말 내가 썼기 때문에 낯익었지만 그 시들이 그렇게 훌륭하다고 예전엔 미처 생각지 못했다는 점에서 그것은 아주 낯설었다. 그 시구들에 한껏 매료된 내 눈 앞과 귓가엔 온통 번개가 치고 천둥이 울리는 듯했으며 신기루가 휘날리는 것 같았다.

나의 시선은 의식적으로 앞의 세 수를 배회하고 있었다. 마치 얌전한 사람이 이웃집 울타리 앞에서 자신의 발걸음을 돌리는 것처럼 「발자국」이라는 시에 시선이 닿았다가도 즉시 앞으로 되돌아가곤 했다. 나의 시를 두세 번 읽었는데 보면 볼수록 눈이 더욱 반짝였다. 마치 내가 잃어버린 것(B읍 농촌에서 잃어버린 것)을 N시에서 되찾은 것 같았다. 진흙이 씻겨나간 보물이 빛을 발하며 앞에 놓인 것처럼 놀라움과 기쁨이 교차했다. 마치 각자 평상복을 입고 장면을 나누어 연극 연습을 할 때는 빛과 격동 등 모든 빛나는 것들이 평범한 복장에 가려져 있다가 일단 분장을 마친 배우들이 울긋불긋한 무대의상으로 단장한 채 조명을 받아 선명한 광채를 발하고, 악단과 어우러지면 하늘에서 내려오는 것 같은 화려한 노랫가락에 만물이 숨을 죽이는 것과 같았다.

정말 이루 말할 수 없이 좋았다.

나는 다시 태어난 시구에 그렇게 푹 빠져 있었다. 바로 그렇게 나는 그 시가 다른 사람의 작품이라는 걸 말할 기회를 놓쳐버렸다. 아마 나에겐 다른 사람의 울타리 앞에선 곧 물러서고 마는 버릇이 있

기 때문에 결국 그것에 생각이 미치지 못했는지도 모른다. 혹은 자
존심(?) 때문에 어떻게 말해야 좋을지 몰라 그냥 내버려두었는지 모
른다. 아니면 머뭇거리는 사이에 용기와 기회를 잃어버렸는지 모른
다. 여러 해가 흘렀음에도 도대체 무슨 이유로 내가 본명으로 발표
한 네 수의 시 속에 다른 사람의 시를 도용했는지 나 자신도 알 수가
없다. 내겐 그 일이 너무 애매하게만 느껴진다.

내 일생의 최대의 실수는 그렇게 저질러졌으며 바로 그 잘못이 내
일생에 영향을 끼쳤다. 당시 잘못을 시정할 기회는 마치 교활한 얼
굴이 편집실 입구에서 어른거리며 지나가는 듯했으나 나는 그것을
잡지 못한 채 만회할 길 없이 영원히 놓쳐버리고 말았다.

뤄씨가 우선 재무과에 가서 식권을 사라고 했다. 식권을 파는 중
년 아낙이 내게 물었다.

"아가씨가 바로 그 시를 잘 쓴다는 사람이오?"

내가 만족스레 식권을 들고 일층 식당으로 갔더니 류 편집장이 어
떤 젊은이와 인사를 나누는 모습이 보였다.

"두오미, 이쪽은 자네와 동향인 샤오허(小何)야. 푸단 대학 졸업생
이지. 오후엔 자넬 데리고 영화 보러 갈 거야."

샤오허는 희멀건 얼굴에 표준어를 자유자재로 구사하여 전혀 B읍
사람 같지 않았다. 그는 나에게 자전거를 탈 줄 아느냐고 물었다. 그
렇다고 했더니 어디선가 새 자전거를 한 대 가져와서는 오후에 입구
에서 자기를 기다리라고 했다. 고향에 대한 말은 한마디도 꺼내지
않아서 그가 좀 서먹서먹하게 느껴졌다.

오후에 나는 내 키에 비해 좀 큰 자전거를 탄 채 샤오허 뒤를 따라
N시 시내에 나갔다. 나는 자전거를 타는 데 익숙하여 들길에서는 한
손을 놓은 채 달릴 수도 있었지만 N시의 차와 사람들의 물결에는 적
응이 안 되어 제멋대로 달리는 차와 행인들을 피하여 달리느라 긴장

이 되었다. 어느 순간 고개를 들어보니 샤오허는 이미 저만치 가 있었다. 그는 나를 데리고 가는 데 전혀 신경을 쓰지 않는 것 같았다. 긴장한 나는 자전거를 몰랴 저만치 멀리 있는 그를 눈으로 좇으랴 바빴다. 그는 사람들 무리에 묻혀버리기 쉬운 하얀 옷을 입고 있어 눈 깜짝할 새에 그 모습이 사라져버리곤 했다. 그러면 나는 땀으로 온통 뒤범벅이 된 얼굴로 그를 찾아내곤 했다. 사거리에서 모퉁이를 돌 때면 그를 잃어버릴 것만 같아 너무 걱정이 되었다.

제일 혼비백산했을 때는 N강 대교를 건널 때였다. 그때 나는 난생처음 강을 보았다. B읍에는 언덕이 낮고 물도 얕은 시내뿐이어서 사람들만 건너다니는 나무다리가 있을 뿐이었다. 그러나 N시의 강은 정말 큰 강이었다. 1958년 겨울 위대한 지도자*가 헤엄쳐 건넘으로써 전국적으로 유명해진 이 강에는 다섯 대의 자동차가 지나갈 수 있는 철근 시멘트 다리가 버티고 있었으며 높은 언덕은 마치 무지개가 날아가는 것 같았다. 그 모든 것이 내게는 꿈만 같았다. 특히 밤에 (그날 밤 샤오허는 나를 데리고 강을 건너 연극을 보러 갔다) 깜깜한 하늘에 활 모양으로 걸려 있던 다리 위의 등은 어슴푸레한 불빛 아래 측량할 길 없이 신비한 하늘로 통하는 다리를 비추고 있었다.

이미 다리 위에 올라간 샤오허가 보였다. 그러나 내 앞에는 아직도 옆길이 가로놓여 있어 사람들과 자전거의 행렬이 쌩쌩 지나가고 있었다. 자전거에서 내려 그것을 끌고 가며 빈틈을 찾고 있던 나는 사람들의 흐름에 조금씩 떠밀리고 있었다. 갈수록 멀어져가는 샤오허를 찾으며 그의 머리칼이 다리 위에서 흩날리다 사라지는 것을 나는 절망적으로 바라보았다. 그렇게 위험하고 험준한 지역에서 내가 아는 유일한 사람이 사라져버리자 더할 나위 없이 고독했다. 왁자지

---

* 마오쩌둥을 가리킨다.

껄한 사람들 무리에 스며 있는 N시의 적의가 하늘과 땅을 뒤덮어 나는 금방이라도 그 속에 파묻혀버릴 것만 같았다. 나는 필사적으로 포위를 뚫으며 죽을힘을 다해 앞으로 나아갔다. 앞으로 나아가야 한다는 그 한 가지 생각밖에는 없었다.

다리 위에 다다랐을 때는 이미 기진맥진한 상태였다. 앞에는 평생 처음 보는 N강이 펼쳐져 있었다. 평탄하게 흐르는 N강이 영화에서 본 것 같은 파도가 용솟음치며 흐르는 진샤(金沙) 강이나 다두허(大渡河) 같았다. 다리에 오르니 맞은편 다리 끝에서 기다림에 지친 모습으로 서 있는 샤오허가 어렴풋이 보였다. 나는 마음을 굳게 먹고 자전거에 올라탔다. 자전거를 탄 채 다리를 건너기는 그때가 처음이었다. 허공에 붕붕 뜬 느낌이 금방이라도 어딘가로 쑥 빨려들어갈 것만 같았다. 아래는 강물이 흐르고 있었고 다리는 허공에 떠 있으니 자전거에 탄 사람은 한층 더 떠 있는 셈이었다. 두 층이나 허공에 떠 있는 느낌은 마치 한 가닥 밧줄에 머리꼭지가 매달려 있는 것 같았다. 위로는 하늘에 닿지 않고 아래로는 땅에 닿지 않아 감히 움직이기가 겁이 났다. 온몸의 감각을 다 자전거 페달에 싣고, 손가락 두 마디 정도 폭의 그 좁은 자전거 바퀴에 몸을 실은 채 나는 다리를 지나갔다.

열아홉 살의 나에게 N시는 언제나 놀라움의 대상이었다.

놀라움이란 일종의 거대한 힘이다. 그러나 그 이상은 아니다. 그 후 N시에서 꼬박 여덟 해를 살게 된 나는 N시의 모든 것에 이미 무덤덤해졌다. 기차역은 너무 작고 거리도 너무 좁으며 강물도 더럽고 다리도 짧다고 느껴졌다. 모든 것이 이미 너무 평범하게 변해버렸다. 아름답게 들리던 천둥소리도 열아홉의 초여름에 이미 멀리 사라져버려 찾을 길이 없었다. 하늘은 온통 정적뿐이었다.

아마도 나는 샤오허를 원망할 것이 아니라 그에게 감사해야 할 것이다. 사실 지금에 와선 나도 다 이해가 된다. 명문 대학을 갓 졸업한 스마트한 젊은이에게 조금이라도 허영심이 있었다면 틀림없이 시골에서 온 새까맣고 비쩍 마른 여자아일 데리고 다니고 싶지 않았을 것이다. 그는 멀리 떨어져 걸음으로써 사람들이 그가 이 여자아이와 조금이라도 관계가 있다는 것을 알아차리지 못하게 하고 싶었을 것이다. 안 그러면 자신의 위신이 서지 않을 뿐 아니라 여자친구까지도 그를 경멸하게 되었을 것이다.

샤오허가 모든 것을 꿰뚫어보는 혜안이 없었다는 건 용서해주어야지. 나 자신도 미처 그런 혜안을 갖지 못했다. 언젠가는 그런 혜안이 생기거나 아니면 영원히 갖지 못할지도 모른다. 그런 혜안은 내 온몸에 광채를 발하게 해 언제까지나 영원히 젊고 아름다우며 뛰어난 재능과 활력이 넘치게 할 것이다. 그 혜안과 내 생명이 서로 비추어준다면 얼마나 좋겠는가!

새까맣고 비쩍 마른 여자아이에게서 누가 그런 광채를 볼 수 있겠는가? 바로 류였다. 공허해서 종이에 써야만 비로소 형태가 드러나는 그 떠다니는 기운을 누가 중시할 수 있겠는가? 바로 류였다. 그래서 류는 내 삶의 첫번째 햇빛이었다.

우리는 〈린저쉬(林則徐)〉*라는 영화를 보러 갔다. 여기까지 쓰다 보니 눈앞에 즉시 장렬하게 훨훨 타오르던 불빛이 떠올랐다. 나는 원래 영화광이었다. 영화야말로 한동안 끓어오르던 나의 격정을 배설해줄 적당한 출구였다. 영화에 홀딱 빠진 나는 눈물로 뒤범벅이 된 얼굴로 샤오허와 N강의 일은 까마득히 잊어버렸다. 영화가 끝나

---

* 임칙서(1785~1850) : 청말의 정치가. 치수(治水)에 공이 많았고, 영국 상인의 아편을 몰수하여 바다에 빠뜨리는 등 아편을 금지했는데 이로 인해 영국이 아편전쟁을 일으켰다.

자 나는 여전히 몽롱한 상태에서 자전거를 탔다. 샤오허는 내 앞에 언뜻 나타났다 사라지곤 했으나 나는 별로 신경쓰지 않았다. 머릿속은 온통 영화 속 장면으로 가득 차 있었다. 다리 위로 올라가자마자 사방에서 바람이 불어와 머리카락이 높게 휘날렸다. 금세 제비처럼 가뿐해진 나는 올 때의 고달프고 긴장됐던 감각이 다 사라져버렸다.

나는 그런 홍분 상태에서 문인협회 뜰에 다다랐다. 배도 안 고프고, 피곤하지도 않고, 갈증이 나지도 졸리지도 않았다. 그런 때가 바로 작품을 쓰는 시간이라는 것을 나는 안다.

단숨에 45행을 써내려간 나는 한번 훑어보고는 만족하여 초대소*의 낯선 방에서 잠에 빠져들었다.

다음날 날이 밝자마자 나는 시를 들고 류 편집장 집에 달려갔다. 편집장이 놀랍다는 듯 말했다.

"이렇게 긴 시를 그렇게 빨리 써냈단 말이야?"

"두오미, 이번 시험에 넌 통과했다. 알겠니? 이번에 널 오라 한 것은 원고 교정 때문이 아니란다. 어린 소녀가 어떻게 이런 수준 높은 시를 써낼 수 있는지 많은 사람이 못 미더워해서 정말 네가 썼는지 알아보려고 전례 없이 너를 부른 거야."

재빨리 시를 훑어본 류가 홍분하여 말했다.

순간 멍해진 나는 마음속으로 생각했다. 알고 보니 나를 믿지 못했었군! 내가 베낀 다른 사람의 시가 도깨비처럼 문간에서 서성거렸지만 나는 아랑곳하지 않았다. 그래서 그것은 류 편집장의 책상 밑으로 사라져버렸다.

"나는 재능 있는 여자아일 좋아한단다. 난 아들만 셋 있고 딸은 없어. 내 큰아들도 시를 쓰는데 보여주지."

---

* 관공서 · 공장 등의 숙박 시설.

잡지 한 권을 꺼내더니 그것을 가리키며 그가 말을 이었다.

"우리 앤 총기가 자네만 못해! 중요한 건 계속해서 써나가야 한다는 거야. 여자는 일찍 결혼하면 안 돼. 어떤 남자들은 소처럼 여자를 때린단다. 어떤 여성작가가 그렇게 해서 망가졌지. 나는 여성을 동정한다. 여성작가가 성장한다는 것은 쉬운 일이 아니야."

그의 말은 마디마디 내 귀에 들어와 박혔다. 나는 '영원히 결혼을 하지 않고 죽을 때까지 시를 쓸 거야'라고 마음속으로 굳게 다짐했다.

"베란다에 가서 꽃 좀 볼래? 마침 진기한 꽃이 피었거든."

그가 말했다.

나는 곧 참새처럼 깡충깡충 뛰며 베란다로 그를 따라갔다. 꽃봉오리가 반쯤 벌어진 꽃을 가리키며 그가 물었다.

"이게 무슨 꽃인지 아니?"

"모르겠는데요."

"이게 바로 우담화란다! 담화일현(曇花一現)*이란 성어를 아니?

그가 기쁜 듯이 말했다.

"네. 하지만 우담화를 본 적은 없어요. 이 꽃이 정말 그렇게 짧은 시간만 피나요?"

"그래. 오후에 다시 와서 보면 고개를 숙인 채 꽃이 져버리고 다시는 피지 않는단다."

"제가 시 한 수 써볼게요."

잠시 생각한 다음 내가 중얼거렸다.

류 편집장님이 즉시 종이와 펜을 갖다 주었다. 나는 곧 십몇 행의

---

* 우담화처럼 잠깐 나타났다가 바로 사라져버리다. 사람 혹은 사물이 덧없이 사라지다.

시 한 수를 써내려갔다. 글씨가 좀 조잡하고 고친 부분이 좀 있었다. 그 즉흥시를 보자마자 류 편집장은 즉시 그것을 움켜쥔 채 마치 자신이 쓰기라도 한 양 신이 나서 사무실로 뛰어가셨다.

　여러 해가 지나 류 편집장이 어디 계신지 모르지만 그 새벽 햇살은 오랫동안 나를 보호해주었다. 두 달 후 시 표절 사건이 발발했을 때도 류샤오형 편집장은 내가 스스로를 용납하지 못하거나 견디지 못할 만큼 힘든 조처를 취하지 않았다. 단지 앞으로 다른 사람의 작품을 참고(표절이 아니라 참고라고 했다. 그 얼마나 따뜻한 단어였던가. 햇빛이라고는 없는 암울했던 날들, 나는 그 두 글자를 꼭 붙들고서야 소중한 기억이 아로새겨진 N시의 아침으로 들어갈 수 있었다. 거기서 나는 옷깃을 휘날리며 의기양양했었다)할 때는 반드시 설명을 해주어야 한다며 위로의 말이 가득한 편지 한 통을 보내주었을 뿐이다. 그는 편지에서 너는 재능도 있고 열심히 노력할뿐더러 아직 젊으니 이런 일로 의기소침해 있어서는 안 된다고 했다. 편지는 편집부의 이름으로 씌어졌지만 나는 매 구절을 다 류 편집장이 썼다는 걸 안다. 여러 해가 지난 지금에도 그 편지만 생각하면 눈물이 고인다.

　류샤오형은 내 삶에서 가장 인자한 이름이다. 나중에 대학을 졸업하고 N시에 갔을 때 자리가 잡히자마자 나는 류 편집장을 찾아갔다. 계단에서 뤄씨를 만났는데 류 편집장은 이미 간행물에서 통지관(通誌館)으로 발령이 났다고 알려주었다. 그후 통지관으로 그를 찾아갔으나 마침 조사를 하러 농촌에 가서 만나지 못했다. 나중에 들으니 그는 이미 N시를 떠나 하이난(海南)의 고향에 갔다고 했다. (류 편집장은 하이난 사람인데 나는 그분말고는 위용이 있다는 단어로 형용할 수 있는 체구를 지닌 하이난 사람을 보지 못했다.)

N시에서 열아홉 살의 나는 마치 쓸쓸한 들판에 방치된 아이 같았다. 그곳은 온통 부드러운 녹색 풀과 조그만 꽃들로 가득했다. 하늘엔 상큼한 꽃향기가 가득했고 순금과도 같은 휘파람이 온종일 맴돌았다. 적막한 초원 깊은 곳에서 행운은 백마처럼 한 필 한 필 내게 다가왔다.

모든 것이 다 꿈만 같았다.

그중 한 필의 말은 누구였는가? 바로 영화제작소였다.

영화제작소는 그때 B읍 여자아이들의 신화이자 꿈이었다. 열아홉 살에 나는 그 신화 속으로 들어가 눈처럼 새하얀 백마를 타고 멀리 갔다.

기적이 어떻게 발생했는지 이제 이야기하겠다.

어느 날, 바로 내가 N시에 원고 교정을 하러 간 그 이튿날, 류 편집장이 낯선 사내를 데리고 와 베이징에서 막 파견되어 온 영화제작소의 극작가라고 소개했다. 그 사람은 키가 크고 수척했으며 하얀 피부에 가느다란 체크 무늬가 있는 초록색 셔츠를 입고 있었다. 나는 그런 옷을 입은 남자를 본 적이 없어 아주 신선하게 느껴졌다. 아, 저 사람은 베이징에서 온 사람이구나. 펑퍼짐한 그의 바지에는 헝겊 조각으로 기운 자리가 있었다. B읍이건 N시건 지식계층의 남자가 그렇게 기운 자국이 있는 바지를 입는 경우는 거의 없었다. 설사 기운다 해도 무슨 수를 써서든 기운 곳을 감추지 그렇게 드러내 놓고 입고 다니지 않았다. 그것이 나의 존경심을 불러일으켰다. 그 사람이 그렇게 특별한 이유는 바로 베이징에서 왔기 때문이라고 나는 생각했다.

그 사람은 열아홉 살의 나에게 깊은 영향을 주었다. 그로 인해 나는 어쩔 수 없이 지금의 길을 걷게 되었으며, 그의 생활방식이 곧 내 삶의 모범이 되었다.

대학에 들어간 후 여름방학에 나는 N시에 갔는데 그때 처음으로 영화제작소에 있는 그의 숙소에 갔다. 한쪽 벽에 있는 책장과 낡은 소파 하나가 전부였다. 나머지는 다 종이 상자나 조잡한 나무 상자(비누 등을 담는 용도로 쓰이는)에 담겨 있었다. 밥을 먹는 것은 너무 시간 낭비이기 때문에 그는 거의 끼니마다 국수를 먹는다고 했다. 대학을 졸업한 다음 다량의 책을 구입하면서도 국수로 끼니를 때웠던 것은 그를 모방했던 것이라는 생각이 든다. 하지만 청빈하게 주위와 단절한 채 살아가고자 하는 욕망이 그런 생각을 다 덮어주었다. 나는 항상 다른 사람들과는 다르게 살고 있다고 느끼곤 했다.

이제 그를 쑹(宋)이라 부르기로 하자.

류 편집장이 소개하자 쑹은 손을 내밀었다. N시에 있는 요 며칠 동안 나는 어느새 악수에 익숙해졌다. (B읍에서는 다른 사람들과 악수를 해본 적이 없었다. 사실 그때는 고등학생이었으니 악수한다는 것이 내게는 우스운 일로 여겨졌다.) 하지만 쑹이 손을 건네며 가만히 자신의 이름을 말했을 때 나는 눈앞이 확 트이는 신기함을 느꼈다. 동시에 쑹이 나를 어른이자 동등한 상대로 여기는구나 하는 생각이 들었다. 그의 태도는 얼마나 훌륭했던가! 하긴 베이징에서 온 사람이니 당연하지, 라고 나는 생각했다.

정확한 표준어를 구사하는 쑹의 목소리가 너무 듣기 좋았다. 그러나 사실 그것은 나의 착각이었을 따름이다. 쑹은 후베이(湖北) 말투가 너무 강해서 주의해서 듣지 않아도 곧 알아챌 수 있었다. 그러나 B읍에서 자란 견문이 없는 여자아이에게는 자기 고장 외에 다른 사람들이 하는 표준어는 모두 아주 정확한 것으로 느껴졌다.

"무슨 책들을 읽었지요?"

쑹이 물었다.

"『당시 삼백 수』요."

요 며칠 동안 나는 매번 다른 사람에게 그 질문에 대답했다. 나는 쑹도 그런 질문을 하리라고는 생각지 못했다. 그런 진부한 물음이 베이징 구어가 섞여 있는 표준어로 그에게서 튀어나오자 마치 봄에서 여름으로 넘어가는 계절에 친한 사람이 시원스런 여름옷으로 갈아입고 나타나면 눈이 번쩍 뜨이는 것처럼 신선하고도 다정하게 느껴졌다. 그래서 나는 『당시 삼백 수』라고 유쾌하게 대답했다. 그 말을 했을 때의 『당시 삼백 수』와 이전의 『당시 삼백 수』는 이미 동일한 책이 아니었다. 그야말로 진정한 의미에서의 『당시 삼백 수』였다.

"그 책에서 어떤 시를 좋아하지요?"

쑹이 또 물었다. 그것은 다른 사람들과는 전혀 다른 아주 신선한 질문이었다. 나는 그런 신선함을 기다리고 있었다.

"「행로난(行路難)」이오."

대답하면서 나는 마음이 허해짐을 느꼈다. 내가 좋아하는 것은 단지 그 제목뿐이었기 때문이다. 소녀는 걱정스레 생각했다. 갈 길이 얼마나 험난한가! 하늘에 오르기 어렵구나. 그녀의 이해는 단지 이 정도였을 뿐이다. 그녀의 고문(古文) 실력으로는 단지 기계적으로 대충 이해한 정도였지만 그녀는 그 제목이 좋았다. 그 세 글자가 비장하고도 용감하게 느껴져 자신의 심경에 잘 부합한다고 여겼기 때문이다.

"아, 그건 이백의 명시죠. 내가 한번 외워볼게요."

나는 갑작스레 험난한 경지로 끌려들어갔다. 그 다음에 나와 심오한 문제를 토론하고자 할까봐 나는 덜컥 겁이 났다. 나는 긴장한 채 그가 암송하는 시를 들었다. 난삽하여 읽기 어려운 시구는 마치 돌멩이가 어지러이 널려 있는 동굴과 같고 쑹의 목소리는 희미한 불꽃 같았다. 그의 목소리는 내가 알아듣지 못하는 단어들로 흔들리며 어둠 속에서 반짝반짝 빛났다. 나는 쑹 뒤에 선 채 걸음을 멈추었다.

"내가 외운 게 대강 비슷하지요?"

쑹이 물었다. 나는 무조건 고개를 끄덕였다.

"그렇게 틀린 것은 없지요?"

그가 또 물었다.

"제가 듣기로는 없는 것 같아요."

고개를 끄덕인 후 내가 솔직하게 말했다.

"또 무슨 시를 좋아하지요? 백거이(白居易)의 「장한가(長恨歌)」 좋아해요?"

그가 흥분한 목소리로 물었다.

나는 여전히 아무 생각 없이 고개를 끄덕였다.

"그건 더 잘 알지요."

쑹이 억양을 넣어 유창하게 암송하기 시작했다. 이해가 가는 것 같기도 하고 아닌 것 같기도 했다. 모호한 가운데 낯익은 몇몇 단어들이 드문드문 촛불처럼 반짝였다. 이어서 그는 또 「비파행(琵琶行)」 등을 흥미진진하게 외웠다.

그는 외국시를 좋아하냐고 물었다. 외국시가 어떻게 생겼는지 읽어본 적이 없다고 하자, 외국시를 읽지 않는다면 그건 너무 애석한 일이니 반드시 읽어보라고 했다. 그는 푸쉬킨이라는 러시아 시인의 시가 너무 좋다면서 「바다에게」라는 시를 낭송해주었다.

그 시는 쑹의 눈길 아래서 마치 거대한 힘이 되어 그를 바닷속으로 밀어넣는 듯했으며 그의 눈은 나를 바라보는 것이 아니라 먼 곳의 무언가를 바라보는 것 같았다.

그는 감정을 가득 담아 그 시를 암송했다.

안녕, 자유의 원소여!

이것은 내 앞에서

쪽빛 파도를 굽이치며
자랑스런 아름다움을 뽐내는
너의 마지막 기회.

친구의 애달픈 하소연 같기도 하고,
이별할 때의 부르짖음 같기도 하다.
너의 비애에 가득 찬 부르짖음, 애타게 부르는 소리를
나는 이제 마지막으로 듣는다.
⋯⋯

이 탄탄대로처럼 평이한 구절이 나를 울퉁불퉁한 동굴에서 광활한 바닷가로 데리고 갔다. 그곳엔 바다와 바람과 아름다움의 원소가 있었다. 쑹의 목소리는 또다른 공간을 창조했으며 나는 자신도 모르게 그 속으로 빨려들어갔다.

외국시가 그렇게 평이하면서도 깊은 감정을 지니고 있다는 것을 나는 처음으로 알았다. 그때 그가 계몽가의 위치에 있었다는 것을 쑹은 모를 것이다. 계몽가라는 단어에 부딪칠 때마다 내 눈앞에 쑹의 체크 무늬 셔츠가 휘날린다.

쑹은 시를 암송하고는 격려의 말을 덧붙인 다음 딱 적당한 시간에 떠났다. N시의 다른 일들이 벌떼처럼 몰려와 파도처럼 눈앞의 일들을 덮어버려 쑹과의 만남에 깔려 있는 복선에 대해 나는 아무것도 알지 못했다.

B읍에 돌아오자 N시에 갔다온 것은 마치 꿈처럼 사라졌다. 유월의 맑은 하늘에 대학 입학 진학시험에 대한 소식이 천둥소리처럼 점점 가까이 분명하게 들려왔다.

여러 해가 지난 후 기자가 되어 베이징에 간 두오미는 평생 시집을 가지 않은 노처녀 집에 머물게 되었다. 막 실패로 끝난 사랑 속에서 몸부림치던 때라 과거를 다 떨쳐버리려 타향으로 멀리 떠났던 것이다. 두오미는 베이징에 아는 사람이 하나도 없었다. 그녀는 고독하고도 무심하게 회의와 낯선 사람들 무리에 나타났을 뿐 사교장소에는 전혀 발을 들여놓지 않았다. 토요일, 일요일이면 언제나 그녀가 선생님이라 부르는 노처녀와 함께 어두운 실내에 마주 앉아 있었다. 두 사람 다 강렬한 광선에 적응이 안 돼 커튼이 항상 드리워져 있었다.

바로 그때 그녀는 자신의 장편소설을 써야겠다고 생각했다. 그 생각은 마치 더할 나위 없이 아름다운 꽃이 부슬부슬 내리는 밤비를 뚫고 그녀의 창 앞에 다가온 것 같았다.

그것은 비 내리는 밤과 관련되어 있음이 틀림없다. 비 내리는 밤은 맑은 밤보다 더 깊은 내용을 담고 있어 물을 두드리는 빗소리는 듣는 사람을 추억에 흠뻑 빠져들게 한다. 그녀의 장편소설은 그렇게 씌어졌다.

"비가 내리면 시름이 겹겹이 쌓이는 법이지."

선생님의 말소리가 들렸다.

메이쥐(梅琚)는 두오미가 지방에서 베이징으로 오게 된 기구한 사연을 한 번도 물은 적이 없다.

메이쥐는 바로 두오미가 선생님이라 부르는 그 여인이다. 그녀의 나이는 대략 마흔에서 쉰 사이로 차가우면서도 아름다운 용모를 지닌 여인이었다. 그녀는 한 번도 결혼을 하지 않았으나 몸 관리를 잘해서 여전히 탱탱한 젖가슴을 가지고 있었다. 그것이 두오미에게는 아주 놀라웠다.

남방에서만 볼 수 있는 대나무 의자에 앉아 있던 그녀가 두오미에게 말했다.

"이리 오렴. 이름이 뭐지?"

"두오미예요."

"할 줄 아는 게 뭐지?"

"아무것도 할 줄 몰라요."

"그럼 나한테 도움되는 게 뭐지?"

"저는 아주 조용한 편이에요."

"조용하기만 하면 되니?"

"모르겠어요."

"조용하다니 내 일에 간섭은 않겠구나. 그렇지? 내가 어떤 사람인
것 같니? 누구의 정부 같니?"

"그렇게 말한 적 없는데요."

"그럼 그렇게 생각하니?"

"아니오."

그러자 메이쥐가 말했다.

"내일 네 짐을 가져오렴."

메이쥐는 방 두 칸짜리 집에서 혼자 살고 있었다. 창문마다 파란
바탕에 흰 꽃무늬가 있는 무명 커튼이 드리워져 있었다. 밤이든 낮
이든 언제나 커튼이 드리워져 실내는 어둡게 그늘져 있었다.

거울이 아주 많았다.

문에 들어서면 정면에 벽을 반절이나 차지하는 커다란 거울이 있
었는데 마치 무대 뒤의 분장실 같았다.

바닥까지 닿는 전신거울도 있었다.

화장거울도 있었다. 한쪽 구석에는 손바닥 넓이의 길쭉한 거울도
있었다.

이 집에 들어오면 어디서나 누군가가 등뒤에서 쳐다보고 있다는

146

느낌이 들며, 어디서나 또하나의 내가 바로 맞은편에 서 있는 것을 보게 된다.

여름이면 메이쥐는 옷을 거의 걸치지 않은 채 오이껍질이나 사과 껍질을 붙인 얼굴로 거울 앞에 앉아 참선을 하곤 했는데 황홀하면서도 그윽한 두 눈만 반짝이는 것이 마치 여자 모습으로 변한 도깨비가 방 안에 앉아 있는 것 같았다.

매번 메이쥐의 집으로 돌아갈 때마다 두오미는 마치 일상을 벗어난 곳에 들어가는 것 같았다. 그곳은 하나의 미궁이자, 수많은 환상들이 모여 있는 곳이었다. 메이쥐는 온종일 말 한마디 하지 않을 때도 있었다. 옷을 입고 머리를 빗고 눈썹을 그리고 간단한 식사를 하고 화장실에 가고 세수를 하는 등의 모든 일이 소리없이 진행되어 마치 꿈속에서 일어나는 것 같았다. 영혼은 여러 해 전에 천리 밖으로 달아난 듯했다.

두오미가 보기에 메이쥐는 지난 일을 회상하고 있는 것 같았다. 그녀는 거울 속에 푹 빠져 있었다. 좁고 길다란 문처럼 기이하게 생긴 거울, 그것은 다른 세계로 통하는 문 같았다.

거울을 마주 보고 있을 때의 메이쥐는 두오미를 알아보지 못하는 것 같았다. 두오미는 거울이 많은 공간에 조용히 앉아 있었다. 시간이 흐르면서 그녀는 매번 그곳에 갈 때마다 지난 일들의 추억이 그 이상한 거실의 벽과 귀퉁이, 거울의 반사면과 뒷면에서 흘러나오는 것을 발견했다. 사방에서 뿜어져나온 그 추억들은 회색으로 얇게 방 안을 뒤죽박죽 메우고 있었다. 그러나 두오미가 손을 내밀어 만지려 하면 곧 달아나버리곤 했다.

나중에 두오미는 메이쥐를 따라 긴긴 밤에 (그들은 TV는 전혀 보지 않았다. 냉장고를 빼고는 메이쥐는 모든 가전제품에 대해 관심이 없었다) 메이쥐가 준 자신의 작은 침실에서 거울 앞에 홀로 앉아 있곤 했다. 때때로 두오미는 서랍을 열어보았는데 그 안에는 낡고 둥그런 작은 거울이 하나 있을 뿐이었다. 주석으로 테가 둘러져 있는 그 거울에서는 어둡고 희뿌연 빛이 났다. 그것을 빼면 그 작은 거울은 다른 거울들과 크기나 모양에서 다를 게 없었다. 그것을 보자 두오미는 대학 시절 왕의 침대와 자신의 모기장 안 베개 밑에 있던 둥근 거울이 생각났다.

그 시절, 두오미의 대학 시절의 모든 것이 다 그 둥근 거울에서 솟아나왔다. 지난 모든 일이 다 그 조그마한 입구(혹은 출구)로 들어가고 나왔다.

얼마나 아름다운가!

두오미는 여러 차례의 시험을 거쳐 하나의 결론을 얻었다. 그 둥그런 출구에서 옛일을 불러오려면 반드시 특별한 계기가 있어야 하며 그 계기란 참으로 어렴풋하고 허망하여 잡기 어려우므로 단지 계시를 기다릴 수밖에 없다는 것을.

평온한 날엔 서랍은 항상 닫혀 있었다.

평온한 날엔 두오미는 벽을 마주한 채 앉아 있었다. 거울에서 나온 옛일들은 혼란 속에서도 질서 있게 그녀 앞에 한 줄 한 줄 늘어서 있었다. 손을 내밀어 만지려 하면 그것은 때로는 아주 약삭빠르게 통로를 따라 반짝이며 빠져나갔다. 풋풋한 열아홉 살은 그 통로를 따라 느긋하게 걸어나왔다. 그러나 두오미가 맞으려고만 하면 밤의 추억 속으로 잠겨버렸다.

열아홉 되던 그해, N시에서 돌아온 두오미는 모든 지식청년들이 손에 책을 들고 단어를 중얼거리는 소리를 들었다. 대학 입학시험이 부활되어 마치 주인 없는 케이크처럼 변해버린 대학은 그리 멀지 않은 곳에서 단내를 풍기고 있었다. 이전처럼 다른 사람에 의해 결정되는 것이 아니라 빨리 달리기만 하면 누구나 한 입 베어먹을 수 있었다.

가장 철저하게 교조주의적이었던 사람들까지도 여럿이 모인 대회에서 낭랑하게 결심을 밝히고는 병가를 청해 시험 준비하러 고향에 돌아갔다. 게다가 전혀 희망이 없는, 오자투성이의 글을 쓰는 많은 사람들까지도 희망을 품은 채 투구와 갑옷을 벗어던지고 B읍으로 돌아왔다.

　대세가 이미 기울어, 다른 사람의 말 한마디에 모든 것이 좌우되는 것이 아니라 자신의 능력에 따라 행동하면 되는 시대가 되었다. 지식청년들이 너나없이 모두 공사에 가서 시험에 필요한 수속을 하자 대대간부는 지식청년대회를 소집했다. 회의에서 그는 찬물을 쫙 끼얹듯 말했다.

　"모두들 별 기대를 갖지 말기 바란다. 합격할 확률은 거의 없다. B읍에서 좀 잘한다고 해도 밖에 나가보면 별거 아니다. 어느 해인가는 B읍에서 수석을 차지한 학생이 외부에 나가서는 한 군데도 합격하지 못한 적도 있다."

　그 말에 모두들 놀랐다.

　빛 바랜 작업복을 입고 우리 앞에 선 대대간부 리 동지는 증오에 가득 찬 어조로 말했다.

　"너희들은 착실하게 정도를 걸어야 한다!"

　두오미가 제일 만만하게 여기는 것이 바로 시험이다. 지난 세월 시험이야말로 그녀가 스스로를 우수하다고 느끼며 맑은 정신으로 중생을 굽어볼 수 있게 해주는 일이었다. 그녀는 온 현의 남학생을 물리치고 수석을 차지함으로써 자신을 대단하다고 여기게 되었다. 게다가 많은 책을 읽어 은하계 외의 성운이며 태양의 흑점이며 우주의 방사선이며 블랙홀 등의 명사도 알았다. B읍 고등학교에서는 학문이 깊고 모르는 게 없다 하여 일부 학우들에게는 암암리에 우상 같은 존재이기도 했다.

고등학교 이학년 어느 일요일, 두오미와 다른 두 명의 남학생은 학교에 벽보를 붙이러 갔다. 쉬는 시간에 두 남학생은 칠판에 내기를 했다. 한 아이가 '너한테 신경원(神經元)* 세 개를 줄게'라고 쓰고는 두오미에게 들으라는 듯 일부러 소리내어 읽었다. 두오미는 자신의 책상 앞에서 그것을 속으로 읽으며 생각했다. '그게 무슨 뽐낼 거라고, 나는 초등학교 이학년 때 벌써 신경원을 알았는데.'

고등학교 시절 두오미는 너무도 기세가 등등했다. 그녀를 가르쳤던 선생님들은 그녀를 특별히 총애하거나 아니면 두려워했다. 그녀를 총애했던 선생님은 어려운 문제를 낼 때마다 그녀를 바라보곤 했다. 그러나 그녀를 두려워했던 선생님은 그녀가 질문을 하면 정말 몰라서 묻는지를 의심했다. 수학을 가르치던 농촌 출신의 그 젊은 여선생님은 도전적인 태도로 두오미의 질문에 답하곤 했다. 대답하면서 그녀는 차가운 태도로 두오미의 표정을 관찰하곤 했다. 마치 '봐라, 넌 역시 어려운 문제로 날 골탕먹일 수 없어'라고 생각하는 것 같았다.

다른 사람들과의 관계가 별로 좋지 않아 공산주의 청년단에 입단하지 못한 것을 제외하곤 두오미의 고등학교 시절은 모든 것이 다 좋았다. 그 시절이 바로 두오미의 황금기였다. 그 황금빛 햇살은 열아홉 살 때까지 줄곧 내리쬐었지만 그 시절은 영원히 다시는 돌아오지 않을 것이다. 그와 반대로 그 뒤의 모든 것은 너무도 암담했다.

두오미는 생산대에 간 지 일 년도 안 되어 생산대 학교에서 교사가 되었다. 생산대 학교에는 초등학교 다섯 반, 중학교 네 반, 고등학교 두 반이 개설되어 있었다. 두오미가 담당한 과목은 중학교 일학년 국어와 영어, 중학교 이학년 수학, 고등학교 일학년 뉴스 쓰기,

---

* 뉴런 neuron. 신경단위.

150

고등학교 이학년의 화학이었다. 한 학기에 그 과목들을 다 가르쳤으며, 그 밖에 시도 썼다.

두오미는 자신이 초인적 능력을 가진 대단한 인간이라 못할 것이 없다고 여겼다. 그녀는 B읍에서 자신말고는 합격할 사람이 없다고 생각했다.

열아홉 살 전에 두오미는 개인적인 야심에 찬 길을 걸었다. 그녀는 사회에서 반드시 성공하고 말겠다는 꿈을 꾸었다. 시란 단지 하나의 도구였을 뿐이다. 그후 여러 해 동안 시는 그녀의 생명에 필요한 것은 아니었다. 이제 그녀는 그 도구가 이미 낡았다는 것을 알아차렸다. 그녀는 그것을 아무렇게나 한쪽에 던져버렸다. 그녀의 마음속에 환상을 품은 다른 날카로운 무기가 반짝반짝 빛을 내며 나타났다. 그녀는 뛸 듯이 기뻐하며 그것을 주웠다.

시험이야말로 그녀의 환경을 변화시키는 무기였다.

두오미는 일찍이 과학만이 진정 고상한 일이라는 황당한 생각을 했었다. 어릴 적 여름날 별이 빛나는 하늘을 우러러보며 두오미는 다른 사람들에게 말하곤 했다.

"난 이담에 크면 천문학자가 될 거야."

고등학교 이학년 겨울방학 때 두오미는 반 년만 지나면 생산대에 가야 된다는 것을 분명히 알았다. 그러나 그 마지막 방학 때도 전과 같이 열심히 공부했다. 그녀는 서점에서 사온 고등수학을 혼자 풀었다.

두오미는 그때 분명히 알게 되었다. 그녀가 한결같이 바랐던 것은 과학자였다. 여성 과학자야말로 자신이 일생을 걸고 분투해야 할 목표인 것이다. 그녀는 틀림없이 이과를 볼 것이다. 생산대 학교에서 이미 수학과 화학을 가르쳤으니 물리 한 과목만 복습하면 되었다.

그래서 두오미는 어떤 퇴로를 남겨두지 않은 채(이것이 바로 두오미의 특징이다) 생산대 학교를 떠나 B읍에 공부하러 돌아왔다.

그런데 어떻게 말해야 할까?

운명이 방향을 바꾸어버렸다.

고향에 돌아온 지 사흘째 되던 밤, 학교의 복습반에서 돌아와보니 어머니가 이상하게 미간을 찌푸리고 있었다.

"N시에서 영화제작소 사람이 왔는데 현의 제2초대소에 묵고 있대. 그러니 나랑 함께 가보자."

어머니가 말씀하셨다.

"무슨 일인데요? 전 공부해야 되는데요."

"그럴 것 없다. 네가 영화제작소에서 일하게 됐다는구나."

하늘에서 떡이 떨어지는 일이 정말 일어나는구나! 두오미는 고향집 어두운 방에 서서 금빛이 반짝이는 것을 보았다. 금빛이 반짝이는 곳에서 어떤 소리가 들렸다.

"영화제작소로 가거라."

"영화제작소로 가라, 영화제작소로 가라."

그 순간 두오미의 귀에는 한동안 다른 소리는 들리지 않았다. 단지 그 소리만 하늘로부터 그녀의 머리에 떨어져내렸다. 마치 파도가 온 방 안에 밀려와 방 안 곳곳에서 그녀의 가슴속으로 모여드는 것 같았다.

외딴 B읍의 한 소녀의 몽상이 현실이 되었다. 작은 황금빛 새가 지저귀며 그녀의 어깨 위에 앉았다. 영화광인 한 소녀, TV 보는 것을 천국이라 여기는 소녀가 어느 날 저녁 영화제작소에 가게 되었다는 말을 들었다. 앞으로는 영화 보는 것이 바로 그녀의 일이 되었다. 두오미는 자신이 영화제작소에 가기만 하면 금방 죽어도 여한이 없으며 그래도 일생을 헛되이 산 건 아니라고 생각했다.

"가서 무슨 일을 하지요?"

두오미가 물었다.

"모르겠다. 그 사람이 편지 한 통을 가져왔으니 이따가 가서 봐라."

마음이 심난한 듯 어머니가 말씀하셨다.

저녁에 두오미는 제일 깨끗한 옷으로 갈아입고 어머니와 함께 제2초대소에 갔다. 긴장되고도 활발하게 움직이는 그녀의 두뇌는 종종 자신의 맞은편에 있는 양 갈래로 땋아내린 머리에 우스울 정도로 엄숙한 표정을 짓고 있는(유년 시절, 소년 시절, 청년 시절에 두오미는 절대로 웃지 않았다. 어른이 된 후에는 좀 나아졌지만) 비쩍 마르고 새까만 아가씨에게로 달려가곤 했다. 그녀는 영화제작소로 가게 될까? 영화의 어떤 점과 관계를 맺게 될까?

그녀의 눈은 상하좌우로 반짝였다.

과연 체격이 커다란 사람이 제2초대소에서 기다리고 있었다. 그는 멀리서 어머니 뒤에 있는 소녀를 보았다. 어머니는 낮에 이미 만났었는데, 딸애의 의견을 물어보아야 한다고 했었다. 그런데 그렇게 존중을 받은 아이가 이렇게 왜소하다니! 실망 때문인지 놀람 때문인지 우호적이지는 않았지만 그는 정식으로 그녀와 악수를 했다. 하지만 그는 아주 책임감 있게 영화제작소의 소개장을 두오미에게 보여주었다. 그 빨강색 도장을 본 두오미는 이것이 꿈도 아니고 장난도 아닌, 정말 엄숙한 사실이라는 것을 알게 되었다.

그는 자신의 성은 장(張)이며 영화제작소 인사과 간부라고 했다. 그는 자세한 설명이 적힌 극작가 쑹의 편지를 가져왔다.

두오미는 편지를 읽었다.

"따님이 정말 젊군요!"

장씨가 어머니에게 말했다.

"이제 겨우 열아홉 살인걸요."

어머니가 말했다.

장씨는 두오미에게 말할 때는 표준어를 썼으나 어머니에게는 B읍

사투리에 가까운 광둥어를 썼다. 두오미는 왜 장씨가 자신을 반드시 표준어로 대화해야 하는 사람으로 보았는지 알 수 없었다. 그녀를 미래의 동료로 여겨서일까?

쑹의 필적은 알아보기 쉬웠다. 문련 마당에서 보았을 때 쑹은 두오미의 원고지에 「바다에게」라는 시를 외워 써주었었다. 쑹이 친히 써준 그 시를 두오미는 얼마나 많이 읽었는지 모른다.

쑹의 편지를 보자 두오미는 신기루와도 같았던 N시에서의 일이 떠올랐다. 1977년, 새로운 기회가 찾아와 이 건망증이 있는 소녀에게 대학입시가 일 개월도 안 남은 임전 상태라는 사실을 덮어버렸다. 두오미는 그녀가 어떻게 쑹을 잊어버렸을까 하는 생각이 들었다. 쑹은 얼마나 시적 정취가 풍부한(고저와 장단이 조화되어 리드미컬하게 시를 읽는 것만 봐도 알 수 있듯이) 사람이었던가!

쑹은 영화제작소가 번역제작소에서 창작제작소로 바뀌어 각본을 쓸 인재가 필요하게 되었다고 했다. 두오미를 만난 적이 있을 뿐더러 두오미의 시를 보고 시적 감각이 아주 뛰어나며, 천부적인 재능을 타고났을 뿐 아니라 기초적인 지식을 잘 갖추고 있다고 여겨 특별히 인사과 동료를 보낸다는 것이다. 만일 두오미가 영화제작소에 시나리오를 쓰러 올 생각이면, 대학입시를 포기해야 하며 제작소에 와서는 우선 창작 대신 선배들의 지도를 받아 공부하면서 문학의 경전격인 저작들을 대량 읽은 다음 현장학습을 거쳐 몇 년 후 시나리오 쓰는 연습을 하면 된다는 것이다. 설사 좋은 작품을 쓰지 못한다 해도 원래 있던 곳으로 돌려보내지는 않고 편집이나 기타 적합한 일에 종사할 수 있다는 것이다. 쑹은 자기가 시나리오조 조장이니 직접 일을 안배해줄 것이고 이상 각 항에 대해 책임지고 실행할 것이라고 했다.

흥분한 두오미는 생각했다. 그렇다면 더 망설일 게 무엇이란 말인가? 과학자가 되는 것은 이상이고 영화를 만드는 것은 꿈인 것을! 두말할 필요도 없이 그것은 꿈과 천당이 모여 있는 황금빛 대문이다. 직감에 따라 행동하는 두오미라는 아이는 어떤 중대한 일도 신중하게 생각하지 않았다. 그녀는 눈도 깜빡이지 않고 결정을 내렸다. 그녀는 그 자리에서 대학입시를 포기하고 영화제작소에 가겠다고 했다.

"돌아가서 잘 생각해봐요, 부모님과도 상의해보고."

장씨가 한숨 돌렸다는 듯 말했다.

집에 돌아오는 길에 두오미는 구름을 타고 하늘을 나는 것 같았다. 그녀의 머리에는 〈초인종〉〈꽃송이〉에서 〈시하누크 친왕〉까지 이미 사라져버린 영화가 마치 어지럽게 흩날리는 꽃잎들이 다투어 빛을 뽐내듯이 반짝였다. 그 반짝이는 빛들에 둘러싸여 그녀는 하늘까지 훨훨 날아올라갔다.

이튿날, 장씨는 두오미에게 자서전을 쓰게 했다. 그 다음날, 장씨는 두오미의 자서전을 가지고 N시로 돌아갔다.

B읍에서 가장 자유롭고 행복한 사람이 누구이겠는가?

두오미였다.

온 마을에 그 빅 뉴스가 두루 퍼졌다. 열아홉 살짜리 소녀가 영화 시나리오를 쓰러 간대!

바람을 타고 간 그 소녀가 바로 두오미였다! 그녀는 하느님이 그리도 총애했던 아이였다. 그 비상한 시기에 전국에 십 년간 쌓여왔던 젊은이들, 수많은 젊은이들이 모두 숙명적으로 그 외나무다리를 건너려 했으며, 전투를 준비하듯 밤낮 뼈를 깎는 노력으로 면학에 힘썼다. 그들은 젖 먹던 힘까지 다 내서 황량하고 외딴 지방으로부터 자신이 나고 자란 도시로 돌아가고자 노력했다. 도시와 농촌을 막론하고 조금이라도 뜻을 가진 젊은이들, 서른네 살이든 열여섯 살이든 조금이라도 기백과 희망을 가진 젊은이는 누구나 다 필사적으로 노력했다.

G성 변방의 소도시에 한 소녀가 있었다. 하늘에 오르는 은총을 입은 그녀 앞에는 문득 오색 무지개 다리가 떠올라 온 하늘에 걸쳐 가로놓여 있었다. 그녀에게 한 목소리가 들려왔다.

"이 오색 무지개를 타고 내려가거라. 이것은 널 위해 만든 것이다."

얼마나 동화 같은 이야기인가!

그녀는 누구나 탐내는 복습자료를 다른 사람에게 줘버리고 낮에는 한가하게 책을 보거나 문화관에 가서 신문을 보았다. 문화관의 창작조 간부들은 그녀를 은밀히 살펴보았다. 저녁에는 연극이나 영화를 보러 다녔다. 영화 〈폭풍〉도 보고, 월극 〈십오관〉도 보았다. 낯선 역사(두오미의 역사 지식은 제로나 마찬가지였다)에 부딪치자 두오미는 마음이 좀 공허해지는 걸 느꼈다. 그녀는 이제 자신이 짊어져야 할 작업이 얼마나 중요하고 요원한 것인가 하는 것을 좀 이해할 것 같았다. 문득 숭고함과 위대함이 느껴졌다. 그 숭고함과 위대함에 들려 그녀는 새까만 사람들 무리 위를 넘어갔다. '난 모든 사람들이 다 몰려올 가장 좋은 영화를 쓰고 말겠어.' 그녀는 오만하게 생각했다.

뜻을 이룬 두오미는 득의양양하여 B읍의 네거리를 지나갔다. 유년기에 아버지를 잃고 어렵게 성공한 두오미의 전설이 B읍 사람들의 입가에 오르내렸다.

"열아홉 살의 시나리오 작가는 전국을 통틀어봐도 거의 없을 거야."

두오미의 모교 교장선생님이 말했다.

"두오미는 해방 이래 우리 학교에서 가장 뛰어난 학생이라고 할 수 있지."

그가 덧붙였다.

이 열아홉 살의 소녀는 B읍의 하늘을 하늘하늘 날아다녔다. 그녀는 운명이라는 흉악한 얼굴이 멀지 않은 곳에서 그녀를 은밀히 훔쳐보며 곧 그 얼굴을 내밀리라는 것을 알지 못했다.

사람은 지나치게 의기양양해서는 안 되는 법이다. 지나치게 자신만만하면 신의 화살을 맞는다. 너무 높게 나는 연은 파다닥 땅바닥에 떨어지게 마련이다.

열아홉 살의 소녀가 그것을 알 리 없었다.

하나도 아는 게 없었다.

입시는 이제 열흘 정도밖에 남지 않았다. 두오미는 갑자기 까닭모를 두려움을 느꼈다. 그 두려움은 바로 심연 속의 모종의 암시였다. 두오미는 민감하게 그것을 느꼈다. 그녀는 갑자기 시험에 참가해야겠다는 결정을 내렸다.

두오미는 그것이 자신의 일생에 아주 중요한 결정이라는 것을 알아차리지 못했다. 만일 그녀가 갑작스레 생각이 바뀌어 시험을 보러 가지 않았다면 그후 심연이 그 거대한 입을 벌렸을 때 도망갈 곳이 없었을 것이다. 그녀는 자신처럼 실력 있는 학생이 왜 시험을 안 보겠는가라고 가볍게 생각하며 시험을 치렀다. 자신이 시험을 치른다면 B현에서 수석 아니면 차석은 맡아놓은 것이라 생각했다. 그러나 자신이 합격한 학교가 바로 그녀가 도주할 곳이 되리라고는 꿈에도 생각지 못했다.

그래서 그녀는 모든 사람들에게 자신이 입시를 볼 거라고 자랑스럽게 선포했다. 그리고는 경망스럽게 사람들에게 말했다.

"전 대학에 붙어도 안 갈 거예요. 그저 제 실력을 시험해보려고 보는 거니까요."

시간은 이제 열흘 정도밖에 남지 않았다. 그녀는 하는 수 없이 이과를 문과로 바꾸었다. 다시 복습자료를 구한 그녀는 평균 이틀에 한 과목씩 복습했다. 그녀는 기적처럼 들뜬 기분에서 빠져나와 마음을 가라앉히고 심혈을 기울여 복습자료를 자세히 보았다. 그렇게 한 번 훑어보자 대강 기억이 되었다. (중학 시절 눈으로 암기하던 습관이 여전히 그녀의 몸에 남아 있었다.) 그녀는 가볍게 다시 한번 훑어 보았다. 그리고는 자신 있게 스스로에게 말했다. 시간은 열흘밖에 없지만 잘 볼 수 있을 거야.

시험에 합격해도 안 간다는 가벼운 마음으로 두오미는 시험장에 들어갔다. 공사에 마련된 시험장에서 오전에는 수학을 보고 오후에는 문학을 보았다. 감독 선생님은 언제나 두오미 주위를 지나가다가 그녀 뒤에 서 있곤 했다. 두오미에게는 아주 익숙한 위치였다. 초등학교 때부터 고등학교 때까지 선생님은 언제나 그녀 뒤에 오랫동안 서 있곤 했었다. 두오미에게 시험은 무용 시합처럼 지켜보는 사람들이 있을수록 더 빛이 나곤 했다. 감독 선생님이 뒤에 서 있자 샘물처럼 글의 구상이 솟아났다. 유려하고도 부드러운 글이 그녀의 만년필에서 뛸 듯이 쏟아져나왔다. 한 편의 논설문이 깨끗하게 답안지에 씌어졌다.

"이 시험장에서 가장 뛰어난 학생이군."

감독 선생님이 자신도 모르게 그녀에게 말했다.

그때 두오미의 어머니가 일부러 B읍에서 공사까지 달려왔다. 영화제작소의 장씨가 다시 왔는데 영화제작소에서 그녀를 받아들이기로 했으니 시험을 볼 필요가 없다는 것이었다. 이번에 온 것은 창작 간부를 파견하는 것이기 때문에 신중을 기해 정치심사 자료를 보충하고 사회관계를 조사하기 위한 것이라고 했다. 장씨는 대대와 공사를 두루 들러야 했기 때문에 곧 도착했다.

"네가 마음이 산란해져 시험을 잘못 볼까봐 끝까지 시험을 치라고 일부러 왔단다."

어머니가 말했다.

그 말을 듣자 두오미는 더욱 시험이 마음먹은 대로 진행되는 놀이 같다는 생각이 들었다.

"이제 두 과목 남았으니 다 보면 되지요, 뭐. 걱정 마세요."

두오미가 어머니에게 말했다. 이튿날 시험과목은 정치와 역사, 지리였다. 활달하게 답안지를 쓰고 나니 날아갈 듯 가뿐했다.

시험을 다 치른 다음 두오미는 생산대와 학교에 돌아가지 않고 하루 종일 집에서 놀다가 자다가 하며 집안일도 안 하고 친구가 놀러 오길 기다리며 책이나 뒤적이고 있었다.

보름이 지나 B읍의 지식청년들은 다 생산대에 일을 하러 돌아갔다. 대대간부는 다시 일에 그들을 투입했으며 이전에 했던 말들을 다시 되풀이했다. 골자는 시험에 합격하는 사람은 극소수이니 마음을 가라앉히고 일이나 하라는 것이었다.

한 달이 지나자 B읍은 더욱 공허해졌다. 두오미는 저녁식사 후 큰 길에 나갔으나 같은 나이의 익숙한 얼굴들이 더이상 보이지 않았다. 젊은이가 없어진 거리는 더욱 쓸쓸하고 텅 빈 것 같았고 모종의 불안까지도 느껴졌다. 그 불안한 기운은 하루하루 기다릴수록 더욱 짙어졌다. 어떠한 소식도 어떠한 좋은 징조도 없이 B읍의 공기는 더욱 정적에 빠져들었다.

도대체 무슨 일이 벌어진 것일까?

두오미는 쑹에게 편지를 보내 영화제작소에 무슨 일이 일어났는지 물었다.

쑹은 책임을 다하려는 듯 편지를 보내와 두오미가 남의 시를 베낀 것이 이미 다른 사람에 의해 적발되었다는 것을 알려주었다. 표절이란 문인들 사이에서는 몹시 경멸당하는 일이어서 비록 좋은 시이기는 하지만 영화제작소에 들어오는 것은 이미 불가능해졌으니 순조롭게 대학에 들어가길 바란다는 것이었다.

거의 동시에 『N시 문예』의 편지도 도착했다. 그것은 류 편집장의 위로와 인자함이 가득 담긴 편지였다. 두오미는 그 편지 속에 숨어 부끄러워 어쩔 줄 몰랐다.

B읍의 사람들은 즉시 그 사건을 알게 되었다. 그것보다 더 통쾌한 일은 없었다. 남녀가 간통을 저질러 잡혀가고, 도둑이 돈지갑을 털다가 현장에서 잡히는 것만큼이나 사람들은 흥분했다. 얼마나 풍부한 희극성을 지니고 있었던가. 우쭐하며 자만에 빠져 있던 그 소녀에게 불가사의하게 다가왔던 행운은 마치 하늘 높이 올라간 산뜻하고 아름다운 애드벌룬이 너무 빵빵하게 부푼 나머지 사람들이 고개를 쳐들고 바라보고 있을 때 갑자기 픽 소리를 내며 터져 사람들이 즐거워하는 것 같았다. 그 소녀는 알고 보니 글 도둑이었던 것이다. 청춘의 아름다운 얼굴 뒤에 쭈글쭈글 주름진 얼굴이 있었던 것이다. 그것은 정말로 너무도 신선하고 흥미 있는 뉴스였다.

여주인공은 불꺼진 어두운 무대 뒤에서 아무 말도 하지 않았다. 그녀는 한쪽 구석에 움츠린 채 어둠 속에서 무수한 눈이 가까이 다가오는 것을 보았다. 손을 내밀면 한 움큼 잡을 수 있겠지만 손을 내밀지 않으면 그것은 그녀의 머리와 옷에 떨어져버릴 것이었다.

그녀는 지금까지도 한쪽 구석에 웅크린 채 앉아 있다.

여러 해가 지난 다음에도 나는 당시의 내 모습이 생각나지 않는다. 생각이 나지 않고, 반응도 없으며, 기억에도 없는 단계는 바로 마비되었다는 것을 뜻한다. 내겐 표절이라는 그 두려운 단어 외에는 어떤 소리도 들리지 않았으며, 어떠한 것도 보이지 않았다. 일찍이 반짝이며 뛰어오르던 영화 화면은 온통 잿빛으로 사라져버렸다. 나는 배고프지도 목마르지도 피곤하지도 졸리지도 않았다. 내가 왜 이렇게 되어버렸는지 알 수 없었다. 마치 어떤 힘에 의해 나는 거대한 진공 유리병 속에 갇혀 있고 병 밖의 경치가 저 혼자 소리없이 움직이는 것 같았다. 아무것도 보이지도 들리지도 않았다. 진공의 병 속에는 부드럽고 마른 깃털 하나가 정지되어 있었다. 그것은 바로 류 편집장의 인자한 목소리였다.

내 마비된 하늘에 남의 재앙을 보고 고소해하는 B읍 전체가 획획 소리를 내며 지나갔다. 글을 모르는 할머니들까지도 내가 나쁜 일을 했다는 것을 알았다. 관련이 없는 다른 학년, 다른 반 학우들까지 내가 자살할 거라는 말을 하고 다녔다. 친한 친구들은 나 때문에 조롱을 당했다. (그들이 내 자랑을 하고 다녔기 때문이다.) 밤이면 무서운 꿈을 꾸었다. 꿈에 나는 죽어버린 나를 보았다. 친구들은 어디에서 온 것인지 모를 공포를 내게 알려주었다. 친구들이 울기 시작했다. 나는 아무런 느낌 없이 친구들을 바라보았다. 작품을 같이 쓰던 몇몇 문우들도 나를 보러 왔다. 그들은 시에 대해서는 입도 뻥긋하지 않았다. 그들은 조심스레 그 위험한 곳을 피해 내가 영화제작소에 가지 못하게 된 것을 그들 나름대로 해석해주었다. 그들은 내가 우리 어머니의 해외 관계 때문에 서류심사에서 불합격하여 가지 못하게 된 거라고 알고 있었다. 말을 끝낸 그들은 담담히 나를 바라보았다.

모든 영광과 몽상, 휘황찬란함은 한꺼번에 심연 속에 떨어져버렸다. 지금까지도 나는 그 어두운 그림자에서 빠져나오지 못했다. 나의 사고력은 손상을 입었으며 정신도 이미 갈래갈래 찢겨나가 그 완전하고 굳세고 힘차게 매진했던 열아홉 살 이전의 시대로 돌아가지 못했다.

청춘기는 열아홉 살 그 나이에 갑자기 어둡고 거칠며 바람도 들지 못하는 커다란 막을 내려버렸다. 알 수 없는 먼 곳에서 휙 불어와 펑 소리를 내며 내 앞을 가로막아버린 그 막 때문에 그전의 날들과 왕성한 숨결을 다시는 볼 수 없었다.

사건이 발생한 후 나는 집에서 멍청히 사흘을 보냈다. 그후 나는 홀로 생산대에 일을 하러 돌아갔다.

당시는 이미 초겨울이었다. 가는 길 내내 몹시도 진부한 녹색뿐이었다. 차가운 바람이 바짓가랑이 사이로 스며들어왔다. 제멋대로 떠나왔기 때문에 나는 이미 생산대의 학교에 돌아가 가르칠 수 없게 되었다. 당연히 나는 결과를 두려워하지 않은 대가를 톡톡히 치러야 했다.

하는 수 없이 나는 생산대로 돌아가야 했다. 겨울엔 들에 일이 없었다. 청년과 장년들은 모두 수리공사를 하러 갔다. 나는 무거운 진흙을 메고 가느라 마비된 가운데도 어렴풋이 내 인생은 여기서 끝났다는 것을 알았다. 나에게 속한 길은 이미 완전히 막혀버렸다. 나에겐 단지 두 가지 길밖에 없다는 것을 잘 알고 있었다. 전자는 나 자신이 이미 넘을 길 없는 장애를 만들어버렸고 후자는 여전히 정치심사를 받아야 했다. 내가 양호한 품행으로 인정받을 가망은 전혀 없었다. (후에 나의 정치심사 자료가 몹시 불량했다는 것이 이를 증명해준다. 하지만 다행히도 심사위원이 『N시 문예』에 가서 상황을 알아보았다.) 도대체 앞으로 어떻게 해야 좋을지를 알 수 없었다.

열아홉 살 연말에, 기적은 마지막으로 다시 한번 찾아왔다. 유명 대학의 합격통지서가 하늘에서 떨어진 것처럼 주어진 것이다. 내가 아무렇게나 칸을 메웠던 제1지망의 도서관학과에서 나를 뽑아주었다.

나는 구원을 받았다.

모교 선생님이 내 시험성적이 B현에서 차석이었다고 어머니에게 알려주셨다.

대학입시제도가 부활된 후 첫번째 있은 학생 모집에서 B읍에 이따금 승전보가 날아왔다. 명문대학에서 일반대학, 전문대학, 전문학교, 중등기술학교까지 합격통지서를 받기만 하면 어른이든 아이든 기쁨에 넘치는 사탕을 곳곳에 돌리곤 했다. 온 B읍에 설날처럼 기쁨이 넘쳐흘렀다. 사실 곧 설이 다가오기도 했다.

나는 아무에게도 사탕을 주지 않았다. 그 뒤의 모든 좋은 일(예를 들면 결혼 같은)에 그런 축하사례는 없었다. 어떤 좋은 일도 내게 진정한 기쁨을 주지 못했다. 그러므로 당연히 사람들에게 사탕을 돌리고 싶은 마음도 없었다. 아마도 열아홉 살 그해에 나는 이미 충만한 기쁨의 본질이 무엇인지를 꿰뚫어보았던 것 같다. 사물의 발전이 극에 달하면 반드시 반전한다는 사실을 알아버린 것이다. 기쁨 뒤에는 화(禍)가 잠복해 있는 것이다.

어둡게 찌푸린 날, 나는 홀로 생산대에 돌아가 짐을 쌌다. 공동주택에는 아무도 없었다. 그들은 다 설을 쇠러 집에 돌아갔다. 시대가 이미 다른 길을 제공해주어 아무도 자신의 혁명성을 표현할 필요가 없게 되었다. 간단히 짐을 꾸린 나는 제일 가까이 살았던 노인에게 작별인사를 했다. (규범에 따르면 대대간부에게 작별인사를 해야 했다.) 그리고는 고개도 돌리지 않고 그곳을 떠났다. 자전거를 탄 나의 마음은 스산한 겨울 거리 같은 잿빛이었다.

나는 식구들과 함께 B읍에서 설을 보내지 않고 혼자 다른 현에 있는 친척집에 갔다. 설이 지나고 오래지 않아 나는 앞당겨 W대학에 등록하러 갔다. 거기서 꼬박 보름을 기다린 뒤에야 개학을 했다.

당시 내게는 어떤 예감이 있었다. (어쩌면 맹세가 변형된 것인지도 모른다.) 설사 내가 도서관학을 전공할지라도 십 년 후 나는 역시 영화제작소에 돌아가리라고 생각했다. 영화를 할 수 있을지 어떨지에 대해서는 전혀 자신이 없었지만 그 미래는 아주 선명하게 내 눈앞에 펼쳐져 있었다.

십 년 후 나는 정식으로 영화제작소 문학부에 들어가는 수속(그 전에 일 년간 차출되어 근무한 적은 있었다)을 밟았다. 원래 나는 N 시 도서관에서 근무했다. 그렇게 커다란 인사이동, 커다란 전환(견 디기 힘들었던 전공을 떠나 어린 시절의 몽상을 실현시켜준), 그렇 게 큰 사건을 대비한 어떤 노력도 없었다. 도서관의 동료 중 당시 영 화제작소 문학부장의 부인이 있었다. 나는 그녀와 전혀 왕래가 없었 는데 어느 날 갑자기 그녀가 영화제작소에 가보지 않겠냐고 내게 물 었다. 그래서 나는 다른 사람들과 함께 면접시험을 보았다. 두 달이 못 되어 나는 영화제작소 문학부로 발령이 났다.

마치 신이 돕기라도 한 듯 과정이 순조로웠다. 그러자 번개처럼 십 년 전의 예감(사실은 이미 잊고 있었지만)이 떠올랐다. 그것은 신의 선물이었다. 당시 N시 영화제작소는 전성기였다. 중국 제일의 탐정영화가 거기서 만들어졌다. 그곳은 외딴 G성에서 사람들이 가 장 주목하는 문화단체였다. 영화제작소의 쇠퇴는 그후의 일이었다.

그렇게도 침울했던 겨울, 나는 홀로 생산대에서 B읍으로 돌아왔 다. 인기척 하나 없는 넓디넓은 길에서 나는 자신의 예감에 귀를 기 울였다. '십 년, 십 년', 당시 내가 보기에 십 년은 너무도 길어 끝이 없을 것만 같은 세월이었다. 나는 서른 살이면 곧 노년이고, 마흔이 되면 죽을 거라고 생각했다. 십 년이란 바로 일생을 가리키는 것이 었다. 그렇게 천근같이 무거운 십 년이란 단어를 이야기할 때 그것 은 이미 고난의 극한이라고 느껴졌다.

물론 나는 곧 그 일을 잊어버렸다. 극심하게 손상된 나의 정신은 그렇게 엄숙한 맹세를 지탱할 도리가 없었다. 내가 이미 했던 그 맹 세는 독립된 사물로 변했다. 그것은 나의 취약한 몸을 떠나 흔적도 없이 사라져버렸다. 나는 십 년 동안 영화 보는 것을 빼고는 영화와 관련된 어떤 일도 하지 않았다. 당시의 은사인 쏭, 류 두 선생님의 소식은 전혀 알 수 없었다. 영화사는 옛날 그대로였지만 인간사는 달라졌다.

십 년이 지나자 나의 맹세는 돌연 어떤 신비한 곳에서 달려나와 현실로 변했다.

십 년 전에 했던 그 맹세를 확실히 증거하기 위해 나는 먼지로 뒤덮인 상자에서 당시의 일기를 꺼냈다. 확실히 그런 구절이 있었다.

그때, 내 손가락은 얼음같이 차가웠으며 신경의 끝에서 일종의 신비한 힘이 느껴졌다. 그것은 한줄기 바람으로 변해 어디서부터인지 나의 손가락 끝에 다다랐다.

두오미, 우리는 도대체 누구지?

우리는 어디에서 왔지? 그리고 어디로 갈까?

우리는 허구적 인간이 아닌가?

나는 종종 사색에 잠기곤 했다. 깊은 밤의 강물은 바로 저승으로 들어가는 입구였다. 한순간 거기에는 온갖 신비한 사물이 모여들었다. 나는 거기서 내 존재의 진상을 기다리고 있었다. '너는 허상이야'라는 목소리를 나는 여러 차례 들었다.

두오미, 허상으로 이루어진 아이는 얼마나 행복할까, 허상의 아이는 바로 신의 아이일 것이다. 투명하고 아름다운 주문이 우리 마음 깊은 곳에서 흘러나와 정확히 십 년 후 머리에 떨어져내렸다. 그것은 얼마나 완벽하게 아름다운 허상인가. 신은 관념으로 가볍게 우리를 완성했다.

그것말고는 내 삶에 나타난 사실들을 해석할 도리가 없다.

영화제작소에 간 그해 나는 마침 스물아홉 살이었다. 태어난 것도 일월, 수속을 한 날도 일월이었다. 정말 아주 정확한 계산이었다.

나는 그전의 일 년이 생각났다. 스물여덟 살 때 일어난 한 가지 일, 나는 마침내 그 사건의 진정한 함의를 알게 되었다.

당시 나는 N시 도서관에서 분류작업을 담당하고 있었다. 혼자서 공원 끝 퇴락한 단층건물에 묵고 있었다. 그때 나는 너무도 공허하고 무료했다. 사랑도 없고 친구도 없었다. 아열대의 길고 긴 밤, 나는 하릴없이 찜통 같은 방 안에 갇혀 있을 수도 없고 혼자서 산책하기도 계면쩍었다. (만일 그렇게 한다면 그곳 사람들은 정신병이 있는 줄로 생각할 것이다.) 내가 유일하게 할 수 있고 하고 싶은 일은 바로 자전거를 타고 N시를 정처없이 쏘다니는 것이었다.

여름에는 치마를 겨울에는 윈드자켓을 입고 자전거로 N시의 가장 넓은 곳인 칠일 광장을 가로질러갔다. 나는 내리막길에서 손잡이를 놓고 쏜살같이 달리곤 했다. 사람과 자전거가 아래로 곤두박질치며 치마 앞자락이 높이 휘날렸다. 일단 광장으로 오면 즉시 사방팔방에서 바람이 불어와 사람을 제비처럼 가뿐하게 들어주었다. 그것은 하루 중 유일하게 평범한 삶을 벗어날 수 있는 시간이었다. 사람들은 일상에서 벗어날 때 몸을 어디에 두어야 할지를 모르는 법이다. 나는 N시에서 팔 년을 살았다. 팔 년 동안 자전거를 타고 몽유병자처럼 자유롭게 돌아다니던 나의 그림자가 N시의 크고 작은 거리에 드리워져 있다.

스물여덟 살 되던 그해 어느 여름 밤, 자전거를 타고 둑길엘 갔는데 아주 낯익은 집의 문이 열려 있는 것이 보였다. 입구에는 하얀 비둘기 몇 마리가 놀고 있었다. 나는 나도 모르게 그쪽으로 다가갔다.

어찌된 영문인지 나는 곧장 집 안 깊숙이 들어갔다. 거기에는 등불이 켜져 있었다.

"들어오렴, 네가 언젠가 오리라는 걸 알고 있었다" 하는 소리가 들렸다.

166

눈앞에 아주 고귀한 부인이 앉아 있었다. 그녀는 삼사십년대의 복장을 하고 있었다. 아름다운 용모에 대사부인이나 장관부인 같은 기품이 엿보였다. 그것이 나를 깜짝 놀라게 만들었다. 이렇게 평범한 N시에 어떻게 이런 여인이 있을 수 있지?

"드디어 왔구나."

그녀의 목소리는 흐르는 물처럼 듣기 좋았다. 나는 한동안 무어라 해야 좋을지 몰랐다.

"카메라를 사려고 하니?"

그녀가 말했다.

"네."

"어떤 제품을 사려고 하지?"

"갈매기 DF-1이요."

"나한테 옛날 카메라가 한 대 있는데 볼래?"

그녀가 웃으며 물었다.

그녀는 내실로 들어가 나무 상자 하나를 들고 나왔다. 그 안에는 초록색 비로드로 싼 카메라가 들어 있었다. 그녀는 조심조심 카메라를 손에 들고 내게 보여주었다.

한눈에도 오래되기는 했지만 평범하지 않은 고급 카메라임을 알 수 있었다. 그것은 그녀의 새하얀 손바닥에서 짙은 남빛을 발하며 신비스런 기운을 내뿜고 있었다.

그 카메라에 범접할 수 없는 기운이 있음을 발견한 나는 감히 그것을 만져볼 수가 없었다.

"이것은 보통 카메라가 아니란다. 비록 오래된 것이기는 하지만 비범한 힘이 있는 거란다."

노부인이 온화하게 말했다.

"인간의 운명을 예측할 수 있으며, 연대도 마음대로 조절할 수 있지. 오 년, 십 년에서 백 년까지도. 게다가 미래의 인간이나 사물의 모습을 뚜렷이 보여줄 수도 있단다."

그녀가 나를 힐끗 바라보더니 말을 계속했다.

나는 너무 놀랐다. 오싹한 기운이 정수리에서부터 심장을 지나 발바닥까지 타고 내려왔다.

"물론 이 비밀을 누설해서는 안 된다. 누설되는 순간, 그것은 바로 영험을 잃고 마니까. 동시에 그것은 그 주인만이 기능을 발휘하게 할 수 있단다. 너는 아직 그 주인이 아니니 그것을 사용해볼 수 없다."

나는 천성적으로 신비한 사물에 대해 깊은 흥미를 가지고 있었다. 그 카메라가 내 맘에 드는지 어떤지 그녀가 물었을 때 나는 생각할 것도 없이 맘에 든다고 말했다.

"그거 아주 비싼가요?"

"암, 비싸지."

"그럼 제가 살 수 없겠는데요."

"원하기만 하면 살 수 있단다."

"물론 원하기야 하지요."

"그래?"

미소를 지으며 그녀가 말했다.

그녀가 값을 부르기를 나는 초조히 기다렸다.

"네가 돈을 내기를 바라지는 않는다. 다만 일 년 동안의 너의 청춘을 주기만 하면 된다."

"저는 벌써 스물여덟 살인걸요."

"스물아홉 살, 그 한 해 동안의 시간만 있으면 된다. 만일 네가 내 카메라를 사게 되면 너에게 스물아홉 살은 영원히 없게 되는 거다. 올해 스물여덟이니까 내년에 바로 서른이 되는 거지."

그런 기괴한 제의에 멍해진 나는 잠시 말을 잃었다.

"스물아홉 살의 시간을 잃어버린다 해도 별 문제 될 건 없어. 서른이라고 해서 스물아홉에 비해 외모에 그렇게 큰 변화가 있는 것은 아니니까."

그녀가 말을 계속했다.

"왜 하필이면 제 스물아홉 살을 원하지요? 다른 시간은 안 되나요?"

내가 물었다.

"그것은 하늘의 뜻이야."

노부인이 너무 심오하여 설명할 수 없다는 듯 말했다.

열아홉 살 되던 그해부터 나는 '9' 자가 내 행운의 숫자라는 걸 인정했다. 그 기적 같은 행운은 열아홉 살 되던 해에 일어났으며 스무 살 이후의 세월은 그렇게도 암담하고 길었다. 나는 모든 희망을 품고 스물아홉 살이 다가오길 기다렸다. 스물아홉이 되면 모든 것이 다 변할 거라고 굳게 믿었다.

스물아홉 살은 나의 마음 깊은 곳에 감추어져 있는 진주인데 내가 어떻게 그것을 가볍게 팔 수 있겠는가? '스물아홉 살에 중요한 뜻이 깃들어 있음이 틀림없어. 그렇지 않고서야 노부인이 그것을 원할 리가 없지'라고 나는 생각했다.

"두오미, 날 보고 대답해보렴. 넌 여선지자가 되길 바라니, 아니면 현세에서 성공하길 바라니?"

노부인이 정중하게 말했다.

"두 가지 다 원하는데요."

"사람이란 너무 탐욕스러워서는 안 되는 법이다."

"그렇다면 전 이 세상에서의 성공을 원해요."

노부인이 한동안 머뭇거리다 말했다.

"알겠다. 넌 이미 이 카메라를 버리기로 결정했다. 두오미, 정말 유감이구나. 넌 영원을 볼 수도 있었는데. 하지만 넌 지금 그 유일한 기회를 잃어버리고 있다."

"가격을 좀 바꾸면 안 될까요? 스물아홉만 아니면 다른 두 해나 세 해를 당신에게 드릴 수 있는데."

마음이 동한 내가 노부인에게 말했다.

"그건 안 돼. 이제 가보거라." 노부인은 단호했다.

"하룻동안 더 생각한 다음 내일 저녁 최후의 결정을 당신에게 알려드리면 안 될까요?"

잃어버린 진기한 보물에 대해 내가 우유부단하게 물었다.

"넌 이미 그것을 포기한다는 결정을 했다. 이제 만회할 수 없는 일이다. 다른 건 아무것도 고려하지 않고 오직 이 카메라만을 원하는 사람이 아니라면 이것의 주인이 될 수 없단다. 이제 돌아가렴. 앞으로 다시는 오지 말아라. 앞으론 더이상 이 집을 찾을 수 없을 게다."

나는 그 집을 나왔다. 고개를 돌려보니 등불은 이미 꺼져 있었다.

나중에 나는 여러 차례 자전거를 타고 그 둑길을 처음부터 끝까지 가봤지만 그 집은 찾을 수 없었다.

오늘에서야 나는 마침내 스물아홉 살의 의의를 알게 되었다. 만일 그때 내가 스물아홉 살을 대가로 그 미래를 알 수 있는 카메라를 샀더라도 영화제작소로 발령날 가능성이 있었을까? 종종 생각하곤 한다. 그 일 년간을 양도했다면 스물아홉 살의 모든 행운은 나의 머리에 떨어지지 않았을 것인가? 그렇다면 나의 운명의 궤적은 영원히 역전되지 않고 다른 모양이 되어버렸을 것인가?

충분히 그럴 가능성도 있었을 거라고 나는 생각한다.

멋대로 선택한 풍경

탈출은 하나의 심연이었다. 가는 길 내내 하나의 심연이었다. 여인은 한줄기 심연이었다. 남자는 한줄기 심연이었다. 고향은 하나의 심연이었다. 타향은 하나의 심연이었다. 길의 끝은 영원한 심연이었다.

그해 나는 N시를 출발하여 먼저 우한(武漢)에 갔다가 그곳에서 배를 타고 싼샤(三峽)를 거쳐 충칭(重慶)에 갔다. 거기서 기차를 타고 청두(成都)에 가서, 다시 어메이 현(峨嵋縣)으로 갔다. 어메이 산에 올라간 후 청두에서 구이양(貴陽)으로, 구이양에서 류판수이(六盤水)로 가서, 거기서 화물차를 타고 윈난 원산(文山)에 가서 마리포(麻栗坡), 푸닝(富寧), 바이써(百色)를 거쳐 N시로 돌아왔다.

그것은 내 일생의 쾌거였다.

처음부터 끝까지 나 혼자였다. 젊은 아가씨가 혼자 머나먼 낯선 곳에 가는 것보다 더 위험하고 용기가 필요한 일은 없다는 걸 나는 알고 있었다. 신문이나 연예지에서 여자 대학생이나 대학원생이 그리 외진 곳이 아닌 곳에서조차 쉽게 유괴되어 농촌에 아내로 팔려간 다는 기사를 여러 번 본 적이 있다. 심지어는 도시에서도 젊은 독신 여성이 기차역에서 나오다가 역 앞을 지키고 서 있던 인신 매매범에 게 걸려들곤 했다. 손오공 같은 혜안과 교묘한 말솜씨를 터득한 그 유괴범들은 친절하게 아가씨에게 다가가 국경 호텔에 가는 차가 있 다고 그들을 꼬여내었다. 차가 번화한 시가지를 벗어나 달릴수록 주 위가 점점 캄캄해지면 그제서야 아가씨들은 이상한 낌새를 알아차 린다. 차는 마치 달리는 동굴 같다. 여자는 이상야릇하게 그 속으로 떨어져간다.

"내리겠어요!" 여자가 외친다. 하지만 여자는 자신의 목소리를 듣 지 못한다. 그녀는 차에 함께 탄 유괴범의 얼굴을 자세히 보려 애쓰 지만 얼굴은 보이지 않고 고양이처럼 음험한 눈길만 느껴진다. 한참 이 지나서야 차 한 대가 앞에서 다가온다. 그 독신 여성은 차 불빛으 로 구석에 있는 여인이 여우였음을 보게 된다. 그 순간 여우가 사진 으로 찍어 합성한 것 같은 얼굴만한 손을 뻗친다. 홀로 여행하는 여 자에게 그 손은 수상쩍은 차칸에 감도는 흉악한 징조처럼 이상한 손 짓을 하고 있다.

그들은 이상한 곳에 다다랐다. 주위에는 나무 한 그루 없이 사방 에 동일한 모양의 돌산이 자라나 있었다. 그곳 돌산은 동일한 높이, 동일한 색깔이었으며, 동일한 원기둥 모양에 반구형을 받치고 있었 다. 홀로 여행하는 여자가 차에서 나오자 음험한 기침 소리가 들렸 다. 뒤에 있던 차와 여우 얼굴은 순식간에 사라지고 보이지 않았다.

대학교육을 받은 여성은 지세의 특징으로 자신이 어디에 있는지 를 알아내려 애썼다. 빽빽하게 서 있는 그 돌산을 본 그녀는 우선 '돌의 숲'이란 단어를 떠올렸다. 그러나 그렇게 가지런하고 획일적 으로 살색 원주 모양인 것을 보면 돌숲은 아닌 것 같았다. 홀홀단신

172

여행하는 여성은 온갖 과학영화, 풍경영화, 외국에서 번역된 연속극, 우편엽서 등등을 떠올렸다. 가면 갈수록 그곳이 실재하는 곳인지 어떤지 알 수 없었다. 그때 나이 지긋한 여성의 목소리가 들렸다.

"이것은 꿈이 아니라 사실이다. 못 믿겠거든 네 손을 꼬집어보아라."

얼굴이 온통 주름투성이인 여인은 그 말을 마치고는 곧 사라져버렸다. 하늘의 구름이 순식간에 모여들어 거대한 여인의 입이 되었다. 붉은색 얼굴빛이 하늘에서 매혹적인 육감을 발산하고 있었다. 입술 모양의 구름 뒤는 여전히 파란 하늘이었다. 조개관자 모양의 돌산 가운데에 가장 큰 돌기둥이 있다. 돌기둥은 점점 더 낮아지는 입술 모양의 구름 속에서 충만하게 움직인다. 넋을 뒤흔드는 비명과 함께 그것은 갈수록 가까워진다. 조개관자 모양의 돌산이 붉은 입술 모양의 구름 속으로 들어가는 것이 보였다. 구름 속에서 열기가 훅훅 뿜어져나오는 것이 느껴졌다.

그와 동시에 그녀는 조개관자 모양의 돌산이 오랫동안 숨겨둔 것 같은 횃불을 보았다. 혼을 뒤흔드는 듯한 비명이 구령처럼 들리더니 돌산 뒤에서 숨겨져 있던 횃불이 순식간에 걸어나왔다. 횃불은 반짝반짝 뛰어오르며 그녀에게 한 걸음 한 걸음 다가왔다. 그녀는 주위를 둘러보았다. 횃불이 이미 주위를 둘러싸고 있었다. 그녀는 그 여인의 목소리를 들었다.

"넌 더이상 도망칠 수 없어."

사방의 횃불이 윙윙 소리를 냈다. 그것은 남자의, 수컷의 소리였으며, 조개관자 모양의 산과 같은 세계의 것이었다. 횃불은 가만가만 그녀에게 다가갔다. 횃불에서는 검은 연기가 치솟았다. 강렬한 냄새가 공기 속에 퍼져 있었다. 자신의 몸을 뚫고 지나가는 그 기운에 그녀는 위협을 느꼈다. 재빨리 그녀는 횃불 뒤의 눈을 보았다. 그

눈들은 마치 남자 같기도 하고 이리 같기도 했다. 그것은 횃불과 공모하여 윈드재킷, 셔츠, 브래지어 등 그녀가 입고 있던 것을 벗겨냈다. 머리 위로 크고 작은 새들이 어지러이 날고 있었다.

주위에 있던 횃불 하나가 걸어나왔다. 횃불 뒤의 얼굴은 늙고 추했다. 그는 횃불을 허리까지 내려온 그녀의 머리카락 가까이에 댔다. 머리카락이 진한 콜타르 냄새를 풍기며 지지직거리며 타기 시작했다.

"널 구하러 왔다."

그 사내가 말했다.

그는 손으로 그녀의 머리카락을 쓰다듬었다. 불씨가 즉시 그의 손을 따라 그녀의 몸으로 들어왔다. 그의 몸은 즉시 부풀어오르며 단단해졌다. 그녀를 땅바닥에 쓰러뜨린 그는 몸으로 그녀를 누르고는 그녀 속으로 들어왔다. 무수한 횃불이 눈부신 빛을 내며 주위에서 타오르고 있었다. 그녀는 자신의 몸 속의 수분이 밝게 빛나는 횃불에 의해 재빨리 증발하는 것을 느꼈다. 그녀는 갈수록 가벼워지고 건조해졌으며, 얇아지고 투명해졌다. 그녀는 가볍고 얇게, 그리고 투명하게 하늘로 날아올랐다. 연처럼 부풀어오른 몸이 자신이 누워 있는 하늘에 걸려 있는 것을 그녀는 겁에 질린 눈으로 바라보았다. 공포과학영화에서 본 것처럼 그녀는 이차원의 평면에 갇힌 채 영원히 돌아올 수 없었다.

그것은 상상인가 아니면 악몽인가?

길고도 험난한 이번 여행길에 수시로 내 마음속에서 솟구쳐오른 그 악몽같은 형상은 눈앞과 정수리에까지 어른거리며, 헤아릴 수 없는 모종의 낌새로 가득 뒤덮어버렸다. 나는 갈수록 그것이 실재하는 위험이라는 것을 느끼게 되었다. 그 위험은 멀지 않은 곳에 있었다. 그것은 발 밑 한치 앞 수풀 속에 숨겨져 있던 예측할 길 없는 함정이었다.

내가 두려워하면 두려워할수록 그것은 더욱 유혹하는 힘을 가지고 있었다. 위험은 언제나 미녀, 바로 미녀 뱀 같았다. 그 힘은 볼 수 없는 곳에 있었으며 우리 생명의 지각을 불러일으키고 있었다.

그해, 양쯔 강의 배에서(그것은 내가 N시를 떠난 후 첫번째 정거장이었다) 일은 가볍게 발생했다. 그것은 거의 나 자신이 초래한 것이었다. 여정의 전반부에 나는 공명심에 사로잡혀 나에게 말을 거는 사람에게 남녀노소를 막론하고 먼저 나서서 내가 자비로 혼자서 자유롭게 유람하고 있다는 사실을 알려주곤 했다. 나는 자신을 기이한 여자로 보았으며, 다른 사람들도 그렇게 보아주기를 바랐다. 내가 '홀홀단신'이라는 위대하고도 용감한 단어를 말할 때 다른 사람이 '넌 정말 대단한 아이구나!' 하고 놀라기를 바랐다. 어린 시절 나는 이담에 크면 아주 굴곡 있는 모험적인 삶을 살기를 바랐다. B읍의 평탄한 나날과 길고 긴 오후와 밤이 내게 충분한 양분을 주었다. 나는 한 차례 또 한 차례 영웅적인 업적과 위대한 성과를 꿈꾸었다. 의지와 용기를 단련하기 위해 자신을 훈련시키는 것을 스스로 터득하여, 이 미터 높이의 베란다에서 아래로 뛰어내리는 연습을 했다. 또 아주 뜨거운 물에 손을 집어넣고 얼마나 오래 견딜 수 있는가를 연습했다. 이것은 이미 내 소설에 쓴 바 있다. 나보코프의 말이 생각난다.

"과거의 귀중한 것을 내 소설 속의 인물에 써넣으면 그것은 내가 그렇게 당돌하게 안치한 인공세계에서 사라져갈 것이다. 설사 그것이 여전히 나의 뇌리에서 맴돌고 개인적인 따뜻함에 속해 있다 할지라도 그 기억의 감화를 받는 힘은 이미 사라져버린다. 그러나 그 순간 그것은 마치 예술가의 손을 전혀 거치지 않은 것처럼 나의 소설과 긴밀하게 일치되며 더욱이 나의 이전의 자아와 일치하게 된다.

나의 기억 속의 집은 예전의 무성영화처럼 소리없이 부서졌다. 전에 불어를 가르치던 여선생님의 모습을 내 책 속의 소년에게 써넣은 적이 있는데, 그녀가 자신의 소녀 시절과는 무관한 소년으로 묘사되자, 그녀의 초상은 재빨리 시들어버렸다."

이제 나는 그런 희미해져버린 세부묘사를 나의 몸 속에 다시 불러들이고자 한다. 대학을 졸업할 무렵 나는 계획을 세웠다. 죽을 때까지 결혼을 안 할 것이며 모든 물질적인 향락을 포기하겠다고 말이다. 가장 소박한 생활을 하여 모은 돈을 온 중국을 유람할 여비로 삼기로 작정했다.

그런 은밀한 이상을 품은 채 N시 도서관에 배치되었다. 도착을 알리자 곧 한 달 월급을 받게 된 나는 식비, 서적 구입비, 일상 잡비를 제하고 남은 돈을 모두 모아두었다. 대학을 졸업한 그해부터 나는 계획을 실행에 옮기기 시작했다. 나는 귀성 휴가를 이용했다. 처음에 국가에서 규정한 미혼 사원의 귀성 휴가는 12일이었으나 나중에 20일로 바뀌었다. 그것은 B읍에 계신 부모님을 찾아뵈라고 주어지는 휴가였다. 그러나 나는 일 년이 다 되도록 집에 돌아가지 않았다. 심지어는 설날같이 오로지 온 가족이 모여 지내기 위한 명절에도 집에 가지 않았다. 때로는 이삼 년 동안이나 설날에 집에 돌아가지 않은 적도 있었다. 나는 그 완전한 나만의 시간을 이용해 책을 읽고 창작할 것이며, 무언가를 해내기 위해서는 희생이 뒤따라야 한다고 어머니에게 편지를 썼다. 순교자 같은 표정을 지었던 나의 모습은 사실 고향, 가정과 육친에 대한 나의 냉담함을 가리고자 했던 가면이었을 뿐이다.

오랜 기간 나는 집, 어머니, 그리고 고향 같은 단어들에 전혀 마음이 움직이지 않았다. 심지어는 다른 사람들이 고향을 절절히 그리워하는 마음조차 이해가 되지 않았다. 내가 왜 그렇게 냉정했는지, 천성인지 아니면 그렇게 길러진 것인지는 나 자신도 모르겠다. 나에게 학교는 언제나 가정보다 편안한 세계였다. 나는 일요일을 제일 싫어했으며 방학을 가장 혐오했다. 학교에 갈 필요가 없는 그런 날들을 견디기가 어려웠다. 나에게 학교는 자유로운 세계였으나 가정은 오히려 지옥이었다. 다른 사람들과는 정반대되는 이런 느낌은 왜 생겨난 것일까? 나는 종종 영원히 일요일이 없고 방학이 없는 학교를 상상하곤 했다. 한평생 공부만 하는 환상을 품곤 했다. 나중에 고등학교를 졸업하는 사람은 누구나 다 농촌에 가야 된다는 것을 알고 나는 실망했다. 하지만 농촌에 가면 곧 집을 떠날 수 있다는 것에 생각이 미치자 금세 즐거워졌다. 나는 어려운 환경에 잘 적응하며 가난한 삶을 견딜 수 있도록 천성적으로 타고났다. 그렇다고 해서 지금 내가 생산대에 즐거운 마음으로 돌아가겠다는 것은 물론 아니다. 생산대의 두 해의 세월은 내게 별로 많은 흔적을 남기지 않았다. 내가 말하지 않는다면, 다른 사람들은 나에게 그런 경력이 있다고는 생각도 못 할 것이다. 생산대의 생활에 대해 나는 이야기한 적도 글을 쓴 적도 없다. 하지만 어찌됐든 당시의 나에게는 그곳이 가장 좋은 거처였다고 생각된다.

어렸을 때 나는 어머니를 몹시 두려워했다고 앞에서 말한 적이 있다. 어머니가 방에 있을 때면 나는 절대로 방에 들어가지 않았으며, 방에 있다가도 어머니가 들어오면 얼른 빠져나오곤 했다. 공포 때문은 아니었으며 무슨 원한을 가진 것도 아니었는데 하여튼 몹시 불편했다. 돈 달라는 말을 할 때를 빼곤 내가 먼저 어머니에게 말을 건 적이 없었으며, 어머니가 말을 걸어도 별로 대꾸도 하지 않았다. 나이 서른이 되어서야 나는 철들기 시작했다. 나 같은 딸을 키우느라 어머니가 정말 힘들었겠구나 하는 생각이 들며 어머니를 사랑해야겠다는 마음을 먹었다. (지금까지도) 나는 편지를 쓰거나 말을 할 때 '엄마'라는 단어는 언제나 피하곤 했다. 무슨 까닭인지는 모르지만 이상하게도 나는 그 단어를 입에 올리기가 두려웠다. 생산대에서이 년째 되던 어느 날 점심때 어머니가 B읍에서 세 시간이나 자전거를 타고 나를 보러 오셨다. 어머니에게 나는 머뭇거리다 말했다.

"오셨어요?"

어머니는 엄마라고 부르지도 않고 무뚝뚝하게 '오셨냐'는 말뿐이냐며 몹시 불쾌해하셨다.

어머니가 나를 거칠게 대하셔서 무서워한 것은 아니다. 과학적인육아(그것은 그녀의 본업이었다) 지식을 가지고 있었던 어머니는자녀를 엄하게 키우셨다. 단지 자녀를 귀여워하지 않으셨을 뿐이다. 어머니는 당신의 아이가 어려움을 견디고 소박하게 자라길 바라셨다. 지금 생각해보면 어머니를 두려워할 이유는 하나도 없었다. 오히려 어머니는 어머니로서 해야 될 모든 책임을 다하셨다. 어렸을때 나는 종종 고열에 시달리곤 했다. 온몸이 불덩이같이 뜨겁게 열이 나는 밤이면 어머니는 밤새 한 잠도 못 주무시고 알코올 솜으로내 이마를 닦아주며 열을 내리려고 애쓰셨다. 알코올 냄새가 가득했던 그 밤들, 쓸쓸하고 어두웠던 밤 어머니의 어쩔 줄 몰라하시던 표정이 떠오르곤 한다. 내가 세 살 때 아버지는 이미 세상을 버렸다. 열 살쯤 되었을 때 어머니는 '무슨 일이 생겨도 의논할 사람이 없구나'라고 종종 말씀하셨다. 내가 열이 나던 그 밤들, 남편 없는 어머니가 어찌할 바를 모르고 얼마나 허둥대며 날이 밝기를 애타게 기다렸을까 상상이 된다. 어머니가 그때 육 년을 끌다가 재혼한 것은 틀림없이 나 때문이었을 것이다. 아버지가 세상을 떠나셨을 때 어머니는 겨우 스물넷이었다. 그런데 서른이 되어서야 재혼을 하셨다. 스물넷에서 서른 살까지의 아름다운 세월에 양(楊)씨 아저씨가 우리집에 종종 놀러 오곤 했으나 후에는 보이지 않았다. 양씨 아저씨의 출신이 좋지 않아 내 앞날에 좋지 않은 영향을 끼칠까봐 어머니가 꺼려했기 때문이라고 어머니의 동료가 말씀하셨다. 아마 사실일 것이다. 재혼하실 때 '새아버지의 출신이 좋으니 네 앞날에 피해가 되진 않을 거다'라고 하시던 어머니의 말씀도 생각난다.

"집에 남자가 있어야지. 이렇게 오랜 세월 동안 무슨 일이든 의논할 사람이 없으니."

당시 열 살밖에 안 되었던 나는 그것이 무얼 뜻하는지 알지 못했다. 그래서, 다른 사람과 의논할 게 뭐야? 그냥 자신이 결정하면 되지, 라고 생각했었다.

그해는 1969년이었다. 전쟁을 준비하던 시절이라 도시 사람들은 다 흩어지게 되었다. 어머니는 새아버지와 의논한 끝에 남동생과 나를 다른 현에 있는 고향에 보내기로 했다. 당시 나는 역시 의논하지 않으니만 못하군 하고 생각했다. 그들은 아버지는 같으나 어머니가 다른 언니를 불러서 우리를 고향에 데리고 가도록 했다. 가는 길에 우리는 언니의 친구집에 가서 두 끼 식사를 했는데 그중 한 끼는 아주 맛있는 볶음밥이었다. 게다가 거기 있던 베틀도 우리의 관심을 끌었다. 그것은 내가 처음 본 이상한 기계였다. 거리를 쏘다니는 동안 우리는 어머니가 언니에게 준 오원(당시로서는 꽤 큰돈이었다)을 좀도둑에게 소매치기당했다. 언니는 그 사실을 절대로 어머니에게 알리지 말자고 하며 아는 사람을 찾아가 고향 쪽으로 가는 해방표 트럭을 탈 수 있도록 부탁했다. 그 차는 냄새가 너무 지독해서 나는 하늘이 노래지도록 토한 다음에야 고향 부근 마을에 도착했다. 그리고도 이십 리를 걸어서야 우리는 고향에 도착했다. 묽은 죽과 짠지로 끼니를 때우는 날들이 시작되었다.

그때는 배움의 기회를 잃은 때여서 그 시절만 생각하면 나는 마음이 아프다. 처음에는 학교에 가지 못하게 되리라는 걸 몰랐다. 단지 전쟁 준비 때문에 어머니가 나를 고향에 잠시 피신시켰다가 곧 집으로 데려갈 줄 알았다. 농촌 삼촌댁에 도착한 후 나는 즉시 어머니께 편지를 썼다. 편지를 부친 며칠 뒤부터 나는 매일 생산대에 가서 답장이 오기를 기다렸다. 하지만 갈 때마다 번번이 허탕이었다. 간 지 한 달이 다 되었는데도 어머니의 편지는 오지 않았다. 그러자 언니가 말했다.

"두오미, 이제 그만 기다려. 어머니가 이미 결혼했으니 고향에서 지내렴. 삼촌도 좋은 분이니 널 귀찮아하지 않을 거야."

그 말에 나는 비로소 문제의 심각성을 알게 되었으며, 어머니가 계신 B읍에 돌아가지 못할지도 모른다는 것을 어렴풋이 느끼게 되었다.

고향에 간 것은 여름방학 때였다. 가을이 다가오자 학교는 개학을 했다. 개학하는 날이 내게는 언제나 축제일이었다. 개학하기 이삼 일 전부터 나는 흥분하기 시작했으며 마음이 가볍고 유쾌해졌다. 사학년이 시작되던 그 학기에 나는 고향의 산에서 풀을 베고 나무를 했다. 아무도 내가 학교에 가야 한다고 생각지 않았다. 어머니는 나를 보러 오지 않았으며 편지도 없었다. 이제 와 돌이켜보면 그때 어머니는 우리를 고향에 놓아두려고 결심했는지도 모른다. 어머니는 자신이 이미 책임을 다했다고 생각했을 것이다. 삼십원의 월급으로 혼자서 두 아이를 육 년 동안 고생스럽게 키웠으니 양심에 부끄러울 것이 없으며, 린씨 집 사람들이 자기 집안의 후손을 성인으로 키울 의무가 있다고 여겼을 수도 있다. 그 기간에 나는 틈만 나면 생산대의 학교를 둘러보러 가곤 했다. 교실 뒤에 멀찌감치 서 있던 나는 마음속에 부러움과 초조함과 어찌할 수 없다는 막연한 감정이 복잡하게 뒤섞인 채 헤어진 옷차림으로 공부하는 농촌 아이들을 바라보았다. 나는 이제 '희망의 집'에서 구제를 바라는 취학 기회를 잃은 아동과 다를 바가 없었다. 유일하게 다른 점은 그들은 빈궁하고 낙후한 농촌의 아이들이지만 우리 어머니는 의료업무에 종사하는 국가 간부라는 것이었다.

　나는 고향의 낯선 땅에 서서 슬픔과 절망이 북받치는 가운데 낯선 아이들이 책 읽는 소리를 듣고 있었다. 제일 우수한 학생인 내가 왜 학교에 갈 수 없단 말인가, 라는 생각이 들었다. 이런 생각에 잠겨 있을 때 눈앞에 선생님과 학우들이 나타났다. 수학 선생님은 항상 내 책상 앞에 와서는 내가 다른 아이들보다 훨씬 먼저 푼 수학문제를 자신의 책에 옮겨 적곤 하셨다. 그는 내가 푼 것은 다 맞을 거라 생각했던 것이다. 이십여 년이 지난 뒤에도 선생님은 나한테 편지를 보내서 자신이 가르친 학생 중에 내가 가장 우수한 학생이라고 말씀하셨다. 운명은 때로는 참 이상한 것이다. 만일 나중에 어머니가 나를 다시 불러들여 학교에 가게 하지 않았다면 아마도 삼촌댁에서 열여섯 살 때까지 살다가 시집을 갔을지도 모른다. 매번 그 생각을 할 때마다 간담이 서늘해지고 온몸에 오싹 한기가 돈다. 막다른 골목에 부딪칠 때마다 그 운명이란 것은 종종 굶주림에 누렇게 뜬 얼굴로 내 앞에서 흔들거리며 나를 일깨운다. 지금 내가 가진 것은 모두 덤으로 얻은 것이니 만족해야 한다고.

　이제 나는 삼촌에게 감사를 드린다. 그는 자신의 네 아이말고도 우리 남매를 받아주었으며 그의 아이들이 먹는 묽은 죽과 짠지를 먹게 해주었다. (그것은 대량의 무를 소금에 절인 후 검은색이 될 때까지 며칠 밤낮을 끓여 항아리에 담은 '무 절임'이라 불리는 짠지였다.) 삼촌이 내게 나무를 시킨 것은 당연한 일이었다. 이미 열 살이나 된 나를 공밥을 먹일 수는 없다고 삼촌은 생각했다. 그가 나를 학교에 안 보낸 것도 당연한 것이었다. 우리 어머니도 날 학교에 보낼 생각을 안 하시는데 삼촌이 무엇 때문에 그 일에 관여하겠는가?

그래서 나는 전혀 삼촌을 원망하지 않는다. 고향집에 있을 때 나는 그들이 하는 광둥어를 알아듣지 못했다. 볼 책도 없었고 볼 영화도 없었다.

그 시절 나는 어머니 생각은 하지 않았다. 대신 같은 반 여자 학우들을 넋이 나간 듯 그리워했다. 그들과 아주 잘 지냈다고 할 수는 없지만 나는 그들이 그리웠다. 그들의 별명, 싸우는 소리, 듣기 거북한 쌍소리들을 멍하니 그리워했다. 그들의 모든 악랄한 행위가 내 앞에서 어지러이 흩날리는 꽃잎처럼 찬란하게 빛났다. 그것은 내가 정말 겪은 것이 아니라 꿈속에서나 천당에서의 일 같았다. 그들과 나 사이에는 정말 수없이 많은 산과 강이 가로놓여 있어 영원히 다시 만날 수가 없었다. 나는 영원한 이별을 고하는 심정으로 그들에게 편지를 썼다. 곧 답장이 왔다. 불룩한 편지봉투 위에 내 이름이 씌어 있었다. 그것은 내 생애 처음으로 받은 편지였다. 나는 무척 흥분한 상태로 봉함을 뜯었다. 안에는 크기가 다른 대여섯 장의 종이가 들어 있었다. 대여섯 명의 학우가 쓴 것이었다. 모두 마오 주석의 어록을 한 단락씩 베꼈다. 작문을 할 때나 편지를 쓸 때마다 어록을 먼저 베끼곤 했던 것은 당시 관습이었다. 그들은 나에게 어떤 격려를 해주어야 좋을지 몰라 어록을 베꼈다.

'너희들은 국가 대사에 관심을 가져야 한다. 무산계급 문화대혁명을 끝까지 진행시켜야 한다!'

'우리의 사업을 지도하는 핵심적인 역량은 중국 공산당이다. 우리 사상을 지도하는 이론적 기초는 마르크스레닌주의이다.'

이와 같이 장엄한 어록을 쓴 다음에야 그들은 각자 몇 마디를 썼다. 문화대혁명 기간에 공부한 사학년 학생은 어록을 베끼는 것말고는 달리 표현할 도리가 없었다. 그들의 편지는 아무 내용도 없이 천편일률적이었다. 그러나 나는 마치 보물이라도 얻은 심정이었으며,

182

아주 재미있는 소설이라도 되는 양 그 편지를 들고 다녔다. 그것은 마치 불꽃처럼 송이송이 내 머리에서 피어나 나의 축제가 되었다. 나는 셀 수도 없이 그 편지를 읽은 후 조용히 생각했다.

'그들은 아직도 공부를 하고 있지만 나보다 못하구나.'

황량한 가을부터 겨울까지는 아무런 희망이 없었다. 봄이 다가오자 학교는 다시 개학했다. 이복 언니가 어머니에게 편지를 썼다. '두오미는 뛰어나게 총명한 아이여서 아무리 복잡하고 긴 노래라도 한번만 불러보면 하나도 틀리지 않고 부를 줄 안다'고 말이다. 처음에 언니는 내가 배운 적이 있는 줄 알았다가 처음 부른다는 것을 알고는 몹시 놀랐다. 그래서 어머니가 나를 공부시키는 데 신경 써주기를 바랐다. 그 지역의 우등생이었던 언니는 총명하고도 선량했으나 때를 만나지 못해 고향에 지식청년으로 돌아와 있었다. 언니에 비해 나는 운이 훨씬 좋은 편이다. 바짓가랑이는 온통 이슬이 맺혀 흠뻑 젖은 채 혼자서 비수같이 날카로운 파인애플 밭에 서서 처량한 음조로 마오쩌둥의 사(辭)「칠언율시, 역신을 보내며」를 읊고 있던 언니가 생각난다.

산과 물은 헛되이 푸르구나.
화타(華佗)라는 명의(名醫)도 어쩔 수 없으니 한갓 촌의임에랴.
마을의 담쟁이는 여전한데 사람은 간 데 없네.
모든 집이 다 쓸쓸한데 귀신이 노래를 부르네…….

이 노래는 그렇게도 구성지던 언니의 노랫가락과 함께 고향에서 지내던 날들의 배경음악이 되었다. 언니는 고등학교를 졸업하여 생산대에 가게 되면 절대로 고향에 돌아오지 말라고 했다. 그렇지 않으면 종족투쟁의 희생물이 될 것이라고 했다.

언니의 편지가 효험이 있었는지는 모르겠지만, 어머니가 자식 생각이 났는지 봄이 되자 편지와 돈을 보내왔다. 언니는 다시 나와 동생을 데리고 집에 돌아갔다. 먼저 어떤 마을에 간 다음 차를 타고 현 정부소재지에 갔다. 거기에서 다시 차를 갈아타고 디취(地區)에 갔으며, 거기서 차를 갈아타고 B읍이 있는 현에 도착했다.

집에 도착한 지 며칠 안 되어 학교가 개학했다. 나는 새로운 삶을 사는 것과 같은 마음으로 등록하러 학교로 달려가서 교문에 들어섰다. 대청 중앙의 사학년 등록하는 곳에 나를 아주 귀여워해주셨던 수학 선생님이 서 계셨다. 선생님은 나를 보시더니 눈을 반짝이며 말씀하셨다.

"린두오미, 지난 학기에 고향에 갔었니? 네가 돌아오지 않는 줄 알았다."

선생님은 등록부에 얼른 내 이름을 써넣고는 미소를 지으며 말씀하셨다.

"이번엔 보충수업을 해야겠군."

그때 한 여학우가 등록하러 왔다. 여학우가 자신의 이름을 말하자 선생님은 철자를 잊어버리셨는지 다시 한번 물으셨다.* 그 장면은 나에게 자신감을 불어넣어주었다. 수업이 시작되자 선생님은 지난 학기의 내용을 복습한다고 하셨다. 1과인 소수 나누기에 관한 문제를 나누어주며 풀 수 있는지 보라고 하셨다. 바로 내가 배우지 못한 과였다. 나는 어떻게 소수 나누기를 하는지 전혀 알지 못했다. 선생님이 문제를 내는 것과 동시에 이미 답을 반은 썼던 그런 우세를 나는 잃어버렸다. 하는 수 없이 옆에 앉은 짝에게 물어보았다. 소수점

---

* 중국어 발음은 같지만 한자는 여러 가지인 경우가 많다. 예를 들면, 承, 成, 誠 등이 다 같은 chéng 발음이다.

184

이 이동하는 방법을 그녀에게서 들은 나는 즉시 그것이 이미 내가 전부터 알고 있었던 방법이라는 것을 알게 되었다. 그것은 전혀 생소하지 않았다. 나는 익숙하게 수식을 세웠다. 하나하나의 수식이 마치 나의 가족처럼(지금은 글이 마치 나의 가족 같다) 익숙하고도 친근하게 느껴졌다. 나는 안정을 되찾았다. 칠판에 문제를 다 쓴 후 내 책상 앞에 오신 수학 선생님은 내가 다 푼 것을 보셨다. 선생님이 가신 후 나는 한 학기를 휴학한 난관이 지나갔음을 느꼈다.

이 소설에서 내가 배움의 기회를 잃었던 것을 너무 장황하게 이야기했다는 걸 안다. 그것이 바로 시점이 산만하고 자신이 처한 환경에 적응하고 안주하는 전형적인 여성적 글쓰기 방법이라 한다. 이제 어머니와 고향의 화제로 돌아가보자.

애매한 이유로 학업의 기회를 박탈한 것을 제외하고는 우리 어머니는 틀림없이 좋은 어머니이다. (어머니에게 물어볼 수는 없고 다만 언니에게 물을 수 있을 뿐이다. 그러려면 먼저 십몇 년 동안이나 소식을 듣지 못한 언니를 찾아야 한다.) 어머니에게 어떠한 나쁜 점이 있는지 더는 생각나지 않는다. 어머니가 나를 비정상적일 만큼 냉정하며 어머니에게 따뜻하게 대하지 않는 아이로 키운 것은 정말 이상한 일이다. 다른 사람 같았으면 아마 벌써 나를 버렸을지도 모른다. 열여덟 살이 될 때까지 어머니는 나의 무른 발을 씻어주셨다. 그때 나는 농촌 생산대에 있었는데 두 발이 매일 작열하는 태양 아래 뜨겁게 달구어진 논에 담겨 있다 보니 물집이 잡히고 그러다 곧 고름이 생기곤 했으며, 붓고 열이 나기 시작했다. 그러면 하는 수 없이 집에 돌아와 발을 치료해야 했다. 어머니는 나에게 주사를 놓고 약을 먹이고는 아침저녁으로 두 차례 누런 약물로 내 발을 씻어주셨다. 그리곤 가제로 나의 무른 발을 가만가만 눌러서 깊숙이 숨어 있던 고름을 남김없이 짜내셨다. 무른 내 발을 코 앞에 대고는 자세히 살펴보던 모습을 나는 평생토록 잊을 수 없을 것이다. 내가 대학에 들어갈 때 어머니가 나를 디취까지 전송한 것도 잊을 수 없는 또하나의 장면이다. 거기서 기차를 갈아타고 머나먼 W시로 가야했다. 나는 가뿐한 마음으로 차에 올랐다. 당시 현에서 가볍게 차석을 차지했던 나는 대도시로 가서 다른 사람들과 수준을 겨뤄보고 싶었다. 대단찮은 긍지로 가득 차 있던 나는 어머니에게 작별인사 같은 것을 할 생각조차 하지 않았다. 나의 가슴엔 애정 어린 감정이나 석별의 아쉬움 같은 것이 자리할 여지가 없었다. 플랫폼에 서 계신 어머니에게 눈길 한 번 주지 않은 채 나는 객실에 있는 W시로 가는 몇몇 여학생을 살피기에 바빴을 뿐이다. 그들은 유창한 표준어를 구사하여 나를 좀 부끄럽게 만들었다. 하지만 동시에 네가 표준어를 잘한다고 해서 내가 너만 못하다는 생각은 하지 말아라 하는 생각을 하며 마음속으로 전혀 알지 못하는 사람에게 싸움을 거느라 플랫폼에 선 채 나를 안타깝게 바라보는 어머니의 존재를 잊어버렸다.

어머니는 사람들 무리에 섞여 발돋움을 하고 계셨다.

기차가 덜컹하더니 천천히 움직이기 시작했다. 객실의 사람들은 모두 창문 쪽으로 몰려가 작별하러 나온 가족들에게 손을 흔들어 인사를 했다. 그제야 나는 플랫폼 쪽을 쳐다보았다. 어머니가 심란한 표정으로 멋쩍게 나에게 손을 흔드셨다. (그것은 어머니에게는 몹시 낯선 동작이었다. 아마 옆에 있는 사람들을 따라 그렇게 하셨을 것이다.) 이상하게 일그러진 어머니의 얼굴은 금방 울 듯한 표정이었다. 어머니는 잠긴 목소리로 내 이름을 부르셨다. 기차를 따라 몇 발짝 뛰어오시던 어머니의 모습은 금세 사라졌다. 나는 강한 충격을 받았다. 그것은 내가 첫번째로 받은 충격이었다. 사람들 틈에서 플랫폼에 서 계시던 어머니는 틀림없이 희비가 교차하였을 것이다. 딸이 명문대학에 들어갔으니 앞으로 장래가 괜찮을 것이고 좋은 일자리를 갖게 될 거라고 생각했을 것이다. 어머니의 온갖 고생이 보답을 얻은 셈이다. 어머니는 이담에 커서 내가 제 밥그릇도 못 챙길 거라고 나를 욕했던 일을 떠올렸을 것이다. 대학에 들어가리라고는 아마 꿈에도 생각지 못했을 것이다. 어머니는 당 중앙에 감사해야 한다고 거듭 말씀하셨다.

어머니를 회상하노라면 항상 그 두 장면이 떠오르곤 한다. 그것은 딸에게, 특히 세 살 때 아버지를 여읜 딸에게는 정말 너무 적은 것이다. 나는 내가 어머니에게 어떤 영광을 안겨드렸는지, 어머니가 딸을 얼마나 자랑스럽게 여기셨는지 알 수 없다. 아마도 열아홉 살 때의 그 사건과 대학에 합격한 것 그 두 가지밖에 없을 것이다. 그러나 전자는 영광의 최정상에서 곧 심연의 나락으로 떨어져버렸고 그 심연이 어머니에게 가져다준 경악은 오랫동안 지워지지 않았을 것이다. 내가 대학을 졸업하고 일을 시작한 지 여러 해가 지나도록 매번 내가 집에 돌아가거나 어머니가 N시에 오실 때면 어머니는 내가 기분이 좋은 때를 골라 신중하고도 걱정스레 말씀하시곤 하셨다.

"앞으로는 더이상 시를 쓰지 말거라."

그 말은 항상 내 가슴속을 맴돌았다. 어머니는 내게 전하지 않으셨을 뿐 틀림없이 못 들을 말을 많이 들으셨을 것이다. 때문에 그런 생각을 하셨을 것이다. 그 생각은 뿌리 깊게 박혀 있어 아무리 지워버리려 해도 지워지지 않았다. 그래서 지금 내가 얼마나 많은 소설을 쓰고 얼마나 아름다운 책을 쓰든 간에(그것들은 나에게는 아주 커다란 위로가 된다) 어머니에게는 영광이 못 될 것이다. 그것은 어머니가 기대하는 것이 아닐 것이다. 그때 내가 대학 시험에서 이과를 안 보고 문과를 선택한 것에 어머니는 틀림없이 실망하셨을 것이다. 그러나 어머니는 내가 장차 무엇을 하기를 바라는지 말씀하신 적이 없다. 그러나 의과대학에 실습 나온 학생들을 바라보던 어머니의 눈길을 지금 떠올려보면 어머니는 내가 의학 공부를 하여 장차 의사가 되기를 가장 바라셨던 것 같다. 의사는 유용한 직업이다. 그러나 작가가 무슨 소용인가? 아무런 쓸모가 없다.

어머니는 분명 그렇게 생각하셨을 것이다.

나 같은 딸을 키우시느라 어머니는 많이 힘드셨을 거다. 어렸을 때 나는 어머니를 전혀 살갑게 대하지 않았다. 어머니와 말도 안 했을뿐더러 집을 마치 여관 대하듯 했다(어머니의 표현에 따르면). 성장하여 집을 떠난 후에도 어머니에게 거의 편지를 하지 않았다. 때로는 반 년에 겨우 한 통 썼을 뿐이다. 게다가 썼다는 편지도 모두 전보처럼 간략하여 정이 없는 것이었다. 가장 긴 편지도 두 페이지를 넘은 적이 없다. 설날조차 어머니를 찾아뵈러 집에 갈 생각을 안 해서 어머니가 편지를 써서 일깨워주곤 하셨다. 어머니에게 선물을 사드린 적도 거의 없다. 이제 와 돌이켜보면 신발 한 켤레 사다 드린 것밖에 생각이 안 난다. 그것말고는 없었다. 새아버지가 어머니에게 돋보기를 맞춰드리라고 여러 차례 말씀하셨는데 그것조차 늘 잊어버렸다. 어머니에게 돈을 부쳐드린 적도 거의 없다. '집에 이제 무슨 부담거리가 있는 것도 아니고 어머니와 아버지가 다 월급을 받으시니 돈을 모았다가 내 컴퓨터나 사야지'라고 나는 내 생각만 했다.

나 같은 딸을 키워서 어머니에게 어떤 쓸모가 있을까? 하는 생각이 든다. 어머니는 나의 결혼에 대해서도 만족스러워하지 않으셨다. 내 삶은 언제나 동요 상태에 있었으며, 일은 지금도 여전히 고정된 것이 아니다. N시의 집에서 삼 년간 지냈는데도 나는 안정되지 않았다. 나 같은 딸은 정말 어머니에게 걱정만 끼쳐드릴 뿐 쓸모 있는 구석이 한 군데도 없다.

고향에 대해서도 마찬가지다. W시와 N시에서 나는 고향 생각은 전혀 한 적이 없을뿐더러 동창회에도 참석하지 않았다. 고향 사람들을 알지도 못했고 고향 사투리도 쓰지 않았다. 머나먼 도시에 나가 있을 때 고향에 돌아간다는 것은 정말 쉬운 일이 아니었다. 전에 N시에 있을 때처럼 어디서나 고향 말투를 들을 수 있는 것도 아니었다. B읍에서 N시까지는 기차로 일곱 시간, 자동차로 한 시간 더 가면 되었다. 게다가 N시는 도시라는 것말고는 수목이나 화초, 음식, 인문, 지리, 기후 등이 B읍과 그리 다르지 않았다. 그래서 나는 이것이 바로 고향이구나 하고 느꼈다. 한 성에 있으니 어떻게 고향이 아니겠는가? 이미 고향에 있는데 새삼 강조할 필요가 뭐가 있겠는가? 전혀 그럴 필요가 없었다. 그러나 완전히 북방 지역인 베이징에 도착하자, 모든 것이 달랐다. 광대하고 추웠으며 주위는 도저히 흉내낼 수 없는 혀 꼬부라진 발음 천지였다. 거기서 B읍은 너무도 멀리 떨어져 있어서 한 해 한 해 돌아가지 않을수록 더욱 실재하지 않는 것처럼 느껴졌고 마치 전생의 삶 같았다. 그제서야 고향이란 단어가 한줄기 강물, 하나의 조선소, 하나의 부두, 회색 거리, 그리고 기억 속에서 밝고 아름답게 변한 맨드라미로 연상되어 나의 추억 속으로 들어왔다. 고향과 관련된 나의 글은 거의 모두 이때 씌어진 것이다.

그러나 내가 홀홀단신 유랑하던 80년대에 그런 그리움은 전혀 들어설 여지가 없었다. 그것은 마치 고귀한 인간성이라는 물방울이 저 멀리 구름층에 머물러 있다가 다음 십 년을 기다려서야 머나먼 타향에 있는 나의 몸을 적셔주는 것 같았다.

이 장을 시작할 때 내가 거쳐온 여정을 이야기했었다. 그때 서남쪽 각 성을 유랑하기 전에(이 단어를 나는 그다지 정확하게 사용하지는 않았다. 유랑이라는 단어는 마치 한 발짝 떼면 구름과 안개를 탈 수 있을 것같이 신선처럼 가볍고 유유자적한 느낌을 연상시킨다) 나는 두 군데에 갔다. 한 곳은 북방의 수도였고 한 곳은 N시에서 멀리 떨어지지 않은 베이하이(北海)였다. 그 여행으로 대학 졸업

후 이 년간 쌓은 휴가와 그해 귀성 휴가를 다 써버렸다.

처음으로 간 곳은 베이징이었다. 내가 뼛속 깊이, 혈관에 사무치게 가고 싶었던 곳이었다. 그곳은 주저 없이 선택되었다. 살아 있는 한 그곳에 가야만 될 것 같았다. 나는 일찍부터 내 목적지는 베이징이라고 여겨왔다. 그곳이 아무리 멀고 도달하기 어려워도, 아무리 춥고 허황하여도 나는 거기 가야만 했다. 그 생각이 어린 시절에 B읍에서 유일하게 베이징이 고향이었던 사람을 이웃으로 두었다는 것과 어떤 관련이 있는지는 모르겠다. 60년대 남방 변경의 한 작은 마을에서 베이징까지는 정말 하늘에라도 가는 것처럼 먼 거리였다. 보통 사람들은 전혀 가볼 수 없는 곳이었다. 그렇게 갈 수 없는 곳을 환상으로 그리는 것이 내게는 최대의 기쁨이었다. 육칠십년대의 삶은 비현실적인 생각만 가득 품고 있는 여자아이에게 어떤 기회도 주지 않았다. 생산대에 들어갔을 때 나는 앞으로 어떤 일을 하든 반드시 월급을 모아 우선 베이징부터 가봐야겠다고 생각했다. 그래서 도서관에서 일하게 된 첫 해, 3월에 일을 시작했는데 9월에 낡은 여행 가방을 들고 베이징행 열차에 몸을 실었다. 반 년간의 저축으로는 왕복 차표밖에 살 수 없었기 때문에 나는 체신대학에서 일하는 친구의 기숙사에 머물렀다. 철이 없었던 나는 그녀의 집에 열흘간이나 머물면서 선물 하나 사주지 않고 고맙다는 인사조차 하지 않았다. 심지어 그 친구와 마음속 이야기를 나눌 생각도 못 했다. 그때 그 친구는 막 이혼을 하고, 애인은 멀리 떨어져 있어 사랑하는 사람과 편지를 주고받는 것으로 하루하루를 보내고 있었다. 금요일에 애인의 편지를 못 받으면 그녀는 주말을 견디지 못했다. 그녀의 빌어먹을 애인이란 작자는 아내가 있었는데 이혼 같은 것은 생각도 않고 있었다. 내 친구는 매주 그의 편지를 받는 걸로 만족하는 수밖에 없었다. 그와 한 도시에 살며 그를 볼 수 있으면 하는 것이 가장 큰 소망이었기에 그녀는 베이징을 포기하고 자청하여 그 머나먼 변방에 가서 일할 계획이었다.

그것도 내가 그녀에게 물어본 것이 아니라 모두 다른 친구에게 들은 것이다. 그녀는 나에게서 위로를 얻으려는 생각을 하지 않은 것 같다고 그럴싸한 이유를 들어 나 자신을 변호하려 했지만, 그녀와 별로 친하지도 않으면서 그녀의 기숙사에 머물렀다는 것은(그녀에게 어떤 의무라도 있나?) 정말 너무 염치없는 짓이었다. 지난 일을 돌이켜보면 정말 너무 부끄러워진다. 베이징에 머물던 마지막 이틀 동안 그 친구는 친척이 올 거라며 나를 베이징 대학 학생 기숙사에 묵게 했다. 동창 하나가 마침 반 담임을 맡고 있어서 나에게 침대를 안배해주었다. 다른 여학우는 집에서 이불을 갖다주었다. 나는 기꺼이 그곳에 머물렀다. 내가 친구들에게 폐를 끼쳤다는 생각은 전혀 하지 않았으며, 그것이 동창들의 깊은 정에서 나온 것이라는 생각도 하지 못했다. 나는 그들에게 빚을 졌는데도 그들과 같은 도시에 살고 있는 지금도 왕래조차 하지 않고 있다. 나의 괴팍한 성격, 냉담함, 그리고 심리적 장애가 마치 바다처럼 그들과의 사이를 가로막고 있다.

(나 스스로가 자신을 그렇게 규정해버렸다. 자신을 왜 더 좋게 치장하지 않는가? 나는 그렇게 될 수밖에 없는 조건을 지니고 있었다. 나와 친하게 지내는 도량이 넓은 사람들은 내가 이기적이라고 말한 적이 없다. 그들은 내가 어렸을 때 홀로 생활을 한 경력이 있기 때문에 다른 사람을 생각해주는 습관이 들지 않았다고 말하곤 한다. 나는 그런 견해를 기꺼이 받아들인다.)

나는 베이징에서 십이 일을 돌아다녔다. 매일 아침 일찍 나갔다 밤늦게 돌아왔다. 빵과 끓인 물만 먹으면서 혼자서 바다링(八達嶺), 구궁(故宮), 톈탄(天壇) 등을 돌아다녔다. 베이징의 하늘은 너무도 파랗고 투명하며(최근에야 하늘이 잿빛으로 무겁게 가라앉은 것을 발견했다) 공기도 너무 좋다고 느꼈다. 황금색 나뭇잎과 붉게 물든 단풍잎은 N시에서는 상상하기 힘든 것이었다. 여행을 마친 후 나는 신이 나서 돌아갔다. 베이징은 확실히 마지막 목적지이며, 그전에 전 중국을 구석구석 돌아다녀야겠다고 생각했다.

이듬해 나는 베이하이에 갔다. 그곳 역시 베이징과 마찬가지로 나의 숙원이었던 곳이다. 베이하이는 N시에서 가장 가까운 바다였다. 거기에 가는 데 그렇게 많은 돈과 시간이 들지는 않았다. 베이하이에서는 백사장에서 하룻밤을 보낸 것이 가장 기억에 남는다. 당시 베이하이는 아직 개발되기 전이어서 지금처럼 그렇게 북적대는 날이 올 거라고는 꿈에도 생각지 못했다. 지금 그 백사장에는 수영 가이드가 넘치며 입장료도 만만치 않다고 한다. 그때는 단지 황량한 바닷가 소도시로 인적 없는 황무지 같았다. 나는 매일 모래사장을 아무렇게나 거닐었다. 후에 미대 학생 몇 명이 왔는데 그들이 백사장에서 노숙한다는 말을 듣고는 나도 그 뒤를 따라갔다. 그들의 눈에 띌 만한 곳에 신문지 몇 장을 깔고 밤을 지샜지만 별다른 일 없이 몹시 평탄하게 지나갔다. 다음날 나는 그 꿈에도 그리던 바다여행을 하루 앞당겨 끝내고 베이하이를 떠나 B읍으로 돌아왔다.

특별한 일 없이 평온하게 지낸 그 두 번의 여행도 내 믿음을 흔들어놓지 못했다. 나는 어떤 일인가가 앞에서 나를 기다리고 있으리라 굳게 믿었다. 그것은 변화무쌍한 얼굴로 그윽하고도 신비하게 아름다운 두 눈으로 겹겹의 공간을 넘어 미래의 시간에서 나를 주시하고 있었다. 집을 떠나 멀리 여행하게 되면 어떤 변화가 오리라고 나는 굳게 믿었다.

'홀홀단신 사람들이 알지 못하는 곳, 가족이나 친구가 없는 곳에 간다면, 고난과 위험이 따를 것이다. 그러나 그후 너는 어떤 힘을 얻

게 될 것이다.'

대학 졸업 후 어느 해인가 나는 전 재산인 백사십원을 들고 출발했다. 내가 도착한 첫번째 역은 아는 사람들이 있었던 우한이었다. 우한의 부두에서는 모든 것이 다 정상이었다. 한 아름다운 여인이 누군가를 전송하러 나왔다. 그녀는 서른 살 가량 되어 보였으며 검은색 스프링코트를 입고 있었다. 그녀는 모든 이의 시선을 끌었다. 사람들은 자신도 모르게 젊은 아가씨가 아니라 그 여인을 쳐다보았다. 배에 탄 사람들은 모두들 갑판으로 올라갔다. 그들은 풍경을 바라보는 척했지만 실은 그 여인을 바라보고 있었다. 배가 움직이기 시작하자 그 여인은 이상하게도 사라져버렸다. 자세히 보려고 했을 때 그녀는 흔적도 없이 사라져버려 모두를 실망시켰다. 아마도 어떤 세단차를 타고 떠나버린 것이 아닌가 생각된다.

어쨌든 그 여인은 많은 남자와 한 여자아이(바로 나)의 탄성을 자아냈다. 배는 도도하게 흐르는 양쯔 강 위를 떠가고 있었다. 그녀의 아름다운 모습은 남자들의 머리에 마치 강물처럼 흐르다가 어느덧 사라지고 말았다. 단지 그 여자아이에게 강한 인상을 남겼을 뿐이다.

배가 출발하고 얼마 안 되어 나는 발길 닿는 대로 걸어다녔다. 아마 내 행동을 보고 사람들은 내가 단신으로 유람중이라는 것을 곧 알아차렸을 것이다. 주위를 어슬렁거리며 돌아다니던 젊은 사내가 (실제로는 그다지 젊지도 않았다. 단지 나의 판단력이 부족했을 뿐이다) 나한테 말을 걸어왔다. 선원이 입는 하얀 외투를 걸친 그를 본 나는 만일 나쁜 사람이라면 그의 직장 상사를 찾아가면 되겠구나라고 생각했다.

나는 세상물정을 다 안다는 표정으로 한껏 솜씨를 발휘하여 그와 한담을 나누었다. 여러 해가 지나 생각해보면 나는 당시 기꺼이 마수에 걸려들기를 바랐고, 걸려들었으면서도 상처받지 않고 여전히 기나긴 여행을 계속했던 것이다. 그것은 다 나의 양호한 자아감각 덕분이었다는 생각이 든다. 그 여행에서 나는 내가 정말 평범하지 않은 뛰어난 여성이므로 어떠한 어려움도 문제가 되지 않는다고 줄곧 스스로를 일깨우곤 했다.

이상하게도 나는 그 사람에게 나의 진짜 이름과 나이, 직장까지 다 알려주었다. 게다가 이번 여행이 혼자 하는 여행이라는 걸 강조해서 말했다. 처음에는 그의 용모에 별 관심이 없었다. 나는 남성의 얼굴을 잘 기억하지 못한다. (반대로 여성의 얼굴은 내 기억 속에 아주 오래 남아 있다.) 그가 자신이 일본 영화 〈체포〉에 나오는 경관 야무라(矢村)같이 생겼다고 말하자 그제야 나는 그의 얼굴을 자세히 보았다. 그는 확실히 잘생겼다. 이목구비와 얼굴형이 남자로서는 드물게 출중했고, 특히 그의 입술과 턱은 어딘지 영화배우 같았다. 그는 틀림없이 내가 그의 용모에 끌렸을 거라 여겼을 것이다. 그렇지 않다면 여대생이 무얼 믿고 배 위의 승무원에게 자기 이름을 가르쳐주겠는가! 그렇게밖에 달리 설명할 도리가 없다.

야무라는 자신의 용모에 대단한 자부심을 갖고 있었다. 모험을 하고 싶은 개인적인 영웅주의에 빠져 있었기 때문에 이 이야기는 시종일관 불길한 방향으로 흐를 수밖에 없다.

야무라는 아마 나쁜 사람이라고는 할 수 없을 것이다. 그는 처음부터 자신의 이름과 가정환경을 이야기했다. 내 친구는 내가 실종됐다고 직장의 보안과에 보고하자 쉽게 그의 가족을 찾을 수 있었던 게 이해가 되지 않는다고 했다. 사람을 속이면서 어떻게 진짜 이름과 자기 아버지의 주소를 가르쳐주어 금방 발각이 나게 할 수 있냐는 것이었다.

그 사건을 돌이켜보면 야무라가 나에게 거짓말을 한 것은 단지 나이와 미혼이라고 한 사실뿐이었다. 사건이 발생한 후 그의 아내가 나의 친구 집에 찾아왔었다. 나는 초췌한 몰골로 소파에 기대앉아 있었다. 그녀는 나를 보고는 안심했다. 그녀는 단발머리에 맑고 아름답게 생겼는데, 차림새는 수수했다. 그녀가 안심한 듯 말했다.

"난 젊었을 때 아가씨보다 예뻤어. 내 나이가 되면 아가씨는 나만 못할 거야. 다만 아가씨는 대학생이고 나는 노동자라는 차이뿐이지. 하지만 나는 그 사람과 이미 십 년을 살았어. 아이도 둘이나 있고. 아가씨도 보는 눈이 있어야지. 스물일곱이라는 말을 믿다니, 그는 벌써 서른일곱이라구."

그녀는 갑자기 무슨 생각이 들었는지 미간을 찌푸리며 내게 물었다.

"음식점에 가서 식사를 했어?"

"네."

내가 대답했다.

"누가 돈을 냈지?"

"그가 낸 적도 있고 내가 낸 적도 있어요."

내가 머뭇거리다가 대답했다.

그녀는 더욱 안심했다. 그리고는 자랑스럽게 말했다.

"그 사람은 내가 잘 알아. 만일 아가씨와 무슨 일이 있었다면 아가씨더러 돈을 내라고 하지 않았을 거야."

그녀의 말을 들으니 일종의 거리감이 생겼다. 비록 그녀가 내 앞에서 말을 했지만 그녀의 말소리는 어떤 이상야릇한 것에 격리되어 굴곡을 거친 다음에야 나의 귀에 들어오는 것 같았다. 나는 그 굴곡진 목소리를 들으며(사실 그녀도 그렇게 자신있는 것은 아니었다) 마음속으로 생각했다.

'진상이란 얼마나 가려지기 쉬운 것인가! 끝까지 침묵하고 있으면, 말만 안 한다면 아무런 일도 일어나지 않은 게 된다. 말만 안 하

면 아무 일도 없었던 게 되어버린다. 누가(너 자신까지 포함해서) 증거를 찾을 수 있겠는가?'

당시 내가 그렇게 생각했는지 어떤지는 모르겠다. 나는 피곤하고 혼란스러워 아무 기억도 나지 않을 때도 있었고 또 어떨 땐 줄곧 기억에 사로잡혀 있기도 했다. 그 사이에는 온통 혼돈스런 공백뿐이었다.

나는 무감각하게 친구 집 소파에 누워 문 두드리는 소리를 들었다. 누군가 내게 다가왔다. 문간에서 친구의 목소리가 들렸다.

"두오미, 보안과 직원이 너와 이야기 좀 해야겠대."

소리가 사라지더니 입구의 빛도 따라서 숨어버렸다. 비쩍 마르고 키가 큰 여인이 무당처럼 내 앞에 떨어져내려와 있었다. 그녀는 무언가를 캐내는 듯한 목소리로 말했다.

"무서워할 것 없어, 무슨 일이 있었는지 우리에게 말하면 비밀을 지켜주겠어. 그리고 아가씨 대신 나쁜 사람을 처벌해주겠어."

힘없이 소파에 누워 있던 나는 고집스레 아무 말도 하지 않았다. 나의 결심을 표시하기 위해서 나는 시종일관 탐색하는 듯한 그녀의 눈길과 마주치지 않았다. 때로는 눈을 감고 마음을 가다듬었고 때로는 그녀 아닌 다른 곳을 쳐다보기도 했다.

"베이베이(北碚)에서는 어떻게 묵었지? 왜 그렇게 오래 있었어?"

그녀가 또 물었다.

"무슨 특별한 일은 없었겠지? 도대체 무슨 일이 있었던 거지?"

그녀는 하나하나 물었다.

"무슨 일 있었지? 있었니? 아니면 아무 일 없었니?"

한 번 물어서 아무 대답도 하지 않으면 그녀의 흥미가 사그라지리라 생각했다. 그러나 그녀는 너무도 자신만만한 목소리로 오전 내내 끈질기게 붙들고 늘어졌다. 견고하고 자신만만하며 지겨운 목소리가 온 방을 가득 메우고 있었다. 나는 마치 못 들은 듯 멸시하는 방법으로 기력이 다할 때까지 그것에 대항하고자 했다.

그후 오후 내내 나는 혼수상태에 빠졌다. 황혼 무렵 아름다운 여인이 찾아왔다. 어두운 실내에서 그녀의 목소리는 달빛같이 맑고 부드러웠다. 주위의 공기까지도 매력을 전해주기 때문에 때로 아름다운 여인은 보지 않고도 느껴진다. 아마 내가 깊은 잠에 빠져 있었기 때문에 미적 감각이 특히 민감해졌는지도 모르겠다. 나는 그녀가 우한 부두에서 송별한 사람들의 이목을 끌었던 바로 그 신비한 여인이라는 것을 알아챘다. 그건 도대체가 정말 일어날 수 없는 일이었다. 지금까지도 나는 두 사람이 동일인물인지 아닌지 알 수 없다. 머리 모양과 얼굴 모양, 몸매까지 똑같다니! 아마도 내가 일방적으로 그렇게 생각했기 때문에 두 사람을 한 사람으로 혼동하고 있는지도 모른다. 나중에 야무라에게 꼭 물어봐야겠다고 생각했으나 줄곧 기회가 없었다. 야무라와 내가 마지막으로 만난 것은 기차역에서였다. 거기서 그는 나를 기다리고 있었다. 그걸 보면 그래도 양심은 있는 사람이었다. 기차역은 몹시 어수선했다. 나를 그곳까지 바래다준 친구는 그를 보고 적대적인 눈길을 보냈다. 내가 그들에게 말했다.

"이제 그만들 가보세요. 혼자 갈 수 있으니. 혼자서 이렇게 멀리까지 왔으니 앞으로 남은 길도 혼자 가야지요. 전송 나온 사람이 없다는 게 무슨 문제겠어요?"

그들은 정말 돌아갔다.

야무라에게서 그에게 작은고모가 있다는 말을 들었다. (그 여인은 자신이 바로 야무라의 고모라고 했다.) 그녀는 사실 그의 친고모가 아니었다. 그의 나이에 비하면 그녀는 너무 젊어 보였다. 배에서 그는 그 고모가 사실은 자기 아버지의 애인이라고 했다. 그의 아버지는 부대의 고급간부였는데 주위에 여인이 끊이지 않았다고 한다. 그 여인들은 밀물처럼 흘러왔다가 썰물처럼 빠져나가곤 했다. 단지 그녀만 곁에 남아 그의 고모가 되었다 한다. 그녀는 줄곧 결혼을 안 한 채 그의 집에서 외교부인의 역할을 하고 있다 한다. 어떤 난처한 일이 생길 때마다 미모의 고모가 나서서 처리하기만 하면 모든 일이 다 순조롭게 해결된다는 것이다.

내가 누워 있는 어두운 방에 그녀는 달빛처럼 내려왔다.

"나는 그애 고모야."

그녀가 말했다.

나는 몸을 일으켰다. 마치 미색을 좋아하는 개구쟁이처럼 매력 있는 여성만 보면 나는 마음속으로부터 복종하는 마음이 일었다.

"아가씨는 몇 살이지?"

"스물네 살이에요."

"아가씨도 이제 소녀가 아니고, 게다가 대학 졸업생이니 자신의 행위에 대해 책임을 질 수 있는 나이가 되었지. 그런데 왜 그런 행동을 했지?"

"소설을 쓰려고요. 삶을 체험해보고 싶었어요."

"살면서 천천히 관찰하면 되지. 무언가를 쓰려고 한다 해서 그걸 다 체험할 필요는 없지. 그건 아가씨도 잘 알 텐데."

나는 그녀야말로 진정한 여작가라고 느꼈다. 나는 그녀의 숭배자라는 것을 추호도 감추지 않은 채 눈동자도 돌리지 않고 그녀를 바라보았다. 그녀의 말은 주옥처럼 반짝반짝 빛을 발했으며 그녀의 몸에서 나는 은은한 향기가 어두운 방 안에 흘러넘쳤다. 조그맣고 새하얀 그녀의 치아는 반짝반짝 빛났으며 입술은 장미처럼 붉었다.

"우리 셋째는 여자를 좋아하지. 하지만 나쁜 사람은 아니야. 다른 사람이 싫다는 걸 억지로 시키는 사람은 아니지. 그 점은 내가 잘 알아. 아버지를 믿고 나쁜 짓을 한 적은 없어."

처음의 사무적인 어조와는 달리 그녀의 목소리는 마치 어머니같이 따듯했다.

"우리 집안 사람들은 다 그의 아내를 좋아하지 않아. 하지만 방법이 없어. 벌써 아이가 둘이니까."

아이라는 말이 마치 꽃봉오리처럼 그녀의 얼굴에 쓸쓸한 황혼의 그림자를 드리웠다. 아름다운 여인은 아이가 없는 법이다. 이것이 그들의 결함이자 동시에 그들의 완벽한 아름다움인 것이다. 그들은 다른 사람들과는 상관없는 쓸쓸한 아름다움을 가지고 있다.

나는 그 여인이 부두에 있던 검은색 스프링코트를 입은 여인인가, 생각했다. 그녀는 틀림없이 운반하기 어려운 것(송화단*인지 귤인지, 아무튼 모든 구체적인 사물은 다 이 아름다운 여인과는 불협화음을 이루는 것 같았다)을 운반하는 것 같았다. 그후 그녀는 비행기를 타고 충칭에 갔으며 이 일을 듣고 몸소 달려왔다는 것이다. 이것은 다 나의 억측인지도 모른다. 하지만 그러한 억측은 나에게 평온함을 가져다주었으며 어떤 소원이 성취된 느낌을 주었다. 그래서 여기 쓰게 된 것이다.

시종일관 야무라는 경솔하게 나를 유인했다. 그는 별로 저항도 받지 않은 채 파죽지세로 밀려왔다. 그는 틀림없이 자신의 준수한 외모와 가정 배경이 결정적인 작용을 했다고 여겼을 것이다. 보다 더 중요한 두 가지 이유는 나만이 아는 것이다. 하나는 나의 영웅주의(자신을 기이한 여자라고 여기며 모험과 어떤 두려운 사건을 겪고 싶어했던)이고, 또하나는 나의 의존할 데 없는 연약함이었다. 바로 이런 상반된 두 가지가 나를 베이베이로 이끌었던 것이다.

이 사건을 어떻게 서술해야 할 것인가?

---

* 송화단(松花蛋) : 재·찰흙·왕겨·소금 등을 섞은 것에 넣어 밀봉하여 삭힌 오리알이나 계란.

배와 양쯔 강, 준수한 선원과 젊은 여대생, 거기에 더이상 추가할 것은 없다. 단지 그 네 개의 단어만으로도 충분히 낭만적인 이야기를 만들 수 있다. 하지만 나는 낭만적 따뜻함과 아름다운 기억으로 이 사건을 추억한 적이 없다. 모든 것이 다 변해버렸다. 그의 아내, 고모, 보위과의 간부 그리고 나의 친구, 그들이 떼지어 몰려와 이 이야기를 꼬임에 넘어가 정조를 잃은 사건으로 만들어버렸다. 그리고 그 사건은 피해자의 침묵으로 막을 내렸다.

친구가 기차역에서 말했다.

"이 일을 아무한테도 말 안 할게. 하지만 너도 절대로 혼자서 여행해선 안 돼. 빨리 돌아가. 더이상 여행을 계속하지 말고. 그건 너무 위험한 일이야."

당시 젊었던 나는 그래도 마음속으로 생각했다.

'나를 막을 수 있는 것은 아무것도 없다.'

하지만 야무라는 숨기는 듯한 연민의 눈길로 나에게 일종의 치명적인 심리적 암시를 주어 나 자신이 비참한 피해자라고 느끼게 만들었다. 나는 갈수록 그 사건을 떠올리기가 겁이 났다. 나는 야무라가 편지를 보낼까봐, 그리고 그가 올까봐(그는 N시로 나를 찾아오겠다고 말한 적이 있는데 나는 그걸 진심으로 알고 오랫동안 기다렸었다) 무척 긴장된 나날을 보냈다. 지난 일에 대한 모든 기억 중에서 그 사건의 언저리에 갈 때마다 나는 매번 긴장해서 다시 되돌아오곤 한다. 마치 그 문을 밀기만 하면 피비린내 나는 폭행 장면을 보게 될 것 같아서.

(나는 너무 쉽게 암시를 받아들였다. 암시를 받자마자 거기에 쏙 빠져 없는 것을 있는 것처럼, 있는 것을 없는 것처럼, 정말로 발생한 것을 까마득히 잊어버렸는가 하면, 전혀 발생하지도 않은 사건을 눈에 선하게 그리곤 했다.)

사실 그 사건은 이상할 것 없는 평범한 일이었다. 무슨 스토리나 낭만적 색채도 그리 없었다. 그 사건을 내가 그렇게 잊지 못하는 것은 단지 그것이 나의 첫날밤과 연관되어 있기 때문이다.

얼마나 혼란스런 날이었던가, 두오미!

낯선 선창에서 두오미는 배가 밤 두시경에 유명한 거저우(葛洲) 제방을 지난다는 소식을 들었다. 그녀는 주위 사람을 신뢰한다는 듯 말했다.

"어떡하지요? 나는 틀림없이 잠들어서 볼 수 없을 텐데."

그러자 야무라가 자연스레 밤 두시에 꼭 깨워주겠다고 약속했다.

밤 두시, 서막이 열렸다. 두오미는 일상의 질서를 넘어서 그 유폐된 검은 밤으로 한 발을 내디뎠다. 그녀는 배 가장자리에 선 채 둑의 물이 점점 높아지는 것을 바라보았다. 야무라는 시험삼아 그녀의 허리를 껴안아보았다. 그녀는 애매하게 그가 하는 대로 놓아두었다. 그녀는 자신이 수위가 올라가는 것에 얼마나 열중해 있는지, 그 웅대한 모습에 얼마나 커다란 격정을 품고 있는지 자신에게 암시를 주고 있었다. 남자의 손이 뭐 그리 대단하냐? 그리 큰 일도 아니지. 수위는 점점 높아가고 있었다. 이상하게도 남자의 손은(그녀의 허리에 머뭇거리고 있는 게 부자연스럽고 거북했지만) 그다지 중요한 것 같지 않았다.

남자의 손이 갑자기 느슨해지는가 싶더니 그녀의 얼굴을 받쳐들고는 뜨거운 숨결로 그녀의 입술을 눌렀다. 그가 그녀에게 입을 맞추었다. 익숙하고도 힘이 있는 키스가 그녀의 정신을 송두리째 뒤흔들었다. 키스를 끝낼 때 그는 빨아들이는 동작으로 침 한 방울 남기지 않고 내 입술을 깨끗하고 상쾌하게 만들어 아주 편안한 느낌을 주었다. (그후로도 그것만이 유일하게 음미할 만한 키스였다. 두오미는 훗날 각종 다른 키스를 받아봤지만 그 키스에 견줄 만한 것은 하나도 없었다.)

그녀는 아무런 반응도 없이 멍청히 서 있었다. 남자는 그렇게 멍한 가운데 그녀와 모종의 묵계가 이루어졌다고 여겼는지 그녀의 허리를 다시 껴안았다. 그의 손은 길 떠난 나그네가 자신의 집에 돌아온 것처럼 다정하고 자연스러웠으며 경쾌하고 친절했다.

그녀는 만회할 수 없는 국면에 이르렀음을 발견했다. 이미 반 박자가 늦어버린 것이다. 처음부터 거절하거나 비명을 질렀어야 했다. 그녀는 하는 수 없이 키스를 받아들였다. (설사 피동적이긴 했지만 몸부림치지도, 움직이지도 않았다.) 그녀는 비명도 지르지 않았고 심지어 한 걸음 물러서 그에게 화를 내지도 않았다.

처음부터 이상야릇하게 그녀는 그에게 복종했다.

평상시에 그녀는 다른 사람에게 복종할 기회가 없었다. 그녀는 세 살 때 아버지를 잃고 새아버지도 훨씬 나중에서야 생겼기 때문에 어려서부터 자유롭게 살아왔다. 그녀는 그러한 끝없는 광활함이 두려워지기 시작했다. 복종이 필요했다. 그것은 그녀 깊숙이 숨겨져 있던 것이었다. 그 여자아이의 몸 속에 깊숙이 숨겨져 있던, 의지를 버리고 자신을 사물로 만들어버리고 싶다는 욕망이 기회가 오자 분출된 것이다. 여자아이는 오히려 자신이 낭만적이고 삶의 깊이를 알며 영웅적이라고까지 생각했다.

그래서 남자 선원이 그의 아버지가 비범한 사람(군대의 고위층 지도자)이라고 했을 때 얼굴빛도 변하지 않은 채 그의 말을 다 듣고는 물었다.

"당신은 내가 어떤 사람인지 알아요?"

"어떤 사람인데?"

남자 선원이 물었다.

"간첩."

여대생이 말했다.

(간첩이란 나의 또하나의 화려한 외투다. 자신이 비범한 담력을 가지고 있다는 것을 과시하고 싶을 때면 나는 신속히 그 외투를 입었다. 나는 사람들에게 유년 시절에 진정으로 원했던 직업이 바로 간첩이라고 말하곤 했다.)

간첩이라는 단어에 남자 선원은 멈칫하더니 물었다.

"무슨 정보를 수집하는데?"

그 단도직입적인 질문에 여대생은 잠시 멍했다. 아무도 그런 질문을 한 사람이 없었기 때문이다. 그 질문은 간첩이라는 단어를 엄숙한 놀이와 모의 진실 사이에 서게 만들었다. (아마도 당시 남자 선원은 이렇게 어리숙한 여자아이가 간첩이라고 말하다니, 하며 속으로는 비웃었을 거라고 여대생은 나중에 생각했다.)

"군사정보요."

남자 선원의 가정환경이 생각난 여대생이 말했다.

"군사정보로 뭘 할 건데?"

남자 선원이 물었다.

"그건 말할 수 없어요."

그녀가 엄숙하게 말했다.

"그럼 내가 도와주지."

그녀의 얼굴을 뚫어질 듯이 쳐다보며 남자 선원이 말했다.

여대생은 영화 속의 지하공작원처럼 비장한 표정으로 남자 선원을 바라보았다.

"우리 아버지가 지하실에서 회의를 하고 있을 때 뛰어들어갔더니 벽에 가득 지도가 걸려 있었지. 마치 영화의 한 장면 같았어."

남자 선원이 말했다.

그는 말을 멈추고 여대생의 반짝이는 눈동자를 바라보았다. 그 눈은 '내가 필요한 게 바로 그거예요'라고 말하고 있었다. 그 빛나는 눈빛에 그는 대담해져 그녀의 젖가슴을 만졌다. 그녀는 몸을 움찔했으나 얼굴은 여전히 숭고한 사업에 열중해 있는 표정이었다.

"무얼 알고 싶은데?"

그가 또 물었다.

"뭐든 다요."

그녀가 아무 생각 없이 말했다.

그들은 그런 심상치 않은 관계로 배에서 사흘을 보냈다. 완센(萬縣)에 도착했을 때 배가 몇 시간 동안 정박했다. 그는 그녀를 데리고 시내에 영화를 보러 갔다. 그저 평범한 영화관이었는데, 영화가 이미 시작되었는데도 사람들이 드문드문 입구로 들어가고 있었다. 남자 선원은 표를 사서 여대생과 어둠 속에서 더듬더듬 자리를 찾았다. 그가 그녀의 손을 잡았다. 손을 잡는 동작이 다시 한번 연인 관계임을 암시했다.

앉은 지 얼마 되지 않아 그가 자연스럽게 그녀의 다리를 더듬기 시작했다. 그녀는 귀찮은 듯 눈살을 찌푸렸다.

"사실 나는 영화를 별로 좋아하지 않아. 내가 방법을 하나 알려주지. 영화 속의 이야기를 보지 말고 배우들이 어떻게 분장하고 무슨 옷을 입었는지를 봐. 여자는 그런 걸 배워야 돼."

그가 말했다.

여대생은 그 말에서 극단적인 남성 우월 의식을 감지하지 못했다. 도리어 그 말을 아주 신기하다고 생각했다. 전에는 누군가 그런 식으로 영화를 본다는 것은 꿈에도 생각지 못했다. 십몇 년간의 학교 교육으로 그녀는 영화를 보면 곧 영화의 주제, 인물의 성격 등을 생각했지 배우들이 어떻게 치장을 하고 무슨 옷을 입는가 하는 것에는 관심이 없었다.

영화가 끝난 후 그는 계란탕을 먹으러 가자고 했다. 가을바람이 소슬하게 부는 깊은 밤에 그렇게 어영부영 가게 된 곳에서 따끈따끈한 계란탕의 열기가 그녀의 마음을 훈훈하게 데워주었다.

이튿날, 두 사람은 계속 대화를 나누었다.

"나이는 어떻게 되지?"

남자 선원이 물었다.

"스물네 살이에요."

"나는 스물일곱인데. 꼭 세 살 많군."

그는 여대생을 바라보며 계속 말했다.

"내 생김새가 어때? 난 몸이 아주 실해서 당신에게 아들을 낳아줄 수 있어. 우선 인삼을 먹어 몸을 잘 보양한 다음 말이야. 어때? 태어난 아이는 틀림없이 튼튼하고 총명할 거야. 어렸을 때는 내가 기르고 자라면 당신이 공부를 가르치면 되겠네."

그는 충칭에 도착한 다음 혼자 다니는지 아니면 동행이 있는지 물었다. 여대생은 사실대로 혼자라고 대답했다.

그러자 모든 문제가 간단해졌다.

"그럼 내가 같이 놀아줄게. 난 휴가 기간이니 당신을 행복하게 해줄 수 있어."

남자 선원이 행복이라는 단어를 사용하자 좀 어색했지만 그 어색함이 도리어 진부하게 사용되는 단어보다 낯설고 영화를 보는 색다른 방법같이 여대생에게는 신선하게 느껴졌다. 그녀는 어쩌면 전에는 알지 못했던 행복을 맛볼 수 있을 거라 생각했다.

남자 선원이 아가씨 하나를 유인할 온갖 준비를 다 마쳤을 때 배가 뭍에 닿았다. 여대생의 친구가 약속대로 부두에 마중 나오자 남자 선원은 그녀와 이튿날 아침 온천에 함께 가기로 약속했다.

그들은 여관을 찾았다. 그는 그녀에게 두 개의 간단한 짐꾸러미를 보고 있으라고 한 다음 프런트에 가서 수속을 했다. 수속이 순조롭지 않았던 듯 그는 하는 수 없이 그녀에게 신분증을 달라고 했다. 그녀가 다가가자 그는 붉은색 도장이 찍혀 있는 종이를 팔꿈치로 누르고는 그의 직장과 이름을 썼다. 두오미는 그것이 바로 소개장이며 더욱이 그와 그녀가 부부관계라는 것을 증명하는 것이리라고는 꿈에도 생각지 못했다.

그녀는 도장이 찍힌 그 종이가 어떻게 생겼는지 보려고 손으로 그의 팔꿈치를 밀었으나 그가 꽉 누르고 있어 꿈쩍도 안 했다.

"저쪽에 가서 기다려."

그가 말했다.

그를 따라 어느 방문 앞으로 갔다. 문을 열자 한눈에 더블 침대가 눈에 들어왔다. 어두컴컴한 방 안과 침대에 깔려 있는 조야한 색깔의 시트만 봐도 그곳이 소시민 냄새가 풀풀 나는 곳임을 알 수 있었다. 그것은 전혀 두오미가 기대했던 곳이 아니었다. 그녀는 원래 남녀 학생이 각기 다른 동에 분리되어 있는 대학 기숙사에 머물려고 했었다. (그녀가 왜 그런 전혀 실현 불가능한 생각을 했는지 모르겠다.) 그런데 붉은 침대보가 깔려 있는 더블 침대라니!

그녀는 기분이 잡친 채 소파에 걸터앉았다.

"이게 제일 좋은 방이래. 제일 비싼 방이야."

남자가 설명했다.

"그걸 말하는 게 아니에요. 왜 방을 하나만 잡았어요?"

두오미가 화를 내며 물었다.

"수속할 때 우리가 부부라고 했거든."

남자가 말했다.

두오미는 화가 나서 꿈쩍도 하지 않았다. 그러나 겉으로는 아무 생각이 없는 듯 보였다. 나중에 어떻게라도 표현을 해야겠다는 생각이 들어서 테이블 밑에 있는 쓰레기통을 발로 차버렸다.

그 동작도 반 박자가 늦었다. 남자도 더이상 걱정하지 않았다. 그는 그녀가 소리칠까봐 걱정했었다. 그때는 연방치안이 엄격했던 시기였다. 남자는 비록 상습적인 사통의 명수였다지만 속으로는 전전긍긍했다.

"당신과 한 방을 쓸 수는 없어요."

두오미가 말했다.

"써야 돼! 어쩔 수 없어."

남자가 말했다.

"그럼 당신은 다른 데서 자요!"

"그래, 그렇게 하지."

남자가 고지식하게 말했다.

"맹세해요."

"그래! 맹세할게."

"무릎 꿇고 앉아서 맹세해요."

남자는 아무 주저 없이 쿵 소리를 내며 바닥에 무릎을 꿇었다.

건장한 남자가 분홍색 방 안에서 젊은 아가씨 앞에 무릎을 꿇고 있는, 영화에서나 볼 수 있는 장면이 두오미 앞에 실제로 벌어졌다. 그것은 눈과 귀가 막혀 세상물정에 어두운 여자아이에게 일종의 연민의 정을 불러일으켰다. 그녀는 무릎 꿇고 앉아 있는 남자를 한참 동안 쳐다보았다. 무릎을 꿇은 채 꿈쩍도 않고 있는 남자를 보자 만족스러웠다.

그녀는 안심하고 욕실에 세수하러 갔다.

그들은 밖에서 저녁식사를 했다. 남자는 두오미가 오는 길에 멀미를 했으니 일찍 들어가 쉬어야 된다고 했다. 그들은 식사를 하자마자 곧 방으로 돌아왔다.

"당신은 너무 말랐는걸."

남자가 두오미의 신발을 벗기고 발을 주물러주며 말했다. 그리고는 그녀를 침대에 눕게 했다. 두오미는 너무 피곤하여 잠을 잘 잘 수 있을 것 같았다.

그녀는 눈을 감은 채 남자가 화장실에 가는 소리를 들었다. 남자는 이내 나왔다. 그는 물기를 가득 머금은 채 그녀의 베개 옆으로 다가왔다. 두오미는 눈을 부릅뜨고 그를 흘겨보았다.

"당신."

"당신 옆에서 이야기 좀 하고 싶은데."

"피곤해요."

"날이 아직 어두워지지 않았으니 이야기 좀 한다고 해도 그리 피곤하지 않을 거야."

"비켜요!"

남자는 아무 말 없이 그녀의 얼굴을 돌리더니 키스를 하기 시작했다. 뼛속까지 스며드는 듯한 그 키스에 두오미는 온몸이 나른해졌다.

가벼운 바람이 창문으로 스며들어와 두오미의 몸을 스치고 지나갔다. 몸에 한기를 느낀 그녀는 깜짝 놀랐다. 자신의 옷에 달려 있는 단추를 남자가 이미 전부 풀어헤친 것이 아닌가!

사태는 이미 만회할 수 없는 지경에 이르렀다. 남자의 동작은 신속하고도 힘이 있었으며 민첩하고 익숙했다. 마치 고도의 예술처럼 군더더기가 없어 산에서 부딪친 유치한 폭행자보다 천 배는 더 강했다.

"난 아직 처녀예요."

"처녀라고?"

"네."

어쩔 수 없이 그를 바라보던 그녀가 진지하게 말했다.

"그럴 리가!"

"정말로 처녀예요."

"그럴 리 없어. 생산대에 있던 여자들은 거의 다 처녀가 아니라던데."

"그래도 나는 남자와 한 번도 자본 적 없어요."

두오미가 다급해져서 말했다.

남자는 그녀의 말엔 아랑곳하지 않았다. 그의 몸은 마치 어둡고 치열한 동굴처럼 단숨에 그녀를 삼켜버렸다. 그녀는 절망할 겨를도 없이 삼켜져버렸다. 마치 하나의 심연 같았다. 그녀는 자신이 이미 심연의 가장자리에 서 있다는 것을 미리 알지 못했다.

"앞으로 한 발짝 더 가도 떨어지지 않을 거야."

사내가 말했다. 그러나 그 말이 채 끝나기도 전에 이미 떨어지고 말았다.

날은 이미 완전히 어두워졌다. 등도 켜지 않은 방 안은 마치 진짜 동굴 혹은 심연만큼이나 어두웠다. 두오미는 감각을 회복했다. 그녀는 모종의 이물질이 자신의 몸에 꽉 차 있는 것을 느꼈다. 그것은 본질과 비슷한 이물질로 딱딱하고도 떨떠름했다. 그것은 아무 이유도 없이 그녀의 몸 안에 머물러 있었다.

극렬한 통증이 두오미의 체내에 남아 있었다. 남자가 움직이기만 하면 통증은 더 커졌다. 마치 불에 데인 것처럼 체내의 어떤 부분이 달구어진 채 맵게 아파왔다. 통증은 두껍고 거친 베처럼 다른 부드러운 감각을 모조리 뒤덮어버렸다. 그 뒤 며칠간 통증이 점점 가벼워지긴 했지만 쾌감은 조금도 느끼지 못했다.

통증은 쉼없이 그녀를 짓눌렀다. 체내의 액즙이 조수처럼 빠져나가는 것 같았다. 그녀의 몸은 마르고 거친 모래톱 같았다. 두 사람의 몸이 건조하게 마찰되었다. 그녀는 참을 수가 없었다.

그녀는 피곤하고 아프고 절망적이었다. 일이 끝나자 남자의 말소리가 들렸다.

"정말 처녀였군."

'하지만 지금 그게 무슨 의의가 있나?' 그녀는 눈을 감은 채 생각했다.

그녀는 몸에 통증을 느끼며 잠이 들었다. 한밤중에 그가 그녀를 깨우더니 한 번 더 그녀를 원한다고 말했다.

"아파 죽겠어요."

그러나 그녀는 아무런 힘이 없었다. 그녀는 그 사내가 그녀의 몸에 다시 한번 들어오는 것을 막을 도리가 없었다. 통증이 다시 솟아올랐다. 그녀는 자신이 전혀 아낌을 받고 있지 못하다는 사실을 깨닫기 시작했다. 그녀의 몸 위에 있는 그 사내는 그녀의 바람 따위는 안중에도 없는 것이다. 그는 무뢰한이자 색마였다. 그녀는 눈을 번히 뜬 채 그가 자신의 첫날밤을 유린하는 것을 바라보는 수밖에 없었다.

치욕과 비분으로 그녀는 울기 시작했다. 처음에는 흐느끼던 것이 일단 시작되자 천군만마가 달려오듯 절망이 몰려와 통곡하기 시작했다. 통곡 소리가 까만 밤에 사람의 마음을 찢어놓았다. 사내는 하는 수 없이 일을 서둘러 마쳤다.

낯선 곳, 낯선 밤, 낯선 사내였다. 두오미는 그렇게 자신의 첫날밤을 보냈다. 그 첫날밤은 어두운 그림자처럼 두오미의 앞날에 영원히 뒤덮여 있었다.

1938년, 샤오훙(蕭紅)*은 샤오쥔(蕭軍)과 헤어지고 두안무(端

---

* 샤오훙(蕭紅)(1911~1942) : 헤이룽장(黑龍江) 성 출신의 여성작가. 하얼빈에서 여학교를 졸업한 후 완고한 부모가 강제로 결혼을 시키려 하자 집을 뛰쳐나와 혼자

木)와 우한에 왔다. 그녀는 샤오쥔의 아이를 임신한 채 독서생활 출판사 서고에 수췬(舒群)을 찾아가곤 했다. 수췬의 거처에 가서 신발을 벗은 채 침대에 고꾸라져 누웠다 하면 하루가 지나갔다. 마음은 몹시도 무거웠다. 당시 우한은 몹시 긴장된 상황이었다. 일본 침략군의 전선이 서쪽으로 뻗어 있었고, 창 밖에서는 수시로 귀를 찌르는 공습경보가 울렸다. 공중에는 종종 미친 듯이 울부짖는 일본군 폭격기가 나타나 샤오훙은 하는 수 없이 무거운 몸을 이끌고 이리저리 몸을 숨길 곳을 찾아다녀야 했다. 이런 상태에서 많은 문화인사들이 창졸간에 쓰촨으로 피난을 갔다. 샤오훙도 배를 타고 충칭에 다다랐다. 샤오훙이 분만하기 전날 밤 두안무는 그녀를 장진(江津)에 있는 바이랑(白朗)의 집에 데려다주었다. 그녀는 바이랑의 집에서 두 달을 머무르며 죽은 아이를 낳았다. (샤오펑 蕭鳳, 『샤오훙전 蕭紅傳』)

두오미는 충칭에서 청두로 가는 도중 장진에서 내렸다. 그것은 지도를 보다가 갑자기 떠오른 생각이었다. 그 생각이 난 지 얼마 안 되어 기차가 장진에 다다랐다. 그녀는 기차에서 뛰어내려 배를 타고 현 정부소재지로 갔다.

그녀는 초대소에서 거처를 찾았다. 침대 두 개가 있는 방에 얼굴도 몸매도 아름다운 아가씨와 함께 묵게 되었다. 두오미는 이상하게도 그녀의 나이가 궁금했다. 그래서 줄기차게 캐물으니 서른이라고

삼면서 문학수업을 했다. 1932년 하얼빈 국제신보 부간에 첫 시 「춘곡」을 발표했으며, 이것이 인연이 되어 샤오쥔과 연애 끝에 결혼해 함께 문학의 길을 걸었다. 1935년 대표작 『삶과 죽음의 장(生死場)』을 발표하여 문단의 주목을 받았는데, 동북지방에서의 항일투쟁을 소재로 하고 있어 동북지방 출신의 대표적 작가로 손꼽힌다. 1942년 홍콩에서 병사했다.

했다.

이튿날 두오미는 거리에 나가 샤오훙이 죽은 아이를 낳은 방을 찾아갔다. 몇 개의 거리를 지나서 쉽게 그곳을 찾을 수 있었다. 집 문에 샤오훙을 설명하는 푯말은 있었지만 진열관 같은 것은 없었다. 그 집에는 사람들이 살고 있었다. 안에 앉아 있던 은퇴한 마님같이 생긴 노부인이 경계하는 눈길로 두오미를 살펴보았다. 그래서 안에 들어가서 구경하려 했던 두오미의 희망은 산산이 부서졌다.

하지만 그대로 물러설 수는 없었다. 그녀는 마치 중대한 임무라도 맡은 사람인 양 집 앞 푸른 석판으로 물러선 채 온갖 각도에서 그 집을 쳐다보았다. 천재적인 여성작가가 바로 이 집에서 죽은 아이를 낳았구나, 그녀는 스물넷에 유명해졌고 서른한 살에 요절했지. 샤오훙을 연구하는 국제학술토론회도 있고, 기념관도 있고, 그녀의 이름을 따서 지은 거리도 있지. 하지만 그녀는 이 소도시의 방에서 죽은 아이를 낳았다. 죽은 지 벌써 반세기가 지났는데도 그녀가 죽은 아이를 낳은 방에는 사람들이 참관을 하도록 푯말이 걸려 있구나. 두오미는 이런 생각들을 했다.

두오미는 그 푯말이 마치 죽은 아이라도 되는 듯이 보고 또 보았다.

이것은 이정표인가? 아니면 하나의 암시인가?

요절한 천재 여성작가와 그녀의 죽은 아이가 두오미의 끝없는 여정에 가로놓여 있었다. 그것에 내포된 의미는 여러 해가 지난 다음에야 비로소 밝혀지게 될 것이었다.

두오미가 떠나려고 할 때 안경을 쓰고 교양깨나 있어 보이는 도시풍의 젊은이가 보였다. 그는 두오미의 바로 뒤에 서서 그 푯말을 바라보고 있었다. 두오미가 몸을 돌리자 눈길이 마주친 두 사람은 거의 동시에 고개를 꾸벅 숙였다. 그렇게 해서 그들은 이야기를 하게 되었다.

젊은 사내는 쓰촨일보 기자라고 했다. 쓰촨대학 중문과를 졸업하고 막 배치되었다고 했다. 그는 그날 오후 다섯시 기차를 타고 청두로 돌아가려 한다고 했다. 두오미는 그 말을 듣고 즐거운 비명을 질렀다.

"나도 그런데요."

그녀는 즉시 메고 있던 가방을 열고 기차표를 꺼내 그 사내에게 보였다.

"보세요, 나도 어제 바로 그 기차를 탔어요!"

"마침 동행이군요."

그들은 마치 남녀 대학생이라도 된 것처럼 문학과 인생에 대해 이야기하기 시작했다. 두오미는 그녀가 숭배하는 한 여작가가 그의 동창생이라는 것을 알게 되었다. 그 여작가는 졸업 후 티벳 원조를 자원했다가 얼마 전에 차가 전복되어 티벳 북쪽의 빙하에서 세상을 떠났다. 두오미는 그녀를 위해 애도시를 썼었다. 그 여작가가 바로 그와 동창생이었다는 말을 들은 두오미는 너무 흥분하여 목소리까지 변했다. 그녀는 기자를 붙잡고 그 빙하에서 숨진 여작가의 용모, 음성, 웃음, 자질구레한 생활 및 그녀가 머리를 묶을 때 고무줄로 묶는지 아니면 리본으로 묶는지 하는 것까지 물어보았다. 두오미는 기자를 한나절이나 붙잡고 늘어졌다. 다행히 그는 아주 선량한 사람이라 못 말리겠다는 듯 대꾸해주었다.

"두오미, 당신은 시인이 아니라 고고학자 같군요."

그들은 점심때 거리의 분식집에서 쓰촨 국수를 사먹었다. 그리고도 한참 동안을 이야기하다가 각자 숙소로 돌아가 물건을 꾸리고 여관비를 계산했다.

그들은 시간에 맞추어 강변 부두에서 기다리고 있었다. 그러나 배는 그들이 도착하기 전에 이미 만원이 되어 그들은 눈앞에서 배가 느릿느릿 왕복하는 것을 바라보는 수밖에 없었다.

그렇게 시간이 지체된 것이 일을 그르치게 했다. 그들이 시계를 보며 기차역에 도착했을 때 기차는 오 분 전에 막 출발했다고 했다. 오 분 전에! 두오미는 무척 낙담했다. 그것은 이번 여행의 첫번째 돌발사건이었다. 표는 이미 못 쓰게 되었고, 여기서 하룻밤을 기다려야 하다니 이 얼마나 성가신 일인가! 생각하면 생각할수록 더욱 괴로웠다. 하지만 기자가 매표소에 가서 소식을 알아보더니 그날 밤 아홉시에 청두에 가는 밤차가 있다고 알려주었다. 거기서 밤을 지새우지 않아도 된다는 말을 들은 두오미는 즉시 기운이 났다.

"그럼 다시 표를 사야 되나요?" 두오미가 물었다.

"아니오, 나한테 기자 신분증이 있으니 이따가 그들에게 말하면 돼요."

기자의 말을 듣자 정말 마음이 가벼워졌다. 그녀는 생각했다.

'하느님은 정말 공평도 하시군! 나쁜 일 하나 생기게 하시더니 곧 좋은 일을 만들어주시네. 차를 놓친 것은 안됐지만 멋진 길동무가 생겼으니 말이야.'

그녀는 사방의 황무지와 들판을 바라보았다. 소리없이 어둠이 내리고 있었다. 기차역에 등불이 있는 것말고는 사방이 온통 어두컴컴했다. 보이지 않는 강 저쪽에서 가을바람이 싸늘하게 불어왔다. 혼자였다면 얼마나 처량했을까, 라고 두오미는 생각했다.

두오미는 성가신 일에만 부딪치면 도피하고 싶어했다. 도피처가 곧 남자였는데 남자한테 도망치면 더 큰 문제가 발생했다. 그래서 매번 더 큰 문제를 감내해야 했지만, 그녀는 그 이유를 모르는 것 같았다.

두오미는 이상한 여자아이였다. 그렇게 길고도 고생스러운 단신 여행을 두려워하지 않은 것처럼 이따금은 아무것도 두려워하지 않았다. 그러나 때로는 혼자 온천에 가거나 기차역에서 밤을 지새는 등의 아주 작은 일조차 두려워했다. 그녀는 종종 자신은 이미 단련이 되었다고 여겼다. (예를 들면 소녀 시절의 자아훈련을 통해.) 그래서 이미 아주 굳센 여자가 되었다고 생각했지만 사실 그녀는 천성적으로 유약했다. 뼛속까지 유약하여 모든 훈련이 다 소용없었다.

그후에도 두오미는 몇 명의 다른 사내에게서 똑같은 말을 들었다.

"두오미, 당신은 참 순수한 여성이야. 몹시."

그녀는 그 말이 무엇을 의미하는지 알지 못했다.

그녀는 아마도 자신이 순종하며 말을 잘 듣기 때문이리라 여겼다. 그녀는 종종 줏대 없이 남자의 말에 따르곤 했다. 남성의 목소리에 그녀는 언제나 일종의 본능적인 반응을 했다. 자신도 모르게 소리 나는 쪽으로 몸을 돌렸다. 어느 곳에서 나는 소리든지 자신의 위쪽에서 나는 것으로 느껴졌다. 그래서 무의식적으로 해바라기처럼 머리를 돌린 채 이성의 목소리를 우러러보았다.

때때로 그녀가 반항해야겠다고 생각하는 것은 바로 그 자세였다. 그러나 반항한 후엔 다시 그 자세로 돌아가곤 했다. 마치 팔꿈치를 내렸을 때가 올렸을 때보다 언제나 더 가볍고 자연스러운 것처럼 말이다.

누가 만유인력에 저항할 수 있겠는가?

여러 해가 지난 후 박학다식하여 칸트라 불렸던 남자가 꼭 서양의 페미니즘을 배워서 작품을 더 강하게 만들라고 두오미에게 말했다. 그는 서른이 넘었음에도 여전히 아주 어려 보이는 두오미의 얼굴을 응시했다. (나이를 초월한 그 젊음은 아마도 그녀 내부의 '순수한 여성'에 기인한 것이리라.) 그는 한동안 생각하더니 덧붙였다.

"하지만 두오미, 삶에서가 아니라 작품 속에서만 강해지시오. 여인은 강해지면 아름답지 않거든."

(아름다움과 강함, 도대체 무엇이 더 중요할까?)

"당신이 말하는 아름다움이란 단지 남자가 보는 아름다움이지요.

페미니스트들은 그것에 대해 일고의 가치도 없다고 할걸요."

두오미가 반박했다. 동시에 그녀는 마음속으로 생각했다. 여성이 아름다운지 어떤지는 남성의 눈이나 여성의 눈이나 거의 같을 것이다. 예를 들면 마릴린 먼로는 나도 좋아하는 여성이니까.

이제 다시 기차역으로 돌아가보자. 그 젊은이는 두오미에게 별로 성가시게 굴지 않았다. 그는 교양이 있고 부드럽고 선량하며 여성을 존중하고 본분을 지킬 줄 아는 남자였다. 그는 자신이 가져온 과자를 두오미와 나누어 먹었다. 그리고는 대합실에서 아홉시까지 기다렸다. 그들은 몹시도 붐비고 소란스러운 기차에서 하룻밤을 보냈다. 새벽 다섯시경 그들은 청두에 도착했다. 사람이 너무 많아서 어쩔 수 없이 개찰구를 열어놓자 사람들이 물밀듯이 빠져나왔다. 검표도 하지 않았다. 두오미가 염려하던 상황은 발생하지 않았다. 그녀는 가뿐하게 기차역을 나왔다. 그녀는 차표 없이 타는 데 처음으로 성공했다.

기자는 그녀를 쓰촨일보에 있는 자신의 사무실에 데리고 갔다. 그는 그녀에게 세숫물도 떠다 주고 조반도 사주었다. 식사 후 그녀는 예의바르게 작별인사를 했다.

그 부드러운 남자는 류(劉)씨였으며 이름은 이제 기억이 나지 않는다.

나는 다시 잘 곳을 찾아야 했다. 막 아침을 먹어서 기분은 아주 좋았다. 그 밖에도 또 한 가지 즐거운 이유가 있었다. 출발할 때 사무실의 동료가 나에게 청두에 가면 청두 도서관의 관장을 찾아가 머물 곳을 안내해달라고 부탁하라며 소개장을 한 장 써주었던 것이다. 그는 내 동료의 대학동창이었다.

나는 길을 걸으며 그 관장도 기자처럼 따뜻하고 우호적인 사람일 거라는 환상을 품었다. 나는 당연히 그의 집에 머물며, 먼저 뜨거운 물에 목욕한 다음 편안히 자게 될 거라고 생각했다.

그러나 허탕을 쳤다.

관장은 자리에 없었다. 게다가 더 중요한 것은 다른 사람들이 일하는 사무실 입구에 서 있자니 문득 내가 그들과 아무런 관계가 없다는 사실이 떠올랐다는 것이다. 그들에겐 자신이 전혀 알지 못하는 사람을 보살펴주어야 할 아무런 의무가 없었다.

거기에 여러 사람이 있었으나 그들은 소개장을 본 후에도 별 반응이 없었다. 두오미는 풀이 죽은 채 입구에 서 있었다. 그런데 그중한 사람이 누군가에게 말하는 소리가 들렸다.

"저 아가씨에게 묵을 곳 좀 찾아주게."

그러자 사오십 세쯤 되어 보이는 남자가 곧 일어났다.

"그가 무슨 방법을 마련해줄 테니 따라가보지."

다른 사람들도 두오미를 위로해주었다.

두오미는 즉시 마음이 놓였다.

"날 따라오지."

남자가 말했다. 그녀는 뒤따라가며 그가 좋은 사람일 거라고 생각했다. 그가 피곤하냐고 묻자 두오미는 방금 기차에서 내려 너무 피곤하여 자고 싶은 생각밖에 없다고 사실대로 말했다. 그러자 그 선량한 사람은 자신의 집에 가서 좀 쉬고 있으면 묵을 만한 곳을 알려주겠다고 했다.

그의 집은 아주 좁았다. 침대 하나와 탁자 하나밖에 놓여 있지 않았다. 두오미는 안락하고 단정하게 놓여 있는 침대를 보자 금세 편안한 느낌이 들었다.

"이 침대에서 좀 자도록 해."

선량한 사람이 말했다.

두오미는 즉시 신발을 벗었다.

점심때가 되자 선량한 사람은 두오미를 문화청 초대소에 데리고 갔다. 네 사람이 묵는 방이었고, 침대 하나에 삼원이었다. 잘 곳이 생기자 또 잠에 빠졌다. 정신이 든 두오미는 그 선량한 사람의 이름을 물어보아야겠다는 생각이 들었다. 린썬무(林森木)였다. 기억하기 좋은 이름이었다.

이제 십 년이 흘러 오다가다 만난 모든 사람들의 이름을 다 잊어버렸다. 첫날밤을 치른 야무라까지도. 야무라는 허구적으로 붙인 이름일 뿐이어서 그렇게 친숙하지는 않다. 린썬무라는 그 이름만 또렷이 생각이 난다. 그가 지금도 거기 있는지 어떤지는 모르겠고, 처음 간 곳이 성 도서관인지 시 도서관인지도 잘 기억이 안 난다. 하지만 나는 도서관의 모든 동료들이 이 소설을 읽고 린썬무라는 선량한 사람에게 그때 보살핌을 받았던 홀로 유랑하던 여자아이가 지금까지도 그의 이름을 기억하고 있다는 것을 알려주었으면 한다.

그 이름은 또다른 남자를 떠오르게 한다. 다른 남자와도 관련이 된다.

초대소에 갔던 그날 오후 뜨거운 물로 목욕할 수 있는 방법을 여기저기 알아보았다. 누군가가 온수 몇 병을 화장실에 가지고 가서 씻으면 된다고 했다. 그래서 나는 또 이곳저곳에 온수를 구하러 다녔다. 마침내 당직실에 가서 전기난로로 물을 끓이면 된다는 것을 알았지만 당직 서던 여자는 정전이 되었다고 했다. 나는 그 당직을 서고 있던 여자가 일부러 퓨즈를 내려놓은 것이 아닌가 하는 의심이 든다. 내가 울상을 짓고 있자 당직실에 앉아 신문을 보고 있던 사내가 온수 두 병을 주겠다고 했다. 그래서 나는 그를 따라갔다.

그 사내는 어딘지 모르게 나를 불안하게 만드는 구석이 있었다. 하지만 따뜻한 물로 목욕을 하고 싶다는 간절한 욕망이 모든 것을 압도했다. 그런 불안은 단지 아무렇게나 내뱉는 듯한 그의 말투 때문이라 여겼다.

그래서 나는 사층에 있는 그의 방까지 따라갔다. 그곳은 마침 삼층에 있던 내 방 바로 위였다. 나는 온수병을 들자마자 방을 나섰다.

"좀 있다가 온수병을 나에게 돌려주는 걸 잊지 마!"

뒤에서 그가 쫓아오기라도 할 기세로 말했다.

나중에 생각해보니 나를 가장 불안하게 했던 것은 바로 그의 눈이었다. 그의 눈은 마치 늑대 눈처럼 섬뜩했다. 이것은 내가 나중에 찾아낸 비유이다. 당시에는 단지 불안을 느꼈을 뿐이다. 나를 자신의 침대에서 자게 만들었던 린썬무의 집 같은 자연스런 편안함이 없었다. 그 늑대 눈을 가진 사내가 내게 마치 가시방석에 앉아 있는 듯한 느낌을 주어 얼른 도망치고 싶은 마음뿐이었다. 하지만 그의 얘기가 나를 붙잡았다.

늑대 눈을 가진 남자는 쉰 살이라고 했다.

그는 자신이 아주 건장한 몸을 가졌다고 했다. 가을 아침에 반소매 셔츠 차림으로 곧 육체미 시범이라도 보일 듯이 근육이 울끈불끈 솟아나게 주먹을 쥐었다 폈다 했다. 그는 또 자기는 피부에 주름이 없다고 자랑했다. 다음날 새벽 당직실에 물을 뜨러 갔을 때 입구의 수도꼭지 밑에서 어깨를 드러낸 채 그가 냉수마찰을 하고 있었다. 차가운 물 한 대야를 들어 쏴 하고 머리부터 끼얹자, 붉은 피부에 즉시 하얀 물기가 도는 모습이 가을 새벽에 무척 싸늘하게 보였다.

그것을 본 나는 두려워졌다.

냉수목욕을 한 다음 늑대 눈을 가진 사내도 당직실에 온수를 뜨러 왔다.

그는 자신이 전에 배우였으며 성 극단의 제일호 배우였다고 했다. 사실 그는 이목구비가 잘생긴 편이었다. 굳세고 힘이 있게 생겨 조각 같은 느낌이 들었다. 1957년 그는 우파로 몰려 쓰촨 서부 농촌에 하방되었다고 했다. 거기서 소를 치다가 그 다음엔 상점에서 판매원 일을 했다고 했다. 1979년에야 명예회복이 되었으나 지금도 아무런 일을 배정받지 못했으며 집도 없다고 했다. 그는 초대소에서 묵은 지가 거의 사 년이나 되었다고 했다.

나는 오랜 기간 초대소에 묵은 독신남성은 위험할 거라고 어렴풋이 생각했다. 하지만 거짓말을 할 수 없어(이것이 나의 치명적인 약점이다) 여전히 그의 질문에 사실대로 대답했다. 나는 혼자 여행을 하고 있으며 어메이 산에 가려 하고 청두에는 아는 사람도 없다고 말했다.

그가 좋아하는 기색을 보였다. 그가 좋아하니까 나는 더 두려웠다.

이튿날 나는 어메이 현에 갔다. 사흘 후 청두에 다시 돌아와 여전히 그 초대소에 묵었다. 다른 거처를 알지 못했을뿐더러 비록 늑대 눈의 사내가 있긴 했지만 하루를 묵었던 곳이 그래도 어떤 친숙한 안정감을 주었던 것이다. 나는 늑대 눈의 사내를 아는 사람이라 여겼던 것 같다.

늑대 눈의 사내는 할 일이 없어 시간이 아주 많으니까 나와 함께 가주겠다고 했다. 그때 나의 의존성이 다시 발동하였다. 지나간 발자국을 다시 밟는다는 성어처럼 나는 과거의 실패를 되풀이하게 되었다. 그는 근처의 유람할 만한 곳에 나를 데리고 갔다. 한번은 그가 나를 데리고 공원에 갔는데 초소형 조각 진열실 현장에서 조각하는 공연을 보고 난 후 공원 안쪽 깊숙이 들어갔다.

순간 나는 늑대 눈의 사내가 나를 인적이 없는 으슥한 곳으로 데리고 왔다는 것을 알았다. 주위가 온통 나무숲이어서 아주 조용했다. 주위를 둘러보았으나 한 사람도 없었다. 마침 오후 서너시경이어서 가을 태양이 처량하게 머리에 걸려 있었다. 순간 피할 수 없는 두려움이 나무 그늘 뒤에 드리워졌다. 나는 손바닥에 땀이 나며 마음이 차갑게 얼어붙었다. 늑대 눈의 사내 쪽에 있는 내 몸은 극도로 긴장되었다.

나는 인적 없는 공터 가운데 꿈쩍도 못 하고 서서 공포에 떨며 생각했다.

'이제 끝장이구나.' 주위에는 아무도 없었다. 나는 어지러운 머리로 온갖 생각을 다 했다. 고개를 돌리고 달아날까? 아니면 살려달라고 비명을 지를까? 그러나 나는 한 발짝도 움직일 수 없었다.

갑자기 늑대 눈의 사내가 손을 좀 보자고 하며 내 손을 붙잡았다. 그의 손은 마치 강철로 된 것처럼 내 손을 아프게 움켜쥐었다.

"두오미, 네 손은 여자손 같지가 않구나."

내 손을 한참 동안 들여다보더니 그가 말했다.

"왜요?"

몹시 뜻밖이라 내가 물었다.

"권법을 수련한 적이 있지, 안 그래?" 그가 물었다.

그 말이 나를 구제해주었다. 그 한마디가 즉시 나의 처지를 바뀌게 해주었다. 나의 마음 깊은 곳에 있던 연약함이 물러가고 곧 스스로를 기이한 여자라고 생각하게 되었다.

"그래요." 내가 대답했다.

내 말은 거짓이었다. 하지만 권법은 수련한 적 없지만 검도는 배운 적이 있어 속으로는 자신이 있었다.

"그것 봐, 내가 알아맞혔지. 몇 년이나 단련했지?"

그가 큰 소리로 물었다.

"이삼 년요."

"좀 할 줄 아니?"

"서툴기는 하지만 조금 할 줄 알아요."

대답을 하며 나는 완전히 방심했다.

"이제 가야죠."

나는 홀가분하게 말하고 위험한 곳을 빠져나왔다.

하지만 조금 뒤에 늑대 눈을 가진 사내는 다른 말을 했다. 그래서 손에 정말 권법을 단련한 흔적이 있어 내가 구제를 받은 것은 아니구나 하는 생각이 들었다.

"그 린 뭔가 하는 사람, 도서관에서 일하는 그 늙은이 말이야. 그 사람이 아가씨를 아주 걱정하던데."

돌아가는 길에 그 사내가 갑자기 말했다.

"왜요?"

"어젯밤에 아가씰 보러 왔었잖아." 사내가 말했다.

린썬무란 사람이 나를 구해주었구나 하는 생각이 퍼뜩 떠올랐다. 그 생각을 하면 지금도 내 눈에 눈물이 고인다. 청두에서 나는 아는 사람 하나 없이 쓸쓸히 공기 속을 떠다닌다고 생각했다. 설사 내가 사라진다 해도(곧 N시 공원 깊은 곳에 있는 정체불명의 여자 시체, 혹은 범죄와 피비린내가 심연처럼 커다란 입을 벌리고 있는 기차역에 아무도 찾아가는 사람 없이 버려진 짐보따리가 떠올랐다) 아무도 모를 것이고, 아무도 책임지지 않을 것이며 아무도 상관하지 않을 것이다. 하지만 린썬무라는 사람이 나를 보러 왔었다. 만일 내가 실종되었다면 그는 곧 알았을 것이다. 늑대 눈을 가진 사내는 틀림없이 그 점을 생각했을 것이다.

그 전날 밤, 늑대 눈을 가진 사내는 나더러 자기 방에 놀러 오라고 했다. 그런데 여덟신가 아홉시경에 린썬무가 늑대 눈을 가진 사내의 방에 나를 찾아왔다. 내가 여기 있다는 것을 그가 어떻게 알았을까 의아한 생각이 들었다. 그는 앉지 않았다. (그에게 내 방에 가서 좀 앉았다 가라고 청했어야 했는데 그걸 생각지 못했다.)

"혼자라 걱정돼서 보러 왔어. 무슨 일 있으면 날 찾아오도록 해.

아무 일 없으면 그만 갈게."

그는 입구에 선 채 내게 말했다.

나는 무슨 일이 있다는 건지 한동안 생각이 나지 않았으며, 무슨 말을 해야 할지도 생각이 안 났다. 그는 잠시 서 있다가는 곧 돌아갔다.

이틀이 지나 내가 떠나려 하던 그날 밤, 린썬무는 다시 한번 나를 보러 왔다. 내가 도처에 위험이 도사리고 있음을 느꼈던 그 밤이었다. 린썬무가 어떻게 그렇게 꼭 때맞춰 나를 찾아올 수 있었는지, 지금 생각해보면 정말 하느님이 내려보내신 것만 같다.

그날 밤 늑대 눈을 가진 남자가 젊었을 때의 연극사진을 보여준다고 해서 호기심이 생긴 나는 그의 방으로 갔다.

연극사진은 그의 누나가 보관해온 것이며 그가 가지고 있던 것은 다 태워버렸다고 했다. 그는 그 말을 하면서 열쇠로 상자를 열고 플라스틱 표지로 된 노트를 꺼내더니 안에서 손바닥만한 흑백사진 두 장을 꺼냈다. 화면은 아주 단조로웠으며 동작과 표정이 다 과장된 것이어서 좀 부자연스럽게 느껴졌다. 원래 외국 영화에 나오는 것 같은 사진을 기대했던 나는 다른 것을 보여달라고 했다. 그러나 그는 다른 것은 없다고 했다.

나는 몹시 실망했다.

그는 한 장은 〈장제(江姐)〉*의 푸쯔까오(甫志高) 역할이고, 또 한 장은 〈훙후(洪湖)의 적위대〉**의 무관 역할이라며 사진 설명을 해주

---

* 신중국 수립 후 엔쑤(閻肅)에 의해 씌어진 국민당과 공산당의 내전 시기를 그린 신가극.
** 1960년 후베이(湖北) 성 실험가극단의 집단창작극. 1930년 훙후 지구를 배경으로 한잉(韓英) 등이 거느리는 적위대가 국민당의 포위토벌을 성공적으로 물리친 이야기를 그린 작품. 적위대(赤衛隊)란 중국 공산당 토지혁명 시기(1927~1937)에 공장, 광산 및 농촌에서 조직된 것으로 생업에 종사하며 홍군을 도와 전쟁을 한 군중 자위무장조직.

었다. 나는 그 두 인물 다 별로 관심이 없었다.

사진 속의 두 인물이 그인지 알아볼 수 있겠냐고 물어서 나는 그렇다고 했다.

그러자 그는 신이 났다. 내가 내일 오전에 기차를 타야 되니까 돌아가서 자야겠다고 했더니 약간 망설이던 그는 배고플 거라며 우유를 데워주겠다고 했다.

사실 나는 배가 좀 고팠다. 그가 데워준 우유를 나는 단숨에 마셔버렸다. 그리곤 좀더 앉아 있는데 몹시 졸립고 머리도 좀 어지러웠다. 나는 애써 버텨보려 했으나 일어날 수가 없었다.

"왜 그러지?"

늑대 눈을 가진 사내의 목소리가 등뒤에서 가물가물 들렸다.

"졸려요."

내가 말했다. 그러나 나는 내 목소리를 들을 수 없었다.

"내가 뉘어줄게."

늑대 눈을 가진 사내가 말했다.

"아니에요, 내 방으로 돌아가겠어요."

그러나 내 목소리는 전혀 들리지 않았다.

그때 문 두드리는 소리가 들렸다. 늑대 눈을 가진 사내는 잠시 꼼짝 않고 서 있었다. 다시 문 두드리는 소리가 들렸다. 늑대 눈을 가진 사내가 문을 열자 린썬무가 들어오더니 나에게 말했다.

"내일 떠난다고 해서 와봤지."

그 신선한 자극에 나는 정신이 맑아졌다. 나는 너무 졸려 막 내려가려던 참이라고 했다. 그 방에서 나온 린썬무는 방 입구까지 나를 바래다준 다음 돌아갔다.

그 일에 대한 기억은 마치 꿈속에서 일어난 것처럼 모호하다. 나는 도대체 늑대 눈의 사내가 준 우유를 마셨는지 아니면 꿈을 꾸었는지 분명히 생각나지 않는다. 지금 돌이켜 생각해보면 많은 일들이 다 흐릿하다. 밤에 흐르는 물처럼 꿈속에서 변화하여 영원히 또렷한 형상은 없다. 단지 린썬무라는 그 이름만 물 속의 암초처럼 내 기억 속에서 견고하고 밝게 빛나고 있다.

나는 다른 사람에게 내가 홀로 어메이 산에 간 경험을 말한 적이 있다. 그래서 아래의 기술이 좀 진부하게 느껴질지도 모르겠다. 하지만 서술의 완전함을 기하기 위해 이미 한 이야기지만 다시 한번 해야겠다. 전에는 다 구두로만 했기 때문에 이제 그것을 써보고자 한다.

그때 날씨가 추워져서 관광차는 이미 운행을 중지하여 형세가 아주 불리했다. 거의 못 갈 형편이었다. 그러나 어떤 일이 있어도 나는 올라가야 했다. 산에 올라가야겠다는 생각은 그때 하나의 신념이 되어 있었다. 그렇게 먼길을 온 이상 좀 춥고 사람이 적다는 게 뭐 그리 대수냐고 생각했다. 나는 무의식중에 그 등산을 내 전체 인생에 비유했다. 나는 아무런 근거 없이 산 정상에 올라가기만 한다면 내 인생은 성공할 것이고 그렇지 않으면 실패할 거라고 단정지었다.

어메이 산의 정상에 오르는 것에 그런 의미를 부여했기 때문에 모든 심미적인 관심, 풍경을 감상하는 마음은 모조리 사라져버렸다. 당시 열이 나는데다 마침 비가 흩날리고 있었지만, 나는 우비도 없이 비를 맞으며 한 걸음 한 걸음 산 위로 올라갔다. 비가 눈 속으로 들어왔다. 주위는 온통 비에 젖어 희뿌옇게 변해 아무것도 보이지 않았다. 내 옷은 온통 젖어버렸다. 몸에 열이 나서 빗물에 젖은 옷에서는 하얀 김이 모락모락 피어났다. 온몸이 김으로 싸인 채 나는 한 걸음 한 걸음 산 위로 올라갔다. 한 번도 멈추지 않았다. 일단 멈추면 더이상 올라갈 힘도 없고 내려갈 용기도 없다는 것을 알았기 때문이다.

내 옆을 지나가는 사람들은 거의 다 지팡이를 짚고 있었다. 모든 여성들은 하나도 예외 없이 동행하는 남성에게 짐을 들린 채 끌려 올라가고 있었다. 오로지 나만이 자신의 짐을 지고 온몸에 비를 맞으며 혼자 위로 올라갔다. 나는 나 자신이 너무 용감하게 느껴졌다.

꼬박 하루를 걸어 날이 저물어서야 정상에 다다랐다. 그것은 커다란 승리였다. 나는 대학 시절의 침체기에서 차츰 빠져나왔다. 그 하룻밤 사이에 나의 성격이 명랑하게 변했을 뿐 아니라 글씨체마저 변했다. 그것은 나 자신에게도 몹시 놀라운 사건이었다. 일을 시작한 후 나의 필체는 대학 시절의 가늘고 연약하고 우유부단한 글씨체여서 매우 보기 흉했다. 하지만 산을 내려온 후 어떠한 과도기도 거치지 않은 채 내 필체는 힘있고 빼어난 것으로 변해 좀스러운 기운은 다 사라졌다. 그후 오랫동안 나를 아는 사람이든 모르는 사람이든 내 글씨가 마치 남성의 글씨 같다고 말하곤 했다.

(물론 십 년이 흘러 나는 그때의 여행을 다시 반복할 기력도 용기도 사라져 내 필체도 점점 어떤 기질을 잃어갔다.)

위의 일들을 나는 이미 여러 번 말한 적이 있다. 그것은 다 사실이다. 하지만 그 사이에 만난 중요한 사람들을 나는 아직 거론하지 않았다. 그러니 다시 한번 이야기해보자.

청두 기차역에서 어메이 현으로 가는 관광열차를 알아보았지만 날씨가 추워져서 그 기차는 이미 운행이 중지되었다. 하지만 나는 그만둘 수가 없어 완행열차가 어메이 현에 간다는 사실을 알고 얼른 완행열차에 탔다.

기차가 출발한 지 한 시간가량 되었을 때 나와 통로를 사이에 둔 옆 좌석에 한 젊은이가 책을 뒤적이고 있는 것을 발견했다. 그는 세 사람이 앉는 좌석 중 통로 쪽에 앉아 있었다. 그의 오른쪽에 두 사람이 앉았는데 햇빛이 오른쪽으로 비쳐 그 젊은이에게는 마침 그늘이 드리워졌다. 그가 보고 있는 책은 시집이었다. 나는 마치 오랫동안 헤어져 있던 가족을 만난 것 같은 느낌이었다. 나는 낯선 사람들은 제쳐둔 채 나에게 친숙한 모습에게로 다가가 물었다.

"누구의 시를 읽지요?"

"레르몬토프*요."

그가 대답했다.

아주 친숙한 이름이었다. 〈인터내셔널 가(歌)〉의 선율처럼 말이 나오자마자 즉시 공기까지도 동지와 같은 미소가 충만한 것 같았다.

시를 읽던 젊은이는 나에게 깊은 신뢰감을 주었다. 나는 그에게 내가 혼자서 여기에 왔으며 또 예정지가 어디라는 것을 알려주었다.

시를 읽던 젊은이는 나의 신뢰를 조금도 저버리지 않은 채 곧 소리쳤다.

"아이구, 좀더 일찍 알았으면 좋았을 것을. 나는 곧 휴가가 끝나거든요. 이미 휴가를 다 써버렸네요. 안 그랬으면 당신과 함께 어메이 산에 갈 텐데요."

그는 어메이 현 내 국가 병기공장의 노동자라고 했다. 월급과 휴가가 다 많은 편인데 단지 공장이 비밀을 유지해야 하므로 삼칠일인지 육오구인지 뭐라고 부른다고 했다. 그는 정중하게 내 노트에다 그것을 써주었지만 숫자는 기억이 안 난다. 그는 자신의 이름을 리화룽(李華榮)이라고 밝혔다. 그 이름이 정확한지 어떤지는 잘 모르겠다. 나이는 이제 스물이라고 했다. 나는 너무 반가웠다. 젊은 남자는 어쨌든 나이든 사내보다 시적 정취가 풍부한 법이다. 나이가 어린 것말고도 그의 얼굴, 붉은 입술과 새하얀 이가 마치 한 송이 꽃 같았다. 게다가 새까만 머리는 '생기발랄' '늠름함' 같은 그럴듯한

---

* 1814~1841. 러시아의 대표적인 낭만주의 시인이자 소설가.

단어를 연상시켰다.

그것은 나의 길고 긴 여행중에 비쳐든 한줄기 빛이었다. 아름답고 평탄하며 마치 기차의 리듬같이 요원하고 아름다운 것을 나에게 가져다주었다. 내 일생에서 그렇게 멋진 남자아이를 만난 적은 거의 없다. 리화룽까지 합해 딱 두 명이다.

붉은 입술의 남자아이.

여기까지 쓰고 나자 갑자기 또다른 붉은 입술의 남자아이도 리씨이며 리화룽이라 불렸다는 것이 생각난다. 지금에 와서는 앞의 그 리화룽이라는 이름이 맞는 것인지 어떤지 좀 의심이 간다. 뒤에 나올 남자아이의 이름을 앞당겨 떠올렸는지도 모르겠다. 다시 한번 생각해보자. 확실히 그 두 명의 젊은이는 다 리씨였으며 생긴 것도 비슷했다.

그들은 하느님이 내려주신 것일까?

그들은 동일한 인물일까?

그들 중 한 사람은 다른 사람의 그림자인가?

두번째 남자아이의 이야기를 해보자. 이 이야기는 어메이 산의 남자아이의 이야기보다 더 간단하다. 하지만 그는 어두웠던 나의 한 시기를 비쳐준 한줄기 밝은 빛이었다.

서남부를 유랑하고 난 뒤 여러 해가 지나서였다. 아마 육칠 년 후일 것이다. 그때 나는 이미 서른이 되었다. 절망 상태에 있었기 때문에 몹시 깊이 빠져들었지만 실패로 끝나버린 연애담, 그것은 다음에 다시 이야기하겠다. 어쨌든 실연 때문에 나는 몸과 마음에 다 상처를 입어 언뜻 봐도 몹시 나이가 들어 보이고 피로에 지쳐 보였다. 자신을 구제하기 위해 나는 다시 단신 여행을 떠났다. 나는 먼저 베이징에 간 다음 다시 상하이에 갔다. 나는 아무 목적 없이 두 도시를 마구 쏘다니며 아는 사람이든 모르는 사람이든 수다를 떨 만한 사람을 찾아다녔다.

228

그날 나는 푸뚱(浦東)으로 천춘(陳村)을 찾아갔다. 전화로 몇 동인지와 문패를 분명히 물었으나 같은 동 앞에서 길을 잃었다. 막 누군가에게 물어보려 했을 때 앞에서 붉은 입술의 남자아이가 다가왔다.

"알고 보니 천춘이 바로 우리 동네에 살았군요!"

그가 놀랍다는 듯 말했다. 그는 내 손의 주소를 받아들고는 말했다.

"내가 안내해줄게요."

상하이에 있을 때 붉은 입술의 남자아이는 종종 나를 보러 오고 전화도 했었다. 내가 밖에 나가지 않을 때는 언제나 내게 달려왔다. 때로는 밖에 나갔다 길을 잃었을 때 그가 달려와 안내를 해주곤 했다. 거리에 옷을 사러 갈 때도 그는 나를 안내해주었다. 그는 어메이 산의 남자아이처럼 나를 누나라고 불렀다. 상하이의 그 붉은 입술의 남자아이는 대학 삼학년생이었으며 역시 스무 살이었다. 그는 소설 쓰기를 좋아한다며 앞으로 소설을 쓰면 내게 부쳐주겠다고 했다.

나중에 나는 N시로 돌아왔으나 그가 부친 소설을 받아본 적이 없다. 그는 그림자처럼 사라져버렸다.

이제 다시 어메이 산으로 돌아가자.

어메이 현에 이르러 남자아이는 내가 묵을 곳을 찾아주었다. 저녁 식사 후 그는 집에서 그의 누나의 스웨터와 조끼를 갖다주었다. 산 아래에도 이미 가을 기운이 깊어졌다. 그는 자기 또래의 남자아이 몇 명을 데리고 와 시를 이야기했다. 이튿날 아침 그는 책임감 있게 나를 깨우러 와서는 나와 함께 한 시간 동안 차를 타고 산기슭까지 갔다. 차에서 내린 그는 사방을 두리번거리더니 마음이 안 놓였는지 다시 나를 데리고 몇 리를 더 갔다. 신혼여행 온 두 쌍의 부부를 발견한 그 이해심 많은 남자아이는 그들에게 나를 잘 보살펴달라고 부탁하고는 안심한 듯 산을 내려갔다.

그 착한 남자아이는 지금 어디에 있을까?

하느님이 그를 잘 보살펴주셔서 착한 여자아이를 그에게 주어 행복하게 살기를 빈다.

그후 나는 그를 더이상 보지 못했다. 산에서 내려온 후 나는 약속한 대로 그의 누나 옷을 비밀공장으로 부쳤다. 그리고는 어메이 현에서 하루 묵은 다음 이튿날 곧 떠났다. 그가 N시에 오길 내내 기다렸으나 지금까지도 그는 오지 않았다.

나는 두 쌍의 신혼부부와 함께 산을 올라갔다. 그들의 발걸음이 하도 가볍고 행동이 민첩해서 물어보았더니 지질탐색대라고 했다. 대경실색한 나는 길동무를 다시 찾는 편이 나으리란 생각이 들었다. 하지만 앞뒤를 둘러보아도 적당한 무리가 없었다. 함께 갈 무리에는 남자도 있고 여자도 있어야 하며 수가 많지도 적지도 않은 게 좋았다. 한 쌍의 부부만 가면 얼굴 두껍게 거기 끼어들 수가 없었다.

그래서 나는 그 지질탐사 대원을 따라 가장 빠른 속도로 하루 만에 정상까지 올라갔다. 그들은 모두 마음이 좋은 사람들이었다. 내가 뒤처지면 기다렸다가 가곤 했고 시샹츠(洗象池)에서는 나한테 사진까지 찍어주었다. 그 사진을 몇 달 후 나에게 부쳐주어 확대까지 했다.

우리는 밤 그림자 짙게 드리운 정상에서 덜덜 떨며 기상대의 집을 찾아갔다. 거기에는 솜 외투, 난로와 뜨거운 물이 있었다.

"부부끼리 한 방을 쓰도록 하세요."

관리인이 말했다.

"그럴 것 없어요. 저 아가씨가 혼자 있으면 무서우니까 우리 세 사람이 함께 자는 게 나아요."

두 신부가 말했다.

한 사람씩 차례대로 발을 데운 다음 어둠 속에서 손을 잡고 화장실에 갔다와 잠자리에 들었다. 이불이 마치 쇠처럼 차갑고 딱딱했다. 빌려온 솜 외투를 덮어도 마치 남극에라도 온 양 온몸이 덜덜 떨렸다.

이튿날은 햇빛이 비치지 않아 어둠침침하고 안개가 부슬부슬 내렸다. 나는 절벽의 쇠사슬 옆에 선 채 사진을 찍었다. 산 위에 있던 사진사가 찍어준 것이다. 그것이 어메이 산 정상에서 찍은 유일한 사진이다. 짙은 안개 속에 어두운 색 옷차림의 나는 한 손은 바지주머니에 찔러넣고 다른 한 손은 검은색 쇠사슬을 꼭 붙잡은 채였다.

그것은 아주 특출한 사진이었다. 나는 그것을 몇 장 확대했다. 그 산 정상은 내 삶에서 도달한 최고봉이었다.

청두에서 구이양까지 가는 길에 가장 인상 깊었던 것은 머리가 반으로 쪼개진 돼지였다. 한밤중에 창문으로 기어내려온 농민들이 배가 반으로 갈라진 돼지를 테이블 위에 얹어놓았다. 그 돼지는 입 반절, 귀 한 짝, 감겨 있는 눈 한 개, 몸뚱어리 절반과 완전한 꼬리가 달려 있었다. 머리가 창문 쪽에 놓여 있는 그 돼지는 적나라한 시체였다. 마침 내 쪽으로 놓여 있던 그 돼지에서 피비린내와 생고기 냄새가 걷잡을 수 없이 덮쳐와 무섭고도 구역질이 났다. 그 돼지머리를 밀쳐버릴 수도 그렇다고 자리를 뜰 수도 없었다. 통로엔 이미 사람들로 만원이었다. 내 좌석 팔걸이에도 나이든 여인이 앉아 있었다. 그녀의 엉덩이가 마침 내 머리를 떡 하니 막고 있어 공기가 너무 혼탁한 나머지 머리가 어질어질했다.

그날 밤은 정말 악몽 같았다. 반쪽 돼지를 메고 차에 탄 농민들은 돼지 잡는 칼까지 들고 있었다. 어둠 속을 총알같이 달리는 기차에서 그 시퍼런 칼날은 반짝반짝 빛을 발했다. 담배를 피던 사람이 불붙은 성냥개비를 돼지가죽에 갖다대자 눌어붙는 냄새가 코를 찔렀다.

모든 것이 사람을 불안하게 만들었다.

그런 불안은 구이양에 닿을 때까지 줄곧 계속되었다. 나는 이상하게도 거리에 사람이 적은 것을 발견했다. 너무 적어서 도대체가 도시 같지 않았다. 게다가 행인들이 모두 무슨 급한 일이라도 있는 양 총총걸음으로 걷고 있었으며, 반쯤 문이 열린 가게를 찾아갔더니 영업을 안 한다고 했다. 세번째 집을 찾아가서야 겨우 국수 한 그릇을 먹을 수 있었다. 도대체 여기 무슨 일이 있느냐고 주인에게 묻자 유행병이 돌고 있는데 콜레라와 페스트의 중간쯤 되는 병인 것 같다고 했다. 그래서 모두들 겁을 먹고 거리에 나오지 않는다는 것이었다.

　나는 깜짝 놀랐다.

　얼른 도망쳐야겠다고 생각했다. 본래 체질이 허약한데다 장거리를 고생스럽게 쏘다녔기 때문에 그런 이상한 병에 걸리면 틀림없이 죽게 될 것만 같았다.

　그래서 나는 즉시 기차역 매표소로 돌아갔다. 실내는 왁자지껄했다. 두윈(都勻) 방향으로 가는 열차는 이미 봉쇄되었다고 했고, 어떤 사람은 아예 운행을 안 한다고 했으며, 어떤 사람은 상행만 운행하고 하행은 운행하지 않는다고 했다. 또 어떤 사람은 마치 영화 〈카산드라 대교〉처럼 다 봉쇄하고, 창문도 열지 않은 채 쉬지 않고 두윈을 지나 종점까지 간다고 했다. 하지만 〈카산드라 대교〉처럼 어떤 비밀 장소에서 폭파당할지 어떨지는 알 수 없다고 했다.

　갖가지 설이 난무했다.

　열쇠를 쥐고 있는 곳이 두윈이라는 것을 나는 알게 되었다. 그곳이 바로 그 이상한 병의 발원지이며 환자가 가장 많고 상태가 가장 심각한 곳이었다.

　하지만 두윈이 나와 무슨 관계가 있는가? 나는 한 번도 그 이름을 들어본 적이 없다. 그것은 나와는 전혀 상관이 없는 것이었다. 그런데 지도를 보고 비로소 두윈이 내가 류저우(柳州)를 가려면 반드시 거쳐가야 되는 곳이라는 것을 알았다. 류저우로부터 N시로 돌아가려 했던 나는 그래서 계획을 변경하지 않을 수 없었다.

나는 몸에 지니고 있던 포켓 지도를 꺼내 다시 노선을 선택하기 시작했다. 나는 두원과 반대 방향으로 가기로 정했다. 류판쑤이로 간 다음 버스를 타고 윈난 경내의 원산에 갔다가 거기서 다시 푸닝을 거쳐 바이써를 지나 N시에 돌아가기로 했다.

　그 결정은 내 처음 노선을 변화시켰다. 나는 암암리에 좀 흥분이 되었다. 어쩌면 이러한 신비한 변화를 따라 특별한 일이 다가올지도 모른다고 생각했다. 그러한 뜻밖의 노선을 따라 기이한 일이 향기로운 꽃처럼 피어날 것이며 의외의 가지를 따라 점점 다가올 것이다.

　류판쑤이에 도착했을 때는 밤이었다. 얼떨결에 역을 나오니 출입구에 아무도 없었다. 왜 그 출구로 나오는 사람이 없는지 이상했다. 방금 나와 어깨를 부딪치며 나왔던 그 사람들은 다 어디로 갔을까? 나는 고개를 돌려 주위를 둘러보았다. 그러나 주위는 온통 정적에 잠겨 있고 기차는 순식간에 소리도 없이 사라져버렸다.

　역전에 매달려 있는 등불은 이상하게도 파르스름한 색과 갈색의 중간색이었는데, 여러 해 묵은 듯한 빛이 뿌려지고 있는 것이 문화재라도 되는 양 진부하고 은은하며 나른하고 희미했다. 대합실의 창문으로는 사람들의 그림자만 보였다. 그러나 그 사람들은 나무처럼 움직이지 않고 서 있어서 마치 인형 같기도 했고, 평면에 그려진 영상 같기도 했다. 나는 애써 그들의 뒤를 보려 했으나 끝내 보이지 않았다.

　개찰구에는 사람은 없고 푸르스름한 빛을 내뿜는 등불만 덩그러니 있었다. 나는 내 그림자가 그 신비한 등불 아래서 길고도 이상한 모양으로 드리워져 있는 것을 보았다.

　나는 마치 떠 있는 듯 발걸음이 가벼웠다. 어깨에 메고 있는 짐도 무언가에 들려지는 듯한 느낌이었으며 어떤 기류에 의해 빨려들어가듯이 어느새 역 앞 공터까지 오게 되었다.

문이 열린 트럭 한 대가 거기 서 있었다. 등불 빛과 같은 푸르스름한 마스크를 쓰고 있는 운전사가 보였다. 그는 나를 보더니 마스크를 벗었다. 나는 곧 그를 알아보았다.

"이제 보니 너였구나!"

내가 말했다.

"그래."

그가 말했다.

그는 몇 해 전의 동창이었다. 그의 얼굴은 내게 아주 익숙하고 안정감을 주었으나 아무리 떠올리려 해도 이름이 생각나지 않았다. 그후에도 여전히 그의 이름은 생각나지 않았다. 그의 이름은 잠이 들었을 때는 눈앞까지 다가왔으나 깨기만 하면 금세 사라져버렸다. 때로는 아주 자신 있게 그의 이름을 부르려다가도 입을 열기만 하면 즉시 사라져버리곤 했다.

그러니 하는 수 없이 그를 '너'라고 불러야겠다. 앞으로 그를 가리킬 때는 운전사라고 하겠다.

"타."

운전사가 말했다.

"어떻게 여기 있니?"

내가 물었다.

"네가 올 줄 알았거든. 벌써 한참 기다렸어."

은밀한 웃음을 띠며 그가 말했다.

"어디로 가는데?"

내가 물었다.

"너 원산에 가려고 하지?"

그 말이 맞았다. 나는 바로 거기에 가려고 했다. 그의 트럭 뒤칸에 두꺼운 범포(帆布) 덮개가 야무지게 덮여 있는 것이 보였다. 안에 있는 것은 소금이라고 했다.

조수석에 타자 그가 어둠 속에서 푸르스름한 마스크를 꺼내 나한테 주었다. 필요 없다고 해도 누구나 다 마스크를 써야 하며 그것은 규칙이라고 했다. 마스크 색깔이 왜 이렇게 이상하냐고 하자 마치 마스크가 왜 흰색이냐고 물었을 때 나오는 대답처럼 다 그렇다고 했다.

마스크를 쓰자 곧 눅눅한 기운이 입과 코를 따라 신속하게 온몸에 퍼졌다. 비 올 때의 먼지 냄새 같기도 한 그 속에는 무언지 익숙한 냄새로 꽉 차 있었다. 그 진부한 유폐의 느낌이 나를 정상적인 사물과는 관련이 없는 낯선 차원으로 진입하게 하는 것 같았다. 그 이상한 향기는 나를 싣고 시간의 깊은 곳으로 갔다.

차에 탄 후 운전사는 거의 입을 열지 않았다. 나는 차창 밖으로 우리 차가 고산준령을 넘어가는 것을 바라보았다. 때로는 산 정상에 있다가 때로는 산기슭에 있다가 때로는 산허리에 있곤 했다. 분명히 언덕빼기에 있었으나 차에 타고 있는 나는 그걸 느끼지 못했다. 내가 탄 차는 마치 곧은 평면을 달리고 있는 것 같았다. 굴곡도 없고 돌도 없는 평면을 등속 비행하는 것 같았다.

때로는 소도시를 지나기도 하여 집과 사람들이 보였다. 그 이상한 차처럼 모조리 푸르스름한 빛으로 덮여 있었다. 그들은 모두 정지한 채 미동도 하지 않았고, 지극히 얇지만 통과할 방법이 없는 장막을 쳐놓은 것처럼 모호하여 확실히 보이지도 않았다. 세월의 기운은 갈수록 더 진하게 느껴졌다.

우리는 몹시 요염하고도 더할 나위 없이 아름다운 진홍색 꽃밭을 지나갔다. 나중에 나는 그것이 신비한 양귀비라는 것을 알게 되었다. 푸르스름한 빛은 사라지고 예로부터 지금까지 천년을 내려온 양귀비꽃의 꽃잎 위에 활짝 트인 푸른 하늘에서 밝은 햇빛이 쏟아졌다. 붉은 양귀비꽃이 매미 날개같이 얇은 꽃잎에 어려 불꽃처럼 춤추며 반짝이고 있었다. 홍투(紅土) 고원의 붉은색은 아무것도 뚫고 들어갈 수 없을 만큼 너무도 짙었다. 그것은 모든 붉은색의 어머니다. 도처에 뿌려진 붉은색의 정령과 자녀들이 끝간 데 없이 펼쳐졌다. 누렇게 뜬 하늘과 황폐한 땅이 햇빛 아래에서 찬란하고도 황량하게 빛났다.

우리는 홍투 고원을 오랫동안 달렸다. 길은 온통 커다랗고 새빨간 목화꽃 천지였다. 꽃들이 마치 커다란 빗방울처럼 떨어져내려 붉은 흙과 파란 하늘을 배경으로 아름다운 활 모양의 선을 그렸다. 극도의 고요함 속에서 꽃잎이 후두둑 떨어지는 소리가 들렸다.

"여기가 어디야?"

차가 멈추자 나는 조심스레 운전사에게 물었다.

"원산, 마관, 마리포."

그가 동시에 세 지명을 댔다.

비록 기묘한 대답이었지만 내가 확실히 지도에서 찾아내 가려 했던 곳이었기 때문에 더 캐묻지 않고 차에서 내렸다.

나는 운전사에게 묵을 곳을 좀 찾아달라고 했다. 우리는 그 소도시를 걸어다녔다. 그곳은 편벽진 곳이기는 했지만 건물들의 모양새로 보아 전에는 아주 번화했던 도시였음에 틀림없었다. 각양각색의 사람들이 네거리, 술집, 시장 등에 꽉 차 있는 것이 어렴풋이 보였다. 양복을 입은 젊은이도 있고 수박 껍질 모양의 전통 모자를 쓴 부자도 있고 손에 지팡이를 짚은 지주, 상인, 소상인, 인력거꾼, 비단옷을 입은 부인, 흰 저고리에 검은 치마를 입은 아가씨, 가난한 집안의 예쁜 소녀, 농가의 아낙네, 노인과 아이들로 북적댔다. 소금, 약재, 붓순나무, 계피, 숯, 무명베, 베틀, 농기구, 씨앗, 동물의 가죽, 마른 고추, 생강, 땅콩, 콩, 배추, 무 등이 쉴새없이 거래되었으며, 이 사람의 손에서 저 사람의 손으로 건네지거나 흙이나 불, 혹은 다른 사람의 몸 속으로 들어가 사라졌다. 한 편의 그림처럼 알록달록한 그 광경은 이상하고도 오래 묵은 빛의 반짝임 아래서 점차 사라져갔다.

우리가 거리로 나섰을 때 그것은 이미 모조리 사라져버렸다. 그림자조차 살그머니 멀어져가 배경 속으로 숨어버려 우리가 도착한 거리엔 사람 하나 없었다.

사람이 하나도 없는 그런 상태를 나는 좋아한다. 그것은 고요함, 엄숙함, 단절, 신비 등을 의미한다. 그것은 내가 진심으로 사랑하는 공간이다. 내가 진심으로 사랑하는 여인은 항상 그렇게 북적대는 소리와 인파가 사라진 공간에 아름다운 얼굴을 드러내곤 했다.

운전사는 나를 붉은 저택에 데리고 갔다. 그 저택은 온화하고 점잖았으며 기품이 있었다. 나는 N시나 고향 어디에서도 그러한 저택을 본 적이 없다. 우아하고 신비한 그 저택은 지난 세월의 그림자를 지닌 채 나를 가만히 불러냈다. 그 건물도 트럭처럼 나를 오랫동안 기다린 것 같았다. 나는 이 생에서 이곳에 오도록 운명지어진 것 같았다. 첫날밤을 겪는 등 여러 가지 곡절을 거쳐 서남의 가장 유명한 산봉우리를 지난 후 이상한 트럭을 타고 과거의 삶이 가득 널려 있는 이곳으로 오게 된 것이다.

모든 것이 다 운명적으로 정해진 것이라고 나는 생각했다. 모든 것이 다 필연이다. 그해에 콜레라가 발생한 이유는 바로 내가 아무 소득 없이 N시로 돌아가지 않도록 하려는 것이었으며, 그래서 정상적인 궤도를 이탈하여 이 저택 앞에까지 오게 만든 것이다.

그렇게 해서 나는 그녀를 보게 되었다. 구식 치파오를 입은 그 여인은 마당에 서 있었다. 안개 모양의 얇디얇은 막이 내 앞을 가로막고 푸르스름한 빛을 반사하여 그녀의 자태가 그리 분명하게 보이지는 않았다. 마치 말로 설명할 수 없는 장막으로 차단된 것 같았다.

그 여인은 내가 십 년 후 쓴 소설 『회랑의 의자』에 출현한 인물이다. 그녀가 나의 펜 끝에 도달하기 전에 나는 그녀와 만난 적이 있다.

십 년 후에야 집필한 그 소설에서 나는 타지 사람으로 여기에 오게 된다. 나는 그 붉은색 집에서 또 한 사람의 여인을 만나게 되는데 그녀의 하녀인 치예(七葉)다. 소설 속에서 그 여인은 다 치예의 서술로 이루어져 있다. 내가 직접 그녀를 만난 적은 없다. 내가 본 것은 그녀의 전신 좌상 흑백사진뿐이다.

'사진 속의 여인은 사십년대 상하이에서 유행했던 솔기가 깊이 트인 치파오를 입고 있었는데 부드러운 허리에 밝고도 아름다운 모습이었다. 주량(朱凉)의 얼굴은 마치 영원한 빛처럼 머리부터 발끝까지 청춘의 광휘로 싸여 있었으며 찬란한 광채에 싸인 사진 속의 그녀가 반세기의 시간을 뚫고 나를 응시하고 있었다.'

소설에서 나는 이렇게 썼다.

주량, 황금빛 아래 반짝이는 붉은 건물의 마당에서 그녀의 뒷모습을 보았을 때 그녀의 이름은 마치 투명하고 아름다운 수정처럼 떠도는 빛 속에서 내게로 다가왔다. 장차 사진에 나타날 것과 마찬가지로 그녀는 더할 나위 없이 아름다웠다.

그녀는 마당의 협죽도 아래 서 있었다. 내가 곁에 다가가자 그녀가 몸을 돌렸다. 그녀는 장차 십 년 후 바로 내가 보게 될 주량이었다.

"두오미, 네가 올 줄 알았어."

그녀가 말했다. 그녀의 목소리는 시간의 깊은 곳에서 우러나오는 것처럼, 시간을 뚫고 나오는 데서 생기는 공기의 마찰음이 들렸다.

"난 당신을 모르는데요."

내가 말했다.

"우린 인연이 있어서 세상이 바뀌어도 알 수 있지. 날 따라와."

그녀가 말했다.

그녀의 치마가 펄럭이며 서늘한 기운을 내뿜었다. 나는 그녀 뒤를 따라 인적 없는 마당과 회랑을 지나 응접실처럼 보이는 방으로 들어갔다. 그 안은 어둡고 넓어 주량의 옷자락이 내 앞에서 가만가만 펄럭이는 것밖에 보이지 않았다. 본채의 병풍 뒤에 좁은 통로가 있었으며, 통로를 지나면 뒤뜰이었다.

희미한 붉은 담 위에 평탄하게 경사진 밭이 보였다. 담벼락에는 커다란 물 항아리들이 놓여 있었으며 협죽도가 가지런히 서 있었다. 나는 그 낯선 뒤뜰에서 이미 사라져버린 옛날 모습을 찾았다. 주량의 하녀 치예가 토지개혁이 시작되기 전 언젠가 그 뒤뜰에 나타나는 것이 보였다. 담벼락에 붙어 있는 커다란 항아리 뒤에 있던 그 은밀한 나무문은 손으로 밀었더니 쉽게 열렸다. 허리를 구부리고 그 문으로 들어가니 안에는 이중 담이 둘러져 있었다. 테이블만한 넓이였으며 익숙한 냄새가 담 안쪽 깊은 곳에서 흘러나왔다. 치예가 주량을 그 유폐된 담 안으로 전송하는 것이 보였다. 그들은 거기서 사라져버렸다.

십 년 후 내 펜을 통해 주량은 신비감이 사라진 채 무서운 꿈속에 나타났다. 나는 더듬더듬 깊은 곳으로 가고 있었다. 온몸이 긴장되고 손바닥에는 땀이 났다. 오래된 향기가 담 깊은 곳에서 흘러나왔다. 앞에 한 여인이 서 있는 것이 어렴풋이 보였다. 큰 소리로 치예를 불렀으나 아무런 대답이 없었다. 그 여인은 마치 못 들은 것처럼 꿈쩍도 안 했다. 나는 용기를 내서 앞으로 다가갔다. 그 여인은 고개를 숙이고 있었다. 그녀의 얼굴은 잘 보이지 않고 단지 그녀가 구식 치파오를 입고 있는 것만 보였다. 그 치파오를 보자 치예 베갯머리에 있던 그 사진이 생각났다. 틀림없이 주량일 거라 생각한 나는 가만히 그녀를 불렀으나 그녀는 좀체 고개를 들지 않았다. 용기를 내어 손을 내밀어 그녀를 건드려보았더니 손가락 끝에 오싹 소름이 돋으며 딱딱하고 차가운 기운이 느껴졌다. 놀라서 허겁지겁 몸을 돌려 달아나던 나는 어떤 물체에 부딪쳤다. 뻣뻣하게 목을 세우고 있던 그 인형표본에서는 여인의 한숨 같은 소리가 흘러나왔다.

소설 속에서 나는 날카로운 비명 소리와 함께 현실로 되돌아왔다. 여관의 어둠 속에서 나이 들어 보이는 치예의 얼굴, 꿈속 주량의 인형표본, 요염한 협죽도, 음산한 이중 담 등이 이미 지나가버린 세월의 내음을 풍기는 케케묵은 싸늘한 이파리처럼 허공에서 내게로 떨어져내려오는 것을 보았다. 그것은 실재와 허위를 분간하기 어려운 또다른 공간을 구성했으며 그 공간은 갈수록 진실해져 나를 그 속에서 헤어나올 수 없게 만들었다.

나는 나 자신에게 소금을 운반하는 화물열차를 타고 그곳을 떠나도록 했다.

그러나 그것은 모두 나중에 일어난 일이다. 당시 내가 처음으로 그 붉은 저택에 도착했을 때는 그렇지 않았다. 즉 현실로 돌아오는 방식이 좀 다르다. 꿈속에서 허우적대다 날카로운 비명을 지르며 현실로 돌아온 것이 아니라 다른 형식을 통해서였다.

당시 주량이 나를 데리고 위층으로 올라갔다. 각 층 계단 모퉁이마다 이상한 나무문이 있었다. 그것이 어떤 용도로 쓰이는지는 알 수 없었다. 주량의 발걸음은 바람처럼 가뿐하여 아무 소리도 내지 않았다.

삼층에 올라갔을 때 나는 회랑의 의자에 놓여 있는 찻잔을 보았다. 그 청자 찻잔은 회랑의 붉은 의자에 쓸쓸히 놓여 있었다. 찻잔 뚜껑이 비스듬히 덮여 있는 그 찻잔에 이미 나한테 익숙해진 그 푸르스름한 광선이 비치고 있었다. 오랜 세월이 흘렀구나 하는 느낌이 들었다.

주량은 나를 데리고 회랑을 지나 그녀의 방으로 들어갔다. 낯익은 향기로운 꽃내음이 안에서 흘러나왔다. 실내는 그윽하고 어두웠다. 사람을 불안하게 만드는 노란빛은 그 속으로 스며들지 못했다. 나는 그 방이 밖에서 보기보다 훨씬 크다는 것을 발견했다. 실재하는 것이 아니지 싶을 정도로 컸다. 나는 넓고 둥근 나무의자에 앉아 나중에 내가 소설에서 이야기한 새틴 이불을 보았다. 그 이불은 최고급 면 바탕에 곱고 아름다운 목련이 수놓아져 있었는데 물처럼 부드럽고 매끄러워 보였다.

방 안에는 도처에 호두 크기만한 향로가 놓여 있었다. 주량은 향로에 조그만 향을 꽂더니 거기에 불을 붙였다. 부드러운 잿빛 연기가 방 안에 피어오르기 시작했다. 향초 냄새가 점점 실내에 가득 찼다. 그때 나는 비로소 그 방 안의 사면이 다 거울이라는 것을 발견했다. 세 면은 다 벽에 큰 거울이 붙어 있었고 한 면의 벽에는 각양각색의 크고 작은 거울이 놓여 있었다. 침대머리와 옆면에도 다 거울이 박혀 있었다.

그걸 보자 마음에 어떤 느낌이 들었다.

"네가 이곳을 좋아한다는 건 안다. 언제든 너는 이곳에 오게 될 거다. 앞으로 언젠가는."

주량이 말했다.

나는 좀 의심쩍은 마음이 생겼다.

"여기서 나가도 돼. 그러면 넌 바보 같은 사랑과 무미건조한 결혼을 하게 될 거다. 그 일들을 겪은 후 넌 다시 여기로 돌아오게 될 거야."

주량이 다시 말했다.

"어떻게 해야 나갈 수 있지요?"

내가 물었다.

"가장 큰 이 거울을 향한 채 눈을 감고 네 몸이 이 거울을 뚫고 지나간다고 상상해봐. 다른 잡념을 품지 말고 그 생각을 계속 하고 있어. 네게 붙여준 이 향이 다 탈 때까지."

주량은 목소리와 함께 사라져버렸다. 나는 온통 거울로 둘러싸인 이상한 방에 홀로 앉아 사면의 거울 속에서 허황하게 움직이고 있는 자신의 모습을 보았다.

눈을 감자 거울을 지나가는 모습이 눈앞에 뚜렷하게 떠올랐다.

나는 또렷한 사람 소리를 들었다. 둥원화(董文華)의 노래 〈보름달〉이 나팔 소리 속에 울려퍼졌다. 거리엔 온통 군인들이었다. 그들이 대체 어디서 나왔는지 이상했다. 나중에 나는 '원산주 백화점'이란 푯말을 보고 월남전선으로 향하는 것임을 알게 되었다. 아직 전쟁이 시작되지 않아 군인들은 안심한 채 거리를 쏘다니고 있었다.

몇몇 군인들이 내게 먼저 인사를 보내왔다. 그리고는 즉시 나와 함께 고향에 돌아갔다. 그들은 저녁때 문예공작단의 위문공연에 나를 데리고 가겠다고 했다. 오랫동안 연극을 보지 못했다는 생각이 들어 나는 그들과 함께 가기로 했다.

이튿날 나는 부대의 트럭을 타고 바이써에 갔으며 거기서 N시로 돌아왔다.

십 년 후 나는 과연 주량이 예언한 대로 그곳에 다시 왔다. 그 붉은 저택을 찾아가자 나이 든 문지기가 주량은 오십여 년 전 이 저택의 주인이었던 장멍다(章孟達)의 첩으로 서양학교에도 다닌 그 일대의 유명한 미인이었는데 오십 년 전에 죽었다고 나에게 알려주었다.

나는 주량이 온통 거울로 가득 찬 그 방에서 나를 기다리리라는 것을 안다. 하지만 그녀는 경황이 없었는지 나에게 그곳으로 돌아가는 방법을 알려주지 않았다. 그래서 그 노란 광선 밖에서 시간의 깊은 곳에 구금된 영상을 뚫어지게 응시하는 수밖에 없었다.

뒤뜰에 가보았더니 몇 그루의 협죽도에는 여전히 더할 나위 없이 아름다운 복숭아꽃이 피어 있었다.

바보 사랑

N시 영화제작소는 내가 가장 좋아하는 흑백영화의 하나인 〈나비의 꿈〉을 상기시킨다. 여성 나레이터의 목소리가 풀이 무성하게 자란 오솔길에서 화재로 불타버린 성루까지 회고하듯 울려퍼진다. 고요하고 황량한 가운데 드문드문 남은 담이 멀어졌다 가까워진다.

내년엔 월급을 주지 못할 거라는 소문이 들렸다. 제작소에서는 땅을 팔고 스튜디오까지도 팔 거라고 한다. 영화제작소장까지도 그렇게 말하는 걸 보면 그들의 말이 사실인 것 같다.

어떤 땅을 팔게 되냐고 묻자 녹음실 옆 기숙사 뒤에 있는 땅이라고 했다.

그들은 내가 그 공터를 모르는 줄 알고 창문 너머 저 멀리 있다고 알려주었다. 들쭉날쭉 서 있는 집들의 틈새로 이미 사람 키 반만큼이나 자라 있는 풀들이 보였다. 공터 가득 길게 넝쿨이 진 채 서로 뒤엉키며 자라난 잡초가 영화제작소의 영락하고 피폐한 모습에 황량한 느낌을 더해주고 있었다.

N이 야간에 그 공터에서 몇몇 장면을 보충 촬영한 적이 있었다. 나는 창가에 앉아 밤새 그가 촬영과 조명, 배우를 지휘하는 모습을 지켜보았다. 그들은 열두시에 일을 시작했다. N은 야간 작업을 좋아했다. 그는 밤에 머리가 가장 잘 돌아가는 사람이었다. 그와 함께 보낸 영원히 잊지 못할 그 밤들, 나는 그의 습관을 속속들이 알게 되었다. 그는 항상 새벽녘에 잠이 들어 점심때가 되어야 일어나곤 했다.

내 방은 그 공터를 정면으로 마주 보고 있었다. 밤 열두시가 되면 우리 건물은 온통 어둠으로 뒤덮였다. 나는 그의 촬영팀 사람들이 나를 볼까 두려워 내려져 있는 커튼을 더욱 꼭 여몄다. 커튼은 원래 실제적 의의는 없었으나(나는 사층에 있고 창 밖은 온통 황무지이니까), 초대소의 재산이었다. 나는 줄곧 초대소에 묵었다. 공공건물의 침대나 테이블, 의자 등에 나는 아무 감정이 없었다. 하지만 무겁게 드리워진 짙은 녹색의 벨벳커튼만은 N과 관련된 장면에서 내 기억 속의 필수도구가 되곤 했다.

그들은 등을 훤히 밝혔다. 깊이 드리운 어둠 속에서 그들은 마치 영화의 한 장면 같았다. 내 방은 그들과 백여 미터 떨어져 있었지만 그들이 내는 소리를 똑똑히 들을 수 있었다. 그것이 참 이상했는데 나중에 그들 뒤에 바람이 통하지 않는 높은 담이 있기 때문이라는 걸 알게 되었다. 사오 층 높이에 두 개의 경기장만큼이나 넓은 그 담은 영화제작소의 명물 중 하나였다. 어디에도 그렇게 이상한 담은 없을 것이다. 영화제작소에 있는 사 년 동안 나는 그 담이 무엇인지 잘 알지 못했다. 그 담은 스튜디오 쪽에 있었던 것 같다. 높고 넓은 그 이상한 담은 아마 스튜디오의 담이었을 것이다. 제작소 내의 스튜디오는 장기간 사용되지 않았다. 경기장처럼 큰 방이 오랫동안 텅 빈 채 먼지와 거미줄만 쌓여 있으니 굶주린 악귀가 거기에 무수히 숨어 있을 것만 같았다.

아무도 그곳에 가지 않았다.

그들을 제외하고는.

그는 차양 옆에 서 있었다. 그래서 마치 이를 데 없이 커다란 담 위에 서 있는 듯 보였다. 담 뒤로는 연회색 철난간이 있었다. 그런 기괴한 모습을 볼 수 있는 곳은 꿈속과 영화제작소 단지 두 군데밖에 없었다.

담배를 태워야겠다는 그들의 목소리가 공중에 가득 찼다. 그들은 담배가 없으면 견뎌내질 못했다. 고요한 밤 그들의 하품 소리가 자고 싶다는 마음을 드러내듯 더욱 크게 들렸다. 그들의 동작도 마치 몽유병자 같았다. 촬영, 디자이너, 조명. 그들은 그의 사지나 다름없는 팀 동료였다. 그는 그들의 두뇌여서 그가 없는 그들은 부서진 모래에 불과했다. 특수한 시기에 그는 그들과 긴밀하게 하나로 결합되어 있었다. 그래서 모래가 콘크리트로 변했다. 우리는 항상 어떤 필름은 어떤 감독의 작품이라는 말을 하지만 촬영자가 누구라는 말은 하지 않는다. 그래서 영화제작소 사람들은 촬영팀 모두가 감독을 위해 일하는 것처럼 생각한다. 하지만 다른 사람의 이름을 내는데 진정으로 마음에서 우러나서 일을 할 사람이 누가 있겠는가? 다른 사람을 위해 일할 때 게을러지려는 마음을 제어할 수 있는 사람이 누가 있겠는가? 오로지 의리만이, 오로지 젊은이 집단만이 그럴 수 있는 것이다.

특정한 시기에 그는 그들의 어떤 말이나 계획도 다 받아들였다. 그럴 때면 그들이 단숨에 그의 두뇌가 되었다.

"담배 좀 피워야겠는데."

그들이 말했다.

"여기 있어."

차양 안에서 메아리처럼 그의 목소리가 새어나왔다.

"새끼줄에 매달아줄게."

그가 덧붙였다.

내 방 창 앞에 서 있던 나는 질투심에 휩싸인 채 거미줄처럼 가느다란 새끼줄이 한쪽은 그의 손에 있고 다른 한쪽엔 담배갑이 묶인 채 차양에서 천천히 내려오는 것을 바라보았다.

"성냥은 있어?"

세심하게 그가 물었다.

"있어."

그들이 대답했다.

공터에서 유난히도 또렷이 울리는 그들의 목소리가 베란다로부터 차갑게 전해와 뱀처럼 내 마음을 기어올랐다. 그에게는 나보다 그들이 더 소중하구나라고 나는 절망적으로 생각했다.

그때 나는 이미 N의 아이를 떼는 수술을 하여 우울하고 풀이 죽어 있었으며 심신이 다 망가져 있었다. N과 만날 기회는 거의 없었으며 그는 꼬박 삼 개월을 옥외 세트에서 보냈다. 나는 밤새 그를 그리워하며 온갖 기발한 방안을 다 생각해내곤 했다. 모종의 불가사의한 행동으로 갑자기 그의 앞에 나타나는 것을 상상하거나, 만약 정말로 그의 앞에 서게 되면 단지 시나리오 편집자로서 어떻게 그의 동료들에게 아무 흔적을 남기지 않도록 아무 일 없는 것처럼 행동할 것인가를 상상하곤 했다.

하지만 나는 그런 기발한 계획을 한 번도 실현하지 못했다. 나는 언제나 유폐된 방 안에서만 침착하게 생각하고 행동할 수 있었으며 일단 문을 열고 나가기만 하면 당황하여 어찌해야 좋을지를 몰랐다. 오랜 기간 동안 그 약점을 극복해보고자 노력했지만 지금까지도 여전히 효과가 나지 않는 것으로 보아 아마도 나는 어둡고 밀폐된 방

에서 살도록 태어난 것 같다:

　나는 편지 쓰는 것밖에 할 일이 없었다. 유폐된 방에서 글이나 가지고 노는 것이 내가 할 수 있는 전부였다. 나는 그에게 보내는 편지를 수없이 썼다. 그 미치광이 같은 정념이 다 글로 변하여 불꽃처럼 밝게 춤추며 꿈틀거렸다. 자존심 때문에 그리고 얼마간은 그에 대한 불신 때문에 나는 그에게 두 통의 편지밖에 부치지 않았다. 먼저 함축적이고도 생생하며 약간은 조소가 담겨 있어 그걸 읽으면 답장하고 싶은 생각이 들게 하는 석 장짜리 편지 한 통을 그에게 보냈다. 보름을 기다리고 또 보름을 기다렸다. 꼬박 한 달을 기다렸는데도 여전히 답장이 없었다.

　그를 만날 수 없는 나머지 두 달을 어떻게 보내야 좋을지 몰라 그에게 또 편지 한 통을 썼다. 그를 그리워하고 있다는 것뿐 아니라 심지어는 지워버린 아이에 대해서까지 썼다. 사진이나 편지, 맹세의 말 그리고 사람들 사이에 떠도는 말 따위, 그런 것이 우리 사이에는 하나도 없었기 때문이다. 아이 이야기라도 꺼내지 않으면 모든 것이 다 허구이며 나의 환상의 결과인 셈이었다. 나는 우리들의 관계를 증명해줄 유언비어라도 떠돌기를 바랐다.

　나는 단도직입적이고 다른 어떤 것도 고려하지 않는 힘있는 편지를 보냈다. 그리고 그가 나에게 짤막한 답장이라도 보낼 거라고 생각했다. 연애편지는 아니더라도 사과의 편지라도 보낼 줄 알았다. 내 수중에 그의 글씨는 하나도 없었다. 나는 침대머리나 다른 비밀스럽고도 가까운 곳에 놓아둘 신성한 물건이 필요했다. 종이에 씌어진 것이 필요했다. 하지만 그것이 얼마나 가소로운 생각이었는지를 이제야 깨달았다.

　그는 나에게 마르크스의 『족장의 몰락』이란 책을 빌려간 적이 있었다. 그는 책에서 어떤 감각을 찾아봐야겠다고 했다. 그때 나는 그가 감독을 맡은 극본의 편집자였다. 책을 돌려 받을 때 책 속에 연필로 아무렇게나 흘려 쓴 쪽지 두 장이 끼어 있었다. 그것이 그가 찾아낸 감각이었는데 그걸 빼놓는 걸 잊어버린 것이다.

그것을 나는 보물단지 모시듯 했다. 쪽지 두 장의 글자는 다 합쳐도 열 자가 안 되었다. 게다가 내가 정상적인 상태였다면 그 글씨가 얼마나 졸필인지 그리고 씌어진 글도 얼마나 유치한 것인지, N시 영화계의 수준이 얼마나 하잘것없는지를 발견했을 것이다. 그러나 그때의 나는 눈이 멀어 있었으며 그것이 그의 친필이라는 사실에 그저 감격했다. 그의 글씨가 끼어 있는 그 두 장은 글자마다 빛을 발했으며 충만한 생기가 느껴져 거기서 무슨 애정에 대한 암시라도 찾아내려는 듯 나는 그 두 장을 반복해서 어루만졌다. 하지만 아무것도 찾을 수 없었다.

나는 그 쪽지를 내 일급보물로 간주했다. 그것을 어디에 두어야 좋을지 몰랐다. 침대머리, 서랍, 혹은 어릴 적 사진이 놓여 있는 상자 속 등 어디에 두어도 다 적합하지 않은 것 같았다. 나는 수시로 그것을 보고 싶고 만지고 싶고 냄새 맡고 싶고 입 맞추고 싶었다.

그것에 너무 깊은 정이 들었다.

나는 줄곧 그의 편지를 기다렸다. 그가 N시에서 삼십 킬로미터 떨어진 호숫가에서 야외촬영을 하고 있다는 것을 나는 알고 있었다. 그들은 전부 거기서 먹고 자고 일하며 법석을 떨고 있었다. 선봉적인 영화, 희극과 문학, 퇴폐적인 인생, 유행하는 이름(하이데거, 비트겐슈타인, 롤랑 바르트) 그리고 대마초 등 고상한 주제에 대해 그와 그렇게도 많이 논했던 것이 생각난다. 대마초도 당시 유행했던 것이었다. 정말로 예술에 헌신하는 사람은 다 대마초를 피운다고 했다. (내가 대마초를 가지고 있다는 것을 나는 그에게 여러 차례 말했다.) 유랑하는 무산계급 출신인 그의 동료들이 어떻게 그렇게 고상하고 심오하며 유행의 첨단을 걷는 화제에 대해 토론을 할 수 있으랴, 그래서 나는 일방적으로 그가 틀림없이 쓸쓸하고 무료할 것이라고 생각했다.

은근한 정을 품은 내 편지가 비단 같은 호수 위를 지나 제비처럼 날렵하게 그의 손에 닿으면 인적 없는 깊은 밤 내 편지를 읽는 그의 마음에 따뜻한 정이 다시 일어날 것이라고 나는 혼자 생각했다. 더이상 이렇게 속되게 나의 환상을 서술하고 싶지 않다. 사실 나는 전혀 자신이 없었다. 두번째 편지도 첫번째 편지와 마찬가지로 어떤 답장도 없으리라는 것을 어렴풋이 감지하고 있었다. 그는 짧은 글이라도 내 수중에 떨어지면 나중에 꼬투리가 될까봐 염려했음에 틀림없다. 나는 서글프게도 그가 나를 사랑하지 않을 뿐 아니라 신뢰하지도 않는다는 것을 알아차렸다. 하지만 그래도 여러 차례 밤새워 이야기한 거며 아이를 지워버린 것 등을 생각하면 이렇게 어이없이 무너질 수는 없다고 생각했다.

두번째 편지를 부친 후 한동안 나는 기진맥진했다. 더이상 첫번째 편지를 기다릴 때처럼 그렇게 기다릴 기운도 없었다. 기다림의 시간은 하루가 백 년 같았다. 처음 한 달 동안 나의 기대, 힘, 부드러운 정은 다 고갈되어버렸다. 기다림은 마치 만길이나 되는 심연 같았으며 비할 바 없이 어두웠다. 한번 보기만 해도 다른 모든 희망을 버릴 수 있을 것 같았다. 기다림에서 벗어나기 위해 나는 N시를 떠나야만 했다. 그곳은 기다림의 땅이었다. 그의 편지가 도착해야만 하는 땅이었다. 그곳을 벗어나야 그 심연에서 벗어날 수 있었다.

나는 다른 데 갈 곳이 없어 하는 수 없이 귀향 휴가를 신청하여 B읍으로 돌아갔다. 편지를 발송한 바로 그날이었다. B읍에서 나는 그의 편지가 이미 N시에 도착했을 것이며 영화제작소에 돌아가기만 하면 볼 수 있을 거라는 환상을 품었다. 그래서 N시에서처럼 하루에 두 번씩 우편물 전달실에 가지 않아도 되었다.

나는 진정으로 안식을 얻을 수 있는 곳에 왔다고 여겼다.

이제서야 나는 여기까지 서술하는 동안 중요한 인물을 아직 이야기하지 않았다는 것을 발견했다. 나는 일부러 그녀에 대해 이야기하지 않았지만 그녀의 그림자는 나의 주위를 떠돌고 있었다. 그녀의 얼굴이 망령 같아서 나는 너무 두려웠다. 그녀의 힘이 나의 펜 끝에 다다르자 그녀는 나의 사랑 이야기에 필요한 요소를 갖추어 나의 연애 사건에 색채를 더해주었다.

그녀가 나와 N 사이에 끼어 있든지 아니면 내가 그녀와 N 사이에 끼어 있든지 중간에 끼어 있는 여인이 틀림없이 있어야 한다.

사이에 끼어 있는 그 여인은 그의 아내가 아니었다. 그것은 제삼자와는 무관했다. 내가 N과 알게 되었을 때 그는 단호한 독신주의자였다. 서른네 살의 독신남성이라는 사실 때문에 내 눈앞에는 언제나 무수한 여인들이 아른거리곤 했다. 아름답고도 멋있었던 그들은 바람을 따라 다가와서는 N과 나 사이에 강물이 되어 떠다녔다. 잠 못 이루던 밤 내내 나는 눈을 감은 채 투명하고 부드러운 강물 가운데서 나긋나긋하게 노래 부르는 그들을 보았다. 그들의 발 아래엔 강물이 흐르고 있었으며 까맣게 빛나는 그들의 눈동자가 어둠에 싸인 나의 방 안을 가득 메웠다. 아름답고도 화려한 그들의 치맛자락이 나의 뺨을 스치고 지나갔다. 그 여인들에 대해서 나는 전혀 알지 못한다. 언제나 허무 가운데서 그들을 보았을 뿐이다. 그들은 내 눈앞을 꼬챙이에 꿴 생선처럼 줄줄이 지나갔다. 얼굴은 잘 보이지 않았으나 허리가 유연했으며, 가슴, 허리, 엉덩이 등에 성적 매력이 흘러넘쳤다. 그들을 바라보며 나는 질투심으로 불타올랐다.

촬영팀 멤버만 이야기하고 어떻게 그의 여배우들을 이야기하지 않을 수 있겠는가? 그가 신발이 닳도록 전국 문예단체를 찾아다닌

250

끝에 골라낸 아름다운 여주인공. 내 소설에 자주 출현하는 N, 그는 때로는 처음부터 끝까지 등장하기도 하고 때로는 잠시 나왔다 사라지기도 한다. 하지만 나는 그녀에 대해 아직 이야기하지 않았다.

둥피엔(董翮).

그녀의 어여쁜 얼굴만큼이나 아름다운 그 이름이 눈부신 보석처럼 빛을 발했다. 그것은 내 옆방과 안개 자욱한 화장실까지도 대낮처럼 환하게 비춰주었다.

무대감독이 그녀를 데리고 왔다. 그녀는 막 비행기에서 내렸으며 이름이 둥피엔이라고 했다. 그녀의 이름을 들은 나는 깜짝 놀랐다. 이 얼마나 진귀한 이름인가! 그녀는 내 옆방에 묵게 되었다. 그윽한 향기가 즉시 그녀의 방 안을 가득 채웠다. 옆방에 있는 나도 그 향내를 맡을 수 있었다. 그것은 벽을 넘어오는 요정과도 같았다.

"정말 이상도 하지. 어째서 똑같은 방인데 여자가 묵으면 향기가 나고 남자가 묵으면 구린내가 날까."

초대소에서 청소하는 아주머니가 나에게 말했다.

"아마도 여자는 향수를 뿌리고 남자는 담배를 피우니까 그렇겠지요."

"아니야, 그 향내는 향수 냄새가 아니고 그 구린내도 담배 냄새가 아니야. 어떤 구린내인지는 모르겠지만 어쨌든 탁한 냄새야."

그 말이 내 마음에 와 닿았다.

둥피엔이 왜 고급호텔에 배치되지 않았는지 모르겠다. 무릇 N시에서 영화를 찍는 배우 중 주연이나 조금이라도 이름이 있는 자들은 다 호텔에 묵었다. 영화팀엔 항상 돈이 있었으며 제작비도 해마다 상승하여 전 촬영팀이 지위 고하를 막론하고 다 호텔에 묵곤 했다. 둥피엔은 아주 젊었다. 대범하고 시원스럽게 그녀는 나에게 자기가 스무 살이라고 말해주었다. (아름다우면서도 시원스럽고 대범한 아가씨는 정말 봉황의 털이나 기린의 뿔처럼 퍽 드문 법이다!) 나는 N이 찍으려 하는 것은 예술성 있는 작품일 거라고 생각했다. 경비가 빠듯해서였을까. 둥피엔이 호텔에 묵지 않고 내 옆방에 묵게 된 것은 생각을 거듭하고 온갖 해석을 붙여보아도 역시 오묘한 이치가 있었다는 느낌이 든다.

은은하고 그윽한 향기가 내 침대에까지 스며들어왔다. 나는 그 향기를 예리한 칼날의 빛으로 간주했다. 최상의 칼, 눈처럼 하얗게 빛나는 칼날이 매섭게 반짝였으며 나와 N 사이의 어두운 지대에 반짝이며 매달려 있었다.

어떤 사내가 젊고 아름다운 여인을 막아낼 수 있겠는가? 그 앞에서는 어떤 사내도 다 물건으로 변하는 법이다. 내 남자친구들은 내 기질이 이러저러하다고 칭찬하곤 한다. 심지어는 그들이 본 여자 중 최상이라고 칭찬하기도 한다. 나는 또다른 의미가 숨겨져 있는 그런 칭찬을 들을 때마다 관용의 미소로 답하곤 한다. 둥피엔 앞에서 나는 모든 정신과 기질, 모든 최신 화제들과 고상한 서적, 심지어는 대마초까지 포함하여 모든 것이 다 개똥같이 하잘것없다는 것을 알게 되었다.

둥피엔은 선녀 역을 맡기 위해 발탁되었다. N이 찍으려 했던 영화는 신화였다. 모두들 그의 영화가 완성되면 무슨 상인가를 받을 거라 여겼다. 당시 그는 영화제작소에서 가장 이름 있는 청년 감독이었다. 소문에 의하면 어떤 여인이 그를 위해 프랑스에서 개인영화전까지 열려고 했다 한다. 그 여인은 재간이 대단한 프랑스계 화교로 모두들 그 개인전으로 N이 틀림없이 커다란 성공을 거두게 되리라고 생각했다. 그래서 모든 사람들은 암암리에 선녀 둥피엔도 그 영화로 장차 유명해질 거라고 생각했다. 선녀라는 배역과 장차 받게 될 트로피의 후광에 둘러싸여 그녀는 더욱 선녀같이 아름답게 보였다. 내 장점이자 약점의 하나는 상대를 항상 완전무결하게 여긴다는 것이다. 나는 상대방의 결점을 전혀 보지 못했으며 언제나 지나칠 정도로 사람들에게 그 사람을 칭찬하곤 했다. 나는 절대로 상대방의 단점을 말하지 않았다. 진심으로 나는 그들이 나보다 낫다고 생각했다. 그것 때문에 항상 너무도 괴로웠지만 나는 상대의 단점을 격퇴시킬 자신의 장점을 찾을 수가 없었다. 그것이 일종의 자학심리인지 어떤지는 모르겠다.

후에 N의 영화가 촬영되었으나 성공을 거두지 못하자 너도나도 여주인공을 잘못 택했다고 말하곤 했다. 그들은 여주인공의 얼굴이 너무 커서 전혀 선녀 같지 않으며 빼어난 점이 없어 현실 속의 평범한 사람과 다를 바 없다고 했다. 그리고 그 영화의 처음부터 끝까지 여주인공의 얼굴이 원거리로 촬영되었을 뿐 정면으로 찍힌 것이 하나도 없다고 했다. 중거리에서 촬영한 것도 다 측면이라 했다. 그것은 N도 알고 있었다. 그도 이 여배우의 정면이 별로라는 건 알고 있었다.

내 마음은 이루 말할 수 없이 통쾌했다. 꽃잎이 강물에 떨어지는 느낌이었다.

그래서 N의 그 영화는 세속적이고도 낯간지러운 이름으로 바뀌어 시장에 나왔으나 단지 세 개의 카피본이 팔렸을 뿐 아무 상도 받지 못했다. 그저 크게 밑지는 장사를 했을 뿐 명예도 이익도 얻지 못했다. 영화제작소는 상금을 받지 못해 원성이 자자했다. N은 대패했다.

내 마음은 더할 나위 없이 상쾌했다. 나는 N이 실패를 하면 할수록 좋았다. 가상 좋은 것은 그가 감옥에 가는 것이었다. 그렇게 되면 나는 그를 얻을 수 있을 것이다. 아마 감옥까지 갈 필요는 없을지도 모른다. 좌절을 겪기만 하면 된다. 좌절에 빠져 있는 N은 자신의 고민을 털어내기 위해서 사람을 찾게 될 것이고 그러면 어쩔 수 없이 나를 찾아오게 될 것이다. 성공한 N은 나에게서 갈수록 더 멀어질 뿐이다.

이것은 다 그후의 이야기다. 둥피엔의 화제로 돌아가보자.

N과 둥피엔이 특별한 관계에 있다는 어떠한 흔적도 표시도 없었다. 영화계에서 감독과 여배우가 야릇한 관계에 빠지는 것은 아주 흔한 일이었으며, 심지어 어떤 사람은 감독과 여배우는 틀림없이 그렇고 그런 관계이며, 그것이 일종의 필요한 거래라고 말하기도 했다. 감독이 여배우를 사랑해야 그 영화가 비로소 빛이 난다는 것이다.

나는 그들의 관계를 추측할 도리가 없으며, 어떠한 근거도 가지고 있지 않다. 그는 초대소에 그녀를 찾아온 적이 한 번도 없었다. 그녀가 그에 대해서 말할 때도 아주 시원스럽고 대범하여 조금도 우물쭈물하거나 수줍어하거나 숨기는 표정을 찾아볼 수 없었다. 그처럼 솔직하고 대범한 여자는 정말 보기 드물었다.

반대로 나는 그녀가 단박에 내 마음을 꿰뚫어볼까봐 걱정되었다. 그녀는 초대소에 묵게 된 첫날 밤 열시나 되어서야 돌아왔다. 나는 그녀가 N과 약속을 했을 거라고 생각했다. 나는 우리 방 이곳저곳을 한없이 초조한 심정으로 오락가락하며 앞뒤 베란다에까지 나가 여기저기 둘러보았으나 그녀의 그림자도 찾을 수 없었다. 화장실에는 그녀가 목욕한 후 남긴 물기 어린 향내가 아직 가시지 않은 채였다. 나는 그 향내를 절망 가득한 심정으로 빨아들였다. 밤에 돌아온 둥피엔은 난위엔(南園) 호텔에 식사를 하러 갔었다고 했다. 촬영팀에서 그와 다른 두 배우의 환영회를 해주어서 영화제작소장도 같이 갔다고 했다. 나는 안심하고 푹 잤다.

이튿날 오후 그녀는 나에게 분장을 하러 간다고 했다. 사흘째 되는 날 오후엔 촬영팀 회의에 간다고 했다. 그녀는 언제나 나를 안심시켰다. 나는 그 영화의 편집자가 아니어서 그녀와 어떤 관계도 없었지만 그녀가 정말 결백하고 총명한 여자라고 생각했다.

그녀는 조금도 천해 보이지 않게 화장을 했으며, 무엇을 입어도 아름다웠다. 가장 인상 깊었던 것은 그녀가 짙은 색 꽃무늬가 있는 몸에 꼭 맞는 미니스커트를 입었을 때였다. 위에는 크고도 긴 남자용 셔츠를 입고 머리에는 아주 커다란 밀짚모자를 썼는데 눈이 부실 정도로 아름다웠다. 어떤 여자가 아무런 운치도 없는 남자 셔츠를 그렇게 대범하게 입는다는 기발한 생각을 할 수 있을 것인가? 거리에서 흔히 볼 수 있는 여자들은 절대로 흉내낼 수 없는 것이었다. 나는 둥피엔이 틀림없이 아주 교양 있는 가정 출신일 거라고 생각했다.

어쨌든 그녀는 얼마나 아름다운 여성이었던가. 성 신문의 문예부 기자였던 내 친구 라오헤이(老黑)는 상사의 지시에 따라 N의 촬영팀을 취재한 적이 있었다. 현장에서 몇몇 촬영 장면을 보았는데 둥피엔이 화장도 제일 잘했고 조명도 가장 적합하여 너무 아름다웠다고 했다.

"손뼉 치는 것을 클로즈업한 장면에서 조명이 그녀의 손가락을 반투명한 옥처럼 비추자 여자인 나까지 마음이 저절로 동할 정도인데 다른 남자들이야 더 말할 것이 있겠니?"라고 라오헤이가 말했다.

N시에서 라오헤이의 집은 나의 주말 피난처였다. N은 주말엔 늘 오지 않았다. 그는 어머니와 단둘이 살기 때문에 집에서 어머니를 모시고 있어야 된다고 했다. N과 나는 일종의 비밀관계였다. 평소에 그는 언제나 낮 한두시경에 내 방에 오곤 했다. 그 시각은 언제나 공기에 깊은 잠 기운이 충만했고 주위에 사람이 하나도 없었으며 자전거 보관소, 복도, 계단 등 모든 곳이 긴장이 흐르는 가운데 안전한

상태였다. 그는 날쌘 걸음으로 동작도 신속하게 한 걸음에 두 계단씩 마치 도둑처럼 내 방 문 앞에 숨어들었다. 오랜 시간이 지나서야 나는 그 이유를 생각해보았다. 그는 왜 다른 사람의 이목을 피해 몰래 스며들어왔을까? 왜 나한테 자주 들르는 것이 다른 사람에게 알려지는 것을 원치 않았을까?

그는 항상 내가 머리를 풀어헤치고 자고 있을 때 왔다. 한낮이 나에게는 원기가 제일 떨어지고 상태가 가장 안 좋은 시간이었다. 나는 낮잠을 자지 않으면 마치 병이 난 것처럼 견디지 못하는 사람이었다. 그런데 열한시 반경에 일어나는 N에게는 내 낮잠 시간이 이른 아침인 셈이었다. 그 시각에 오니 그는 항상 누렇게 뜬 얼굴에 산발한 머리로 잠이 가시지 않은 초췌한 여인만을 보게 되었다. 그것이 얼마나 남자의 눈에 거슬리고 사랑하는 마음이 달아나게 하는 모습이었을까 하는 생각이 이제 와서야 든다. 당시에 나는 그런 것에 별로 개의치 않았다. 그를 문 밖에서 잠시 기다리게 하고 세수와 옅은 화장을 한 뒤 방을 좀 정리하고서야 그를 맞을 생각을 해본 적이 없다. 그를 좀더 정중하게 맞을 생각이었다면 더 예쁜 옷으로 갈아입었을 텐데.

그러나 나는 그런 것에 전혀 신경을 쓰지 않았다. 여성은 외모에 신경을 써서 남성을 기쁘게 해주어야 한다는 것을 전혀 알지 못했다. 평등한 정신과 사랑만 있으면 그것으로 그만이라 생각했다. 오직 그를 문간에 오래 세워두면 안 된다는 생각밖에 없었다. 나는 다른 사람들이 보는 걸 두려워하지 않았을뿐더러 심지어 그가 나를 찾아오는 것을 다른 사람들이 보아주길 바랐지만 N이 사람들을 두려워하는 것을 알았기 때문에 나도 덩달아 다른 사람의 눈에 띄지 않도록 조심했다. 게다가 나는 그가 너무 보고 싶었다. 그래서 꿈속에서도 분간할 수 있는 그의 좀 특이한 문 두드리는 소리를 듣기만 하면 꿈을 꾸다가도 벌떡 일어나 신발도 제대로 안 신고 맨발로 문간으로 달려나가 그에 대한 나의 절박한 심정을 그가 한눈에 알아차리게 만들곤 했다. 천하에 그렇게 어리석은 여인은 다시 없을 것이다. 낮에 내 눈이 반짝반짝 빛나는 것을 N은 한 번도 본 적이 없다. 낮에는 나의 상태가 안 좋기 때문이었다. 나는 빛과 어둠이 반쯤 교차하는 밤이 되어야 비로소 매력이 드러나는 여인이었다. 빛은 나에게 너무 눈이 부셨다. 나는 빛에 대해 이상하게 민감했고 강한 광선을 두려워했다. 어떠한 경우에도 나는 항상 밝은 빛을 피하곤 했다. 내 여자친구가 말하길, 심지어 버스를 기다릴 때조차 전선주의 가느다란 그늘 속으로 내가 숨곤 한다고 했다. 나 자신은 의식하지 못하는지 모르지만 나는 가로등 불빛조차 견디지 못한다고 그 친구는 말했다. 그래서 나는 밤에 사람 만나기를 좋아했으며 낮에 만나게 되면 지하에서 만났다.

어두운 광선으로 내 생김새나 피부의 부족함을 가리기 위한 것은 분명 아니다. 나는 이목구비가 좀 특이하다. 깊은 눈에 입술이 두터워 이국적 색채가 있으며, 피부도 섬세하고 매끄러워 많은 여성들에게 수없이 칭찬을 받곤 했다. 내가 말하는 것은 다른 것이다. 그것은 일종의 정기 같은 것으로 그러한 정기는 지나치게 밝은 빛 아래서는 속으로 숨어버려 나를 나무처럼 평범하게 보이게 했다. 나의 정기는 어두운 광선 아래서만 물처럼 흘러나와 여인의 빛과 매력이 온몸에 흘러넘치게 했다. 나는 밤의 등불과 낮의 햇빛 아래서 전혀 다른 사람이 된다고 누군가 말한 적이 있다.

밤에 내가 N과 마주 앉아 있은 것은 손으로 꼽을 정도에 지나지 않는다. 그래서 그에게 나는 거의 우세를 차지할 수가 없었다.

언제나 그가 나를 찾아오기만 기다렸지 내가 그를 찾아갈 수가 없었다. 나는 그가 주말 밤에 무얼 하는지 누구와 함께 있는지를 추측

하느라 애쓰곤 했다. 간단한 방법은 그의 집에 전화를 거는 것이지만 나는 그렇게 태연할 수가 없었다. 전화를 거는 것이 내게는 죽는 것만큼이나 두려웠다. 무어라고 말해야 격에 맞을지, 어떻게 말해야 자연스러울지 알 수 없었다. 사실 나는 무슨 말을 하든 긴장이 되었고 무슨 말을 해도 목소리가 변했으며 무슨 말을 하려 해도 다리가 후들거리고 손에 땀이 났다. 여러 해가 지나 마음의 평정을 되찾았을 때야 비로소 나는 사랑이란 한없이 잔혹한 것이라는 걸 분명히 깨달았다. 깊이 사랑하면 사랑할수록 더 비참한 법이다. 나는 독일의 유명한 감독 파스빈더의 영화 〈죽음보다 잔혹한 사랑〉을 생각했다. 그 영화를 본 적은 없지만 태양보다 더 눈부신 제목이 예리한 칼날처럼 내 삶을 깊이 찔렀다. 잔혹한 사랑을 겪은 사람 중 그 누가 칼과 불꽃으로 온몸에 상처를 입은 후 평온한 죽음을 바라지 않을 수 있겠는가? 애정을 뚫고 지나갈 수 있는 사람만이 진정으로 복이 있는 사람이다.

영화제작소에서 나는 그에게 전화를 할 수 없었다. 나는 교환이 엿들을까봐, 혹은 혼선이 될까봐 두려웠다. 내가 그에게 하려고 하는 말은 다 진주 같아서 내가 설정한 분위기에서만 그것을 전달하고 싶었으며, 언제나 내가 가장 안전하다고 생각되는 곳에서만 전화를 하고 싶었다. 하지만 가장 절망적인 그 시각에 나는 그런 것들을 고려할 수 없었다. 사람들이 듣는 게 무슨 대수란 말인가. 살아 있다는 것이 아무런 낙이 없는데 N말고 다른 사람을 만날 수 있단 말인가? 아무것도 보이지 않았다. 전화를 보면 심연과도 같았고, 주체할 수가 없어 전화에 대고 말을 못한 채 통곡을 하곤 했다. 내 통곡 소리가 제작소 안 공터의 잡초 위에 나부꼈다.

하지만 정상일 때는 항상 라오헤이의 신문사 후문 전달실에 가서 N에게 전화를 했다. 그곳은 불빛이 어둡고 인적이 드물어 나에게 안

성맞춤이었다.

　주말에 그는 늘 집에 있었다. 전화가 울리기만 하면 언제나 그가 받았다. 그것만으로도 나는 안심이 되고 감사했다. 적어도 그에게 다른 여인이 있는 것은 아니구나 하고 생각했다. 전화로 다른 얘기는 할 수 없고 언제나 책 사는 이야기만 했다. 어떤 책을 샀으며 작가는 누구더라는 얘기 따위였다. 그러면 대부분 그도 덩달아 그 책을 사곤 했다. 나는 그것이 못마땅했다. 그것은 그의 주도면밀한 생각에 의한 행동이었으며, 우리가 연인 사이가 아니라는 느낌을 자아냈다. 이미 유산시킨 아이가 있는데도 말이다.

　쓸쓸한 주말에 나는 하는 수 없이 라오헤이의 집에 갔다. 라오헤이의 집은 N의 어머니가 일하는 곳과 거리 하나를 사이에 두고 있었다. 그 거리를 건너 언덕빼기를 올라가면 바로 N의 집이었다. 라오헤이의 집에 가서 주말을 보낸 것은 N과의 거리를 조금이라도 줄여보자는 충만한 열정 때문이었을까?

　라오헤이는 내가 고민을 털어놓고 싶었던 상대로, N시 문화계에서 행복한 가정을 지녔던 유일한 여성명사였다. N시에서 조금이라도 성공하여 이름난 여성은 이미 이혼을 했거나 이혼을 하려고 준비하고 있었다. 라오헤이는 아름답다고는 할 수 없지만 지혜롭고 자신감 넘치는 여성이었다. 그녀는 상사와 언쟁이 일자 가족을 이끌고 남방에서 가장 큰 도시인 광저우로 갔다. 그리고는 큰 신문사에서 능란하게 일을 해내 고급직위를 따냈다. 원래 있던 신문사의 상사는 화가 나 죽을 지경이었다. 그녀는 정말 출중한 여성이었다. 라오헤이와 둥피엔을 보며 나는 어떤 때는 여성에게 지혜가 가장 중요한 것 같다가 어떤 때는 미모만 있으면 되지, 라고 오락가락했다.

　얼마나 후회스럽고 마음이 아픈지, 이제와서는 나도 남자는 못 붙잡더라도 그의 아이라도 붙잡으려는 많은 여인들처럼 사생아라도 낳고 싶다며 눈물을 글썽였다.

"낳아! 그럼 내가 산후조리를 해줄게."

라오헤이가 적극적으로 맞장구치며 산후조리에 좋은 음식을 늘어 놓기 시작했다. 새벽이 온 것을 막 알린 수탉을 잡아 생강주에 푹 고 아주겠다느니, 콩을 돼지발목과 함께 고아 탕으로 마시면 젖이 잘 나온다느니 기저귀와 배내옷이 얼마나 필요하겠다느니 하며 마치 아이를 이미 낳기라도 한 듯 굴었다.

그런 말을 듣자 마음이 좀 진정되었다.

그것은 잔혹하고도 무거운 애정의 전 과정에서 지극히 얻기 어려 운 상태였다. 한 번은 라오헤이에게 N에 대해 이야기했더니 그녀가 정색을 하고 말했다.

"그렇게 좋은 감정을 그런 사람에게 품다니, 너무 아깝다!"

"한평생 난 더이상 다른 사람을 사랑하지 않을 거야. N이 무슨 일 을 하든, 그가 결혼을 하든 안 하든 난 평생 그를 사랑할 거야."

서른이나 먹은 여성의 입에서 그런 말이 나온다는 것은 좀 우스웠 다.

라오헤이가 내 처지가 안타까운 듯 말했다.

"아이구, 안 돼. 어떻게 그럴 수가 있어? 지금은 사랑에 눈이 멀어 다른 사람이 안 보이겠지만 좋은 남자가 얼마나 많은데. 앞으로 천 천히 보게 될 거야. 그러면 N에게 단점이 얼마나 많은지 알게 될 거 고. 네 감정이 차차 엷어지면 다른 남자를 사랑하게 될 거야. 그러면 결혼도 하고 아이도 낳게 될 테니, 지금 그의 아이를 낳을 필요가 없 지."

라오헤이가 내 사랑의 깊이와 순수함을 전혀 알지 못한다고 나는 생각했다. 절대로 다른 사람을 사랑할 수 없을 것이다. 나는 절대로 이랬다 저랬다 하는 여자가 아니다. 내 사랑은 이 세상 그 무엇에도 비할 수 없는 것이다.

라오헤이가 침실로 가자, 그녀의 서재에 홀로 남은 나는 너무도 고독했다.

사랑이란 전혀 억제할 수 없는 기류같이 느껴졌다. 그것은 사람을 공중으로 부웅 뜨게 하여 하늘에 닿을 수도 땅에 발을 디딜 수도 없게 만들었다. 전혀 잠을 이루지 못하고 이 생각 저 생각 하던 나는 마침내 입구의 당직실에 가서 N에게 전화를 걸어 그가 무엇을 하고 있는지 물어보기로 했다. 그러나 당직실에 이르자 갑자기 용기가 없어져 한동안 배회하다가 거리로 나오게 되었다. 길을 건너면 N의 어머니가 일하는 곳이었다. 수위에게 뭐라고 해야 할지 마음이 심란했는데 다행히 그는 아무것도 묻지 않았다. 그 길다란 언덕빼기를 지나 N이 묵고 있는 숙소 앞에 다다랐다. 나무 그늘 아래서 그의 집 창문에 비친 불빛을 바라보다가 밤이 깊어서야 비로소 나는 돌아왔다.

그것은 몹시 우스꽝스런 장면이었다. 낭만주의 희극에서나 볼 수 있는 것으로 현실과는 너무 거리가 먼 장면이었다. 하지만 오랫동안 책 속에서 생활해온 그 여인은 정상적인 사람들의 삶과 동떨어져 있었다. 책의 독에 너무 깊이 물들어 시의에 적절하지 않은 예술적 삶을 살고 있었다. 그녀의 행위는 유행이 지난 책처럼 우스웠다. 그 재앙을 당하고 나서야 그녀는 조금 변화하게 되었다.

베란다에 서서 등불을 바라보는 것은 내 연애에서 중요한 한 막이었다. 라오헤이의 집에 가서 N의 어머니 집을 바라보는 것보다 더 많은 부분을 차지했던 것은 영화제작소 안에서 그의 창을 바라보는 일이었다. 영화제작소 안에서 N은 기숙사 안쪽 새 건물 팔층에 묵고 있었다. 내 숙소의 복도, 베란다, 옥상 테라스와 화장실 등 어디에서나 그의 창문이 보였다.

그의 창문의 불빛을 바라보는 것이 그 시기 내 삶의 주요 부분이었다. 등이 켜져 있기만 하면 그가 분명히 있다는 것이어서 나는 아무것도 돌아볼 겨를 없이 깊은 밤 짙은 화장에 귀걸이를 하고 옷을 차려입은 다음 그를 찾아갔다. 건물 앞 공터를 지날 때면 다른 사람들이 볼까 두려웠다. 팔층까지 올라가 그의 집 앞에 서면 내 다리는 나른해졌으나 다른 사람과 부딪치게 될까봐 문에 귀를 대고 안에서 나는 소리를 들어보았다. 그의 집에는 항상 사람이 있었다. 그가 제작소 안에 머물 때는 일을 하는 때여서 늘 동료들과 촬영할 영화에 대한 이야기를 나누곤 했기 때문이다. 그의 문에서 다른 사람의 소리가 들리면 나는 어쩔 수 없이 물러서야 했다.

팔층이나 되는 계단을 내려온 나는 방에 돌아와 귀걸이를 빼고 화장을 지웠다. 화장도 옷을 갈아입은 것도 다 허탕인 셈이다.

외부에 나가 촬영을 하는 두 달 동안, 촬영장이 N시에서 그리 멀지 않으니 그가 한두 번은 올 거라 생각했다. 그래서 밤에 옥상에 올라가 그의 창문을 바라보곤 했다. 여름이어서 나는 바람을 쐬러 나온 척했다. 하루 또 하루가 지나도 그의 방은 캄캄했다. 그래도 나는 매일 밤 옥상에 올라갔다. 어느 날 밤 세수를 마치고 옥상에 올라갔을 때 갑자기 등이 켜진 것이 보였다. 나는 뛸 듯이 기뻐하며 그의 창을 향해 소리를 질렀다. 아주 늦은 시각이어서 내 목소리는 이상한 비명처럼 울렸다. 그가 창문에 다가와 나한테 손짓을 했다. 나는 화장하거나 옷을 바꿔입을 겨를도 없이 그대로 그가 사는 팔층까지 한걸음에 달려갔다. 그날 밤 우리는 같이 있었다. 허탕친 수많은 밤들이 다 보상을 받은 셈이다.

나에게 그는 존재하지 않는 곳이 없었다.

베란다에 나가지 않아도 그가 방에 있는지 어떤지를 느낄 수 있을 정도였다. 그 느낌은 너무 정확했다. 나는 그 느낌이 맞는지를 확인하기 위해 베란다에 들락날락하느라 아무 일도 할 수 없을 지경이었

262

다.

　나의 진을 뺐던 것은 터무니없는 억측이었다.

　한 번은 그의 자전거가 빨간색 여자용 자전거와 나란히 놓여 있는 것이 보였다. 그것은 여자가 탔을 것이므로 말하자면 그가 어떤 여자와 함께 있다는 것이다. 나는 질투심으로 가득 차 이루 말할 수 없이 고통스러웠다. 나는 거의 일 분 간격으로 복도 창문을 통해 그의 창을 바라보았다. 나는 그 여인이 어떻게 생겼는지 그녀가 아름다운지, 현대적인지 보러 가기로 마음먹었다. 그런데 갑자기 N의 자전거가 보이지 않았다. 그 빨간색 자전거는 여전히 거기 있었다. 나는 겨우 안도의 한숨을 내쉬었다. 하지만 곧바로 어쩌면 그녀에게 먹을 것을 사주러 갔을지도 모른다는 생각이 들었다. 고통이 다시 엄습했다. 나는 일 분 간격으로 계속해서 창문을 바라보았다. 과연 그의 자전거가 다시 돌아왔다. 역시 그녀의 자전거 옆에 세워져 있었다. 그러자 이번엔 틀림없구나 하는 생각이 들었다. 그는 그녀와 어떤 관계가 있음에 틀림없었다. 점심때 나는 다시 그의 자전거가 없어진 것을 보았다. 빨간 자전거는 여전히 거기 있었다. 이번엔 아마도 그가 그녀를 홀로 집에 남겨두었나 보다고 생각했다.

　누가 그 빨간 자전거를 타는지 지켜보는 수밖에 없었다.

　나는 그 창문에 지키고 서 있었다. 마침내 저녁이 되자 땅딸막한 뚱보 아저씨가 그 자전거를 타고 나왔다. 자전거에 탈 때 그는 어렵게 다리를 올려 자전거 페달을 밟았다.

　모든 것이 무료하기 짝이 없었다.

　나는 나를 이기지 못하고 항상 그의 자전거가 있는지 어떤지 살펴보러 가곤 했다.

　그에게 알릴 수도 없었으며, 라오헤이에게도 말하지 않은 채 대범한 척했다.

지금 N시의 영화제작소엔 잡초만이 무성하다. 유명한 감독과 스타들이 드나들며 영화를 찍던 번화한 옛날의 모습은 한번 가고는 다시 돌아오지 않았다. 제작소의 대문은 썰렁하고 전에 촬영 스텝들로 가득 찼던 돌로 만든 의자와 탁자에도 이미 먼지가 가득 내려앉았다. 탁자 옆에는 낡은 목판과 벽들, 그리고 변형된 고가구들이 버려져 있어 온통 퇴락한 기운뿐이었다.

　영화제작소는 땅을 팔려고 하며 내년부터는 월급도 주지 않을 거라고 했다. 제작소를 떠난 것이 다행이라고 그들은 말했다. 제작소는 꼬박 일 년 동안 한 편의 영화도 제작하지 못했다고 했다. 감독과 스텝들은 다 할 일이 없어졌다. 그나마 디자이너는 광고 일을 하고 문학부에 있던 사람들도 글을 써서 돈을 번다고 했다. 감독이 위에서 군림하던 시대는 이미 가버려 감독의 처지가 제일 비참하다고 했다. N이 어떻게 됐는지 모르겠다. 광고라도 찍지 않으면 아마 먹고 사는 것조차 해결하지 못할 것이다. 하지만 나는 누구에게도 물어보지 않았다. 그가 어떻게 살든 이제 나는 관심이 없다. 나는 이미 그를 더이상 사랑하지 않는다. 그들은 내가 전보다 더 젊어 보이며 더 좋아 보인다고 했다. 아마 애정의 공포에서 빠져나왔기 때문일 것이다. 애정은 사람을 늙게 한다. 애정은 죽음보다 잔혹하다. 나는 이제 애정에서 멀리 떠나 평온한 나날을 보내고 있다. 날마다 충분히 자고 먹는다. 초조해하지도 질투하지도 않는다. 그래서 전보다 훨씬 젊어 보인다.

　베이징에 온 지 반 년도 안 돼 나는 N을 잊었다. 원래 나는 그를 한평생 사랑하리라 굳게 믿었었다. 내가 그를 떠나가면 그가 나를 사랑하게 되리라 생각했다. 적어도 나한테 좀더 잘해주리라 여겼으며, 때로는 내 생각도 하리라 여겼다. 거리가 생기면 무언가가 이루어지는 법이다. 나는 그에게 장거리 전화를 하려고 생각했다. 생일이면 그의 집에 전화를 걸고 물론 편지도 쓸 것이다. 이렇게 멀리 떨어져 있으니 그러면 그는 틀림없이 나한테 답장을 할 것이라 믿었다. 나는 영화제작소에 편지를 보내면 다른 사람에게 발각될까 두려워 떠나기 전에 일부러 그의 집의 우편번호를 물어보았다. 그는 누나의 주소를 알려주며 거기로 편지를 부치라고 했지만 그 주소는 후에 전혀 쓸모가 없게 되었다.

그렇게 빨리 N을 잊은 것에 나 자신도 놀랐다. 나는 사랑이란 것이 얼마나 부서지기 쉽고 변하기 쉬운 것인지 몸으로 느꼈다. 전에 나는 N을 위해 죽을 수도 있다고 굳게 믿었었다. 여름에 N이 B시에 있을 때 N시에 있던 나는 B시에서 종종 불의의 총격이 발생하곤 한다는 소리를 들었다. 나는 N이 난데없이 날아오는 탄알에 맞는 장면을 수없이 상상하곤 했다. 거리에서 총탄을 맞은 그의 길다란 몸이 슬로 모션처럼 천천히 고꾸라졌다. 붉은 피가 그의 가슴에서 콸콸 쏟아졌다. 하늘은 한없이 푸르고 태양은 까맸다. 내 심장은 칼로 도려내지는 것 같았으며 모든 상념이 재가 되어버렸다. 그의 추도회에 나는 어떤 신분으로 출현해야 될 것인가를 생각했다. 어떤 옷을 입을 것인가, 흰색 원피스를 입을 것인가 아니면 검은색 원피스를 입을 것인가. 만일 그가 이번에 죽지 않고 겨울에 차 사고로 죽는다면 나는 검은 스웨터와 검은 부츠 차림으로 사람들 앞에서 흐르는 눈물을 주체하지 못한 채 통곡할 것이다. 그의 어머니를 보살펴드리고 그의 어머니가 어렸을 적 그에 대해 하는 이야기를 들어줄 것이다. 그것이 바로 그가 죽은 뒤 가장 큰 정신적인 양식이 될 것이다. 그의 어머니에게 내가 그의 아이를 가진 적이 있었지만 그의 일을 위해 큰 희생을 했다는 것도 말씀드릴 것이다.

나는 한 차례 또 한 차례 그의 죽음을 생각했다. 나의 눈앞에 다시

까만 총구가 나타났다. 나는 그 까만 구멍을 뚫어지게 응시했다. 그를 향해 날아가는 총탄이 있기만 하면 나는 틀림없이 비명을 지르며 달려가 내 몸으로 그 총탄을 막을 것이다. 나는 내 가슴이 뜨거워지며 붉은 피가 콸콸 쏟아져나오는 것을 느꼈다. 내가 길에 쓰러지자 그가 눈물을 머금고 나를 안았다. 나는 그의 품에서 행복하게 숨을 거두었다.

불타는 듯 마음이 초조해진 나는 밤마다 시 중심가에 있는 우체국에 장거리 전화를 하러 갔다. 그를 위해 내가 총탄을 막아내고자 한다는 것을 알려주어야 했다. 전화가 마침내 연결되었지만 사람들이 다 전화기 앞에 지켜 앉아 있다며 나에게 말할 기회도 주지 않았다. 양식이 떨어진 사실을 영화제작소장에게 좀 알려달라며 자기들은 음식점에 가야 한다고 했다. 나는 마음이 타는 듯 초조하고 가슴 가득한 열정을 표현해낼 수 없어 울음 섞인 목소리로 말을 끝냈다.

"무슨 일이 생기면 안 돼요!"

"다른 일 없으면 이제 그만 끊지!"

그가 말했다.

깊은 밤 홀로 자전거를 타고 제작소로 돌아가는 길 내내 총탄을 맞은 느낌과 그가 거리에서 나의 시체를 안고 걸어가는 환영이 머릿속을 가득 메웠다.

그런데 반 년도 안 되어 N을 잊어버리다니 정말 너무 두려웠다. 베이징에 온 뒤 나는 그에게 엽서 한 장을 보냈을 뿐이다. 나는 제작소로 엽서를 보냈다. 제작소 안의 사람들은 이미 그와 나의 일을 다 알고 있으리라 생각했기 때문이다. 그래서 엽서에는 쓸데없이 평범한 말들만 써서 나의 자존심을 세우고자 했다. 그 연애사건에서 내가 사랑을 위해 자존심마저 버렸다고 생각했기 때문이다. 그것이 사랑이 나에게 준 상처의 하나였으며, 그래서 역시 그의 집으로 편지를 보내야겠다고 생각했다.

하지만 나는 편지를 쓰지 않았다. 처음에 나는 내 글이 실려 있는 신문을 두 차례 그에게 보냈다. 하지만 그것도 곧 시들해졌다.

그것은 나로 하여금 중요한 문제를 생각하게 만들었다. 정말 내가 그를 진정으로 사랑한 것일까? 나는 그를 사랑한 것이 아니라 사실은 자신의 사랑을 사랑한 것이라는 생각이 들었다. 오래도록 평범하고 단조로웠던 삶 속에서 나의 사랑은 가상 속에서 불타오른 화염이었다. 내가 사랑한 것은 바로 그러한 불꽃들이었다.

N을 알게 되었을 때 내 나이 서른이었다. 조바심 가득한 나이였다. 스물다섯 살부터 나의 조바심은 해가 갈수록 더해갔다. 생일만 되면 나는 절망에 빠졌으며 우울하고 풀이 죽었다. 벌써 서른이나 되었는데 한 남자를 미친 듯이 사랑해보지도 못하고 정말 삼십 년을 헛되이 살았구나 하고 생각했다. 꿈속에서 나는 내 노년이 갑자기 다가온 것을 보았다. 머리카락이 빠지고 이가 흔들렸으며 얼굴엔 주름이 가득했다. 사랑의 애무를 받아보지 못한 내 몸에선 피부의 수분이 조금씩 다 빠져나가버렸다. 내 주위는 황량했다. 나는 유령처럼 살아가고 있었다. 나는 사람들로부터 갈수록 멀어졌으며 시간이 지날수록 진실한 사랑을 싫어하게 되었다. 나는 나날이 문학과 환각 속으로 빠져들었으며, 식사량도 체중도 날로 줄었다. 어느 날인가 잠에서 깨어나면 정말 유령으로 변해버려 더이상 인간세상으로 돌아오지 못할까 봐 두려웠다.

나는 정상적인 사람들이 걷는 광명에 찬 길에서 점점 멀어져갔다. 만일 좀더 앞으로 나아갔다면 영원히 돌아올 수 없었을 것이다. 그런 생각을 하면 소름이 오싹 끼쳤다. 나는 아직 삶을 다 살지 않았으며 유령으로 변해버리고 싶지 않았다. 나는 반드시 자신을 구제해야만 되었다. 그래서 꼭 한 번 미친 듯이 사랑해야겠다고 다짐했다. 만일 다시 한번 사랑하지 않는다면 이제 기회가 없으리라는 걸 나는 알았다.

스물아홉이었을때 나는 서른이 되기 전에 한 사람을 사랑하고 말겠다고 생각했다. 하지만 사람들로부터 멀리 떨어져 있어서 사실 남자에 대해서는 전혀 아는 게 없었다. 세상 물정 모르는 여고생처럼 나는 하나의 우상을 만들어냈다. 내가 허구로 만들어낸 우상은 여고생들의 우상과 하나도 다를 게 없었다. 당시 마침 까오창젠(高倉健)이 인기가 많아서 나는 아무 생각 없이 까오창젠을 사랑했다. 그의 건장한 체구, 준수한 외모를 사랑했다. 나는 준수한 외모를 지닌 남자가 여성에게 어떤 재앙을 의미하는지 전혀 알지 못했다.

서른번째 생일이 되기 전 어느 날 부주임이 나에게 전화를 해서 제작소로 오라고 했다. 당시 나는 아직 제작소에 묵기 전이어서 보통 월요일 정례모임에만 가곤 했다. 평소 일이 없을 때는 출근하지 않고 집에서 글을 썼다. 그날은 월요일이 아니었는데 주임이 말했다.

"노트가 있으니 건너와보지!"

그날 나는 기분이 괜찮았다. 느낌이 괜찮아 화장도 좀 하고 모양이 좀 특이한 반코트를 입고 문을 나섰다. 그 반코트는 선명한 색깔에 주머니와 단추가 하나씩밖에 없어 하늘을 나는 담요처럼 생겼다. 그 특이한 복장이 나를 좀 돋보이게 했다. 게다가 굽이 높은 부츠를 신어 키가 작은 약점을 가리니 그런 대로 빼어나게 보였다. 맑은 겨울 오후 나는 자전거를 타고 무사히 제작소에 도착했다. 사무실에 올라가니 주임 맞은편에 키 큰 남자가 앉아 있었다. 나중에 N은 자신의 키가 183센티미터라고 알려주었다. 일은 항상 이상하게 꼬이는 법이다. 나는 내 키가 작다 보니 키가 큰 남자를 좋아하게 되었다. 단순히 키가 크다는 사실만으로도 나를 정복할 수 있다니, 나는 얼마나 천박하게 유행을 좇으며 형식을 존중하는 사람이었던가. 형식이 내용보다 더 중요하단 말인가?

나는 첫째 N의 키를 보고, 둘째 그의 얼굴을 보고, 셋째 그의 성격을 보았다. 그의 얼굴은 까오창젠과 똑같이 생겼다. 오뚝한 콧날에 얼굴 피부가 좀 거친 것이 세월의 풍상을 겪은 흔적을 보여주었다. 생각이 깊고도 냉엄한 성격이어서 까오창젠보다 더 까오창젠 같았다.

나는 첫눈에 그에게 반했다. 첫눈에 그를 미친 듯이 사랑하게 되리라는 것을 알았다. 그도 나를 바라보고 있었다. 그가 나를 바라볼 때 눈이 반짝이는 것을 나는 확실히 느꼈다. 나는 내가 담요식의 반코트를 입고 온 것에 속으로 쾌재를 불렀다. N은 수많은 인기 여배우들을 보아왔지만 오늘은 그와 달리 못생기고 촌스러운 여작가를 보게 될 거라고 생각했는데 뜻밖에 그녀의 복장이 상당히 대담하고 개성이 있음을 발견하고 놀랐을 것이다. 그것은 N시의 수준을 뛰어넘는 것이었다. 그 뒤에 N은 나에게 말하곤 했다.

"N시 사람들은 다 촌놈이야."

내 옷이 나에게 커다란 자신감을 주었다. 그 순간이 나에게 가장 광채가 나던 순간이었을 거라고 나는 미소를 지으며 생각했다.

"내가 소개해주지. 이쪽은 N시의 여성작가 두오미, 이쪽은 우리 영화사에서 가장 잠재력이 있는 청년 감독 N이지."

주임이 말했다.

우리는 서로 바라보다가 너무 늦게 보게 돼서 유감이라는 듯이 거의 동시에 말했다.

"어떻게 같은 제작소에 있으면서 한 번도 못 만났지요?"

'하느님, 그가 아직 결혼을 안 한 사람이게 해주세요. 여자친구도 없는 사람이길 빕니다.' 나는 마음속으로 기도했다. 곧 나는 그가 결혼도 안 했고 여자친구도 없다는 것을 알게 되었다. 나이도 많지도 적지도 않게 나보다 꼭 네 살 위였다. 나는 그야말로 하느님이 내려주신 사람이라고 생각했다. 꼬박 삼십 년의 기다림은 바로 그를 위한 것이로구나! 나는 성능이 아주 우수한 생물처럼, 생명을 돌보지 않은 채 아주 작은 햇빛으로도 나 자신을 연소시켰다. 나는 아무런 긍지도 자존심도 없이 속수무책으로 그를 사랑하기 시작했다. 딱 두 번 이야기를 나눈 다음 나는 더 기다릴 것도 없이 나를 그에게 주어버리고자 했다. 그와 이야기한 내용이 나에게 뜻밖의 기쁨을 주었다. 그와 나는 읽은 책이 일치했다. 나는 그에게 커다란 호감을 갖게 되었다. 그때 나는 베이징의 편집자가 원고를 의뢰하여 신간서적을 한 무더기 샀었다. N시에 나말고 그런 책을 가지고 있는 사람이 없으리라 여겼는데 그가 가지고 있다 하니 그와 내가 같은 부류의 사람이며, N시의 엘리트라고 생각되었다. 마침내 나를 알아주는 사람을 만나게 된 것이다. 나는 그가 N시에서 나와 이야기를 나눌 수 있는 유일한 사람이라고 생각했다. 게다가 외모도 까오창젠같이 생겼으니 얼마나 잘된 일인가. 나는 유치한 여고생들처럼 책 이름이나 사람들 이름을 이야기하면서 연애를 시작했다. 그는 현재 국산영화가 얼마나 형편없는 수준이고 국내 배우들의 연기 수준이 얼마나 저질이며 관중의 취미는 또 얼마나 저속한지를 이야기했다. 그는 내가 괜찮다고 생각한 국산영화를 모조리 비판하며 세속에 영합한 작품들이라고 했다. 그가 독립적으로 찍은 첫번째 영화는 전혀 카피가 되지 않았는데 자신은 21세기를 위해 영화를 찍었기 때문에 지금의 관중들이 이해하지 못하는 거라고 했다.

나는 대단히 감복했다. 당시 나는 카피본이 없는 영화감독이야말로 세상에서 가장 위대한 감독이라고 생각했다.

"장차 사직을 한 다음 십육 밀리 카메라를 메고 유랑을 하며 내가 찍고 싶은 것을 마음대로 찍겠어."

그는 자신의 계획을 이야기하기 시작했다.

"유랑시인과 유랑화가란 말은 들었지만 유랑감독이란 말은 들어보지 못했는데요. 당신의 유랑과 정신적인 질식상태에 빠져 있는 영화계를 장편소설로 쓰고 싶어요."

내가 말했다.

"나도 영화를 포기하고 소설을 써야겠어. 먼저 사직서를 내고 나와 관계가 있었던 모든 여성들에게 전보를 쳐서 이별을 선언하겠어." 그가 말했다.

나는 이미 사라져버렸다.

나는 갑자기 슬퍼져서 울고 싶었다. 나의 머릿속에는 한 무리의 여인들이 물밀듯이 떠올랐다. 대체 어떠한 여인들일까? 하고 나는 생각했다.

"왜 그러지?"

그가 물었다.

나는 억지로 웃음을 지었지만 곧 울음을 터뜨리고 말았다.

"웃다가 울다가 정말 미쳤군."

나는 아무 말도 하지 않았다.

"나는 유랑하도록 운명적으로 정해진 사람이야."

이튿날 그가 또 왔다. 스트라빈스키의 〈불새〉와 슈트라우스의 〈차라투스트라는 이렇게 말했다〉 테이프를 가지고 왔다.

"나도 감독이 되고 싶어요. 영화대학에 가야겠어요. 서른이 된 여자가 감독이 되려는 것이 내 장편소설의 제이의 복선이거든요."

"감독이 되고 싶다고? 남자를 손에 넣고 주무르고 싶어서?"

그는 처음 올 때는 포도를 들고 오더니 두번째는 책을 들고 왔다. 그는 류샤오보(劉曉波)의 『선택된 비판』을 가지고 왔다. 그 책은 그해에 가장 잘 팔린 책이었다. 지식청년들은 너도나도 다 한 권씩 가지고 있었기 때문에 N시에서는 한때 매진이 되었는데 그는 한 권 더 사두었다고 했다. 그리고는 또 루스 베네딕트의 『국화와 칼』, 솔 벨로의 『훔볼트의 선물』, 울프의 『등대로』, 사르트르의 『이성의 시대』, 솔제니친의 『슬픈 영혼』 등을 선물했다. 이 책 이름들을 여기에 거론하는 것은 그 책들이 N시에서 다 사라져버렸기 때문이다. 앞에서 말한 화재로 인해 그것들은 다 불타버렸다. 저승에서라도 내 영혼을 보우하사 앞으로 더이상 그 책들을 보지 않고 평안한 나날을 보낼 수 있게 되길 빈다.

내 요청에 따라 그는 자신의 어렸을 적 사진을 가져왔다. 나는 종종 그의 백일사진을 보며 그를 닮은 아이를 낳기를 꿈꾸었다.

나는 그를 끝없이 사랑했다. 그가 매일 오기를 바랐으며, 오면 가지 않기를 바랐다. 그리고 그가 나를 원하기를 바랐다. 그러나 사실 그와 사랑을 나누면서 한 번도 절정에 도달한 적이 없었으며, 쾌감을 느낀 적도 없었다. 심지어는 생리적으로 견디기 어려운 느낌까지 들었다. 하지만 나는 그가 남자이고, 남자가 원하는 대로 봉사를 해야 한다고 생각했다. 그가 며칠만 오지 않아도 나는 살아갈 수 없을 것만 같고 자살하고 싶은 심정이었다. 그가 사기꾼이든, 아무런 재능이 없는 사람이든, 전에 살인 방화를 하고 강간을 했던 상관없이 그를 사랑할 수 있을 것 같았다. 그가 정말로 유랑을 떠난다면 내가 그를 부양하겠다고 생각했다.

그가 언제 올지도 모르면서 줄곧 그를 기다렸다. 그때 나는 지독한 골초가 됐다. 거의 모든 돈을 담배 사는 데 썼다. 나는 여성들이 피는 약한 담배를 좋아하지 않아 항상 말로를 사곤 했다.

언젠가 한두 번 그와 결혼에 대해 이야기한 적이 있다. 나는 너무도 그와 결혼하고 싶었다. 그는 결혼은 단지 형식일 뿐이라고 했다.

그래도 나는 그 형식을 몹시 치르고 싶다고 했다. 그러자 그는 자신은 결혼에 적합한 사람이 아니며 독신주의자라서 영원히 결혼을 하지 않을 거라 했다. 나는 너무 실망하여 눈물을 흘렸다. 그는 악수나 하자고 했다. 나를 위로해주기 위한 것이라는 걸 알았기 때문에 나는 그에게 손을 내밀었다. 그는 내 손을 잡더니 손이 온통 땀에 젖었다고 했다.

나는 그의 생각을 바꾸어줄 기적이 일어나기를 바랐다. 결혼을 통해 그를 내 곁에 붙들어두고 싶었다. 오로지 결혼을 해야만 그것은 가능할 것이었다. 물론 두 사람이 깊이 사랑한다면 결혼을 하지 않을 수도 있을 것이다. 하지만 그는 나를 그다지 사랑하지 않았다. 하물며 결코 믿을 게 못 되는 것이 사랑인 것을! 보부아르와 사르트르는 노년에도 결국 헤어졌다.

영원이란 존재하지 않는다. 어떤 시간이란 것도 존재하지 않는다. 다만 순간이 있을 뿐이다. 모든 것은 다 한순간에서 다른 순간으로 흘러간다.

그러니 그가 보기에 결혼이란 멍청한 짓이었다.

하지만 나는 그를 떠날 수가 없었다. 그의 모든 것이 내게는 더할 나위 없이 신기하기만 했다. 그는 연속 스물네 시간 동안 식사를 하지 않고 커피만 마실 때도 있었다. 그런 그가 내겐 초인으로 보였다. 그는 너무도 고귀한 존재여서 내게는 마치 기적같이 느껴졌다. 하얗고 섬세한 그의 피부는 여성의 피부처럼 매끄러웠으며 허리도 이상하리만치 가늘어 모로 누우면 사랑스럽게 움푹 들어갔다. 그의 살갗에서는 소녀와 같은 은은한 향기가 났는데 남자의 독특한 향기와 절묘하게 혼합되어 사람을 푹 빠져들게 했다.

이제 그의 팔뚝에 난 상처를 이야기해야겠다. 그 둥그런 상처는 마치 과거로부터 현재를 바라보는 눈 같았다. 전에 어떤 여자가 그를 무척 좋아했는데 그가 그만 만나자고 하자 죽어버리겠다고 했다. 그럼 날더러 어떡하란 말이냐고 그가 물었다. 그녀를 때릴 수도 없고, 그는 이렇게 말했다.

"너 때문에 나의 자유를 포기할 순 없어. 그러니 나 때문에 죽는다는 건 어리석은 짓이야. 세상엔 좋은 남자들이 얼마든지 있어. 몸만 돌리면 만나게 될 거야."

그러나 그 여자는 오로지 그만을 사랑하며 그가 그녀를 사랑하지 않는다면 죽고 말 거라고 했다. 그 지경에 이르자 N은 하는 수 없이 담뱃불로 자신의 팔뚝을 지졌다. 팔에서 지지직 연기가 났다.

N이 말했다.

"난 내 몸에 화상을 입혔어. 비록 큰 상처는 아니지만 흔적이 남아 평생 없어지지 않을 거야. 평생 너의 사랑을 기억하겠어. 이제 됐지?"

그러자 그 여자는 절망하여 통곡을 하면서 가버렸다.

나는 언제나 그 상처를 어루만지곤 했다. 그를 보기만 하면 그 상처가 생각났다. 어둠 속에서도 나는 그 상처가 어디에 있는지 정확하게 찾아낼 수 있었다. 손가락 끝으로 상처 가장자리와 가운데, 그리고 표면의 가느다란 주름을 어루만지면 가슴이 아려왔다. 그 상처 자국은 마치 깊은 내용을 담은, 영원히 깜박이지 않는 눈처럼 밤에도 눈을 크게 뜨고 있었다. 나는 수많은 여인들의 얼굴이 꽃처럼 거기서 흘러나오는 것을 보았다. 그의 과거의 여인에 대해 나는 전혀 알지 못한다. 그와 전에 사랑을 나누었던 여인, 그가 전에 안고 입을 맞추었던 여인, 그가 짝사랑했던 여인, 그들에 대해 나는 전혀 모른다. 하지만 그들은 공기처럼 존재하지 않는 곳이 없었다. 그들은 공기 속에서 기나긴 속눈썹을 휘날리고 바람 속에서 검고 긴 머리칼을 나부끼며 나를 응시하고 있었다. 그들은 자신들 중 아무도 그를 얻

274

지 못했기 때문에 나도 그를 얻지 못할 거라고 말하고 있었다.

그를 처음 알기 시작했을 때부터 나는 그를 잃게 되리라는 것을 예감했다. 그날이 마치 죽음처럼 언젠가는 다가오리라는 것을 알았다.

그 절망적인 날에도 나는 여전히 소설을 썼다. 그 아니면 소설, 둘 중 하나였다. 그가 오지 않을 때면 나는 필사적으로 소설을 썼다. 그 기간에 나는 단숨에 두 편의 중편을 썼다. 그것은 나중에 사람들이 나의 소설을 이야기할 때면 언제나 거론되는 작품이었다. 한 친구가 말하길, N과 나의 연애는 고난과 연옥을 통과한 다음 문학의 번영이 이루어졌다는 점에서 마치 '문혁'과 중국의 관계와 같다고 했다. 당시 나는 늘 울면서 원고를 썼다. 거울을 보면서 원고를 쓰노라면 내 눈이 마치 밤바람에 떨리는 꽃잎처럼 퀭하니 요동치고 있었다. 눈물은 투명한 깃털처럼 가벼워 아무런 힘도 없었다. 그런 가벼움은 사람에게 일종의 쾌감을 주었다. 전신이 가벼워지며 어떤 기류를 타고 서서히 하늘로 올라가는 것 같았다. 온몸의 무게가 물방울로 변해 두 개의 검은 구멍에서 흩날리며 떨어져내렸다. 그것은 바로 흐느낌이었다. 한밤중에 외로움 때문에 울어본 여인은 다 그 느낌을 알 것이다.

그러한 흐느낌은 웃음보다 더 깊은 쾌감을 주었다.

바로 그 시기에 나는 임신을 했다. 병원에서 검사를 해본 다음 결과를 그에게 알렸다.

"수술하면 아프겠지?"

그의 첫마디였다.

그 물음에 내 온몸은 얼음같이 굳어졌다. 그 며칠 동안 그는 마침 출장중이었다. 어린 시절의 사진은 내가 며칠 더 보겠다고 해서 나에게 있었다. 나는 날마다 그 사진을 보았다. 그의 어릴 적 모습과 꼭 같은 아이를 이미 갖게 됐다는 생각에 이제 막 생겨난 그 아이에게 무한한 사랑을 느꼈다. 나는 그 아이를 낳겠다고 결심했다. 바로 그의 아이! 그런데 수술하면 아프냐고 묻는 그의 말이 들렸다.

"마취를 해야 되나? 얼마나 걸릴까? 입원해야 되나?"

그가 연이어 물었다.

"정말 성가시게 됐군."

마지막으로 그가 결론을 내리듯 말했다.

"귀찮아해야 할 사람은 나예요. 난 모든 걸 받아들이겠어요." 내가 말했다.

"낳을 거야?"

그가 놀란 듯 물었다.

"그래요. 당신이 원치 않는다는 걸 알았으니 내가 모든 걸 알아서 하겠어요. 당신은 전혀 상관할 것 없어요. 사생아를 낳아 나 혼자 기를 거예요."

그는 아무런 준비가 되어 있지 않은 듯 한동안 아무 말도 못 했다. 눈썹을 찌푸린 채 담배만 피워댔다. 우리는 아무 말 없이 버티고 있었다. 나중에 그는 며칠 지나면 보름 동안 외출을 나가야 하니 그전에 마지막 결정을 하자고 했다.

그후 이삼일 동안 두 사람은 마주 앉아서 똑같은 말을 되풀이했다. 나는 그가 분명한 태도를 보여주길 바라며 물었다.

"어떻게 하면 좋겠어요?"

"운명에 맡겨야지. 당신이 하자는 대로 할게."

"당신은 현실을 도피하고 있어요."

"인정해. 나는 염세주의자야. 어찌 됐든 아무 상관 없어."

그는 며칠 있으면 떠나야 하니 낭비할 시간이 없다면서 나에게 빨리 결정하라고 했다.

"나는 아이를 낳기로 결정했어요. 모든 걸 다 내가 알아서 할 테니 당신은 양육비로 한푼도 줄 필요 없어요. 하지만 나는 이 아이가 다른 사람의 손가락질을 받지 않도록 정식 아버지를 갖길 원해요."

내 말을 들은 그는 문을 박차고 나가버렸다.

이튿날 날이 밝자마자 문을 열고 들어선 그가 무표정하게 말했다.

"월요일에 혼인신고하러 가자."

혼인신고를 하자마자 그는 육체노동을 하며 천하를 유랑하겠다고 했다. (마치 영화 속의 대사 같았다.) 그는 영화를 포기했으며 촬영 팀도 이미 해산했다고 했다.

그 말을 들은 내 첫번째 반응은 이제 영원히 그를 볼 수 없게 되었다고 생각한 것이었다. 그의 말을 진실로 받아들인 나는 한순간 하늘이 무너지는 것 같았으며 살고 싶은 마음도 사라졌다. 이제 더이상 그를 볼 수 없다면 이 모든 것이 다 무슨 의미가 있으랴 싶었다.

"유랑을 하다니, 어디로 가는지 좀 가르쳐줄 수 없나요?"

"안 돼."

"그럼 당신 사진이라도 몇 장 주세요. 나한테 사진을 준 적이 없잖아요."

"이 썩어 문드러질 몸을 봐서 뭘 하게? 그 사생아를 보는 것으로도 부족해서 그래?"

세계의 종말이 다가왔구나 하고 나는 생각했다.

"월요일 몇시에 갈 거야? 말해봐, 당신 뜻대로 해줄 거니까."

그가 다시 말했다.

"당신이 영화를 포기하다니, 내가 죄인이에요."

"당신은 자신의 이해득실만 따지지. 내가 지금 염려하는 것은 우리 어머니야. 돌아가실 때까지 나는 어머니께 거짓말을 하는 수밖에 없어. 올해가 어머니 회갑이신데."

그의 말에 순간 나는 부끄러워졌다.

"여자란 동물은 다 자기 이익만 생각해. 당신은 이제 서른 살이니 이게 마지막 기회라고 했지. 정신과 육체가 다 막대한 손상을 입었다고 했지. 그럼 내가 영화를 포기하면 정신적으로 비긴 거고, 내가 막노동을 하면 육체적으로도 고생을 하게 되니 비긴 셈이 되겠군. 이제 수지가 맞나?"

그가 덧붙였다.

그 말을 듣자 나는 오장이 타는 듯하여 울음을 터뜨렸다. 내 생각을 포기해야만 하겠구나라는 생각이 어렴풋이 들었다. 하지만 내 몸속의 아이를 떼어내야 한다는 생각을 하자 가슴이 찢어지는 것 같았다. 내가 정신없이 울기만 하자 초조해진 그가 말했다.

"그럼 나더러 어떡하란 말이야? 말해봐, 내가 죽어줄까? 내가 이 층에서 떨어져줄까? 나는 사람이 아니야. 나는 돼지야. 나는 개야. 이제 됐지!"

이렇게 말하며 머리를 힘껏 벽에다 쿵쿵 찧더니 부엌에 가서 수돗물을 벌컥벌컥 들이켰다. 그리고는 두 사람은 조용해졌다.

"말해봐, 월요일 몇시야? 혼인신고를 끝내면 당신은 아이를 낳고 나는 막노동자가 되는 거야. 다만 사전에 한 가지 분명히 해둘 것은 아이는 절대 내가 키우지 않겠어."

그가 말했다.

내 머리는 온통 혼란으로 가득 찼다. 이 아이를 낳게 되면 나는 영원히 그를 볼 수 없게 될 거야. 그를 볼 수 없게 된다면 산다는 게 무슨 의미가 있겠는가? 그러한 선택은 내 온몸을 고통으로 몰아넣어 앞뒤를 따져가며 냉정한 결정을 할 수 없게 만들었다. 나는 앞으로 그를 볼 수 없겠구나 하는 생각밖에 없었다.

"아이도 낳지 않고 결혼도 하지 않을게요."

나는 갑자기 자신도 믿기 어려운 말을 했다.

"그럴 수 있겠어?"

금세 기운이 나는지 그가 재빨리 말했다.

"그렇게 한다면 보름 동안 날 보살펴주어야 돼요."(그 보름 동안은 얼마나 행복할까 하는 생각이 들었다. 그가 날마다 나와 함께 있을 거라는 생각을 하자 신기하게도 기분이 좋아졌다.)

그러나 그는 아무 말도 하지 않았다.

"내가 아이도 낳지 않고 당신의 보살핌도 바라지 않고 그러길 바라지요?"

"당신이 어떻게 자신을 돌보겠어?"

"그거야 상관 말아요. 당신은 그러길 바라잖아요?"

"당신 맘대로 생각해."

그는 아마 내가 정말로 마음을 바꾼 것이 아니라 꾀를 부리는 거라고 생각한 것 같았다. 그의 얼굴이 다시 굳어졌다.

"월요일 몇시?"

그가 말했다.

"그렇게 당신이 원치 않는다면 안 가면 되잖아요?"

"당신하고만 원하지 않는 게 아니라 나는 누구하고도 결혼을 원치 않아. 결혼은 다 나쁜 거야. 아이를 갖는 것도 나쁜 거고."

나는 마침내 내가 어떤 선택을 해야 하는지를 깨달았다. 오로지 사랑을 위해서 나는 그런 선택을 할 수밖에 없었다.

그가 안심하고 영화를 찍을 수 있도록 나는 한 시각도 늦출 수 없었다. 월요일에 나는 수술을 받기로 했다. 수술 뒤에 먹을 것을 준비하기 위해 수술 전에 가까스로 쌀과 마른 국수를 사러 갔다. 그런 일들은 원래 그가 해야 되는 일이었지만 나는 그를 귀찮게 하고 싶지 않았다. 나는 그에게 나와 함께 병원에 가서 수술실 문 밖 의자에서 기다려달라고 했다. 나는 적어도 그것만은 그가 해야 한다고 생각했다. 그러나 그는 병원 입구에서 달아나버렸다.

수술 후에도 그는 내 곁에 있지 않았다. 단지 인삼 로열젤리 한 갑을 사다주었을 뿐이다. 그런 걸 먹으면 상초열이 난다고 하자 그는 중국인은 걸핏하면 열이 난다고 하지만 빈속에 먹으면 괜찮다고 했다.

아이가 없어지자 그는 안심하고 배경을 고르러 갔다.

"이제 홀가분해졌어요?"

"제정신이 아니군."

"그 아이는 사십구 일밖에 살지 못했어요. 당신이 그앨 죽인 거예요. 사십구란 숫자는 불길한 숫자예요. 그 아이의 혼령이 떠돌고 있으니 조심하세요."

"나쁜 짓만 일삼았으니 나는 비명횡사할 거야."

그는 그렇게 말하고는 배경을 고르러 나갔다.

수술 후 나는 내내 울었다. 나는 나 자신이 돌이킬 수 없는 선택을 했다는 것을 깨달았다. 아이는 정말 사라진 것이다. 세상엔 존재와 비존재, 단지 이 두 가지밖에 없다. 나는 앞으로 영원히 아이를 가질 수 없으리란 생각이 들었다. 나는 아이와 동시에 그도 잃었다. 나는 그의 사진도, 편지도 없었다. 모든 것이 다 환각 같았다. 사랑을 한 것도 다 환각 속에서인 것 같았다. 왜냐하면 아이를 남기는 것 외에는 그것을 증명할 방법이 없기 때문이다. 사람들의 입에 오르내리거나 유언비어가 나도는 것이 무엇이 두려우랴. 그것도 일종의 흔적인 것을. 다른 사람에게 그와 나의 관계를 알리는 것이 바로 관계가 있었다는 것을 증명하는 것이다. 몇 사람의 기억이 한 사람의 기억보다는 더 믿을 만하니까. 만회할 길 없는 잃어버린 사랑이 단지 기억 속에만 남아 있었다.

수술 후 나는 정신이 흐릿했다. 때때로 나는 그가 실재하는 사람이 아닌 것처럼 느껴졌다. 아마도 그건 내가 그를 얻지 못했기 때문일 거라 생각했다. 만일 내가 그를 얻을 수 있었다면 그는 이미 그가 아닐 거라 생각했다. 어떤 여인도 감히 얻을 수 없는 것이 그의 가장 우수한 점이라고 나는 생각했다. 바로 그 점이 그의 특수한 매력인 것이다. 내가 그를 사랑하는 것은 그를 얻기 위해서다. 그런데 그를 얻을 수 없기 때문에 반드시 얻어야만 하는 것이다. 하지만 그를 얻을 수 있다면 이미 그가 아니다. 나는 그가 아닌 남자는 필요치 않다. 나는 오히려 그가 실제의 인물이 아니길, 단지 환영이길 바란다. 그는 내 마음에서 온 것이지 나의 신체 밖에 존재하는 것이 아니다. 그래야만 그는 비로소 나 혼자만의 것이 될 수 있으니까. 여자는 그런 법이다. 여자는 마음에 드는 한 남자만을 죽어라 붙잡는 법이다. 하지만 남자는 하나를 잡으면 더 많이 잡고 싶어하고 많으면 많을수록 좋아한다.

남자와 여자는 공통의 목표가 없다.

나는 그에 대한 원한으로 가득 찼다. 그러나 십여 일이 지나자 내 몸은 나날이 좋아졌고 다시 그를 그리워하게 되었다. 어느 비가 내리는 밤 그가 갑자기 문을 두드렸다. 군용 우비를 입은 그는 머리카락이 비에 흠뻑 젖어 있었다.

"언제 돌아왔어요?"

"오전에 막 도착했어."

그가 나를 생각하고 있었구나. 그는 나를 사랑하는구나. 아이를 포기한 대신 그의 사랑을 얻다니 천만다행이라는 생각이 들었다.

그후 그가 출시할 필름의 낭독 희곡을 준비하기 위해 그는 나를 데리고 도서관에 자료를 찾으러 갔다. 그것은 그가 나와 함께 공개적으로 한 첫번째 일이었다. 나는 한동안 행복감으로 충만했다. 나는 날마다 옷을 갈아입고 매일 정성을 다해 화장을 한 채 그를 기다렸다. 그리고는 그와 함께 도서관 팔층에 가서 지방사(史) 자료를 찾고 함께 거리에서 국수를 먹고 복사를 하고 영화제작소에 갔다. 심지어 그는 어머니가 안 계실 때 자신의 집에 데리고 가 나한테 손수 식사대접까지 해주었다. 나는 그 모든 것이 보증할 수 있는 사랑의 근거라고 생각했다.

여름이 다가오던 어느 날 점심 무렵, 그가 달려와 자기 필름에 가사를 써달라고 했다. 그가 출시할 것은 신화필름인데 열 수의 가사가 필요하다고 했다. 원 극본의 가사가 별로 좋지 않은데 그것이 필름의 성패에 영향을 미치므로 다시 좀 써주면 좋겠다고 했다. 그것도 그날 밤까지 서둘러 써야 한다고 했다.

"내가 쓸 수 있으리란 걸 어떻게 알았어요?"

내가 물었다.

"N시에서 당신말고 쓸 수 있는 사람이 누가 있겠어?"

기분 좋은 말이었다. 나는 얼른 종이를 꺼내 그의 상황 설명을 듣고 즉시 쓰기 시작했다. 그날은 몹시 무더웠다. 적어도 삼십칠팔 도는 되었을 것이다. 그가 내 침대에 누워서 한숨 돌리는 새 나는 책상에 붙어앉아 가사를 썼다. 그는 신선하고, 말하는 것처럼 알기 쉽고, 운치가 있어야 하며, 민속적인 색채도 있어야 하고, 물론 운도 맞아야 된다고 했다. 게다가 개구리가 세상에 나오는 노래, 베갯머리에서 부르는 노래, 밥그릇을 핥는 노래 등 기묘한 내용이어서 상당히 난이도가 높았다. 그날은 사랑을 위해 글을 썼기 때문에 시상이 밀려오고 영감이 번쩍이는 것 같았다. 그래서 저녁식사 전에 네 수나 썼다. 그가 보더니 썩 마음에 들어하며 당장 저녁을 사주었다. 그리고는 밤까지 다 써야 하니까 서두르라고 했다. 저녁식사 후에도 여전히 옆에 붙어서 담배를 피울 거냐, 커피를 마실 거냐, 포도주를 마실 거냐 하며 물어오곤 했다. 한 번도 그렇게 나를 보살펴준 적이 없었기 때문에 너무 감격한 나는 한밤중이 되자 열 수를 다 써냈다. 한 번 훑어보았더니 상당히 만족스러웠다.

그는 열 수를 다 베낀 후 가지고 가려 했다. 그런데 빠진 글자가 눈에 띄어 내가 첨가하려 하자 얼른 종이를 빼앗더니 자기가 써넣었다. 의심스런 생각이 들었으나 그는 말할 틈도 주지 않고 가버렸다.

"그 가사는 내가 썼으니 자막에 내 이름을 넣어줘요."

이튿날 그를 본 내가 말했다.

"당신 서명을 하면 안 돼. 문제가 복잡해져."

"그건 나의 정당한 권리인걸요."

"당신 이름을 안 쓰는 대신 제작경비에서 원고료로 사백원을 주지."

그가 잠시 생각하더니 말했다.

"돈 같은 건 필요없어요. 단지 당신 영화에 내 이름이 들어가길 바랄 뿐이에요."

"구린내 나는 가사 몇 수 가지고 뭘 그래? 그럼 다시 가져가. 다른 사람을 알아볼 테니."

그가 화를 내며 말했다.

나는 놀라서 한동안 아무 말도 안 나왔다. 그가 자신이 그 가사를 쓴 것처럼 할 모양이라고 나는 생각했다. 그렇지 않다면 내가 원고지에 글자 한 자 적어넣는 것을 왜 그렇게 두려워했겠는가.

"장차 출시할 때 당신 이름을 쓰도록 하지."

그가 말했다.

"됐어요, 이름 안 써도 그만이에요."

통속영화를 찍는 것도 아닌데 무슨 출시를 하느냐라고 나는 생각했다. N이 허영심이 있는 사람이라 사람들에게 자기가 원 극본을 고치고 가사도 훌륭하게 쓴 것을 보여주고 싶은가 보다고 나는 생각했다. 그러한 허영심쯤은 용서할 수 있었다.

아이를 뗀 후에도 나는 정신을 차리지 못하고 오히려 더 심연 속으로 빠져들었다. 나는 이미 아이까지 희생시켰는데 무언들 희생할 수 없겠는가라고 생각했다. 아이를 지우는 것은 마치 내 심장을 도려내는 것 같았다. 하지만 그래도 나는 차례차례 그에게 양보했다. 나는 그가 나에게 잘못하는 것을 알아차리지 못했다. 단지 나의 사랑의 숭고함과 순결함만을 생각했을 뿐이다. 나는 그 속에 깊이 빠져 있었다.

그는 곧 야외장면을 찍으러 갔다. 장장 두 달에 달하는 기나긴 기다림 속에서 그에게 편지를 썼지만 답장은 오지 않았다. 우리 사이에는 어떤 연관도 없었다. 그 무렵의 어느 날 밤 친한 친구 한 명이 알려줄 중대한 일이 있다고 N시 동쪽 교외에 있는 예술대학에서 서쪽 교외에 있는 영화제작소까지 달려왔다.

"두오미, 너무 슬퍼하지 마."

그녀가 연민에 가득 찬 눈길로 나를 바라보며 말했다. 무슨 일인지 눈치챈 나는 온몸이 떨리기 시작했다. 다리에 힘이 쭉 빠지는 것 같았다.

"두오미, 중간에서 이간질한다고 생각하면 안 돼."

나를 껴안으며 그녀가 말했다.

"괜찮아, 얘기해봐."

온몸에 힘이 빠진 내가 중얼거렸다.

예술대학에 가깝게 지내는 여자애가 있는데 얼마 전부터 N이 종종 그녀를 찾아와 무릎까지 꿇은 채 청혼을 했으며 아무리 쫓아내려 해도 가지 않았다는 것이다. 그 여자아이한테 N의 사진이 있는 걸로 보아 그것은 틀림없는 사실일 거라 했다. 그 말은 수만 개의 화살이 되어 나의 심장을 찔렀으며 마른하늘에 날벼락이 떨어지는 것 같았다. 온몸은 얼음처럼 굳었고 눈꼬리는 치켜올라갔다.

"일부러 그애에게 언제 그랬느냐 물었더니 바로 네가 수술을 했던 그 무렵이래."

그녀의 말소리가 흐릿하게 들렸다.

나는 맥이 빠진 채 앉아 있었을 뿐 눈물 한 방울 나오지 않았다. 어찌된 영문인지 갑자기 웃음이 터져나왔다. 미친 것처럼 큰 소리로 웃어대다가 또 목석처럼 앉아 있었다. 웃다가 생각하고 생각하다 웃곤 했다. 사실 마음속으로는 이미 사태를 알아차렸지만 억제할 수 없이 웃음만 나왔다.

나는 이내 버림받은 여인이 되어 하룻밤 사이에 늙어버렸다. 일주일 내내 누구와도 말하고 싶지 않았다. 먹지도 자지도 않고 밤새 담배만 피워댔다. 얼굴에는 수없이 가느다란 주름이 생겼다. 목소리마저 변해버려 아무것도 남지 않았다. 그때 제작소에서 신분증을 새로 만든다고 해서 억지로 사진을 찍었는데 차마 눈뜨고 볼 수 없을 지경이었다.

나는 날마다 창문을 향해 멍하니 앉아 있었다. 창문 밖은 그가 전에 보충 촬영을 했던 공터였다. 그곳은 어둡고 쓸쓸할 뿐 아무 소리도 없었다.

"사랑은 죽음보다 잔혹하다."

거기에서 이런 나이든 목소리가 천천히 울려퍼졌다.

나는 이 생에 다시는 사랑을 하지 않겠다고 생각했다. 죽을 때까지 더이상 남자를 사랑하지 않을 것이다.

제작소에서 땅을 팔려 하니 역시 떠나는 게 좋을 거라고 그들이 말했다.

"저 공터 보이지?"

그들이 창문 너머를 가리키며 말했다. 공터에는 잡초가 이미 무성하게 자라나 있었다.

"저 땅이 팔리면 무엇에 쓰인대요?"

내가 물었다.

"고층건물을 짓는다던데."

얼마 안 있으면 저 공터는 파헤쳐지겠지. 붉은 흙이 깊은 데서부터 파헤쳐져 흙 냄새가 진동하겠구나. 철근 콘크리트가 그 흙과 반죽되어서는 지상에 거대한 쇳덩이처럼 높다란 건물이 생기겠지. 일찍이 이 공터에서 밤새 지켜보던 N, 그의 모습, 그의 동료, 그리고 그들이 밝혔던 등, 이 공터를 떠난 그것들은 마치 환영처럼 지리멸렬해져서 나의 시아에서 점점 멀어져갔다.

(그것들은 너무도 철저하게 소실되어 내가 위와 같은 글을 쓸 때는 이미 당시의 심정을 파악할 도리가 없었다. 그래서 하는 수 없이 옛 작품과 일기를 한데 모아 이 글을 썼다. 때문에 나의 이전 작품과 중복되는 것이 있을 수 있다는 걸 여기서 밝혀두고자 한다.)

에필로그 : 도피

두오미는 도피주의자이다.

실패만 하면 도피하곤 했다. 그녀는 적수와 자웅을 겨루는 용맹스런 여인들 같지도 않았고 세상이 깜짝 놀라도록 살인을 하거나 방화를 하는 등의 일도 하지 않았다. 어느 날, 바로 두오미가 인공유산을 했던 그날, 그녀는 그날을 마음속에 새겨두었다가 일주년이 되는 날에 카메라를 넣은 보따리를 가지고 N을 찾아갔다. 그녀는 N과 담배를 피우고 커피를 마셨다. 그리고는 갑자기 말했다.

"N, 들어봐요. 오늘이 우리 아이가 죽은 지 일주년이 되는 날이에요. 그래서 그 아일 기념해주고 싶어요."

이렇게 말하면서 그녀는 재빨리 보따리에서 그것을 꺼냈다. N은 갑자기 안색이 창백해지더니 자기도 모르게 벽 모퉁이로 한 걸음 물러섰다. 그는 눈앞의 이 미친 여인이 폭탄을 꺼낼지 아니면 비수를 꺼낼지는 모르지만 오늘이 틀림없이 죽는 날이구나 하고 생각했다.

하지만 두오미는 그저 카메라를 꺼내 기회를 포착하여 N의 낭패한 모습을 필름에 담았을 뿐이다. 그녀는 어찌 됐든 그 아이에게 기념은 좀 남겨주어야지 아무것도 없을 수는 없다며 울음을 터뜨렸다. 그제야 N은 한숨을 내쉬었다.

여기까지 쓰고 나니 웃음이 그치지 않는다. 그것은 정말 희극적인 장면이었다. 현실이 아니라 오히려 졸렬하고 허구적인 한바탕의 연극 같았다.

두오미는 사납지도 총명하지도 못했다. 그녀는 어떤 수단으로 어떤 분위기를 만들어내야 자신에게 유리한지를 알지 못했다. 그녀는 여지없이 패배하고 만 자신의 모습을 속수무책으로 바라보는 수밖에 없었다.

그녀의 유일한 출구는 도피밖에 없었다.

도피의 길은 멀고도 험난했다.

도피의 길은 아무도 와주는 이 없이 고독했다.

어린 시절 두오미는 이 다음에 크면 반드시 베이징에 가겠다는 커다란 뜻을 세웠었다. 그 생각은 줄곧 마음속 깊은 곳에 숨겨져 있었다. 이제 너무도 상심한 나머지 커다란 구멍이 뚫린 것 같고 마치 번개가 치는 것처럼 겹겹이 쌓인 시공이 갈라지더니 그 생각이 신기한 진주처럼 가볍게 위로 떠올랐다. 그것은 반짝반짝 빛나며 멀리서 두오미가 가려는 곳을 비추어주었다. 끝없이 상심했던 그 밤들, 두오미는 이제 베이징으로 가야겠다고 생각했다. 내가 왜 그걸 잊었었지? 운명이 나에게 이런 시련을 준 것은 알고 보니 기회를 주기 위한 것이었구나.

두오미는 휘황찬란한 도피처를 찾아냈으며 그것은 그녀에게 큰 위로가 되었다. 그녀는 죽음 속에서 삶을 찾았으며 부활했다.

나중에 한 노인이 그녀를 받아주었다.

그 노인은 그녀의 남편이 되었다.

노인은 마치 담처럼 그녀의 모든 친구들을 막아주었으며 그녀에게 자신의 그림자만 남아 있게 고립시켰다. 다른 사람들은 두오미가 자신의 목적을 달성하기 위해 그 늙은이에게 시집갔으며 자신의 사랑을 팔았으니 얼마나 치욕스러운 일인가!라고 생각했다. 두오미는 사회의 그런 순진한 사람들에게 실망했다.

두오미는 그때부터 전혀 새로운 사람으로 변했다.

옛 친구들은 다 죽었으며 그녀의 격정과 사랑은 멀어져간 우레소리처럼 영원히 지평선 밑에 가라앉아버렸다. 그녀는 장작개비같이 마른 몸으로 베이징의 거리를 가볍게 쏘다녔다. 그녀는 종종 지하철역에 갔다. 두오미의 소설에서 강물은 항상 지옥의 입구였다. 그녀는 만일 거대한 도시에서 지옥의 입구를 찾는다면 그것은 틀림없이 지하철 깊은 곳에 있는 검은 동굴일 거라고 생각했다. 나는 종종 지하철역에서 그녀를 보았다. 그녀는 헐렁한 검은색 스프링코트를 입고 유령처럼 지하철 입구를 배회했다. 그녀는 가볍게 사람들 속을 떠다녔다. 그녀가 사람들을 거슬러서 가든 아니면 어깨를 스치고 지나가든 다른 사람의 행동은 전혀 그녀를 방해하지 못했다. 그녀의 몸에서는 정적의 기운이 흘러나왔다. 바람에 나부끼는 그녀의 긴 머리는 이미 사라져버린 그녀의 영혼처럼 또다른 세계의 도안을 휘감고 있었다.

거기에 생각이 미치자 나는 오싹 소름이 돋는다.

어느 날 두오미는 지하철에서 메이쥐를 우연히 만났다. 그 괴팍한 성깔을 지닌 독신녀는 두오미에게 자기 집에 놀러 오라고 했다.

메이쥐 집에 있는 거울은 옛날과 다름없이 여전히 각 방을 꽉 채우고 있어 어느 방향에서나 자신을 볼 수 있었다. 두오미는 그런 방에서 마음이 너무 편안해지는 것을 느꼈다. 두오미에게 낯익은 푸르스름한 광선이 거울 깊은 곳에서 아련히 흘러나왔다. 그녀는 갑자기 십 년 전 서남부를 유랑하던 시절 들어가보았던 주량의 방이 떠올랐다. 그러자 마음속 깊이 어떤 느낌이 다가왔다. 푸르스름한 광선으로 덮인 거울이 있는 방은 아마도 일종의 특별한 차원으로 들어가는 채널이라는 생각이 들었다. 마음속으로 주문을 외우기만 하면 다른 차원의 공간에 들어갈 수 있는 것이다.

하지만 두오미는 주량이 가르쳐주었던 주문을 잊어버렸다.

그녀는 실내에 멍하니 앉아 있었다. 유일하게 하고 싶었던 것은 메이쥐에게 자신의 머리를 밀어달라고 하는 것이었다. 그녀는 메이쥐에게 세니더 오캉나처럼 머리를 밀어달라고 했다. 오캉나는 열한 살에 가출하여 열세 살 때 도둑질을 한 죄로 보호소에 이 년을 갇혀 있었던 사회에서 버림받은 여성이었다.

두오미는 자신도 그녀와 마찬가지로 사회의 용납을 받지 못하는 사람이라고 생각했다.

한 여자의 전쟁이란 한 손으로 자신의 뺨을 올려붙이고, 하나의 벽으로 스스로를 가로막는 것이며, 한 송이 꽃이 절로 피고 지는 것을 의미한다. 한 여자의 전쟁이란 한 여인이 자신을 스스로에게 시집보내는 것이다.

그 여인은 나르시시즘과 은근한 자학심리를 함께 품은 채 거울 속의 자신을 바라보았다. 스스로에게 자신을 시집보낸 여인은 조화할 수 없는 두 개의 머리를 지닌 괴수와 같은 양면성을 지니고 있다.

차가운 비단이 그녀의 불타오르는 피부를 어루만지고 있었다. 마치 말로 표현할 수 없는 거대한 기관이 그녀의 온몸에서 왕복운동을 하는 것 같았다. 그녀는 자신이 물 속에서 떠다니는 것 같았다. 그녀의 손이 파도와 같은 몸에서 오르락내리락했다. 그녀의 몸 속 깊은 곳에 있는 샘물이 끊임없이 솟구쳐나왔다. 투명한 액체가 그녀에게로 스며들었다. 필사적으로 몸부림치는 그녀의 살며시 벌어진 입술에서 치명적인 신음 소리가 새어나왔다. 그녀의 손은 더듬다가 머뭇거리다가 고집스럽게 밀고 들어와 마침내 아무렇게나 헝클어진 촉촉한 곳에 다다랐다. 그녀의 셋째손가락이 그 어지러운 곳의 가운데에 있는 촉촉하고 부드러운 입구를 더듬었다. 그녀는 감전이라도 된 듯 비명을 질렀다. 그녀는 자신을 삼켜버렸다. 그녀는 자신이 물로 변한 것 같았다. 그녀의 손은 물고기가 되었다.

1993년 9월 30일 둥40탸오(東40條)에서 씀

1995년 3월 21일 수정

1997년 1월 14일 문집 수록 때 재수정

안녕, 『청춘의 노래』여, 안녕!
─린바이의 『한 여자의 전쟁』

데이빗 왕(컬럼비아대학교 동아시아학과 교수)

　　1958년, 중국의 여성작가 양모(楊沫)는 장편소설 『청춘의 노래』로 하루아침에 이름을 날렸다. 『청춘의 노래』는 린다오징(林道靜)이라는 소녀의 역경에 찬 성장 과정과 고통스런 연애 경험을 서술하고 있다. 우여곡절을 겪은 린다오징은 마침내 혁명의 길을 선택하게 되며, 베이징의 12·9학생운동 과정에서 신여성으로 거듭난다. 『청춘의 노래』는 혁명적인 역사소설의 전형으로 여겨졌다.

　　이 작품이 일세를 풍미하게 된 원인은 공산혁명을 감동적으로 서술했을 뿐만 아니라 책 제목, 인물, 스토리에 이르기까지 당시 중화인민공화국 청년 세대의 낭만적인 정서를 자극했기 때문이다. 건국 시기부터 웅대한 계획이 실현되길 기다리고 있었으나 얼마나 많은 청춘들이 조롱거리가 되고 말았던가? 더 중요한 것은 작가 양모가 자신의 경험을 토대로 하여 린다오징이라는 인물을 창조했으며 이 인물이 혁명여성의 원형이 되었다는 점이다. 『청춘의 노래』는 이로 인해 좌편향 여성교육의 성장소설 가운데 가장 우수한 작품으로 손꼽혀왔다.

『청춘의 노래』가 일세를 풍미하던 시절, 의식을 갖기 시작하거나 막 탄생한 일군의 여성들이 있다. 상하이의 왕안이(王安憶), 옌거링(嚴歌苓), 광시의 린바이(林白), 베이징의 천란(陳染), 쓰촨의 훙잉(虹影)…… 그후 삼십 년 동안 그들은 동시대 다른 여성과 마찬가지로 기아, 문혁, 하방, 개혁개방 등 온갖 풍상을 겪었으며 그러한 가운데 의식의 전환을 이루게 된다. 그들의 성장 과정에서『청춘의 노래』는 한때 '독초'로 지목되기도 했지만 소설을 지탱하고 있는 혁명적인 여성의 신화는 이미 그들의 마음속에 깊이 자리잡았다. 세월이 흘러 그 젊은 여성들은 방식은 달랐지만 모두 창작을 일생의 목표로 선택했다. 그들은 더이상 젊은 축에 들지 않게 된 90년대에 이르러 지나온 길을 회상하고자 하는 충동에 빠진다. 그들의 '청춘의 노래'에는 과연 무엇이 씌어 있나? 이제 살펴보자.

중화인민공화국 역사의 첫 페이지는 폭력과 상흔으로 얼룩져 있다. 공화국의 자녀는 그 영향에서 벗어나기 어려우며 특히 여성이 받았던 상처는 남성에 비해 더욱 심할 것이다. 훙잉의『굶주린 계집아이』, 왕안이의『우수의 시대』등의 제목만 봐도 육칠십년대에 성장한 여성들이 얼마나 자신의 신체를 발굴하는 데 서툴렀으며 자신의 청춘을 멍하니 흘려보내버렸는지를 상상하기 어렵지 않다. 그래서 왜곡되고 어찌할 수 없는 기형적인 사랑과, 온갖 난관을 고해하는 스토리를 지닌 옌거링의『이 세상』과 같은 작품이 등장하게 된다.『청춘의 노래』의 린다오징도 사실 좌절과 곤혹을 거치고 잘못을 범하지만 결국은 혁명운동의 과정에서 동료를 얻고 군중에 의거하여 사사로운 욕심을 승화시키게 된다. 하지만『청춘의 노래』식의 후광 아래 성장한 린바이와 천란은 또다른 사실을 보여준다. 공화국 여성의 성장의 길은 고독하고도 비통한 것으로 바로 '한 여자의 전쟁'과 같으며, 세기말에 출판된 '청춘의 노래'에서는 소아(小我)를 희생하여 대아(大我)를 이루기를 부르짖는 것이 아니라, '사적인 삶'을 부르짖게 된다. 천란과 린바이의 출현은 중국 여성의 '사소설' 시대가 도래했음을 알려준다.

린바이는 광시(廣西)에서 나고 자랐으며 90년대에 베이징으로 이주했다. 80년대에 창작을 시작했는데 특히 여성의 신체적 욕망과 감정의 묘사에 뛰어나고, 작품은 음울하고도 강렬하며 남국의 색채가 충만하다. 중편 「치명적 비상」은 남녀간의 육욕의 연회와 여성의 타협과 원한, 그리고 그에 따른 피비린내 나는 살의를 그려 리앙(李昻)의 『살부(殺夫)』를 연상시킨다. 중국 대륙의 애정문학의 한 전기를 이룬 이 중편으로 린바이는 널리 이름을 알리게 된다. 『병 속의 물(瓶中之水)』은 동성애에 빠진 여성의 집착과 모순된 심정을 묘사하고 있다. 이 작품에서 남성의 매력은 여성에 비하면 짝이 기운다. 또한 『사과를 꿰뚫은 탄알』과 『사랑하는 사람과 헤어질 수 없네』 등의 작품에서는 온갖 애욕의 관계를 교차시켜 반복 묘사함으로써 글로 표현할 수 있는 욕망의 한계를 실험하고 있다. 비록 다 우수한 작품이라고 할 수는 없지만 린바이의 풍격이 강렬하게 드러나 있다.

『한 여자의 전쟁』은 자전적 색채가 농후한 작품이다. 이 소설을 빌려 린바이는 그녀의 초기 삶과 창작 생활을 결산하고자 했으며 아울러 창작을 하는 여성이 치러야 할 대가에 대해 사색하고 있다. 대여섯 살(서술자) 때부터 자신을 어루만지며 신체의 욕망에 눈뜨게 되는 것에서 시작하여 소녀 시절의 학습 경력, 처음 불타올랐던 창작의 야심, 온 중국을 유랑하며 겪게 된 기이한 일들, 좌절을 거듭했던 연애, 낙태를 강요당했던 슬픈 장면 등을 묘사하고 있다. 마침내 우여곡절 끝에 고향에서 베이징으로 오게 됨으로써 그녀는 '죽음 속에서 삶을 찾아 부활하게 된다'. 린바이는 거침없이 글을 써내려 갔으며 자신을 억제하지 못할 때도 있어 작품의 형식이 그렇게 정교 하다고 할 수는 없다. 그러나 진실하고 감동적이다.

지난 일을 회상하기란 쉽지 않다. 단지 진심으로 지난 세월의 희 망과 위선을 검토하고 소녀 시절의 경박함과 허영을 해부할 때 작가 는 비로소 더욱 성숙한 시야를 드러내 보일 수 있는 법이다. 린바이 는 자신의 절박한 공명심 때문에 경솔하게 다른 사람의 작품을 표절 하여 씻을 수 없는 오점을 남기게 된 것, 커다란 뜻을 세워 타향을 유랑하다 어처구니없는 사기에 걸려 정조를 잃게 된 것과 사랑에 빠 져 거의 히스테리에 가까운 절망적 상태였음을 고백하고 있다. 자신 의 상처를 파헤치는 것은 쉬운 일이 아니다. 그러나 린바이가 고해 성사하듯 참회한 것은 다름아니라 삶의 가장 절망적인 순간에 도리 어 창작에 대해 가장 깊은 집착을 가지게 됐다는 점이다. 한 여성작 가의 성장은 진실로 체험을 밑천으로 이루어진 것이다. 소설 속에서 린바이는 자신의 상황을 삼사십년대 요절한 여성작가 샤오훙(蕭紅) 에 비유하고 있는데 그것이 읽는 이의 마음을 아프게 한다.

하지만 샤오훙의 안으로 수렴되는 서정과 달리 린바이의 서술은 사람을 깜짝 놀래키는 부분이 있다. 아마도 그녀로서는 자신의 경험 (운명)이 너무 기이하고 불우하여 과장한 면도 없지 않을 것이다. 그 것이 그녀가 자신없어하는 부분이다. 하지만 아이러니컬하게도 『한 여자의 전쟁』을 위에서 말한 다른 여성작가의 자전체 작품과 함께 읽어보면 그들의 경력에 적지 않은 유사성이 있음을 발견하게 된다. 그것은 여성작가의 숙명인가, 아니면 인민공화국 여성 세대의 공통 된 시험인가? 더욱 이상한 것은 설사 작가의 본의가 『청춘의 노래』 를 쓰던 당시의 양모와는 정반대로 자아의 위치를 찾고자 하는 절박

한 갈망이었음에도 오히려 작품이 판에 박은 듯 유사한 면이 있다는
점이다. 그런 측면에서 보면 『한 여자의 전쟁』에 보이는 지나치게
감상적이고 과장된 수사는 우화(寓話)와도 같은 의의를 지니게 되는
것이다. 린바이의 소설은 수많은 동년배의 여성을 위해 『한 여자의
전쟁』을 쓴 것과 같으며, 변형된 『청춘의 노래』라 할 수 있을 것이
다.

　린바이의 소설은 '나'라는 서술자의 목소리가 책 전체를 관통하
고 있다. 그러나 그녀는 수시로 삼인칭의 관점으로 두오미라는 주인
공의 처지에 대해 방관한다. 나와 두오미는 린바이의 상이한 신
분─과거와 현재, 허구와 진실, 내면과 외부, 육체와 영혼, 사랑을
하는 자와 받는 자 등─을 대표하고 있다. 이로 인해 인물의 주체는
여러 종류의 서로 다른 가능성으로 분열되어 지극히 매력적인 서사
각도를 지니게 된다. 그 외에도 린바이는 서사 과정 중 부차적인 스
토리와 복선을 집어넣어 이야기 속에 이야기를 만듦으로써 상상과
경험을 구분하기 어렵게 만들고 있다. 주인공이 서남 변경에서 유령
같은 민국의 여성과 만나는 단락이 그 좋은 예이다. 이는 실험정신
이 풍부한 작가의 풍격을 드러내주는 것으로 전에 영화 각색을 했던
경험도 적지 않은 영감을 주었을 것이다. 만일 오륙십년대 양모의
『청춘의 노래』가 마오쩌둥의 사시(史詩)와 같은 풍격에 경도되어 물
처럼 투명하게 여성의 외면과 내심을 적나라하게 서술했다면 린바
이 세대의 작가는 이에 반박한다. 그녀들의 마음을 어떻게 '하나'의
언어로 설파할 수 있단 말인가? 분열된 주체, 유동적인 시각, 다원
적인 목소리, 『한 여자의 전쟁』은 90년대 여성의 서사적 특징의 경
전적인 작품이라 할 수 있다.

　위에서 말한 대로 『한 여자의 전쟁』이 전혀 흠이 없는 작품이라
여겨지지는 않는다. 하지만 린바이의 '할말을 하는' 풍부한 창작력,

그리고 그녀가 자신을 포함한 여성의 신체 및 영혼 깊은 곳에 숨겨져 있는 간절한 소망을 담담하게 대면하고 있다는 것이 그녀를 기대해도 좋은 작가로 여기게 해준다. 한 세대 전의 『청춘의 노래』를 돌이켜 생각해보면 린다오징을 읽으며 성장한 여성들이 얼마나 서로 다른 길을 걸어왔는지에 대해 놀라지 않을 수 없다. 『한 여자의 전쟁』은 서두에서부터 『청춘의 노래』와 다른 작품들이 유년 시절 린바이에게 계시를 주었음을 언급하고 있다. 삼십여 년 후에 린바이는 자신의 소설로서 손을 흔들며 말할 수 있게 되었다. 안녕, 『청춘의 노래』여, 안녕!

역자 후기

1990년대 초 첫 중국 여행중에 그곳 여성들의 당당하고 활기찬 모습을 보며 저들도 여성으로서의 주변성을 느낄까 궁금했다. 학회에서 만난 한 여교수가 자신의 책 서문에 중국에서 여성학자로 살아가는 것의 어려움을 토로한 것을 보고서야 여성의 고충은 어디나 마찬가지구나라는 생각을 했다. 린바이는 우리와 체제는 달라도 동시대를 살아가는, 같은 아픔과 상처를 지닌 중국 여성의 모습을 실감나게 그려내고 있다.

여성의 사회적 지위와 권리의 쟁취 문제를 중점적으로 작품화하던 기존의 여성작가들과 달리 1990년대 여성작가들은 보다 내밀한 언어로 여성의 실존적인 문제와 몸의 느낌, 가정과 욕망, 남성에 대한 절망 등 여성만의 감성적 경험을 그리는 데 주력했다. 그들은 창작을 통해 신체의 생명력을 확산시키고 자각적으로 자신을 일깨우며 남성사회와 주류 언어로부터 여성의 목소리, 시선, 존재 전체 및 욕망을 탈환함으로써 자기 존재의 의미를 찾고자 했다.

그러한 경향을 지닌 대표적 작가 가운데 하나가 바로 린바이이다. 린바이는 주술문화적 색채가 강한 중국의 서남쪽 변방에서 성장했다. 그녀는 중국작가협회 간부와의 결혼으로 베이징에 정착하였으나 문화적으로는 여전히 타지인 취급을 당했다. 그녀의 작품은 풍부한 감성적 매력을 특징으로 하며 유미적인 색채로 묘사한 성(性)과 폭력 장면으로 곧잘 논쟁을 불러일으키기도 한다.『한 여자의 전쟁』도 그러하다. 심리적 자전소설이라 할 만한 이 작품에서 작가는 두오미라는 한 여성의 삶의 여정과 여러 성격적인 결함 및 성의식의 성숙 과정을 진술하게 묘사하고 있다. 그것은 좌절과 희망, 두려움과 외로움, 무력감과 기대 사이를 오가는 모든 여성이 처한 현실의 교직이라 할 수 있다. 창작은 개인의 체험과 기억을 기반으로 한다고 생각한 린바이는 집단적인 창작에 의해 주변적이고 낯선 것으로 배척당한 개인적 삶 혹은 여성적 삶을 창작의 영역으로 끌어오는 데 성공한다. 여성의 입장에서 여성을 보는 것이야말로 린바이가 창작의 기본으로 삼은 시각이다.

한 여자의 전쟁이란 한 손으로 자신의 뺨을 올려붙이고, 하나의 벽으로 스스로를 가로막는 것이며, 한 송이 꽃이 절로 피고 지는 것을 의미한다. 한 여자의 전쟁이란 한 여인이 자신을 스스로에게 시집보내는 것이다.

『한 여자의 전쟁』의 첫 페이지를 장식하는 이 문구는 남성 중심의 사회와 전통적인 언어에 대한 도전이다. 자신이 자신의 뺨을 올려붙이고 스스로를 가로막으며 자신에게 시집가는 행위는 자아 부정, 자아 파괴 등을 중심으로 하는 여성존재의 욕망과 고통을 표현한다.

자신을 스스로에게 시집보낸 여인은 나르시시즘과 자학이라는 조화될 수 없는 양면성을 지니게 되는 법이다. 린바이는 극단적 페미니스트나 동성연애자라기보다는 여성숭배자라고 하는 편이 옳을 것이다. 그러한 성향은 작품에도 반영되어 그녀의 작품 속의 여성들은 하나같이 여성에게만 관심을 가지고 그들을 미화하며 편애한다. 그 배후에는 남성을 거부하고, 남성과 대결하려는 심리가 숨겨져 있음을 알 수 있다. 두오미도 역시 그런 인물이다. 그녀는 페미니스트의 이상적 모델은 아니다. 오히려 처음에는 남성으로 상징되는 세계에 비굴하게 영합해서 그 안에서 인정을 받고자 한다. 그러나 사회는 그런 그녀의 환상과 기대를 무너뜨리고 도리어 그녀를 정신적으로 폐쇄된 막다른 골목으로 몰고간다.

한 여자의 전쟁이란 그런 상황에서 벌이는 자신과의 전쟁을 의미하며, 동시에 한 개인의 힘으로 기존 사회에 맞서 의연하게 대항하는 것을 의미한다. 여성이 사회와 세계에 맞서거나 참여하는 것은 고난에 찬 가시밭길이다. 남성세계 및 그 사회질서는 여성을 옥죄는 새장일 뿐이다. 그런데도 생존을 위해 그 고통을 감수해야 한다는 데 여성으로 살아가는 딜레마가 숨어 있다.

린바이는 이러한 통찰을 바탕으로 파란만장하면서도 화려한 감각의 내면세계를 살아가는 다양한 여성을 그려내고 있다. 그녀는 곧잘 여성을 '자신의 몸으로 돌아가게' 하려 애쓴다. 전통의 족쇄를 타파하기 위해 자신에게 친숙한 여성, 특히 그 몸을 표현함으로써 남성의 권위적인 언어, 주류 서사방식과의 구별을 꾀했다는 점에서 그녀를 90년대 중국의 대표적인 여성작가로 손꼽을 수 있을 것이다.

1999년 겨울 천쓰허(陳思和) 선생님의 소개로 이 책의 번역을 시작했는데, 개인적인 사정으로 이제야 번역을 마치게 되었다. 여성에게 가족은 함께 있으면 감당하기 벅찬 짐이면서도 한편 기쁨의 원천이란 것을 새삼스레 깨달으며, 멀리 떨어져 있는 가족에게 마음은 항상 함께 있음을 전하고 싶다. 아울러 중국어를 우리말로 옮기는 과정에서 부자연스러워진 표현을 꼼꼼하게 교정해준 문학동네 편집부 직원들께도 감사드린다.

2001년 3월
박난영

옮긴이 박난영(朴蘭英)

1959년 전북 김제에서 태어나 고려대학교 중국어문학과를 졸업하고,
동대학원에서 석사 · 박사학위를 받았다.
홍콩 중문대학 IASP 과정을 수료했으며 현재 수원대학교 중국어학과
교수로 재직중이다. 역서로 바진(巴金)의 『가(家)』 등이 있으며, 바진에
관한 다수의 논문이 있다.

문학동네 세계문학
한 여자의 전쟁

| 1판 1쇄 | 2001년 4월 23일 |
| 1판 2쇄 | 2001년 6월 29일 |

지 은 이	린바이(林白)
옮 긴 이	박난영
책임편집	김현정 김미영
펴 낸 이	강병선
펴 낸 곳	(주)문학동네
출판등록	1993년 10월 22일 제22-188호

주 소	136-034 서울시 성북구 동소문동 4가 260번지 동소문빌딩 6층
전자우편	editor@munhak.com
	하이텔 : podo1
	천리안 : greenpen
전화번호	927-6790~5, 927-6751~2
팩 스	927-6753

ISBN 89-8281-380-2 03820
* 잘못된 책은 바꿔드립니다.
www.munhak.com